教育部人文社会科学研究项目
(08JA751008)

宋代骚体文学的嬗变

李金善　崔志博　赵险峰　李冠楠　冯　倩　著

河北大学出版社
·保定·

宋代骚体文学的嬗变

图书在版编目（CIP）数据

宋代骚体文学的嬗变 / 李金善等著. -- 保定 : 河北大学出版社, 2013.7（2020.11重印）
ISBN 978-7-5666-0522-1

Ⅰ. ①宋… Ⅱ. ①李… Ⅲ. ①楚辞研究②古典诗歌－诗歌研究－中国－北宋 Ⅳ. ①I207.22

中国版本图书馆CIP数据核字(2013)第235156号

SONGDAI SAOTI WENXUE DE SHANBIAN

出 版 人：朱文富
责任编辑：李丽华
装帧设计：赵　谦
责任印制：闻　利

出版：河北大学出版社（保定市七一东路2666号）
经销：全国新华书店
印制：河北纪元数字印刷有限公司
开本：1 / 16（170mm × 240mm）
字数：388千字
印张：23
版次：2013年10月第1版
印次：2020年11月第2次印刷
书号：ISBN 978-7-5666-0522-1
定价：46.00元

绪　论

骚体，因其创立者屈原的代表作《离骚》而得名，它是在楚文化的丰富滋养中，由伟大的诗人屈原在汲取了上古文学中的丰富营养之后，在楚地民歌的基础之上，创造出来的一种新的文学样式。它以“兮”字的广泛使用为主要标志，参差错落的句式和浓烈的抒情色彩是其重要特征。屈原、宋玉等人创作的骚体作品，因其艺术表现形式的新奇而深受后人喜爱，《离骚》、《九歌》、《九辨》等作品，更是脍炙人口，广为传诵。

两汉时期，骚体模仿之作颇多，从而形成了汉代骚体文学的繁荣。费振刚在《全汉赋》前言中说到，汉人的楚辞体（即骚体）作品“不仅都采用楚辞的形式，作品的抒情主人公也都是屈原，是模仿屈原的语气，代屈原抒发‘信而见疑，忠而被谤’的怨愤情绪”[①]，正是指汉人仿作骚体的热潮而言。自汉以降，骚体文学的发展再也没有达到战国两汉时期的鼎盛局面，骚体也再没有占据过文学发展的主流地位。王国维曾说：“凡一代有一代之文学，楚之骚，汉之赋，六代之骈语，唐之诗，宋之词，元之曲，皆所谓一代之文学，而后世莫能继焉者也。”[②] 胡应麟在《诗薮·内编》中说道：“骚盛于楚，衰于汉而亡于魏。”[③] 吕正惠《形式与意义》一文也认为，“《诗经》之后没有四言诗，《楚辞》之后没有骚体。后代诗人写四言和骚体的，都只是零星的现象；其形式在《诗

① 费振刚：《全汉赋》，北京大学出版社，1993年，第5页

② 王国维：《宋元戏曲史》，艺文印书馆，1996年，第1页

③ 胡应麟：《诗薮》，上海古籍出版社，1958年，第6页

经》、《楚辞》之后都已僵化，也不再有一个绵延的文学传统。”① 骚体在经历了战国两汉的发展高峰期后，似乎是退出了历史舞台，在浩瀚如海的诗词歌赋之中，骚体的光芒似乎显得很是微弱。这些论断，只是就骚体对每个朝代文学发展的贡献而言。汉代以后的骚体确实不像战国和汉代那么辉煌耀眼，但是，认真梳理起来，骚体始终是在沿着自己独特的发展轨迹向前推进衍化，从来没有中断过。褚斌杰《中国古代文体概论》指出：“‘楚辞’体（骚体）在我国文学史上一直是作为诗体中的一个门类，而历久不衰。”② 刘经庵在其《中国纯文学史纲》中说，“它（骚体）在文学上的权威与影响，并没有遭遇什么厄运，它的影响，可说自汉初至清末是不曾间断的。”③ 事实上，从战国、汉代开始，历经魏晋南北朝，一直到唐宋元明清，甚至到近代，优秀骚体作品层出不穷，是骚体文学源远流长的直接证据。尽管在文坛上不再占据主流地位，但一直在顽强地生存和发展，并且每一个朝代的骚体作品都在一定程度上表达了时代的最强音。骚体绝对不是突然产生而又转瞬即逝的文学现象，而是一个具有延续性和传承性的独立性文体。

从学术研究的角度看，骚体文学作为独立文体的研究，仍处于争议之中，有的学者并不将骚体列为单独的文体来研究，而是将骚体与赋、诗或文等其他文学样式掺杂在一起讨论，造成了一定程度上的概念混乱。当然骚体的独立性问题一直以来就存在争论，如许结、郭维森《中国辞赋发展史》即辞（骚）、赋并称，并没有将骚体作为单独的一类文体来研究；马积高《历代辞赋研究史料概述》中认为赋兼有众体，辞赋可以并称。近年来，一直有学者致力于将骚体作为独立文体加以研究，郭建勋在 1997 年出版了《汉魏六朝骚体文学研究》一书，将骚体的概念从辞赋并称的观念中分离出来，并将骚体的概念进行了详细的界定，进一步明确了骚体乃是一种独立的文体样式。除此之外，郭建勋还将汉魏六朝期间的骚体作品悉数搜集出来，并做了系统深入的研究，可以说是开了骚体文学史研究的先河。2001 年，郭建勋又出版了《楚辞与中国古代韵文》

① 刘岱：《中国文化新论》丛书《抒情的境界》，三联书店，1992 年影印本

② 褚斌杰：《中国古代文体概论（增订版）》，北京大学出版社，1990 年，第 66 页

③ 刘经庵：《中国纯文学史纲》，东方出版社，1996 年，第 16 页

一书，在此书中，郭建勋系统地讨论了楚辞（骚体）与赋、文体赋、七言诗、乐府诗、词、以及悼吊类韵文之间的关系，通过系统的对照比较，更加明确了骚体文学的形式特征。2002 年，黄凤显出版了《屈辞体研究》一书，就屈辞体（骚体）的渊源、抒情诗属性、语言、意象、结构、风格等方面的内容进行了深入的探讨和研究，是专门讨论屈辞体（骚体）文体特征的一部学术专著，极具参考价值。此后，2003 年周殿富出版了《楚辞源流选集》丛书，其中包括《楚辞魂——屈原辞译注图录》、《楚辞源——先秦古逸歌诗辞赋选》、《楚辞流——历代骚体诗选》、《楚辞余——历代骚体赋选》、《楚辞论——历代楚辞论评选》。尽管对骚体的界定比较宽泛，但其丰富的材料为今人了解和重新认识骚体文学提供了文献依据。

除了这些著作以外，一些博士、硕士学位论文也对骚体研究有所涉足，如近几年出现的《楚汉骚体及赋体文学创作与赋体文学的体用独特性问题研究》、《两汉骚体赋研究》、《元代骚体文学研究》、《唐代骚体文学研究》、《明代骚体文学研究》等等。此外，还有一些以辞赋为研究对象的论文，其中也涉及到了对骚体文学的论析。单篇论文方面如许结的《中国辞赋流变全程考察》、董志广《汉代辞赋观念的生成与演变》、刘培的《北宋后期的党争与辞赋创作》等等；学位论文方面则有《初唐辞赋研究》、《晚明辞赋研究》、《南朝辞赋研究》等等。这类文章辞赋并称，将骚体视为赋体的一个分支来论析。此类研究成果数量众多，不再赘举。

从上述骚体文学的研究现状可以看出，近年来致力于骚体文学研究的学者逐渐增多，骚体文学研究涉及的深度和广度不断拓展。探讨骚体文体特征、美学色彩的成果日渐增多，骚体文学逐渐从其他文学样式中分离出来，成为了独立的研究对象。特别是那些系统讨论某一历史时期骚体文学发展演变情况的文章，不仅将骚体文学列为了独立的研究对象，还对骚体文学的时代特征及发展流变情况作了系统的研究，极大地提升了骚体文学的学术地位。

宋代在中国历史上是一个比较特殊的历史时期。宋代推行崇文抑武的国策，这有助于文化学术的发展，宋代文明的形成，与这种国策相关。但另一方面，崇文抑武也使得宋代国力孱弱、外患不断。外有辽、金、蒙的强虏环伺，内有党争腐败的昏庸统治，致使宋代文人骚怨之声四起，造就宋代文学创作的特殊风貌。有的学者已经注意到宋代骚体文学的价值和意义，如许结、郭维森的《中国辞赋发展史》的宋代部分中，对骚体文学做了精到的分析。曾枣庄《论宋赋诸体》对宋赋中的“骚体赋”进行了简洁的评述。刘培在近些年发表了一系列与宋代辞赋相关的研究文章，如《论北宋中期辞赋的特征》、《屈骚传统的多角度解读——南宋中期骚体创作》、《论南宋中期辞赋骋才使气的创作倾向》、《论北宋后期辞赋与文人的文化生活》、《两宋之交辞赋的传承与递变》等等，涉及宋代骚体文学，对宋代骚体文学的研究可谓大有增益。这些研究，为宋代骚体文学的研究提供了借鉴。

宋代骚体文学在继承前代骚体的基础上，有了新的突破。从内容角度来说，宋人在前人的基础上对骚体文学的题材内容予以了大幅的拓宽，大量的说理成分和日常生活题材进入到骚体之中。从形式上来讲，随着古文运动的进一步深入，骚体散化的现象更加普遍。宋代骚体文学总体上呈现出了议论化、说理化、世俗化的发展趋势，具有非常鲜明的时代特色。

《宋代骚体文学的嬗变》一书，对宋代骚体作品进行了细致的爬梳，对宋代骚体文学的题材内容、分布情况力求详细的分析。以作品论析为主，辅以社会背景及作家生平研究，从而梳理出宋代骚体文学的发展脉络，探讨各个时期骚体文学的独特面貌，概括出宋代骚体文学的时代特征。《宋代骚体文学的嬗变》共分九个部分，第一部分是在整合和借鉴前人成果的基础之上，对骚体进行界定，着重阐明骚体的独立性。第二部分是宋代骚体文学发展概况的简明介绍，本部分的重点任务是介绍宋代骚体文学发展的社会、历史、文化背景，以考察宋代社会及文人心态对骚体文学创作的影响。本部分还为宋代骚体文学的发展作了大致的分期，并将宋代骚体文学的分布情况作了详细的介绍。第三部分到第八部分对有宋一代各个时期的骚体文学发展特点详细论述，通过大量的作品分析来说明各个时期骚体文学所呈现出的独特面貌，从而概括出其时代特性。第九部分重点考察了宋代骚体文学的艺术特色，从体式特征和艺术风格等方面对其进行了论析，总结出了宋代骚体文学特殊的美学风貌。

需要说明的两点：一、宋代骚体文学的分期是按照时代先后来划分的，这是文学研究较为传统的划分时期模式，然而文学的发展脉络与时代轨迹并不能完全契合，因此这个分期理应是大致时间段的分期。《宋代骚体文学嬗变》虽然在各个时期的时间上有断限，但考虑到文学发展的延续性，少量的作家作品并不严格依照时间断限来确定其分期归属。二、《宋代骚体文学嬗变》在选取骚体作品之时，在体式要求方面，相对比较宽泛，一些散体文中的骚体段落也纳入到了考察范围之内，其目的是为了让更多的骚体内容能够进入到研究视野之中，从而更全面地概括出宋代骚体文学的整体特征。

宋代骚体文学，时代特色鲜明，无论是题材内容还是艺术特色都与前代有着很大的不同。考察宋代骚体文学，将其置于中国文学史发展长河之中予以观照，探讨其源流嬗变，有利于全面掌握其发展脉络与时代风貌，对于整个骚体文学研究是较大的补充和增益。

第一章　骚体的界定

第一节　骚体称谓的形成及其与赋的关系

骚体这一名称源于《离骚》，楚辞的称法先于骚体出现，骚体名称的出现及最后确定，经历了一个漫长的过程。自骚体产生之日起，“骚”与“赋”就存在着难以割裂的联系，数千年以来骚和赋始终是互相渗透，难分界限，造成了很大的混乱与误解，因此研究骚体文学，应当探明“骚”与“赋”之间的区别与联系，给骚体一个明确的定性。

一、骚体称谓的形成

自楚辞产生以来，由于人们对骚体的文体特征把握不是很准确，再加上评价和认识的角度各不相同，因此骚体的称谓多种多样。一些学者以骚体产生的地域名称来称呼骚体，如称骚体为楚辞、楚骚、楚声、楚歌等。不过屈原创造的骚体虽诞生于楚地，却在全国范围内得以流传，因此单强调地域特点虽然点明了其文化渊源，却并不能完全概括出骚体的艺术特质。也有一些强调屈原的主体作用的称法，如屈骚、屈辞、屈赋等。屈原在骚体产生之际，确实起到了至关重要的作用，但自屈原以下数千年来，骚体类作品不断，此类作品显然不能冠以屈原之名。由于受到自汉代以来的“骚”“赋”不分文体观的影响，还出现了“骚”“赋”混称的现象，如辞赋、骚赋、楚赋、古赋等。这种称法，显然对骚体的文体特点没有清楚的认识，更不可取。

屈原、宋玉等人的文学作品，当时并没有文体命名，“楚辞”这一名称，最早见于西汉。司马迁的《史记·酷吏列传》曰：

> 始长史朱买臣，会稽人也。读《春秋》。庄助使人言买臣，买臣以《楚辞》与助俱幸。[1]

这里的“楚辞”并非是文体名称，而是单指屈原的骚体类作品。此后学界也常用“楚辞”来指代屈原、宋玉等人创造的诗歌。屈原之后，由于汉代统治者对楚地文学的偏好，以及文人们对屈辞的追念和模仿，在汉代涌现出了大量的拟骚、仿骚类作品，如贾谊的《吊屈原赋》、《鹏鸟赋》，庄忌的《哀时命》，东方朔《七谏》等。这种拟骚、仿骚创作不但直接导致了骚体文学在汉代文坛的繁荣，同时也为整理楚辞类作品提供了契机，为楚辞的编订成集打下了坚实的基础。在汉成帝时，文献学家刘向把屈原、宋玉等人的作品编辑成书，定名为“楚辞”，《四库全书总目》说：“裒屈、宋诸赋，定名楚辞，自刘向始也。”[2] 自此，楚辞不仅单指屈宋等人的骚体类作品，同时也成为屈原和其他人拟作的楚辞作品总集名称。刘向后，到东汉，王逸编的《楚辞章句》集中收录了屈原和宋玉的辞作，同时汉人贾谊、淮南小山、东方朔、庄忌、王褒、刘向、王逸等人的拟骚作品也被收录其中，此后，历代学者基本都沿用王逸的说法，用“楚辞”来指代屈宋作品或拟屈宋的作品，即用“楚辞”来指代那些具备骚体艺术特征的文学样式。此时的“楚辞”已经不是单纯的某篇作品或某部著作了，开始成了一种文体称谓。谢无量《楚词新论》说：“《离骚》流传以后，许多文人拟作，楚辞也就成为一种特别文体。”[3]

之所以将楚辞类的文学作品称为骚体，最重要的原因是楚辞的奠基者和代

---

① 《史记》，中华书局，1959 年，第 3143 页

② 永瑢等：《四库全书总目》，中华书局，1965 年，第 1267 页

③ 谢无量：《楚辞新论》，商务印书馆，1933 年，第 20 页

表作家屈原的代表作是《离骚》，故后人常以“骚”或“骚体”作为楚辞体文学的代称。在西汉时期，没有以“骚”称屈宋之作者，直到东汉时期，王逸的《楚辞章句》特意将屈原的作品提高到了经学的地位，他将屈原的《离骚》称为“离骚经”，同时将他认为是屈原所作的全部作品归入“离骚”这一类目之下，首开以“骚”代称屈原全部作品的先河。此后，到了六朝时期，刘勰《文心雕龙》专撰《辨骚》一文，将“骚”所包含的范围扩大到了宋玉和汉人拟作的骚体。刘勰曰：

> 故《骚经》《九章》，朗丽以哀志；《九歌》《九辩》绮靡以伤情；《远游》《天问》环诡而惠巧；《招魂》《招隐》耀艳而深华；《卜居》标放言之致；《渔父》寄独往之才。故能气往轹古，辞来切今，惊彩绝艳，难与并能矣。①

萧统的《文选》“骚”部除收录了屈原作品之外，还收录了宋玉的《九辩》和淮南小山的《招隐士》等楚辞类作品。苏雪林《楚辞新诂·自序》中言道：“可见六朝时代，凡楚辞一类文字，概以‘骚’名。”正如其所说，六朝以后以“骚”代称楚辞类作品逐渐成为一种约定俗成的习惯，骚体作为一种文体称谓也逐渐固定下来，被后人所接受。

二、骚有别于赋

骚体和赋从根本上来讲，是截然不同的文体样式。然而自汉代以来，骚、赋或辞赋混称的现象十分普遍。这种观念对后世的影响极大，所以很有必要在文体角度对骚、赋进行明确的划分，这样才能对骚体有清楚明确的认识和界定。

之所以会出现骚、赋混称的现象，究其原因在于，汉代尤其是汉初人们对文体的概念还很模糊，文体分类的意识处在萌发阶段，所以造成了骚赋不分的现象。汉人把楚辞称为赋，这在汉代的很多文献中都有体现。例如司马迁在《史记·屈原贾生列传》中称屈原“乃作《怀沙》之赋。”扬雄说：“诗人之赋丽

---

① 刘勰著，范文澜注：《文心雕龙注》，人民文学出版社，1958年，第47页

以则，辞人之赋丽以淫。”[①] 此处的“诗人之赋”指的就是屈原等人的骚体作品。班固在《汉书·艺文志》中也称“屈原赋二十五篇”。汉代人骚赋不分的观念对后世影响很大，以致于后代很多模拟屈宋作品的骚体都以赋为名，从而使得骚赋的概念更加混乱。骚和赋在内容和形式上都存在较大的差别，骚体不应当是赋的附属品，而是一种独立的文体样式。

首先，从文体渊源上来看，骚体与赋的渊源不尽相同。关于赋的渊源，学界也没有统一的说法，古今学者论赋的渊源也是众说纷纭，其中流传最广、影响最大的观点是源于《诗经》的说法，这种观点始于《汉书·艺文志》中的“不歌而诵谓之赋”[②]，“赋”为《诗经》“六义”之一，故赋源出于《诗经》。还有一种观点则认为赋的直接源头是楚辞，刘勰《文心雕龙·诠赋》云：“及灵均唱《骚》，始广声貌。然赋也者，受命于诗人，拓宇于楚辞也。”[③] 马积高《赋史》将赋分成三类，即骚体赋、文体赋和诗体赋，并进一步指出，骚体赋是由楚歌、楚辞演变而来。任何一种文体的产生，都无可避免地受到了先在文学样式的共同影响，就像骚体文学的诞生受到了《诗经》、楚民歌祭歌、诸子之学等文学样式的影响一样，赋的诞生同样也必然受到先在文体的影响。汉代早期的文坛，几乎全由“楚辞”的势力控制，赋体的定型晚于骚体，因此赋体在没有成熟定型之前，的确受到了骚体文学的极大影响，骚体在汉赋成型的过程中，在形式体制、表现手法、语词意象等方面都对赋体有所启发，这符合文体发展的规律。然而骚体和赋尽管互相有所渗透，但骚体一直是作为一种独立的文体在发展，赋体也在成熟定型后体现出了与骚体不同的发展轨迹。比较起来，成熟的赋体文学与骚体文学相异之处要远多过相同之处。赋体对骚体有所学习，绝对不能等同于骚赋同源同体。汉人之所以会骚赋不分，就是只看到了赋对骚体的借鉴以及两者之间的互相渗透，而没有看到骚体和赋体自身的发展流变。

其次，从内容方面及创作方法上来看，骚体的创作主旨是发愤以抒情，在创作上是以情为主宰，“为情而造文”。屈原、宋玉等人的骚体作品，都是有感

---

① 扬雄著，汪荣实、陈仲夫点校：《法言义疏》，中华书局，1987年，第49页

② 《汉书》，中华书局，1962年，第1755页

③ 《文心雕龙注》，第134页

而发，感情炽烈而充沛。《史记》称“屈平之作《离骚》，盖自怨生也”，王逸《楚辞章句》称“屈原执履忠贞而被谗邪，忧心烦乱，不知所诉，乃作《离骚经》。”的确，屈原因心有所怨愤而作《离骚》，在《离骚》中他又反复强调自己品德的高尚与志向的坚贞，抒发了自己不被人理解的哀怨和苦闷；又通过驳斥小人的谄媚与奸邪，表达了自己对恶势力的鄙夷之情。《离骚》全篇处处可见屈原的怨愤之情，充分体现出了骚体文学抒情性强的特点。相比较而言，赋的抒情成分较少，状物说理的成分较多，通常是通过对事物详细地描写来说明一件事或一个道理，在创作上则是“为文而造情”，刻意铺陈极写物体的外貌，往往得物而忘情。比如司马相如的《子虚》、《上林》赋，这两篇赋几乎通篇都在极力铺排描写地域的辽阔、物质的富饶，抒情成分显然要少于骚体。扬雄说：“诗人之赋丽以则，辞人之赋丽以淫。”这一说法充分说明了骚体和赋在创作方面的巨大差异。刘熙载《艺概》之《赋概》中谈到：“楚辞按之而逾深，汉赋恢之而弥广。”① 这些都体现出了骚体与赋体在内容方面及创作手法方面的不同。

再次，从形式方面来说，骚体与赋体存在的差异更大也更明显。骚体最突出的形式特征是“兮”字句的运用，根据情感抒发的需要可以增减“兮”字前后的字数，句式上有七言、五言和六言句式，力求参差错落，于整齐中求变化。赋里也经常出现“兮”字，如《高唐赋》有“湫兮如风，凄兮如雨”，但赋体中“兮”字的使用比较随意，没有骚体每句必用或者隔句必用的严格规定。在句式方面，赋体句式也比较灵活，既可以是纯粹的散句，也可以是整句或者对偶句，较之骚体更加趋于散化。其他方面，《离骚》以及其他骚体，在创作中使用了大量的比、兴手法。王逸说：

> 《离骚》之文，依《诗》取兴，引类譬谕，故善鸟香草，以配忠贞；恶禽臭物，以比谗佞；灵修美人，以媲于君；宓妃佚女，以譬贤臣；虬龙鸾凤，以托君子；飘风云霓，以为小人②。

① 刘熙载撰，王气中笺注：《艺概笺注》，贵州人民出版社，1986年，第273页

② 《楚辞章句》卷一

骚体中的比兴，相对于《诗经》的比兴来说运用更普遍，也更复杂，骚体的比兴已经不再是简单的物与物之间的比拟，而是通过比兴来寄托作者的思想感情，表达作者鲜明的爱憎褒贬，从而使骚体中的比兴意向带有了一定的象征意义。赋体中比兴运用较少，而且很少蕴含有明显的寄托意味。

通过从文体角度对骚体和赋体的比较，应该可以清楚地看到骚体与赋体的巨大差别。骚体与赋体应当都是彼此独立的文体，但由于汉代文学尚未完全自觉，对文体的认识还十分模糊，再加上赋体文学诗文并存、形体驳杂，致使文人们难以将骚、赋彻底分开，造成了文体观念上的混乱。自汉代以下，甚至早在东汉，随着文学自觉的来到，后人对文体的认识进一步深化，骚体才逐渐与赋体区分开来。

从文体角度区分骚赋是从王逸开始的，王逸的《楚辞章句》就把屈宋的作品与汉代的拟作归为一类，统称为楚辞。此后《文心雕龙·辨骚》中刘勰总结了屈宋楚辞的特点并特意强调了屈骚的典范意义，还另立《诠赋》以示“骚”“赋”之不同。萧统编《文选》单列“骚”目。此后，骚体的特性逐渐得到承认，骚体与赋体的区分也更加明晰。宋人黄伯思曰：“屈宋诸骚，皆书楚语，作楚声，纪楚地，名楚物，故可谓之‘楚辞’。”这种说法表明宋人对骚体的文体特征已经有了比较科学的认识。朱熹也在其《楚辞后语·毁壁序》曰：“《毁壁》者，豫章黄太史庭坚之所作也。庭坚以能诗致大名，而尤以‘楚辞’自喜。”① 朱熹将“楚辞”之体特别提出，显然承认了骚体是一种独立的文体样式。宋人晁补之专门选编了《续楚辞》20卷，选择后世骚体作品，收录了从宋玉开始，一直到北宋王令共26人计60篇骚体作品，可惜的是此书因遭禁而亡佚。其他文献如《宋文鉴》、《元文类》等，其文体分类，均把“骚”单独列为一类。明代徐师曾编撰的《文体明辩》把楚辞与赋列为两类。从文体发展史的角度来看，骚、赋分立观念的形成经历了很长一段时间，历代学人都在尝试着理清骚、赋之间的关系，尽管仍有不少学者、著作骚赋混称，但通过千百年来学者们的努力探索，骚与赋的关系，渐趋明晰，骚与赋分立的观念也日渐被人们所接受。

骚与赋自诞生之日起，就存在着千丝万缕的联系。两者的互相渗透发展，

---

① 朱熹：《楚辞集注》，上海古籍出版社，1979年，第301页

给后人在文体观念上造成了一定的混乱。伴随着文体分类的日趋科学、精细，骚体研究逐渐脱离了赋体的纠缠，走上了独立发展的道路。探讨骚赋的区别与联系，目的在于正确地认识和评价骚体，将骚体从赋体中分离出来作为独立的文体来研究。

骚体的来源和形成向来都是一个复杂的问题，骚体虽然诞生于楚地，却受到了多种文化的熏染。探讨骚体的来源，不能只局限于对楚文化的观照。对事物的单一性考察，必然导致片面性的产生。骚体作为一种本身即存在多种形态的诗体，不能简单将之视为一种文化的衍生物，而是应该具有更广阔的文化视野，将它置于整个华夏文化的背景下考察，这样对骚体来源的总结归纳才比较客观全面。骚体在产生阶段，受到了不同文化不同诗体的影响，当时的各种文学样式如《诗经》、诸子之学等都为骚体提供了丰富的养料，但整体看来，骚体具有鲜明的楚文化特征，骚体对楚地民歌和祭祀歌谣有直接的借鉴。要而言之，楚文化是骚体产生的天然土壤，楚地民歌和祭祀歌谣是骚体形成的直接渊源。骚体是屈原对传统学术文化多元继承并进行创造性加工的结果。

第二节　骚体的艺术特征

骚体作为一种独立的文体样式，在艺术形式与情感内涵方面都有着独特的美学特征。

一、骚体的形式特征

与五言诗、七言诗等以每句字数作为诗体判断的标准不同，骚体是以句中是否带有特殊虚词“兮”为判断依据的，另外，由“兮”字组构而成的特殊句式也是骚体判定上的重要标准。

（一）“兮”字在骚体文学中的标志性地位

“兮”字本是个表音虚词，没有实际的意义，许慎《说文解字》曰：“兮，语所稽（停留）也。”段玉裁在《说文解字注》中也曾有言，“语于此少驻也，此与‘哉，言之间也’相似”。[①]《文心雕龙·章句》云，“又诗人以兮字入于句限，楚辞用之，字出句外。寻兮字成句，乃语助余声。”[②] “兮”字既然是这样一个没有实际意义的语助词，而且在古代文学作品中又十分常见，何以“兮”字的地位在骚体中如此的举足轻重呢？要解决这个问题，需要探求“兮”字在骚体文学中的特殊作用。

首先来说，“兮”字不仅起到构建语法意义的作用，而且兼有衍生句式的造句功能。一般认为“兮”字乃是“语助”之词，即语气词。它与介词、连词、副词等虚词的区别在于，它有声而无义，只表示句子的语气，而无介词等虚词用来表示句子语法关系的功能。闻一多就曾提到，“凡在句尾之‘兮’字，百分九十九为语助词，并无实义。充其极言之，则作为一种惊叹语气用者有之。在语法上不得起任何作用。”[③] 但在骚体中，“兮”字就不单纯是个语气词了，“兮”经常将一句诗分为前后两个部分，这样这两部分之间必然要有一定的语法关系，而“兮”字又恰恰处在应该表示语法关系的位置上，因此必然要起到构筑语法意义的作用。姜亮夫《楚辞通故》第四辑“兮”字条云：

> 兮字于《诗》、《骚》句法中具重要特征，而《骚》中用法尤为广博复杂。就形式言，大体用于一句之末而以上句为最多，下句则见《橘颂》及各篇乱曰叹曰等。其用于句中者，皆在名词动词之后，以表惊呼义。就字义言，则大多数在句末者，仅为一种助声之语气词，即今语体中句尾带感叹作用之“啊”、“呀”等字。此支歌古今之变也。其用遍及《骚》、《章》、《远游》、《招魂》、《卜居》、《渔父》、《九辩》、《惜誓》、《招隐士》、《七谏》、《哀时命》、《九叹》等篇。至于《九歌》、《九怀》、《九思》诸篇中变化殊大，略起语组字“乎”、“於”、“其”、“夫”、“与”、“之”、“而”、“以”等虚词之作用，当视其上下文意而定，但无纯语词之用。[④]

---

① 许慎著，段玉裁注：《说文解字》，浙江古籍出版社，1988 年，第 204 页

② 《文心雕龙注》，第 572 页

③ 闻一多：《怎样读九歌》，《国文月刊》，1941 年第 1 卷第 5 期

④ 姜亮夫：《楚辞通故》，齐鲁书社，1985 年

据王延海《楚辞释论》统计，在屈原、宋玉的作品中用到“兮”字之处共计1056次，其中《九歌》用262次，《九章》用338次，《离骚》用186次，《远游》用89次，《招魂》用33次，《九辩》用143次，《渔父》用2次，《大招》用2次，《卜居》用1次。这些“兮”字可以还原为其、之、于、而、以、夫、然、与乃至一切的虚词，所以骚体在使用“兮”字时，并不单纯用来表音，而是对其创造性的使用，以“兮”字为核心来构成多种语法意义，从这个方面来看，“兮”字绝不是普通虚词这么简单。至于在造句功能上，“兮”字的作用更加突出。骚体出现以前，《诗经》都是比较规整的四言句，形式比较刻板。骚体则是以“兮”字为中心构建出了参差错落的句式，刘勰在《文心雕龙·章句》中说：“诗人以兮字入于句限，楚辞用之，字出句外。寻兮字成句，乃语助余声。……”这充分说明了“兮”字在楚辞构建句式时所起到的重要作用。由于“兮”字在骚体中的位置十分灵活，或在句尾，或在句中，因此突破了四言诗刻板凝滞的句式，衍化出了三言、六言、七言句。以《九歌》为例，《九歌》中五字句共有50句，“兮”字全都置于句子的正中；六字句共128句，“兮”字全都置于倒数第三字；七字句共74句，其中有71句“兮”字置于句子的正中。“兮”字的灵活运用衍化出了骚体自由灵活、参差错落的句式，从而形成了骚体“错落而不乱、规整而不滞的独特风格”①。

其次，“兮”字构成了诗歌的抒情节奏，使骚体具备了强烈的咏叹抒情色彩。早在楚民歌中，“兮”字即起到了调节韵律节奏的作用。然而“兮”字是如何起到这个作用的呢？民间歌谣在产生之际，无论是徒歌还是配乐歌唱，都离不开音乐节奏，这种节奏必然通过一定的形式体现出来。“兮”字是一个特殊的发声词，正是它通过在民歌中不同位置的出现，由此形成了或高或低，或急或缓的节奏变化。清代学者孔广森在其《诗声类·阴声歌类》中早已指出：

> 兮，《唐韵》在十二齐，古音未有确证，然《秦誓》‘断断猗’，《大学》引作‘断断兮’，似兮、猗音义相同，猗古读阿，则兮字亦当读阿。②

---

① 郭建勋：《汉魏六朝骚体文学研究》，湖南教育出版社，1997年

② 孔广森：《诗声类》，中华书局，1983年

闻一多进一步论证了“兮”字的读音，并在其《歌与诗》中论述了“兮”字在民歌产生过程中的作用，“想象原始人最初因情感的激荡而发生有如‘啊’‘哦’……一类的声音，那便是音乐的萌芽，也是孕而未化的语言。”“兮”字的读音暂且不论，作为一种表音虚词，它与音乐、诗歌的节奏必然是分不开的，而“兮”字正是通过自己的表音功能，构成了民歌中的音乐节奏，进而也在诗歌中起到了相同的调节作用。屈原在继承楚民歌并对其进行了创造性加工的基础上创建了骚体，楚歌中的“兮”字句被屈原继承了下来，因此“兮”字在骚体中仍然有着调节韵律节奏的功能。清代段玉裁在注《说文》中指出“兮”字的发音特征是“气分而扬”，清代刘淇在《助字辨略》中的“兮”字条下提出了他对“兮”字的看法：“愚案：歌之余声。”① 黄生《字诂》也提到：“兮，歌之曳声也。”② 可见“兮”字在诗歌中的作用主要是作为歌唱中的“余声”或“曳声”，这是“兮”字与其他虚词的巨大区别。郭建勋《汉魏六朝骚体文学研究》中的论述更加精辟详尽，他说：

> 当表示实义的语句终止之时，情感仍未得到充分的表达，不可遏止的“气”顺势而出，作为实义语言符号的一种补充而构成一定长度的语音持续，并因其所附实义语言的不同情感色彩，或迁徐婉转，或缠绵悱恻；或高亢如疾风飚起，或低回如曲水潺湲。③

郭建勋不仅指明了“兮”字用于发声的基本特征，而且道出了“兮”字的使用与诗歌抒情节奏之间的关系，颇为精到。屈原将“兮”字有规律地用在他的作品中，从而打破了诗歌体制方面的限制，通过延长语音而使情感得到自然的流泻，同时产生加强节奏的效果，从而使骚体文学具备了强烈的咏叹抒情色彩，经过屈原创造性地使用，“兮”字也已经由原来的“歌之余声”变成了骚体的专

① 刘淇：《助字辨略》，中华书局，1954年，第57页

② 黄生撰，黄承吉合按：《字诂义府合按》，中华书局，1984年，第8页

③ 《汉魏六朝骚体文学研究》，第32页

用虚字，在骚体文学中扮演着至关重要的角色。

再次，经过长时间的历史积淀，“兮”字已经成为了骚体人文精神的象征。“兮”字在楚民歌中还只是普通虚词，绝少文化内涵。“兮”字之所以能够成为骚体人文精神的象征，经历了一个比较长时间的无意识积淀，是在骚体的流传过程中所产生的。后世文人在表达对屈原的追念或表示自己与屈原相类似的遭际时，往往使用骚体来创作。骚体逐渐成为了高洁品德、高尚情操、怀才不遇的代言者，成为历代文人抒发心中愤懑或哀伤时比较常用的文体样式。由此，在后世文人大量创作骚体文学的过程中，骚体的抒情性得以延续，同时以“兮”字句来吟诵浓烈感情的抒情方式也得到了传承。“兮”字不仅代表了早期楚文化的自由浪漫，而且也代表了一种追求自身品德完善、追求真理的人文精神。从这个意义上来说，“兮”字在骚体的传播中，在历史的积淀中，逐渐具有了一种文化意义和人文精神，因此，从骚体的角度来讲，“兮”字已经不是单纯的虚词，而是骚体人文精神的一种象征。

在先秦的历史文献中，“兮”字十分常见，但骚体中的“兮”字除了本身的文法意义以外，还在骚体的造句成篇上有至关重要的作用，再加上“兮”字在骚体传播中逐渐具备了的文化意义，使骚体中的“兮”字已经远远高出了虚词的范畴，如果没有“兮”字，就不会有屈原的《离骚》，更不会有骚体在后世的流传，所以说“兮”字是骚体在形式方面的本质特征，同时也是判断一篇作品是否为骚体的主要标志。

（二）骚体的句型体式

骚体文学中，由于“兮”字在句中出现的位置不同，从而造成了骚体中或三言、或五言、或七言的不同句式的产生。这种特殊的句式，和《诗经》规整的四言体有着巨大区别。句式的参差错落，也成为了骚体的重要特征。

通过对屈原、宋玉等人的骚体作品考查，骚体中的句式主要有以下几种。

第一种是上下两句各为四字，“兮”字用在偶句末。如《橘颂》：“后皇嘉树，桔徕服兮。受命不迁，生南国兮。”又如《涉江》：“露申辛夷，死林薄兮。”其实这种“兮”字用于句尾的模式乃是骚体没有完全定型以前受到了《诗经》等先秦古籍中某些诗篇影响的结果。在春秋战国时期，歌谣体诗歌中诗句的末尾经常出现在句尾缀以语气词的现象。之所以将语气词放在末尾，主要是为了用于演唱。先秦古籍之中，对这种歌谣体的记载很多，如《左传·昭公十二年》记载的《南蒯歌》曰：

我有圃，生之杞乎！从我者子乎！去我者鄙乎！倍其邻者耻乎！已乎已乎，非吾党之士乎！

这是南蒯的乡人饮酒时所唱的一首歌谣，这七句诗中，除首句外，其余六句都是在句尾用了“乎”字，即都是将语气词置于句后。诗的句尾缀以语气词，其目的是增强抒情色彩，便于演唱。《诗经》中这种句尾加语气词的现象也很多，而且由于《诗经》基本上是成熟规整的四言诗，因此在语气词的运用上较之民歌，更加呈现出了一定的规律性，基本上都是上下两句各为四字，“兮”字用在偶句末。《摽有梅》、《野有蔓草》、《采葛》等篇即是这种句式。如前文所述，屈原在骚体产生之初，对《诗经》有不少的借鉴。骚体中出现与《诗经》中基本相同的句式，显然是屈原受到了《诗经》的影响。不过通过考查屈宋的骚体作品，除了少量作品如《橘颂》《招魂》等运用了这种句式以外，比较成熟的骚体作品如《离骚》、《九章》都没有采用诗句末尾缀以语气词的句式。从文体的发展流变角度来说，这种句式的骚体仍然可归入四言诗的范畴，而古老的四言体由于体制上的局限，句式单调，容量不大，所以这种诗体上的局限性也决定了这种句式难以在骚体中占据主流地位，因此在后世的骚体创作中，这种四言句式出现的不是很多。可见，这种句式乃是骚体产生之初，屈原学习《诗经》等先秦古籍的结果，当骚体体制成熟定型以后，这种句式便逐渐退出了骚体的舞台。正如郭建勋所说：“这种句型处于骚体尚不够成熟的过渡阶段。”①

第二种句式是“兮”字用在各句之中，这种句式五言或七言都有。如《湘君》：“石濑兮浅浅，飞龙兮翩翩。”又如《山鬼》：“若有人兮山之阿，被薜荔兮带女罗。既含睇兮又宜笑，子慕予兮善窈窕。”这种句式的特点是，不管是五言句还是七言句，“兮”字的位置都出现在句子的中间部分，“兮”字前后的字数二到五个不等，这种句式使骚体的诗句变得参差错落，体现出了一种灵动的艺

---

① 《汉魏六朝骚体文学研究》，第 39 页

术美。这种句式的运用，在《九歌》中最为普遍。如《礼魂》："春兰兮秋菊，长无绝兮终古。"《九歌》在使用"兮"字时，与《离骚》、《九章》、《招魂》有比较明显的不同，《九歌》采用的都是将"兮"字放于句中的模式，无一例外。其实把语气词置于诗句中间在其他的典籍中也出现过，《左传·哀公十三年》所载《申叔仪乞粮歌》："佩兮余无所系之，旨酒一盛兮余与褐之父睨之。"两句诗都将"兮"字置于了中间。《诗经》中也有类似的句式，如《邶风·日月》中的"父兮母兮"、《邶风·旄丘》中的"叔兮伯兮"、《唐风·绸缪》中的"子兮子兮"等句，都是将语气词"兮"字置于了句中。不过，与骚体的将"兮"字放于中间的用法最接近的还是楚地的民歌，如《越人歌》的后半部分：

蒙羞被好兮不訾诟耻。心几烦而不绝兮得知王子。山有木兮木有枝，心悦君兮君不知。

这几句诗句子长短不一，但均将"兮"字置于句子中间，而且后两句与《九歌》中的句式几乎完全一样。由此可见，这种将"兮"字置于句中的句式的产生，乃是屈原借鉴了自春秋后期以来先秦歌谣中尤其是楚地湘沅一带民歌中将语气词置于句子中间的句式特点。通过创作《九歌》等一系列的骚体作品，从而使这种句式成为了骚体文学中一种固定的表达方式。这种"兮"字放中间的句式，突破了四言体的束缚，"兮"字前后均可增加或减少字数，十分灵活，这对后世五言诗和七言诗的诞生有一定的影响，同时也赋予了骚体活泼灵动，摇曳飘逸之美。此后伴随着文学自觉的到来，这种极具形式美的句式受到了文人们的极大重视，从而成为后世骚体作品中出现最多的句式。

第三种是上下两句字数增多，隔句末尾缀以"兮"字的形式，"兮"字或在奇句末尾，或在偶句末尾。这种句式在《离骚》和《九章》中最为多见。如《离骚》中："吾令曦和弭节兮，望崦嵫而勿迫。路漫漫其修远兮，吾将上下而求索。"又如《抽思》的乱辞："道思作颂，聊以自救兮。忧心不遂，斯言谁告兮。"这种句式的产生，也受到了楚民歌的一定影响。如《越人歌》的前半部分"今夕何夕兮，搴洲中流；今日何日兮，得与王子同舟。"再如《孺子歌》："沧浪之水清兮，可以濯我缨；沧浪之水浊兮，可以濯我足。"这些民间歌谣都采用

乃是一种自然抒情的状态。骚体则更加强调作家在抒情过程中的主体性地位，从而由自然抒情上升到了主动抒情，其所蕴含的情感力量自然更加强大。屈原以前的“楚歌”如《徐人歌》、《越人歌》等都是有感而发的肺腑之声，而在屈宋的骚体作品中更多的是个人化色彩浓厚的主观感情的抒发。如《离骚》，感情充沛，一唱三叹，屈原把对恶势力与卑劣小人的痛恨厌恶之情以及自己的忧愤自怜之意灌注在了字里行间，真可谓是字字血、声声泪；《九章》乃是屈原所作一组抒情诗歌的总称，诸篇朗丽哀志，也始终贯穿着与《离骚》类似的“虽九死其尤未悔”的强烈情感。

楚地祭祀活动盛行，祭祀歌谣同样也是骚体主要的渊源之一。经过屈原的创造性加工，骚体中表现祭祀内容的歌谣同样是具有很强的抒情性。如表现祭祀神灵的《九歌》虽然是表现祭祀活动的歌谣，但也表现出了强烈的抒情性特征，如“上陈事神之敬，下见己之冤结”抒发了个人愤懑之情；又如《少司命》中的“悲莫悲兮生别离，乐莫乐兮新相知”，被王世贞称为是“千古情语之祖”。除此之外，《九歌》中还有大量的人神相恋的诗句更是情真意切。朱熹《楚辞辨证》说：“楚俗祠祭之歌，今不可得而闻矣。然计其间，或以阴巫下阳神，以阳主接阴鬼，则其辞之亵慢荒淫，当有不可道者。”① 朱熹出于理学卫道思想，将人神相悦看作是污秽之事，显然是偏激之说，但朱熹的说法却提到了骚体中祭神活动的特别之处，即，如果是女神，则用男巫来招之；相反，如果是男神，则以女巫相招，表现出了一种人神相恋的美好向往。正是这种人神相恋的美好愿望，使得《九歌》情深缠绵，情致盎然，从而成为一首情致摇曳的情歌。

宋玉的《九辩》，鲁迅《汉文学史纲要》评价说：“《九辨》……虽驰神逞想，不如《离骚》，而凄怨之情，实为独绝。”② 宋玉将个人身世之悲与国家命运相联系，创造出了饱含悲愤之情的旷世之作。尤其是宋玉对秋景的描写，凄凉的秋景与孤独惆怅之情相互交织，其悲怆悱恻之情感人至深。中国文学史上的“悲秋感怀”主题，实际上就由此而来。《九辨》无疑乃是一篇具有强烈抒情色彩的千古绝唱，其他的诸如《招魂》、《远游》、《渔父》、《卜居》等骚体作品，

① 《楚辞集注》，第 185 页

② 鲁迅：《鲁迅全集》，人民文学出版社，1981 年，第 375 页

也无不情感深沉，感人至深。

此后在骚体文学的流变过程中，历朝历代的骚体虽然所表现的情感内容不同，或表达心中的怨愤不平，如贾谊的《吊屈原赋》；或抒发忧伤情绪，如谢灵运的《怨晓月赋》等等。这些后世骚体作品虽然产生的时代各有先后，但“亦发乎情”的内在情感特质，一直延续承传。后世骚体文学创作，大多继承了屈宋作品尤其是《离骚》的抒情传统，蕴含着浓浓的深情，具有强烈的抒情特色。

（二）骚体善于表达哀怨愤懑之情

从文体角度来说，任何一种诗歌样式都具有一定的抒情特性，那么骚体的抒情特性又有哪些特别之处呢？一方面如前文所述骚体所蕴含的感情比较强烈，另一方面骚体的体制特点决定了骚体更善于抒发哀怨愤懑之情，从而使骚体中或多或少都具有了一种悲剧色彩，骚体的这种抒情特性是其他的诗歌类型所没有的。

骚体之外的其他诗歌样式如《诗经》、乐府民歌，五言律诗、七言律诗等等，其表现的内容都比较灵活，因此它们所要抒发的感情也并不固定。而从屈原和其后学者的创作习惯和倾向上来看，自骚体产生之日起，历代的骚体中虽然抒情方式各不相同，但哀怨愤懑之情是历代骚体文学中均有涉及的一种主题思想感情。某一种诗体在历经了千年的发展后，其思想内容倾向还体现出了一种传承性，这显然不是一种偶然现象。之所以后人依旧使用骚体来抒发忧愤不平之情，其原因主要有两个方面。第一是屈原人格力量的垂范。屈原创造了骚体，其卓越的才思和高尚的品格对后世有着积极而深远的影响，后世的文人无不对屈原推崇备至。刘勰《文心雕龙·辨骚》中评价屈原说：“其衣被词人，非一代也。”李白也曾作诗云：“屈平词赋悬日月，楚王台榭空山丘。”鲁迅《汉文学史纲要》说屈原的作品“逸响伟辞，卓绝一世”，“其影响于后世之文章，乃甚或在三百篇以上”①。屈原的不幸遭遇是中国历代的正直文人所普遍经历过的，后世的文人对屈原坚持真理、洁身自好、敢于和黑暗势力作斗争的精神有很大的认同，因此后人往往拟作屈骚，或是直接创作骚体，来追颂屈原或抒发自己与屈原类似的不幸。如东汉王逸在论及“楚辞”这一名称的来由时曾说：“至于汉兴，刘向、王褒之徒，咸悲其文，依而作词，故号为‘楚辞’。”“咸悲

---

① 《鲁迅全集》，第 370 页

其文，依而作词"① 清楚地说明了后人创作的原动力乃是来自于对屈原的追念；又如西汉贾谊因为才高而受到嫉妒，被贬谪到长沙，贾谊创作《吊屈原赋》，借追念屈原之名，实际是以屈原自喻，表达自己怀才不遇的怨愤之情。袁行霈《中国文学史》说："哪里有士子的不遇，哪里就有屈原的英魂，屈原精神成了安顿历代文人士子的痛苦心灵的家园。"由此可见，正是屈原这种巨大人格力量的感召，才使得骚体文学的创作体现出了巨大的传承性。第二个原因，是骚体所具备的独特文体形式适合抒发哀怨愤懑之情。骚体作为一种新的诗歌样式，无论在形式方面还是在句式结构方面都更为自由且富于变化。骚体将发声词"兮"字放在句中关键的位置上，更容易表达出酣畅淋漓的感情，同时灵活的杂言句式也更善于渲染出复杂、激烈的气氛，所以当诗人心中有所怨愤、不吐不快时，使用骚体来宣泄情绪，也就并不奇怪了。历代学者对骚体善于抒发哀怨愤懑之情的特性也多有评价，如唐人裴度就曾经说过："骚人之文，发愤之文也。雅多自贤，颇有狂态。"② 李白《古风》诗曰："哀怨起骚人。"白居易《与元九书》也提到："泽畔之吟，归于怨思。"朱熹评价屈原的作品："尤愤懑而极悲哀，读之使人太息流涕而不能已。"③ 明人朱应麒之说则更加具体："楚辞皆以写其愤懑无聊之情，幽愁不平之致。至今读者犹为感伤，如入虚墓而闻秋虫之吟，莫不咨嗟叹息，泣下沾襟。"④ 正是由于骚体善抒发哀怨愤懑之情，且所蕴含的情感炽烈真挚，因此屈原及后人的骚体作品才能够不断激发、感动后人。后世文人借用骚体的形式来创作作品，抒发自己的不平之音和哀怨之情，从而使骚体文学在世代传承中形成了特有的内在抒情特质，同时也成为了抒发忧悲之情的重要的文体样式。

骚体不同于其他的文学样式，骚体的内容和形式联系紧密，体现出了高度的和谐统一。当然后世的骚体作品中也有不少是徒具形式、缺乏情感的失败之作，但在文体的流变中，良莠不齐是在所难免的。从总体上看来，骚体的情感特质具备很强的传承性，后世的骚体作品也体现出了强烈的抒情特性。

---

① 《楚辞章句》卷八

② 姚铉：《唐文粹》，文渊阁《四库全书》本，卷八十四

③ 《楚辞集注》，第 73 页

④ 蒋之翘：《七十二家评楚辞》，明天启六年刊本

第二章　宋代骚体文学的背景、分布与分期

宋代是我国历史上一个比较特殊的历史时期，其与汉、唐相比，相似之处在于它们的建立均结束了华夏民族的分裂局面，并创造出了灿烂辉煌的一代文明。不同之处在于，宋代由于少数民族的南下，割裂成南北两个时期。有宋一代，局势跌宕起伏之繁复，世事风云变幻之剧烈，在历史上是罕见的。作为宋代文学重要组成之一的骚体文学，其递嬗演变与宋王朝的起落密切关联。

北宋初期，天下初定，经历了长期分裂战乱的文人，已没有了唐人的外显与张扬，转而体现出了沉潜内敛的特质。这一时期的骚体文学创作也经历了宋代骚体文学发展的第一个低潮期，不仅创作萧条，其题材内容也较为单一。回避社会矛盾，关注自身遭遇也成为这一时期的主要思想倾向。在经历了宋初的沉寂后，随着宋代中期儒学的复兴和经世致用思潮的兴起，骚人墨客创作热情高涨，社会忧患意识与济世热情也成为了这一阶段骚体文学发展的两条主线，大量的文人创作把骚体文学推向了第一个高峰。北宋末年，党争加剧、外患深重，社会矛盾越发尖锐，文人们感念自身遭遇、慨叹国家命运，他们试图摆脱现实，寻求自我解脱，体现出了一种无奈的旷达，骚体文学创作出现落潮。南宋初期，局势动荡，内忧外患，骚体文学创作又一次经历了低潮，面对险恶的局势，当权者的不断妥协，不少文人只能无奈地选择消极避世，只有少数文人积极呼吁收复失地、恢复中原，表现出了对故土的怀念之情和重建家园的渴望。南宋中期，社会相对比较稳定，是经济文化最为繁荣的时期，这一时期以爱国抗金、感时忧世、骚情理趣等为主题的骚体文学创作大量出现，骚体文学创作迎来了第二次高潮。南宋后期，国势衰微，一蹶不振，家国覆亡的危机迫在眉

睫。文人抗击外敌的悲愤慷慨之气，面对时局无奈的凄凉哀怨之情均在骚体创作上有所反应，但骚体文学创作趋向跌落，出现了暂时的萧条。在宋人立朝的三百余年间，骚体文学的发展经历了宋朝建立到仁宗亲政之前、仁宗到哲宗初期、哲宗元祐以后至北宋灭亡、高宗时期、孝宗到宁宗时期、宋理宗时期直到南宋灭亡的六个阶段，先后经历了两宋开国时期的两次低潮及两宋中期的两次繁荣，深刻反映了宋代的社会现实和人文思潮。

宋代骚体文学受时代思潮的影响，在题材内容方面有了更广泛的开拓。骚体文学不再局限于表现一己之情，抒发哀伤愤懑，其所能表现的范围更加宽泛，所能承载的思想感情也更加丰富。有宋一代的骚体文学，既有表现个人愤懑的怨骚之文，也有摹形状物的咏物写景之作、登临怀古的咏怀之作、表现哀思悼念的墓铭祭文、用以祈福的祭祀之文、描写日常生活的闲适文章、充满理趣的哲思之作、纪行之作、佛理之说等等，题材内容十分丰富。宋代骚体文学题材内容的扩大，一方面表明骚体文学的发展并非孤立的，其受时代风气的影响而体现出明显的时代特色；另一方面，表现范围的扩大，也说明骚体作为一种文体发展到更加成熟的阶段。

宋代骚体文学的分布范围很广，由于骚体文学与其他文体类型的融合现象很多，除了传统的骚体诗歌和以赋名篇的骚体外，其余大部分的骚体作品多分布在其他类型的文体之中。如墓志铭文、祭文等哀祭类作品很多都是用骚体创作，墓志铭一般在铭文前有一段较长的序文来叙述死者的生平，用骚体创作的铭文独立在序文之后。还有一种庙记、碑志类铭文与哀祭类骚体比较类似，也是附在整篇文章末尾的独立骚体。其他还有一些宋人拟作或仿作前人的拟骚作品，散见在文章中以“歌曰”的形式出现的骚体段落等也很常见。

宋代骚体文学，不仅创作颇丰，且佳作迭出，递嬗脉络清晰，特色鲜明，这是宋人留给后人的宝贵财富。

第一节　宋代骚体文学的背景

文学艺术隶属于社会意识形态的范畴，它不能脱离社会而独立存在，每一种文学样式的发展，都会受到社会历史文化的深刻影响，骚体文学的发展亦是如此。有宋一代，崇文抑武国策影响下的严重党争、内忧外患；两宋相交时期的江山易主，国破家亡；两宋末期的破落萧条等社会现实对骚体文学创作的主题形成了直接的影响，以抨击现实、怀念故土、渴望复国、逃避现实等内容为主题的创作层出迭见。宋代兴起的文化思潮对骚体文学同样有着较大的影响，古文运动促使骚体文学体式出现了散化的现象，更多通俗的语言也进入到了文学创作之中；佛道思想的广泛流传，理学思潮的兴起则形成了宋代骚体偏重哲思、理趣的思想倾向。再有宋代文人因不同的生活遭际而发出的感慨也反映在骚体文学创作之中，其中既有士大夫生活的闲适情调，也有遭遇不平时的怨骚之声。宋代骚体文学受当时社会历史文化的影响，体现出了明显的时代特色。

一、社会历史对骚体文学创作的影响

宋太祖赵匡胤陈桥兵变，黄袍加身，建立了宋王朝，此后又先后平定了后蜀、南唐和北汉等割据政权，结束了唐末以来的四分五裂的局面，再一次统一了全国。为了加强中央集权，有宋一代，实行重文轻武政策，提倡文人典军，严禁武人干政，这虽然在削弱地方势力、维护政权稳定方面取得了良好的成效，但客观上却造成了国力积贫积弱、外患深重的消极后果。时值北方辽、西夏、金国、蒙古崛起之时，强虏犯边，宋王朝承受着来自各方的巨大压力。从北宋沦亡，到南宋覆灭，两个时代的远去都与崇文抑武的国策所造成的内忧外患局势有关。纵观有宋一代的历史，中央集权的社会制度、繁荣发展的经济状况、动荡不安的事态局势都对骚体文学产生了深刻的影响。

从社会体制角度来说，宋鉴唐末五季之弊，赵匡胤出身行伍，虽没有汉武、唐宗的雄才大略，但充分意识到了加强中央集权的重要性。赵匡胤与其重臣赵

普商议曰：

> 天下自唐季以来，数十年间，帝王凡易十姓，兵革不息，苍生涂地，其何故也？吾欲息天下之兵，为国家建长久之计，其道何如？

赵普答曰：

> 唐季以来，战斗不息，国家不安者，其故非他，节镇太重，君弱臣强而已矣。今所以治之，无他奇巧也，惟稍夺其权，制其钱谷，收其精兵，天下自安矣。①

赵普之言，正中赵匡胤下怀，自此确定了削弱地方势力，加强中央集权的基本国策。对于宋朝的崇文抑武、加强中央集权的社会体制，应该一分为二的看待。从优长之处来看，高度的中央集权避免了国家再度分裂的局面出现。有唐一代，各节度使拥兵自重，尾大不掉，致使藩镇割据，为国家的分裂埋下了隐患。宋代的兵权回收，文官治国的政策，的确起到了维持政权稳定的作用。得益于此，一方面，文人的地位有所提高，参政议政的热情高涨，北宋初年出现的一批思君恋阙，歌功颂德的骚体文学即是文人们受到制度鼓舞后的慷慨陈词。另一方面，集权使政权内部相对稳定，为社会文化的发展奠定了基础。宋代经济发展，人民生活富足，文化繁荣。经济的发展为士大夫阶层提供了比较优越的生活条件，宋代骚体文学中出现的描写闲适生活的作品即是对当时士大夫生活状况的真实反映。然而，从制度带来的弊端来看，却是导致了国力的孱弱，朋党之争的加剧。朱熹曾评价宋朝曰：

> 本朝鉴五代藩镇之弊，遂尽夺藩镇之权，兵也收了，财也收了，赏罚刑政一切收了，州郡遂日就困弱。靖康之祸，虏骑所过，莫不溃散。②

---

① 司马光：《涑水纪闻》，文渊阁《四库全书》本，卷一

② 黎靖德：《朱子语类》卷一百二十八，中华书局，1986 年

由此可见，宋人也意识到了本朝政治制度上的弊端。在骚体文学领域，控诉统庸、痛心国力衰落的文章屡见不鲜，充分体现了文人对政治制度带来的社会问题的敏感与关注。

从宋代跌宕起伏的社会现实角度来说，有宋一代内忧外患的局势及家国覆亡的悲剧深刻影响着文人们的思想情感，进而影响到了骚体文学的创作。两宋相交之际无疑是社会动荡最为严重的时候，长期的积贫积弱终于在北宋末逐渐凸显并爆发了出来，政治上、社会上的弊端全部暴露无余。内有奸人佞臣的贪腐弄权，宋江、方腊的农民起义；外有金兵的入侵，国土的沦陷。一时间，阶级矛盾、社会矛盾、民族矛盾都到了相当尖锐的程度。汴京沦陷，二帝被擒，赵宋集团被迫偏安一隅，从此边关摩擦不止，干戈不断。到蒙古崛起，铁骑南下，彻底摧毁了宋人的统治政权。锦绣江山，易主为元，家国破碎，血泪涟涟。宋代文人，面对动荡的局势，家国覆灭的困境，喊出了充满愤慨的怨骚之音。上至朝中重臣李纲、宗泽，下到普通的文人士子，均借助骚体文学来表达对故土的怀念，对复国的渴望。忠愤之情，报国之愿也成为宋代骚体文学的最强音。也有一些文人，在无力改变现实的情况下，选择了消极避世，于是在南、北宋的末年，均出现了表达隐逸、避世情怀的骚体作品。

宋代社会历史状况对骚体文学的创作形成了很大的影响，同时，从宋人的骚体文学创作中，也反映出了有宋一代波澜起伏的发展脉络。宋代文人继承了屈原楚辞关注社会现实的优良传统，其骚体作品或针砭时弊，或感时叹世，亦或厌世隐逸，体现出了较强的时代特色。

二、文化思潮对骚体文学创作的影响

有宋一代，是文化学术高度发达的一个时代，宋文化无论是对当代还是对后世，都影响深远。近人严复说过中国所以称为今日现象者，为宋人之所造就什八九。宋代文化，一方面是对唐前传统文化的总结，一方面又是近代中国文化的开端，其在中国文化史上，具有承前启后的重要地位。有宋一代的文学样式，诗歌、散文、词等无不受到当代文化思潮的影响。骚体文学也不例外，宋代兴起的几次重大的文化思潮无论是在内容还是形式上，都对骚体文学产生了重要的影响。

从内容上来说，宋代兴起的理学思潮、雅俗并举的文化风气、儒、释、道三家文化的繁荣与交流、宋学的经世致用思潮等都对骚体文学的内容产生了一定影响。理学思想在南宋的繁荣发展，虽然于救国一道无甚建树，但在思想、学术及文学领域还是取得了突出的成就，理学思想所体现出来的高度的思辨性、严整的系统性和精微的哲理性使儒学有了质的升华。宋代是一个理学盛行的国度，诗文领域都体现出了一定的理学特色，骚体也不例外地受到了理学思想的巨大影响。理学思想的传播，影响了骚体文学的创作内容，出现了一批谈论心性的作品。后人称宋代的骚体哲理与骚情并存，就是看到宋代骚体身上所具有的理学色彩。有宋一代的“右文”政策，促进了文化的全面繁荣，无论是士大夫习气浓厚的雅文化、还是具有市井特色的俗文化，均获得了长足的发展。受这种雅俗并举思潮的影响，文学不再是高高在上的阳春白雪，一些生活题材、世俗情趣进入到了文学创作之中。具体到骚体文学领域，较之最初的楚辞，宋代骚体文学的题材内容有了很大的拓展，除了那些传统表现哀怨愤懑的怨骚题材以外，士大夫的书斋生活、闲居乡野的田园情趣、登临游览的摹形状物等内容均出现于骚体文学中，这显然是受到俗文化的影响。宋代对佛、道两教采取保护、鼓励的措施，僧道的人数大量增加，佛家和道家文化也得以广泛传播。儒、释、道三家文化的互相交流渗透，极大地影响了宋代文学的发展态势，不少僧人、道人也直接参与到文学创作之中，创作了不少优秀的文学作品。宋代骚体文学中就有不少作品是僧人、道人所创作，那些文人创作的体现佛、道文化的骚体作品渗透着禅趣、哲思，充满了思辨色彩。北宋时期，儒学复兴，诗文革新运动随之兴起，宋学中的经世致用思想也成为了文学创作的重要倾向。骚体文学受其影响，在抒写个人怨愤的同时，强化了对现实的关注与干预，出现了针砭时弊、借骚讽今的内容。有宋一代的文化思潮，对文学内容上的影响是重大的，明显的。宋代骚体文学在内容方面带有较强的时代特色，其在文化思潮的带动下，发展到了新的阶段。

从形式上来说，宋代骚体文学在形式上明显的体现出了与宋前骚体文学的不同。宋学中的议论精神、古文运动的散文化主张、俗文化的兴起等直接作用于骚体文学，使骚体文学在形式上有了新的发展和变化。议论是宋学精神的重要方面，长于议论也是宋代文学的一大特色。对于骚体而言，发表议论不是其优长，因此宋前的骚体文学中，抒情性较强，文章中少有议论的成分。然而，到了宋代，体格为之一变，大量的议论成分掺杂在作品中，特别是那些怀古悼贤之作，几乎篇篇都夹杂了叙事和议论的成分，宋人的议论精神、理性思考很好的融入到了骚体创作之中，宋代骚体也体现出了抒情与议论兼重的风格。由于文章中议论成分的增加，再加上受古文运动的影响，宋代骚体文学在体式上出现了散化的现象。骚体句与散体句相杂用的现象，在建安时期就已出现，有宋一代，骚体的这种散文化倾向就更加明显。一方面，骚散结合句式的数量更多，宋代骚体文学中骚散结合的作品要远远超过宋前，有相当的数量。另一方面，宋人对骚散结合句式的运用更加成熟、自如。宋人对骚体句式与散体句式交叉使用的技巧十分娴熟，骚、散相互融合，没有斧凿的痕迹。宋代骚体文学中出现的大量散文句式，体现出文人对传统文学方式所作的改造与创新，这也恰恰符合了宋人敢于求新、求变的创造精神。屈原楚辞，辞采华茂，奇崛瑰丽。但在骚体的流传过程中，原初骚体所体现出的这种纵横恣肆的美学风貌逐渐消退了，尤其到了宋代，尽管一些骚体如拟骚类骚体仍然在坚持向原初骚体学习，以华美的辞藻、奇崛的想象来构造文章，但从宋代骚体文学的整体审美情趣上来看，是趋于俗化的，大量的骚体贴近自然，向生活靠拢，在意象的选择和意境的营造上也趋于俗化，语言方面更是出现了平实化的倾向，这显然是受到了宋代文学尚俗与追求平淡之美的巨大影响。

宋代骚体文学无论是在内容还是形式上，都出现了新的变化，这种新变一方面与文人的积极探索，文体的发展有关，但更重要的是受到了当代文化思潮的巨大的影响。宋人的文化学术具有深远的影响力，其对骚体文学的渗透实现了对骚体在一定程度上的改造，就骚体文学而言，这是一种新突破和新发展。

三、文人心态对骚体文学创作的影响

文学创作活动中，作者通过作品来表达他的内心感受，并试图引起作者的共鸣，因此作者在创作活动中是个占据着主体性地位的基本要素。因此，考察文学的发展，必然要对作者及其创作心理进行观照。有宋一代，历时三百余年，不同的时期，不同文人的遭际并不相同，但由于有宋一代，在特定的历史阶段，或民族矛盾、或社会矛盾十分突出，于是就形成了几种相对集中普遍的文化心态。这种文人特殊遭际所形成的文化心态，直接透射于骚体文学创作上，影响了骚体文学的发展走向。

有宋一代的右文政策使文人的社会责任感和参政热情高涨，欧阳修语“开口揽时事，议论争煌煌”即是对这种文人心态的真实写照。经历了长期的分裂之后，在亡唐之鉴下，宋人是对社会、政治、历史、文化等各个领域都进行了深入的反思。宋代士风已无唐人的洒脱飘逸，转为沉潜内敛，有宋一代是充满理性的一代。就文学领域而言，士大夫在积极探索文与道之间的关系，极力彰显文学的社会功能。宋代骚体文学尽管不是显学，但也受到这种普遍文化心态的影响，有宋一代的骚体文学，在发扬骚体关注社会现实的传统之际，还加入了大量议论成分，宋代文人试图利用文学来反作用于社会，干预政治的用心十分明显。骚体文学也因此呈现出了浓厚的理性色彩、明显的时代精神和刚健的骨力文风。

宋代士大夫的国家主人公意识十分强烈，他们密切关注国家的浮沉起落。宋王朝从建立到最后覆亡，内有臃肿的官僚机构带来的各种丑恶社会现象，外有强敌压境，威胁重重。这种内忧外患的国情，使宋人充满了深沉的忧患意识，而连年的战乱和南北宋的更迭，使宋人忧国忧民的志士情怀得以彰显，从而汇聚成了一股强大的爱国主义思潮。宋代骚体文学中最能代表宋人入世精神的两类主题也应运产生。即对社会现实的不满和爱国主义精神的高扬。国家不幸诗家幸，有宋一代充满悲剧意味的国情尽管给宋代文人造成很大的心理创伤，但正是这些激烈矛盾的显著存在，才使宋人形成了某种普遍的文化心态，转而凝聚成一种时代思潮或时代精神，进而影响到了骚体文学创作。

有宋一代，宋代文人体现出了对屈原精神的高度认同。屈原以他伟大的人格魅力和高洁的品质一直影响着后世的文人士子，但由于宋朝的时代背景与屈原时代比较类似。同样是面对国家被外族所灭的痛苦，同样是报国无门的愤懑，同样是黑暗的社会现实。可以说，屈原的悲惨遭遇，在千年后又一次降临在了宋人身上。由于这些遭遇的相似之处，使宋代文人对屈原的人格以及屈原的遭际有了高度的认同，他们在屈原身上找到自己的精神寄托，体现出了对屈原卓越的人格和深沉悲壮情怀的追认。《宋史》载：

（元丰）六年春正月……丙午，封楚三闾大夫屈平为忠洁侯。①

宋代帝王之所以要为屈原封爵建祠，无疑是为了大力宣扬屈原忠君爱国的精神，这显然是为其统治服务的，然而真正理解和继承屈原精神的，是那些怀才不遇，品德高尚的文人士子。陆游一生都想着恢复中原，却报国无门，最后含恨而逝。尽管陆游在政治斗争中屡遭打击排挤，但他仍坚持理想，始终不渝。在人生遭际和思想品格上，都与屈原有很大的相似之处。因此陆游尤其爱好《楚辞》，他在诗词中说道："午窗弄笔临唐帖，夜几研朱勘楚辞。""秋夜挑灯读楚辞，昔人句句不吾欺"、"听儿诵离骚，可以散我愁。微言入孤梦，怳与屈宋游"、"病里犹须看周易，醉中亦复读离骚。"陆游表现出了对《楚辞》、《离骚》极大的关注，表现出了对屈原极大的追认。陆游曾作《哀郢二首》表达自己与屈原一样抱负无法实现的痛楚，诗曰："离骚未解灵均恨，志士千秋泪满裳。"比陆游稍晚的辛弃疾，与陆游可谓是志同道合，他曾是个"壮岁旌旗拥万夫"的抗金义军首领，但空有"了却君王天下事，赢得生前身后名"的英雄报国之志，却沉沦下僚、不受重用，辛弃疾的怨愤之深重、爱国之深沉，堪与陆游相比，甚至不亚于屈原。辛弃疾不仅作词缅怀屈原，"灵均千古怀沙恨"，他还以屈原自比，"我亦卜居者，岁晚望三闾。"辛弃疾被诬罢官时所作的《喜迁莺·谢赵晋臣敷文赋芙蓉词见寿，用韵为谢》：

休说，搴木末；当日灵均，恨与君王别。心阻媒劳，交疏怨极，恩不甚兮轻绝。千古《离骚》文字，芳至今犹未歇。都休问，但千杯快饮，露荷翻叶。

辛弃疾借荷花之高洁，表现自己不屑与时辈同流合污、洁身自好的高尚品质。辛弃疾又由花及人，表现了对屈原的缅怀与追颂之情。南宋末年的刘辰翁，在南宋灭亡后创作了大量的"端午词"，借端午节纪念屈原之际，表达对故国的思

① 脱脱等：《宋史》，《二十五史》版，卷十六，上海古籍出版社、上海书店出版社，1986 年

念。爱国诗人文天祥也曾明确表示过“我欲从灵均”，表现了他对屈原的仰慕之情。此外，马廷鸾、谢枋得、周密、林景熙、谢翱等人或写诗歌颂屈原，或模仿楚骚，均表现了对故国的怀念以及对屈原的追念和认同。宋代文人由于处在特殊的年代而对屈原及其精神表现出了高度的认同。正是这种认同感，使宋代文人在创作时或赞扬其精神，或借屈原表达自己与屈原类似的遭际。骚体文学就是宋代文人用来追念屈原，抒发感情的一个重要手段。

宋代文人经历了一个特殊的心路历程，他们既有积极入世的主观愿望，却又遭受着理想不能实现，壮志难酬的郁闷。此时屈原及屈原精神成了他们的心灵寄托，宋代文人以屈原为榜样，在其骚体文学创作中表现出了高度的历史责任感以及对现实的批判精神，这是宋代文人留给整个中华民族的一笔宝贵的精神财富。

第二节　宋代骚体文学的分布

宋代骚体文学创作较之唐代要更加繁荣。通过对《全宋诗》、《全宋文》等文献的检索，宋代的文学作品中带有“兮”字的有数千篇之多，其主要的存在形式有以下几种：一是以诗歌样式存在的骚体诗；二是以赋名篇的骚体，即所谓的“骚体赋”；第三种是哀悼类文章中的骚体部分；第四种是碑志类铭文中的骚体部分；第五种是后人拟屈宋等人所作的拟作骚体。还有其他一些散见在诗文中的具有骚体特征的段落和骚体句，如“歌曰”“辞曰”后的一小段具有骚体特征的诗文，或者直接以单个句子形式杂糅在诗文之中的个别骚体句等等。这些散见的段落基本上可以单独拿出来作为骚体来研究，骚体句在诗文中则多与其他的非骚体句式混合使用，它们单独并不能构成完整的意义，或者说他们难以从其他的普通句式中独立出来，因此，这一类的骚体句子，虽然具有骚体的特征，但是不具有独立性、完整性。所以，宋代骚体文学嬗变所关注的主要对象是上述的五种主要的骚体文学样式和一些可以独立成段的骚体文，不能独立的骚体句不算在内。

一、骚体诗

宋代骚体诗主要分布在以“辞”、“歌”、“引”、“操”、“曲”等命名的乐府诗当中；还有一些直接冠以楚辞之名或拟《九歌》、《九章》体制而作的骚体诗篇，这类诗篇是骚体特征最为明显的；其他还有少数诗篇题目与其他类型的诗歌一样比较普通，但其内容却是骚体。从句式上看，以杂言居多，但也有比较整饬的三言、五言、六言诗。从创作队伍来看，儒、释、道三家均有，尤其是释、道两家，在骚体诗的创作上几乎可与儒家文人创作相提并论。

乐府诗最初主要是指自两汉以来，一直到南北朝时期由当时的乐府机关所采集整理和编选的用来入乐的歌谣。但随着后世作家仿作的增多，乐府诗已经逐渐成为一种宽泛的文学样式，它既包括以前搜集的民歌，也包括后人的仿作在内。宋代郭茂倩《乐府诗集》一百卷，是一本对唐五代以前的乐府集大成性质的总集类著作，在这部乐府诗集中，既有民歌也有文人创作的诗歌。明人胡震亨曾说：

> ……而诸诗内又有诗与乐府之别，乐府内又有往题、新题之别。往题者，汉、魏以下，陈、隋以上乐府古题，唐人所拟作也；新题者，古乐府所无，唐人新制为乐府题者也。其题或名歌，亦或名行，或兼名歌行。又有曰引者，曰曲者，曰谣者，曰辞者，曰篇者。有曰咏者，曰吟者，曰叹者，曰唱者，曰弄者。复有曰思者，曰怨者，曰悲若哀者，曰乐者。凡此多属之乐府，然非必尽谐之于乐。①

由此可见，以“辞”、“歌”、“引”、“操”、“曲”等命名的骚体诗都应当属于乐府诗的范畴。骚体何以会如此多地分布在乐府诗中呢？其实骚体自产生之际就和乐府诗或者乐府民歌有着不可割裂的联系。楚地巫风浓重，歌、乐、舞等艺术形式都十分发达。作为骚体主要源头之一的楚地民歌祭歌也是十分繁荣，这些民歌祭歌也自然地被收入乐府诗或乐府民歌之中。明人许学夷说：“高帝《大

---

① 胡震亨：《唐音癸签》卷一，上海古籍出版社，1981年

风歌》，项籍《垓下歌》，皆乐府楚声也。”因此楚声歌谣在乐府诗中占据了重要的地位。尤其在东汉以前，楚声歌谣在乐府诗中占据着绝对的统治地位。谢无量曾说：

> 夫汉之灭秦，凭故楚之壮气。文学所肇，亦楚音是先。《大风》之歌，《安世》之乐，不可谓非汉代兴国文学之根本。①

虽然从东汉开始，楚声在乐府中的统治地位有所减弱，但它仍是历朝乐府的重要组成部分。在乐府民歌中，楚声类歌谣被很好地保存和继承了下来，后人使用乐府诗体创作诗篇，自然而然要受到楚声的影响，因此骚体诗出现在乐府类诗歌中就再自然不过了。

宋代骚体诗中，以“辞”、“歌”、“引”、“操”、“曲”等命名的骚体诗大概要占到所有骚体诗的六成以上。以“辞”命名的如苏轼的《上清辞》、《黄泥坂辞》、《清溪辞》；徐积《欢乐辞》；晁补之的《望涡流辞》、《冰玉堂辞》、《漫浪阁辞》；白玉蟾的《清夜辞》十首；陈炳的《泛秋浦辞》；陈傅良的《西庙招辞》；陈造的《送龙辞三章》、《行春辞》三首；崔敦礼的《楚州庞庙迎享送神辞》、《田间辞》三首；高似孙的《秋兰辞》、《山中雨辞》等等。以“歌”命名的如蒋堂的《棹歌》；夏竦的《奉和御制奉先歌》、《奉和御制墨歌》；司马光《送伊阙王大夫歌》；彭汝砺《爱山楼歌》；白玉蟾的《武夷歌》；曹勋的《宛转歌》、《项王歌》；柴元彪的《击壤歌》；陈宓的《庐山歌》、《西湖歌》；程珌的《子时歌》；陆九渊的《玉芝歌》；马廷鸾的《饶娥庙祀神歌》等等。以“引”命名的如李复的《流泉引》；王安石的《幽谷引》；郭祥正的《古思归引》；高似孙的《花飞引》；李复的《流泉引》；宋自逊的《乌鹊引》等等。以“操”命名的如王令的《终雌操》；黄庭坚《龙眠操三章赠李元中》、《听履霜操》；文同《水仙操》；曹勋的《别鹤操》、《残形操》、《龟山操》、《拘幽操》、《履霜操》；刘黻的《横浦操》；释文珦的《放鹤操》等等。以“曲”命名的如李常的《解雨送神曲》、高似孙的《嶀台神弦曲》；龚颐正的《陈山龙君祠迎享送神曲》；刘宰的

---

① 谢无量：《中国大文学史》卷一，中华书局，1924年

《昭君曲》；游九言的《义灵庙迎享送神曲》等等。

其他一些骚体诗歌如王令的《江上词》、《山中词》、白玉蟾的《山中忆鹤林》、陈仁玉的《南峰寺蓝光轩怀吴直翁》、范成大的《归将》、《交难》、《愍遊》等诗作，从题目看与普通诗歌无异，不过诗歌体制上也是骚体。

这些骚体诗从句式上来看，大多都是杂言句，句式长短不一，参差错落，少部分的句式字数相同，比较整齐。以高似孙的骚体创作为例，他的《九怀》是杂言句式，《蓬莱游》则是整齐的六言诗，《山中雨辞》数首中既有整齐的五言诗也有规整的七言诗。总体看来宋代骚体诗的句式比较灵活，即使是同一题目，其句式也是有的是杂言，有的则比较整饬。

二、以赋名篇的骚体

辞（骚体）赋混称是由汉人开始的，前文已述，由于汉人对骚体的文体特征认识不够，导致了辞赋混称现象的出现，这种观念对后人的辞赋观一直都存在着巨大的影响。宋代骚体文学，之所以还有辞赋混称的现象，正是受到了这种观念的影响。这些所谓的“骚体赋”，其实乃是以赋名篇的骚体，是区别于赋的一种独特文体。

宋代的骚体与其他文体相交叉的现象很多，在以赋名篇的骚体中也不例外。在对宋代含有“兮”字的赋体类作品进行检索时发现，尽管使用过“兮”字的骚体作品为数不少，但是真正能够称为骚体的不算太多。有不少赋类作品，只是部分篇幅使用了骚体句式，整体上还是普通句式居多，还有相当一部分赋只是某个句子或者故事中某个人物的语言使用了骚体句式，这样的赋体都算不上是骚体。郭建勋在《骚体赋的界定及其在赋体文学中的地位》一文中曾说到，骚体赋必须具备两个基本条件：一是采用楚骚的文体形式，也就是“兮”字句为其基本的句型；其二是明确地用“赋”作为作品的称名。① 从这个标准出发，宋代骚体文学中，以赋名篇的骚体约有近三百篇。这些作品大多篇幅较长，较之诗歌容量增大，艺术价值较高，是宋代骚体文学的主要组成部分。

与骚体诗儒、释、道三家皆有的创作队伍不同，以赋名篇的骚体的创作者

① 郭建勋：《骚体赋的界定及其在赋体文学中的地位》，《求索》，2000年第5期

以文人居多，僧人、道士较少。比较典型的作品如郭祥正的《石室赋》；刘攽的《写忧赋》、《不寐赋》、《斗蚁赋》、《秋怀赋》；王令的《藏芝赋》、苏轼《屈原庙赋》；苏辙《巫山赋》；李复的《种药赋》；宗泽的《古楠赋》；程俱的《怀居赋》、《小山赋》；周紫芝的《哀湘累赋》；李纲的《含笑花赋》、《幽兰赋》；李处权的《乐郊赋》；郑刚中的《感雪竹赋》；苏籀的《闽岭赋》；张九成的《述志赋》、《谪居赋》；张嵲的《续囚山赋》、《憎雨赋》；胡寅的《原乱赋》；王灼的《吊屈原赋》；范浚的《姑苏台赋》、《述严赋》；王十朋的《双瀑赋》、《归去来赋》；晁公溯的《悯孤赋》、《朝山堂赋》；韩元吉的《拙蚕赋》、《湘竹赋》等等。

宋代以赋为名的骚体涉及到的内容十分广泛，既有咏物之文，也有怀古之作，不过大部分还是以抒发自我感受为主。在句式方面较之骚体诗歌更加层次错落，变化多端，还有部分骚体出现了骚体句式与普通句式相杂糅的现象。总体看来，宋代以赋为名的骚体是宋人骚体创作中内容最充实、艺术水平也最高的一部分。

三、哀悼类文章中的骚体

哀悼类韵文是古代为祭奠死者而写的哀悼性文章。其主要形式包括以下几类：即哀辞、吊文、诔文、哀策、哀祭文等，是一种抒发哀悼、悲痛之情的文学样式。哀即是哀辞，晋人挚虞《文章流别论》曰：

> 哀辞者，诔之流也。崔瑗、苏顺、马融等为之，率以施于童殇夭折不以寿终者。建安中，文帝与临淄侯各失稚子，命徐幹、刘桢等为之哀辞。哀辞之体，以哀痛为主，缘以叹息之辞。①

挚虞认为哀辞伤悼的对象乃是“童殇夭折不以寿终者”，即未成年而夭折之人。刘勰《文心雕龙·哀吊》中也提到了哀辞：

> 赋宪之谥，短折曰哀。哀者，依也。悲实依心，故曰哀也。以辞遣哀，

① 张溥：《汉魏六朝百三家集》卷四十二，人民文学出版社，1960年

盖下泪之悼，故不在黄发，必施夭昏。……原夫哀辞大体，情主于痛伤，而辞穷乎爱惜……必使情往会悲，文来引泣，乃其贵耳。①

由此可见最初的哀辞，其伤悼的对象应该是未成年而夭折之人。吊，即吊文。《文心雕龙·哀吊》说：

吊者，至也……君子令终定谥，事极理哀，故宾之慰主，以至到为言也。压溺乖道，所以不吊矣。②

可见，吊文是哀悼那些寿终正寝的成年人的，那些被压死、或者溺水而死的非正常死亡的人，不属于吊文哀悼的范围。诔文，《文章流别论》曰：

惟诔无定制，故作者多异焉，见于典籍者，《左传》有鲁哀公为孔子诔。③

刘勰《文心雕龙·诔碑》说：

诔者，累也；累其德行，旌之不朽也。④

陆机《文赋》则认为"诔缠绵而凄怆。"由此可见，诔文所悼念的对象比较灵活，而且其功用还侧重累计死者生前的德行，通过表彰使其传之不朽，其风格也是以悲情为主。哀策文，任昉《文章缘起》曰："哀策，汉乐安相李尤作《和帝哀策》。"明人陈懋仁注之曰"简其功德而哀之。《释名》：'哀，爱也。'爱而哀之也。"因爱而生哀，并有"简其功德之能"，由此可见，哀策文与诔文比较接近，如果说哀、吊之文哀悼色彩较浓的话，那么诔、策之文则是表彰纪念的

---

① 《文心雕龙注》，第239页
② 《文心雕龙注》，第240页
③ 《汉魏六朝百三家集》卷四十二
④ 《文心雕龙注》，第212页

目的较大；哀、吊文所哀悼的对象比较特殊，诔、策之文则是比较灵活，没有固定的哀悼对象。至于祭文，较之前几类更加灵活多用，徐师曾《文体明辨》的解释最明晰：

> 哀祭文者，祭奠亲友之辞也。古之祭祀，止于告飨而已。中世以还，兼赞言行，以寓哀伤之意，盖祝文之变也。①

据徐师曾的说法，祭文既可以表祭奠亲友之哀，也可以用于肃穆的祭祀祭奠活动，也抒发一种哀伤的情感。上述的几类哀悼类文章在哀悼的对象上有所差异，表达情感时也浓淡不一，但在南北朝以后，这种差异逐渐在缩小，各种文体之间在相互地渗透，界限越来越模糊。因此后人在对哀悼类文章进行界定时不再像刘勰等人那样严格规定某一种文体所悼念的对象是何人，宽泛地讲，广义上的哀悼类文章就是对逝者的一种悼念性文章，且以抒发哀悼、悲痛之情为主，是一种抒情色彩浓厚的文学样式。

既然同为抒情性文学样式，那么此类哀悼类文章与骚体必然有某些关联之处，而事实上，哀吊类韵文的创作与屈骚体式有着紧密的联系。楚辞中的《国殇》就是用来悼念和赞颂那些在战争中阵亡的楚国将士的。《招魂》、《大招》都是招魂辞，也是为纪念死者而作。这些原初骚体虽然从体式上来讲是以骚体的形式创作的，但从内容与情感方面来说也是表达哀悼的一种文章，宽泛地说来也应该属于哀悼类。汉代时借助骚体体式创作的表达悼念之情的文章，则可以直接算作是哀悼类了。如西汉初贾谊的《惜誓》这就带有悼念屈原之意，至于他创作的骚体《吊屈原赋》，直接以吊名篇，明确地表示了作赋的目的乃是为了伤悼屈原。此后，借用骚体来创作哀悼类文章逐渐成为一种传统和习惯。历代的文人，都曾使用骚体创作过哀悼类文章，不过需要说明的一点是骚体并不是表现哀悼类内容的唯一的文体，它只是众多表现哀悼类文章中的比较重要和值得注意的一部分。

宋代骚体中，哀吊类骚体所占的比重较大，从数量上看，将近三百余篇。

---

① 贺复徵：《文章辨体汇选》，文渊阁《四库全书》本，卷七百四十九

在这种哀吊类骚体中，祭文所占的比重较大，哀辞与吊文也占有一定的数量，诔文和哀策文相对较少。宋代的祭文类骚体创作如：华镇的《祭温州张判官文》；刘跂的《祭蔡致之文》；范仲淹的《祭谢宾客文》、《祭龙图杨给事文》、蔡襄的《祭苏子美文》；廖刚的《祭杨龙学文》、《祭黄思贤文》；葛胜仲的《祭刘尚书文》、《祭施氏妹恭人文》；孙觌的《包氏妹出殡祭文》；周紫芝《为魏侍郎祭闻人奉议文》；张纲的《祭李氏孺人文》；张元干的《诸公祭邓正言文》；胡寅的《祭陈少卿几叟》、《祭杨珣》；胡铨的《代同官祭李提刑文》；史浩的《祭叔母齐安郡夫人孙氏》、《祭潘德鄜经略文》；葛立方的《祭沈孟明兵曹文》等等。哀辞类骚体创作如：司马光《石昌言哀辞》；王安石的《李通叔哀辞》、《泰兴令周孝先哀辞》；苏辙的《杨乐道龙图哀辞》、《刘凝之屯田哀辞》；晁以道《汪信民哀辞》；张纲的《萧子宽哀辞》；刘才邵的《周鲠臣哀辞》；陆游的《尤延之尚书哀辞》；杨万里的《黄世永哀辞》、《范女哀辞》；陈造的《高大卿哀辞》；王质的《王仲说哀辞》；彭龟年的《陈客斋先生哀辞》；游九言的《过杨忠襄墓哀辞》；吕皓的《水心叶先生哀辞》；程珌《天台二张居士哀辞》等等。南宋骚体文学中的吊文创作如李新的《吊安康郡君词》；梅尧臣的《吊李膺祠》；刘敞的《吊二岳生文》；周紫芝的《吊双庙词》、《吊英布庙文》；张纲的《吊国殇文》；张嵲的《吊郑大夫公孙申文》；王灼的《吊屈原赋》；王之望的《吊成安君文》；周文璞的《吊青溪姑词》；释居简的《吊池阳郡博庐蒲江丧耦与女》；刘克庄的《吊小鹤赋》等等。其他还有一些哀悼类骚体，没有直接以“祭”“哀”“吊”名篇，但从其内容上看也是表哀悼之情的，如：周紫芝的《悼亡哀词》二首；张纲的《哭惠女文》；李洪的《殇幼赋》；魏了翁的《代哭杨端明文》等等。

宋代哀悼类文章中包含了很大一部分骚体，这些骚体所要悼念的对象比较宽泛，既有幼年而殇者，也有衰老而死者。从篇幅上看，这类哀悼类骚体篇幅一般不长；从情感色彩上看，普遍抒发一种悲痛、哀婉的感情。这类骚体很好地继承和发展了骚体善于抒情，而且善于抒发愤懑不平、悲痛哀怨之情的优良传统，充分发挥了骚体的善发悲情之声的特长，创造了哀怨缠绵的哀伤之音。

四、碑志类铭文中的骚体部分

碑是指古人置放于宫室、宗庙、墓地前的石柱、石桩之类。古人在这些石柱、石桩之类的石头上刻字，或记事，或记人，于是就产生了碑文，又有碑志、碑铭的说法。志在古代有记识、记载的意思，铭则是铭刻的意思。人类文明发展到青铜器时代以后，先人曾在铜器钟鼎类器物上刻字来记人记事，这些刻在青铜器物上的文辞即称为铭文。后来发展到在石头上刻字记事，较之在金属器皿上刻字更加方便，而且可以达到和金属一样的长久保存效果，因此，刻字于石来记事的做法长时间以来一直被沿用。《文心雕龙·诔碑》说“以石代金，同乎不朽”①，由此可见，以石碑记事，启发自金属上的铭文，因此刻于石碑上的文字也沿袭而称碑铭。所以说，碑志类铭文即是刻在石碑上用来记人记事的文字或文辞。古代的碑文按用途和内容大致分为三种：墓碑文、记功碑文和宫室庙宇碑文或庙记类碑文。墓碑文可分为两种，埋于地下的称墓志铭，立于地上的称墓碑文或墓表文，墓表文或称神道碑铭，或称墓褐文。记功碑文顾名思义主要用于记述功德，往往是用来表彰或赞颂某人某事。宫室庙宇碑文是古代有重大兴建诸如宫室、庙宇、开山、修桥道等的时候，为叙其缘由、经过、规模和主事者的情况而立的碑志。

碑志类铭文一般是以文的样式出现的。在文章的开头，往往有很长篇幅的序言，用来叙述事件或者人物生平业绩，这些文字一般是用散体写作而成的。在序言之后，一般会附有铭文，这段铭文是经过艺术加工创作的韵文，主要是来抒情的，或表达对死者的哀悼，或是歌功颂德之作，或是祈祷、祈福之文。骚体一般用于后面的铭文中，虽然就全篇文章来说，骚体所占的分量较小，而且如果以通篇来算，序言和铭文加在一起，绝对算不上是骚体，但因为铭文是独立在序言之外的，而且铭文的确是标准的骚体体式，因此，碑志类铭文中的骚体部分可以单独摘出来当作骚体文学来研究。骚体何以能在碑志类铭文中出现呢？这还是要从骚体的文体特征说起。首先来说，无论是表哀悼、歌功颂德，还是祭祀祈福，都是骚体所擅长为之的。骚体抒情性强、且长于抒写悲怨之情的特性，既能充分地表达出对死者的痛惜敬仰之情，也能渲染衬托出被颂者的崇高伟大，加之骚体本身就是从祭祀活动中产生的，因此在表现、记录祭祀之事时更是游刃有余。从历代的碑志类铭文来看，骚体句式用于写作碑志类铭文

① 《文心雕龙注》，第214页

的现象确实相当之多，因此宋代骚体分布在碑志类铭文中，也就是顺理成章之事了。

宋代碑志铭文类骚体数量非常之多，仅南宋一朝数量就达到三百余篇，其中墓志铭的数量就将近二百多篇。如李复的《周夫人墓志铭》、《恭人范氏墓志铭》；葛胜仲的《右朝散大夫侍其公墓志铭》、《奉议郎致仕周公墓志铭》、《妻硕人张氏墓志铭》；程俱的《宋故右迪功郎监潭州南岳庙富君墓志铭》；汪藻的《左朝请郎知建昌军赠朝请大夫刘君墓志铭》、《奉议郎知舒州曾君墓志铭》；孙觌的《宋故左中奉大夫致仕柳公墓志铭》、《宋故右中奉大夫直秘阁致仕朱公墓志铭》、《宋故右承议郎吴公墓志铭》、《宋故左朝议大夫致仕孙公墓志铭》；沈与求的《黄直阁墓志铭》、《宋故李君墓志铭》等等。记功类碑文数量不多，有十数篇左右。如汪藻的《尚书刑部侍郎赠端明殿学士程公神道碑》；薛季宣的《磨李固碑文》；刘克庄的《丁给事神道碑》、《警斋吴侍郎神道碑》、《毅斋郎郑观文神道碑》；谌祐的《杨令君平寇碑》等等。宫室庙宇碑文数量也比较多，有数十篇左右。如李薰的《重修福山岳庙记》；周良翰的《新繁县新建灵应庙记》；沈长卿的《灵应庙碑记》；陈知柔的《重修永春县儒学碑铭》；韩元吉的《东岳庙碑》、《苏文定公祠碑》；杨万里的《六一先生祠堂碑》；陈适的《新建祠山庙记》等等。

骚体类的墓碑文一般篇幅都比较短小，抒情色彩浓厚。写作碑文的大多是学识、才华出众的能文之人，因此这些骚体虽然是叙死者生平、颂扬死者的功业德行和描写祭祀祈福这样的枯燥内容，但往往写得辞采华茂，纵横捭阖，具有很高的艺术美感。

五、拟作骚体

自骚体产生之日起，这类拟作类骚体就一直存在着，历代皆有，并不少见。屈原以其超凡的思维和卓越的才华创造了骚体文学，后世文人对他无不赞叹有加。后人追颂屈原一个很重要的方式就是拟作骚体，虽然所处的时代不同，虽然各自的身份有异，但这些文人无不期盼能与屈原遥相呼应，共诉心声。《楚辞章句·离骚叙》也说："楚人高其行义，玮其文采，以相教传。"[①] 由此可见无论是屈原的人品还是屈原的文章都具有垂范的力量，于是后人争相学习创作骚体。《史记·屈原贾生列传》说"皆祖屈原之从容辞令"[②]。因此后人拟作骚体既是对屈原的追念也是对屈原的学习。尤其是两汉时期，文人拟作骚体的现象非常普遍，可以说正是拟作、仿作骚体之风的兴起，才真正使骚体走上了繁荣发展的道路。

然而在汉代以后，随着其他文体形式如诗、赋、词的逐渐成熟，骚体文学逐渐失去了在文坛的主流地位，于是骚体在延续自身发展的同时，不得不受到主流文学的影响，越来越多的文体样式渗透到骚体中来，于是骚体与其他类文体的交叉现象越来越多，虽然它还保持着骚体的基本特征，但具体的外在表现形式却已经是多种多样了。后世文人的骚体文学创作中，这种直接拟作骚体的骚体作品越来越不多见。其实从严格意义上来说，拟作骚体不能与诗歌或者是赋等文体相提并论，它也算不上某种特殊文学样式。之所以将它单独拿出来作为一个方面，是因为这种拟作骚体最能体现出原初骚体的体式特征，可以说，在这些拟骚作品中可以直接窥见骚体的本来面目，如果说骚体诗、骚体赋体现的是骚体的流变的话，那么拟作骚体体现的则是骚体的稳固性和传统性，这类拟骚类作品虽然是模仿之作，但却体现着骚体的根本特征。

宋代骚体文学中的拟骚类作品大致可以分为两类，一类是模仿《九歌》、《九章》等九篇骚体连缀成篇的创作方式来创作骚体；另外一类是对《离骚》、《招魂》等篇的模仿之作。宋代的拟作骚体较之以其他样式存在的骚体来说，数量上要少得多，一共也就几十篇而已，但由于不少骚体是九篇连缀而成，或者是类似《离骚》一样的长篇，因此在内容方面还是比较丰富的。创作拟作骚体的以士人居多，模仿《九歌》、《九章》的作品如吕祖谦《九诵》；程公许的《述九颂》；葛立方的《九效》、高似孙的《九怀》；薛季宣的《九奋》等等。对《离骚》、《招魂》等篇的模仿之作如前文提到的李纲的《拟骚》等；其他的如李复的《后招魂》、刘宰的《招魂》等皆是对屈宋《招魂》的模仿；王灼的《吊屈原

① 《楚辞章句》卷一
② 《史记》，第281页

赋》是对贾谊的模仿；孙因的《越问》是对屈原《天问》的模仿；程公许《幽思赋》乃是对《大招》的模仿等等。

这类拟作骚体，虽然不是单独的文体样式，但它与原初骚体有着密切的联系，是骚体文学中比较特殊的一部分，尽管它们艺术成就良莠不齐，但作为最接近原初骚体的一类文学样式，极具参考价值。

六、其他形式

宋代骚体文学，除了分布在上述的几种文体样式以外，还分布在其他类型的一些作品中，如一些祭祀类“祝文”的作品即是以骚体体式创作而成，如：许尹的《谢雨送龙祝文》、卫博的《谢雨祝文》、王十朋的《韩魏公祠奉安祝文》、许开的《谢雨送龙祝文》、周南的《西峰大圣送水祝文》、《起水祝文》、《送龙泉祝文》等等；还有一些以“赞”的形式出现的骚体，如洪咨夔的《昭君赞》、《莫愁赞》、牟子才的《李白脱靴图赞》、《返棹图赞》、时少章的《清溪图后赞》、王柏的《河图赞》、《洛书赞》、陈著的《汪日宾真赞》等等；还有一些散见的骚体段落，如存在于文章之中“歌曰”“辞曰”等形式的段落，其内容通常也是用骚体来创作，这是骚体与诗赋相结合的一种重要形式，就全篇而言，不是骚体，但“歌曰”、“辞曰”却可以划入骚体研究范围之内。如周必大的《梦仙赋》，此赋绝大部分的内容是由散体写作而成的，只是在赋中人物对话时出现了骚体句式。《梦仙赋》：

> 于是客抚髀而跃曰：“吾得之矣。“乃庸作歌，以侑芳醴。歌曰：“功行三千，积多生兮。……万有千岁，寿而臧兮。层霄下土，未去何常兮。”

可以看到，前半部分还是散体，到了后面的“歌曰”部分就成了骚体。因此这部分“歌曰”的内容可以当作骚体来对待。其他还有一些散落在文章之中的骚体句，虽然也是骚体部分，却无法单独摘出，因此严格说起来，不能算作真正的骚体文学。如杨简的《月赋》：

> 山月兮腾腾，千峰兮毕明。入林度岭兮，疏爽而散清。浮波泛流兮，

也不要在意，才是从酷暑中解脱的途径。喻指在仕途逆境中应泰然处之，体现的是作者对仕途、人生的反思。王安石的《思归赋》和《释谋赋》表达对隐退归乡、释谋舍官的追求和向往；《历山赋》表现眼见圣统无以为继的悲感和独处浊世的孤独感。张方平的《东山吟》将自己的心志寄托于古人。同样是对待失意，同样是面对忧患，较之屈原，宋人多了一些理性，然而缺乏了感性狂狷的精神，这种逃避现实、明哲保身的思想，或明或暗地贯穿整个宋代。

宋代中期的骚体文学经历了两个发展阶段，大致以王安石变法失败为界，前期文人参政议政热情高涨，出现了议论时弊，抒发济世热情的潮流。然而随着变法的失败，党争的加剧，文人们被困于理想和现实之间，进退维谷，只能退而自处，寻求精神的自由。中期的骚体作品，议论成分明显加强，然而由于宋人内敛的士风使整个骚体文学呈现出了较为理性的风格。马积高《赋史》评价刘敞、刘攽的作品从容不迫，少激情，表现了学人之赋的特色。可见，宋人没有真正实现先天下之忧而忧、后天下之乐而乐的崇高理想，而是遵循了达则兼济天下、穷则独善其身的人生哲学。尽管有着类似的时代背景，然而宋代中期的骚体文学与屈原时代的楚辞风格相去甚远，这也直接体现出了宋人与屈原在思想上的差别，宋人所特有的深沉与哲思在骚体文学中展露无遗。

三、哲宗元祐以后至北宋灭亡：党争之怨与精神超脱

王安石变法的失败是宋代朋党之争走上极端化的一次重要转折。之前是围绕变法的政见之争，争论的出发点还是如何更有益于国家的政权统治。然而变法失败之后，随着党争的日益加剧，特别是哲宗元祐以后，元祐党人上台之后，互相倾轧，攻讦不断，党争也彻底沦为权力场上的勾心斗角。一党得势，则疯狂地排除异己，废旧立新。北宋后期，党锢之祸日重，北宋政权腐败日深。在这种政治局面下，骚体的文学创作明显受到影响，呈现出两个发展方向，一是对党争的怨愤；二是寻求精神上的解脱。这一时期主要的代表作家有苏轼、黄庭坚、晁补之、苏辙、秦观、张耒、赵鼎臣、邹浩等人。

北宋末期的党争对骚体文学创作影响的具体表现是多方面的，首先，党争加剧，势力变换的频繁使很多文人受到牵连，成为党争的牺牲品，文人难以自保。哲宗绍圣以后，文人有一个共同的心理背景，那就是对政治生活的恐惧和

对个体生命的忧虑。如苏轼三次遭贬后“念以重罪废斥，不敢复自比于师友间，但愧缩而已”的无奈，晁补之亦有“以罪贬官，偷安为幸”表白。在骚体文学创作上，这种惶恐的怨骚之音也有明显体现。如晁补之的《北京官舍后梨花赋》表达了一种不求名声显达，但求自保自足的思想。李新的《蛙赋》是一篇代蛙立言之作，实则以蛙自比，说明了蛙之天地虽小，然却得以免除各种祸患，自由自在，不会被人欺辱。其次，党争和黑暗统治，使文人不敢随意发言，黄庭坚就曾说“士大夫之生以口为戒”。然而面对残酷的现实与人生的无常，文人大多心有郁结，无奈之下，转向内心的修炼，以寻求精神的解脱。骚体文学创作方面，苏轼的《和陶渊明归去来兮辞》、晁补之《追和陶渊明归去来兮辞》、张耒的《和归去来辞》等，均表达了摆脱现实羁绊，寻求精神解脱的意愿。北宋末年还出现了以“超然台”为主题的骚体创作，如苏辙的《超然台赋》表达了他超世的理想，追求精神超脱的境界。张耒、鲜于侁等的《超然台赋》同样表达了一种游于物外，超脱世俗的超然情趣。再次，面对北宋后期的黑暗局势，还有一些文人仍坚持屈骚传统，用骚体来针砭时弊，讽喻当时，这在党争激烈，人人自危的宋末，尤为可贵。如苏过的《思子台赋》，借古讽今，呼唤当今统治者吸取历史上信谗杀子、暱奸败国、嗜杀忠良的惨痛教训，以德治国。苏辙的《屈原庙赋》借抨击屈原时代昏聩的君王，间接批判现实的专制统治。赵鼎臣的《尧山赋》，赞颂追慕尧帝、呼唤圣君的出现。邹浩的《愤古赋》借屈原的典故表达自己不随波逐流、屈服权势的愿望。其他如秦观的《浮山堰赋》、苏辙《登真兴寺楼赋》等均是此类主题。

北宋末年的骚体文学创作，已没有了中期积极入世的济世情怀，无论是在创作上，还是在格调上，都出现了落潮。受到复杂局势的影响，文人情绪更为内敛，深藏少露。因此，尽管宋末的骚体文学已是乱世之音，但因为宋人的理性与内敛，文章中并没有强烈的情绪宣泄。相反，宋人在遭遇不平之时，或选择明哲保身、逃避现实；或内转自省，寻求精神上的解脱。即使是那些坚持怨骚传统，讽喻当时的文人，也多采取借古讽今的委婉口吻，并不直击病弊。宋末骚体，充满了理性的约束和思考，在风格上偏于沉郁、冲淡，已呈现出了衰败之气。

四、宋高宗统治时期：忠愤之情与逃避现实

宋代，民族矛盾一直是统治者所面临的一个严峻问题。北方少数民族的强大，直接威胁着宋代的政权。女真族建立的金朝不断对北宋政权进行侵扰，并终于在1127年掳徽、钦二帝北上，灭亡了北宋。此后，宋康王赵构在南方称帝，建都临安，南宋建立。国土沦丧，南北分裂，南宋文人，尤其是两宋之际的文人，亲眼目睹了故土的沧桑巨变，深陷忧愤、羞辱的情感之中。而统治者奉行的妥协退让政策，更是让那些力图复国的有识之士痛心不已。经历了亡国之痛的南宋文人，分化为两个极端，一是对亡国痛心疾首，疾呼复国，反映到骚体文学领域，就是出现了抗击金朝、收复失地的爱国主义风潮，文人所特有的感性冲动又一次出现在了骚体文学之中。另一种文人则是继续了北宋时期的内敛士风，选择了对现实的远离与逃避。骚体文学中也因此出现了表达对客观现实无奈而寻求自我超越、自我解脱的避世之作。在这一时期，参与骚体创作的作家队伍中既有李纲、宗泽等朝廷重臣，也有释惠洪等方外之士；还有唐庚、苏籀、周紫芝、程俱等饱学才俊。

南宋立国之初，尽管骚体作品不多，但大都感情充沛，将社会衰变中文人的心灵激荡展现得淋漓尽致。由于宋代崇文抑武的基本国策，文臣受到了重用，宋代的文人家国意识十分强烈。他们以治国、平天下为己任，对国家命运关注尤深。早在北宋范仲淹就曾有过“先天下之忧而忧，后天下之乐而乐”的思想追求。南宋的文人同样具有北宋文人那种“天下兴亡、匹夫有责”的社会责任感，在他们的文学作品中表现出了对国计民生的极大关注。南宋建立，北方的金朝铁骑仍虎视眈眈，意欲一举吞并天下。面对国土沦丧、人民背井离乡的残酷现实，文人经历着亡国的阵痛，反映在文学上就是，抒发亡国之思的哀怨之作与表达复国愿望的慷慨悲歌层出不穷。如李纲在南宋初年曾创作《仲辅赋西郊见寄次韵作南征赋报之》，其中“远故国而回首兮，惊岁华之再秋”，“驰精爽于淮濆兮，飞梦魂于漠北。怅何日而归休兮，遂东山之钓弋”等句，充分表达出了作者强烈的物是人非之感和对故国的思念之情。处在社会变动年代的文人，对于社会动乱带来的痛楚往往会体验地特别深刻，两宋之际的文人，尤其是经由北宋到南宋的文人，不仅要背负着亡国灭种的屈辱，还要承受背井离乡的痛

苦。其他如曹勋、宗泽等人也都创作了不少骚体来表现对已亡故国的思念之情。骚体文学在南宋文坛并不占据主流地位，主流文学如诗、词等比较集中地反映了文人们抗击金朝、收复失地的爱国热情。但是在骚体中，这种直接表现重大题材内容的作品很少，抒写爱国情怀的骚体作品就更加显得珍贵。

两宋之际还有一部分文人对混乱无序的现实往往不愿过多地关注，与那些爱国作家不同，他们的作品中往往体现出一种远离社会现实、躲避尘世喧嚣的隐逸情怀。这其实是对现实的无奈之举。南宋骚体作家周紫芝曾作《思隐赋》：

何贪人之败类兮，纷突梯其脂韦。傃林皋而不反兮，曰言迈以何之？念儿童之未涉兮，斥嚚嚚之群嬉。坐茂阴以终日兮，引清流而濯衣。

不愿理会尘世间的喧嚣，只想在茂林之内、清泉之侧过自我超脱的生活。谢薖也是北宋末南宋初的人，他所作的《怀故园赋》云：

余故园之幽寂兮，拓荒榛而经始。……峙便娟之修竹兮，俨万夫而环侍。筑屋期间兮，将以隐居而求志。

谢薖经历了北宋的连年战火、颠沛流离之苦，只能通过追求隐居生活来开解现实所带来的痛楚，这种隐逸的情怀，是南宋初的文人对无奈现实的一种逃避，也是他们超脱现实，独善其身精神的一种体现。

南宋初年，骚体文学创作的主流还是以抒发和宣泄忧愤为主，其中表现爱国主义情怀的作品是这一时期思想价值较高的一部分。在创作风格和艺术形式上来看，与北宋末年的骚体创作没有太大的变化，继续呈现出散文化、议论化的创作倾向，语言上也趋于平易。这一阶段的骚体，尽管数量不多，但由于出现了呼吁复国的时代强音，因此较之北宋末年的骚体文学，在风力上要更加强健。

五、孝宗至宁宗时期：爱恨交糅与骚理交织

宋孝宗在位期间，关心民间疾苦，注意减轻赋税和徭役，整顿吏治，慎选

官员，惩治腐败，形成了较良好的社会风气；在文化学术方面，孝宗关注学术自由，孝宗统治期间是南宋政治最清明，经济、文化最为繁荣的一段时期。历史上称孝宗“卓然为南渡诸帝之称首”。真德秀赞颂道：

> 乾道、淳熙年间，有位于朝者，以馈及门为耻，受任于外者，以包苴入都为羞。①

此后，光宗、宁宗在位期间，也相对比较稳定，南宋迎来了一个难得的发展时期。这时的骚体文学也获得了较大的发展。孝宗在位期间，一直想收复中原，但由于太上皇宋高宗的干预，一直未偿所愿。等八十多岁的宋高宗去世后，孝宗也已经没有年轻时的雄心壮志，收复中原也只能成为一个永远无法实现的梦想。尽管如此，朝野士人要求收复失地、慷慨报国的热情依旧没有消退，这个时期的骚体文学创作显示出了南宋士人的报国热情。随着理学在南宋的兴盛，南宋的骚体创作出现了骚情与哲理相互交织的现象，这种类型的骚体创作将个人情感与人生哲思相结合，于情境中求理，于理趣中造情。这一时期较有成就的骚体作家，有晁公遡、王十朋、洪适、朱熹等。这一时期文坛出现的“中兴四大诗人”陆游、范成大、杨万里、尤袤四人虽然是以诗人著称，但在骚体创作方面，他们也有所涉及，除尤袤以外，陆、范、杨三人均有骚体文学传世，成就也比较突出。王十朋曾仕高宗、孝宗两朝，他在朝堂之上，就竭力反对屈膝和谈，力主恢复中原。他的骚体作品也充满了对复国的期盼和对现实的忧虑。他所创作的骚体《民事堂赋》借助对自然灾害的描写，表现了作者忧国忧民的思想感情。其文说：

> 嗟会稽之大府兮，罹荐岁之凶荒。飓风作于孟秋兮，雨浸淫而异常。天吴怒而江涛沸溢兮，飘庐舍而坏堤防。粢盛害而岁大侵兮，民饿踣而流亡。

---

① 陈亮：《陈亮集》，中华书局，1974年，第1470页

作者从自然灾害说起，说到民不聊生的社会现实，从而呼吁朝廷多关心民生疾苦，表现出了作者关注现实，忧国忧民的爱国情怀。其他骚体作家，如洪适、吴儆等，都是渴望收复失地，满怀一腔报国之情，但对现实又无可奈何，作品中又充满了愤懑忧虑之情。这一时期的文人们空有复国的美好愿望，却不得不在现实中承受愿望破灭所带来的痛楚。文人对国家复杂的感情，导致了在骚体文学中出现了较多的爱恨交糅之作。

与北宋道学思想影响下出现了很多哲理性的创作相似，南宋理学思想的繁荣，造就了很多表现自然与人生哲理为主旨的作品。就骚体文学而言，受理学思想的影响也很大，善于表情的骚体与善于说理的理学思想的结合，造成了这一时期的骚体文学呈现出了骚情与哲理相互交织的发展态势，理学巨擘朱熹创作的《感春赋》、《空同赋》等都体现出了这一特点。《空同赋》：

> 何孟秋之玄夜兮，心憀戾而弗怡？偃予躯之既宁兮，神杳杳兮寒闺。云屋掩而弗扃兮，壁带耿而夜光。宕予魄而不得视兮，怅訏立其怔营。……信真际之明融兮，又何必怀此梦也？矢予词以自写兮，盍将反予旆乎空同！

作者通过描写微妙的心灵变幻和情绪的发展，表现了一种个人抒情与哲理玄思相互交融的审美境界。楼钥的《雪溪仙隐》：

> 嗟嗟，阆中君兮弃家而远游，骞胡为乎不久留。其遂蝉脱尘埃而仙耶，其亦肥遁得道不死而隐于四窗之幽邪？扪萝以寻于烂平兮既不可见，莽白云之廿里兮欲进兮焉求……谓为远兮何景物之良是，谓在迩耶将径之何由。

作者名为哀友人，实乃自喻，情志深藏文内，耐人寻味，是理与情水乳交融的上乘之作。其他如陈傅良、罗愿、王炎等人也创作了不少情理交织的骚体作品。理学的繁荣影响了骚体的创作倾向，骚情与哲理相交织的创作方式是这一时期的一大特色。

需要特别提出的是，这一时期出现的陆游、范成大、杨万里等人也创作了一批情与理相互融合的优秀作品，尽管他们的骚体在艺术审美方面成就不一，但他们在情境中求得理趣的创作方式，在当时来说是一种别具特色的艺术追求。陆游以其数量巨大且感情真挚的爱国诗篇而被后人称作“南渡而下，故为一大宗”的伟大诗人，不过，很少有人关注陆游的骚体文学创作，其实，陆游的这部分创作也是有一些有独到特色的作品。如陆游《虎门节观雨赋》先描写了大雨滂沱之情状，在此之后他发议论说：

嗟夫！世有绝景，然后发驰骋怪伟之辞；士有奇志，然后悟超绝诡特之观。昔人文章之妙兮固与造化者同夫一端。风霆之奔掣兮震薄九关，追写以笔墨兮固知其难。

陆游借雨说为文之术，这是借助对外物的描写，进而悟得玄机，这是陆游刻意从情境之中来寻求理趣。文章如他所描写的雨一样，起伏跌宕。最后的议论又寓意深刻，耐人寻味。范成大的骚体创作倾向与陆游很相似，也比较擅长在日常生活中悟得玄理。他的《桂林中秋赋》感叹他一生中的四处漂泊，在文章中“月亦随予四方兮，不择地而婵娟。谅素娥之我哈兮，老色涴于朱颜”等句，于自我伤感中来悟得人生真谛，体现了作者对人生、对生活的思考。杨万里创“诚斋体”，诗学成就很高，他的骚体创作较之他的诗歌创作要逊色一些，但他的骚体较之同时代的骚体创作者来说，艺术水平还是较高的，尤其是他那些带有议论成分的骚体，情理交融，称得上佳作。如他的《中秋月赋》，就因情为文，又寓理其中。作者写景怀人，“悲秋岂其达人兮，爱月乃我辈事。及金枢之未央兮，独可有酒而无罪。”有情有理，意境美妙。其他如张孝祥、刘过、王质等人，也均创作过类似的骚体。诗人创作骚体，因情为文，寓理其中成为一种独特的创作倾向。

这一时期的骚体创作者，或是诗人如陆游等，或是学者如朱熹等，这些人的文学修养很高，因此，这一时期骚体作品的艺术成就普遍比较高，无论是于理趣中创造情境还是在情境中探讨理趣都表现出了极高的艺术水平。南宋无论从政治统治、社会状态，还是从文人的心理来说，都十分复杂。各种文化、各种学术的交叉渗透，加上文人们对国家的爱恨交糅，造成了这一时期的骚体创作体现出了骚情与哲理相互交织的特点。

六、理宗到南宋灭亡：抨击黑暗与消极避世

南宋自宁宗开禧时北伐金朝失败后，国势日渐衰微。北方强大的少数民族政权，威胁着南宋的统治，而此时的皇帝宋理宗，犹不思朝政，奢侈淫乐，南宋几乎到了灭亡的边缘。这一时期的文人普遍存在着两种情绪：一是对南宋政府腐朽统治的怨愤之意，二是对凄凉现实的无奈之感。与之相应，这一时期的骚体文学创作也出现了两种创作倾向，一个是生活在理宗时期的文人，对内忧外患的局势表现出极度的不满，他们关注现实，创作了很多充满批判和讽刺意义的作品；另一个创作倾向则是到了南宋末年，面对国家走向衰亡的事实，文人们表现出了极大的无奈之情，他们开始逃避、远离现实，以此来追求自我心境的安宁。这一时期的骚体作家，较有成就的主要有刘克庄、洪咨夔、方岳等。

刘克庄是这一时期创作讽喻类骚体最多的文人。他曾经历了宁、理、度三朝，这个三朝元老亲眼见证了南宋国势的日渐衰微，作品中充满了愤慨和伤感。他所作的《谴蠹鱼赋》借蠹鱼对书的破坏，来讽刺那些钻营小人败坏朝纲。其文曰：

> 噫，斯文之厄至于是欤！吾闻善恶之报兮有疾徐。……余将炽乌薪于焙兮采香芸于厨，穷白蟫之类兮荡涤扫除，而虽微物兮，其有不悔者乎！

表达了对群小的厌恶之情和清除这些蛀虫的愿望。刘克庄的《吊小鹤赋》描写了大鹤将小鹤啄死的同类相残之事，其文曰：

> 余闻物不伤同类兮，猛而虎狼，微而蚁蜂。君臣父子秩然兮，不相寇戎。奚兹仙禽兮，吭清而顶红，矜喙长而爪利兮，力健而体丰。角技能之不逮兮，积媢忌而热中。操入室之戈兮，关射弟之弓。

以同类相残来比喻南宋激烈的党争，讽刺党争者高高在上却祸国殃民，连虎狼之辈都不如。此外，刘克庄还有《劾鼠赋》、《诘猫赋》等数篇骚体，都从不同

的角度揭露了南宋时期黑暗的社会现实和统治者昏庸的统治。其他骚体作家如洪咨夔、李增伯等都创作过讽刺现实、鞭挞黑暗的骚体。到南宋后期以及宋元之际，林希夷等人也创作过讽世骚体。讽世骚体创作类型的出现，是南宋文人关心现实、关注国计民生的表现，但文人的呼喊并无效果，南宋终于还是在内忧外患中轰然倒塌。

“寻求身心的解脱，寄发困顿中的离俗情怀，是末世文人心态的一大特征。”① 南宋末年这种寻求自我解脱的创作倾向比较明显。末世文人，面对颓败的局势而无能为力，于是只能寻求自我解脱、逃避现实，这既是对现实的超脱，也是对现实的无奈。方岳是这一时期成就比较高的骚体作家，他在其《白鹿洞后赋》的乱辞中说到：

有锵其珮，琳琅璆兮。风萧萧然，山川摎兮。翁乘白云，驾言游兮。道斯在斯，如泉流兮。勿暇尔心，为翁忧兮。归来归来，吾与子求兮。

通过对先贤的追思，表达了一种对现实的无奈，字里行间渗透着一种难以言状的落寞之感。袁甫创造的骚体则更是超脱于现实之外，只探讨玄妙哲理，他创作的《觉赋》纯属探讨心性之作。其中“委厥美于昏昏兮，怅终身之冥行”“得怿悦之真味兮，举万物莫之能婴”等句都表现出了作者探讨人生玄妙，不理会社会纷扰的情怀。

国家灭亡、朝代更迭总是会唤起文人的凄苦愁思。南宋灭亡之际，表现故国之思的创作又开始出现，如连文凤的《登高楼》、郑思肖的《泣秋赋》等都表现了国家灭亡的悲痛之情。《泣秋赋》：

天地之大兮，既无所容身；所思不可往兮，今将安之？礼废兮道丧，气变兮时推。天乔短阏兮，杀气何盛？阴寒痴惨兮，生意何微？

既有对世道的变迁的悲哀，也有对渺茫前途的畏惧，亦有对恶劣现状的控诉。

① 许结，郭维森：《中国辞赋发展史》，江苏教育出版社，1996 年，第 625 页

这种表达故国之思及亡国之痛的骚人情怀，一直从宋末延续到了元初。

这一时期的骚体作品，从艺术成就上来讲不如前一个阶段。骚体创作也出现了衰微的迹象，这与社会状况和文人心态是密不可分的。南宋骚体创作在文人的声声血泪中，落下了帷幕，但是宋人在骚体创作上的实践对后人影响深远，尤其是在情理之境的营造上对后世影响很大，元代骚体创作倾向与艺术风格可以说是直接承袭宋代而来。

第三章　北宋初期骚体文学：沉潜内敛之风下的萧条创作

北宋初期是指太祖、太宗、真宗三朝到仁宗亲政之前的一段，约七十余年时间。这段时期骚体文学上承唐五代余绪，继续发展。宋王朝的建立，结束了百余年的分裂混乱局面，太祖、太宗兄弟相继执政后，对外积极开拓，对内推行中央集权，加强政治和思想领域的控制，励精图治。宋初七十余年，尽管在领土上并未有多大扩张，但政权内部却得到了极大的巩固，保证了国家免于再次颠覆和陷于分裂的可能。随着局势的稳定和经济的复苏，社会稳步发展。宋初文人对这一稳定局面的出现予以了高度的赞扬，在骚体文学领域出现了以歌功颂德为主题的作品。尽管这些骚体作品内容单调，格调不高，但却是长期动荡之后，士人们在重获稳定生存环境后喜悦心情的真实写照。由于国家初定，宋代开国时期的几个帝王对思想领域进行了比较严格的控制，再加上五代时期长期分裂带来的卑弱士风残余，使宋初文人心态趋于沉潜内敛，参政济世的欲望并不强烈，受这种士风的影响，宋初骚体作品中，针砭时弊、干预现实的作品十分少见，文人关注更多的是自身的遭遇和感受。回避社会矛盾，关注自身遭遇也成为宋初骚体文学重要的思想倾向。宋太祖推行的崇文抑武的治国方略为整个宋代文化的发展奠定了基调，有宋一代，注定成为文化学术高度发达的一个时代。宋初这段时间，是宋文化的萌发与发展期，不少文人高呼复兴儒学、恢复道统，这为宋代中期复古思潮及宋学的兴起打下了坚实的基础。就骚体文学领域而言，也出现了一些宣讲儒学思想，呼吁复兴儒学的作品，这为有宋一代的说理、宣道类骚体开了先河。宋初七十余年，受士风、时代的影响，骚体文学创作比较萧条沉寂，优秀作家作品，屈指可数。但这一时期是宋代骚体文学发展的奠基阶段和准备时期。宋初文人对唐五代骚体文学发展的风气有所继承，但又力求新变，为北宋中期骚体文学的繁荣做了充分的酝酿和准备。北宋中期骚体文学呈现出来的重视内心体验的情感特征和好发议论的内容特色等等都已在宋初的骚体作品中见出端倪。宋初文人没有因为历史的变迁、政权的改易和文化的新变而隔断骚体文学的发展脉络，宋初骚体文学在骚体文学发展史上起到了良好的承上启下作用。

第一节　歌功颂德、粉饰太平

北宋王朝的建立，结束了五代长达百年之久的分裂局面。宋太祖虽出身行伍，却有统御天下的雄心，陈桥兵变、黄袍加身之后，平定各地叛军，又通过杯酒释兵权的方式剥夺了主要将领的军事指挥权，从而巩固了统治。此后，赵匡胤先后灭亡后蜀、南汉、南唐等国，并积极准备收复北方辽人控制的燕云十六州，然而就在赵匡胤为一统天下积极谋划之际，却突然毙命，统一大业不得不暂且搁置。宋太宗即位后，继承太祖遗志，陆续扫除五代残余的割据势力，在北上灭亡北汉之后，彻底结束了自唐五代以来的藩镇割据局面。太宗此后又两次大规模北伐，但均未获胜，之后在对西夏的几次作战中，也遭遇败绩，加之蜀地农民起义威胁，太宗遂将用兵的重点放在安内上，自此确定了有宋一代重内虚外的基本国策。通过太祖、太宗两朝的征伐，再加上两朝一贯推行的高度中央集权制，使北宋政权得到了巩固。对外虽然还有北方少数民族的军事威胁，但北宋政权内部却十分稳固。太祖患于五代藩镇割据之弊，推行了崇文抑武的右文政策，虽然客观上造成了军事力量的孱弱，但却使国内获得了稳定持续的发展。经过太祖、太宗两朝的积累，长期分裂带来的动荡不安和战乱兵祸已渐渐远去，取而代之的是逐渐平稳的社会局面和经济文化的恢复发展。面对这样的局势，宋初文人表达了他们对赵宋政权的认可与赞誉，在骚体文学中出现了士大夫思君恋阙，一心为国的报国之志；一部分文人还迎合统治者的喜好，创作出了歌功颂德，粉饰太平的颂赞之文。真宗即位后，奉行太宗末年的黄老政治，厌战好功，无所作为。对外与辽人签订城下之盟，以财帛换和平，对内信用佞臣王钦若，大兴祥瑞，粉饰太平。这一时期，文人们仍有雕饰朝廷之作，但也有不少文人借歌功颂德之际，明褒实贬，讽喻当今。

一、思君恋阙、一心为国

唐天宝年间的安史之乱是唐王朝由盛到衰的一个分水岭，同时它也是唐代士风转变的临界点，安史之乱以前，唐人思想兼容并包，文化上多民族融合，造就了胸怀开阔、气度恢宏，充满进取精神的一代士风。然而，安史之乱以后，唐朝国力大损，士风也渐露衰容，从杜甫沉郁顿挫之风肇始，到大历年间，心绪彷徨、秋月夕阳的内容大量出现，唐人气骨顿衰。长庆以后，中兴成梦，士人生活走向平庸，心态趋于内敛，自此唐人风骨脱尽，沉潜内敛之风渐兴。五代以来，江山数易其主，士大夫的节操忠贞观念大大衰减。再加上战乱频仍，攻伐不断，文人们人人自危，自顾不暇，忠君爱国的儒家伦理道德意识已十分淡薄。范祖禹《唐鉴》总论唐人政治得失之际说到："唐有天下几三百年，由汉以来，享国最为长久。然三纲不立，无父子君臣之义，见利而动，不顾其亲，是以上无教化，下无廉耻。"这种指责虽然有些片面，但却说明了唐代，尤其是唐代后期国家意识淡漠，伦理道德不兴的客观现实。北宋建国后，士大夫阶层多是江南降臣，士风仍是五代遗绪，内敛低靡。文学领域中的"馆阁"、"晚唐"、"西昆"之体，均是内敛士风之下的产物。这一时期的骚体文学，也受到了低敛士风的巨大冲击，不仅创作数量少，而且像屈原楚辞中那种热爱祖国的精神和坚贞忠烈的士大夫情怀十分少见。正是在这种骚体文学发展的艰难时期，田锡等节义之臣创作出了以思君恋阙，一心为国为主题的骚体作品，疾呼忠君爱国，高扬士大夫的节操精神，这在宋初骚体文学中虽然是少之又少的作品类型，然而这对于宋初士风的扭转、诗骚传统的回归而言，弥足珍贵。

田锡（940——1003），字表圣，原名继冲，后改名锡。其先世为京兆（治今陕西西安）人，唐末乱离，僖宗幸蜀，徙于嘉州洪雅（今属四川乐山市洪雅县）。田锡年少聪颖，扬名蜀中。二十岁前后，开始游学长安，声誉播于京师。田锡三十九岁之际，太宗皇帝亲策天下进士，田锡于七十四人中名列第二，从此步入仕途。历任著作郎、左拾遗、兵部员外郎、检校右散骑常侍、户部郎中等职。田锡，幼年之际，其父曾教之曰："汝读圣人之书而学其道。"田锡毕生铭记父亲的教诲，入仕后一心为国为民，以直言敢谏著称于世，这在宋初士大夫阶层中堪称楷模。李焘《续资治通鉴长编》卷五也评价田锡曰：

锡耿介寡合，严恭好礼。居公庭，必危坐终日，未尝懈容。慕魏征、李绛之为人。及居谏属，连上八疏，皆直言时政得失。尝曰："吾立朝以来，封疏五十二奏，皆谏臣任职之常也。言苟获从，吾幸大矣，岂可藏副示后，谤时卖直耶！"悉取焚之。临终，自作遗表，犹劝上以慈俭守位，以清静化人，居安思危，居理思乱。上览之恻然，谓宰相李沆曰："田锡，直臣也，天何夺之速乎！婴疾以来，朕日遣太医诊疗，卒不能起。尽心匪懈，始终如一，若此谏官，诚不易得。朝廷小有阙失，方在思虑，锡之章奏已至矣。不顾其身，唯国家是忧，孰肯如此？朕每览其章，必特召与语，以奖激之。锡常虑奏疏不得速达，遂令每季具所上事目及月日以闻。而所修二书，竟弗克就，深可悯也。"①

田锡死后，文人士子对田锡的高风亮节予以了高度的赞誉。《四库全书总目》曰："范仲淹作墓志铭，司马光作神道碑，而苏轼序其奏议亦比之贾谊。为之操笔者皆天下伟人，则锡之生平可知也。"② 范仲淹《赠兵部尚书田公墓志铭》曰：

公动必以礼，言必有法，贤不肖咸惮伏之。出处二十年，未尝趋权贵之门。在贬废中，乐得其正，晏如也。……某幼闻高风，未尝游于其门。今驾部书先君之履业，索文于江外，某敢约而修之，又采旧老之言而作铭云：呜呼田公，天下之正人也。言甚危，命甚奇，尽心而弗疑，终身而无

---

① 《续资治通鉴长编》卷五十五

② 《四库全书总目》，第1306页

> 韪。呜呼贤哉！吾不得见之。[①]

苏轼在《田表圣奏议敘》中赞叹田锡“古之遗直也，其尽言不讳”[②]。由此可见，田锡敢于为民请命、刚直爱国的士大夫品格受到了宋人的高度褒扬。

田锡的这种士大夫节操同样体现在他的文学创作之中，田锡既是一位诤臣，同时也是北宋初年一名重要的辞赋家。他的辞赋作品在题材、风格、形式等方面对五代卑弱文风的突破都具重要的意义。田锡对辞赋的功能有比较独到的认识，其曾在《今文表集》中言道：

> 臣闻美盛德之形容谓之颂，抒深情于讽刺莫若诗，赋则敷布于皇风，歌亦揄扬于王化。下情上达，《周礼》所以建采诗之官；君唱臣酬，《舜曲》于是载赓歌之事。既逢清世，何让古人。木铎求规讽之词，弥光圣德；金门献刍荛之说，式表忠怀。……仍念策名之岁，亲闻金口之言，常令各守谦和，莫忘笔砚。迩后或漳滨近郡，或江外远官，莅事之余，修词敢怠。况带史臣之职，虑孤英主之知。尝因叠嶂危楼，既登高而必赋；钓台浅濑，亦倚棹以成诗。岂惟抒子牟恋阙之心，其实歌文王南国之化。[③]

田锡认为，辞赋不应该只发挥其抒情表意的功能，还应起到展现社会现实，赞颂圣主明君的清明统治的作用，这种文学观显然是受其忠君爱国思想的影响。正是基于这种思想的引导，田锡创作了不少赞美赵宋政权的作品。如其《西郊讲武赋》、《圣德和天地赋》等。其所创作的骚体文学《叠嶂楼赋》、《望京楼赋》等，则是表现了其思君恋阙，一心为国的爱国情怀。正如田锡是宋初难得的忠臣良吏一样，他的这两篇骚体也是宋初骚体文学中难得一见的爱国强音。

《叠嶂楼赋》是田锡创作的一篇写景抒情的骚体赋，田锡在文章中抒发了臣子依恋朝廷之情，歌颂了帝王安定天下之功。其文曰：

---

① 范仲淹：《范文正公集》卷十二，商务印书馆，1965 年

② 苏轼：《苏轼文集》，中华书局，1986 年，第 2254 页

③ 田锡：《咸平集》，《四库全书》本，卷三十

宛陵之丘，玄晖旧游，城连延兮百雉，世绵历兮千秋。流水白云，惜依然而在览；遗风往事，信恍若兮如浮。余以丹陛策名，皇华奉使，通莅于此，乘春以至。驿梅江柳，动游宦之芳怀；风观露台，起高明之逸意。叠嶂居先，登之悦焉。凭落絮之危槛，向飞花之晚天。复岭连冈，峙昭亭兮作镇；平芜远树，引句水兮为川。因而以古兴怀，临高凝睇。自春秋战国之后，洎吴魏鼎分之际，干戈僭王，乘舆拟帝。斯为形胜之区，恃以控临之地，襟带三江，咽喉五湖。归句践兮称越，隶夫差兮曰吴。比奕棋之靡定，惟霸略兮能图。方今禹迹重新，尧封复古。御王命于北阙，咏皇风于南浦。登高而赋，怜宋玉以才多；览景自怡，非仲宣之思苦。江渺渺兮涵春，草萋萋兮感人。指苏杭之达道，介常歙兮为邻。两桨何归，引回眸于天际；微云似画，带斜阳于水滨。既而阅谢守之诗，苍苔满石；览独孤之文，芳尘在壁。杏花含露，念昔我之来时；菊蕊迎霜，乃今余之暇日。岁云丰稔，民之悦逸；思命俦兮啸侣，聊登楼兮自适。

叠嶂楼位于宣城，为南齐宣城太守谢朓所建，所以又叫谢公楼。田锡进士及第后，曾除将作监丞、通判宣城，《叠嶂楼赋》当作于这个时期。文章开篇即交代了创作背景。“余以丹陛，策名皇华，奉使通莅于此”句透露出了作者乃是奉皇命出仕于此，此时的田锡刚刚进士及第即被外任，远离皇都，去至生地，本应有只身赴远、异乡情怯的怨骚，然而在田锡的作品中却不见对君王的牢骚不平之意，反倒是透露出了一丝自豪之感。身为臣下，能尊奉主意，替君分忧，即使是背阙离家，亦算是得其所哉。接下来，作者触物兴怀，从写景入手，回顾了与叠嶂楼有关的历史。“驿梅江柳，动游宦之芳怀；风观露台，起高明之逸意”句略抒了宦游情怀，淡淡的愁绪，表现的含蓄委婉，真实反映出了作者当时的心理状态。若是五代士人之作，接下来必然是借登临之景，大书特书游宦他乡的离愁别绪。但田锡并未将这种淡淡的愁绪扩展开去，而是收敛神思，笔锋一转，“以古兴怀，临高凝睇”，转而追怀宣城春秋战国时的风云际会。离乡知远，失落惆怅之意在所难免，然而作者心中所想的乃是国家之大事，而非一己私情，因此能做到派遣情绪，哀而不伤。追念古事是为了称颂今世，接下来作者完全收起一己之悲情，转而歌颂当今圣上的功绩，咏诵欣逢盛世的喜悦。

“方今禹迹重新，尧封复古。御王命于北阙，咏皇风于南浦”句可以看出，作者之前虽有只身赴远的淡淡愁绪，却很快被喜逢太平盛世的喜悦所化解，一己之悲与举国之幸相比，微不足道，江山多娇，世事大好所带来的自豪感很快盈满了作者心中，由此可以看出，田锡对君主、国家的爱戴与忠诚。“岁云丰稔，民之悦逸”句体现出了作者一心为国，亲民爱民的仁者情怀，亦是对国祚绵延的期盼。整篇文章，作者经历了几次情绪的转换，从奉皇命出仕的自豪，到异地他乡的惆怅，再到联想国运时的欣喜，最后期盼国运长久。这种哀而不伤、内敛理性的情绪表达把田锡思君恋阙、一心为国的士大夫情怀间接展现了出来。

《望京楼赋》同样是一篇以表达恋阙思君之情为主要内容的骚体，也是田锡通判宣城之时所作。较之《叠嶂楼赋》，本篇恋君爱国之情更为清晰显明，其文曰：

> 余杭上游，古曰严州。入松院兮何处，七里濑兮清秋。归去来兮，陋风土之卑溼；日云暮兮，为印绶之縻留。危楼乃登，京师是望。天遥而阊阖来风，海阔而蓬莱架浪。云成宫阙，似瞻丹禁之间；吾岂匏瓜，久恋沧江之上？虽汎兰桡，游泳乎子陵之滩。沙蝨有毒，又巇险乎鸣渊。虽攀云梯，登眺乎乌龙之山；山岚瘴人，恶跻升乎绝顶。《诗》不云乎“式微”，《书》亦畏乎“怀归”。濯缨兮南涧之水，盈襜兮北山之薇。葵藿载倾，虽见小人之意；枢机一发，岂知君子之机。然何所不适，孤怀自惜。欲将体物之辞，留向他山之石。登高必赋，羡海水之朝宗。徒歌曰谣：
>
> 望长安兮见日。始余来兮，蒹葭苍苍；今余言兮，白露为霜。安得乘彼白云，归乎帝乡？

作者开篇交代了文章的写作的背景，接下来以直抒胸臆的方式表达了对京师的留恋和早日回京的渴望。“危楼乃登，京师是望”句把作者登高远眺，望眼欲穿的情态予以了描述，表现出了回京的迫切之情。接下来“天遥而阊阖来风，海润而蓬莱架浪。云成宫阙，似瞻丹禁之间；吾岂匏瓜，久恋沧江之上”句阐述了作者不愿自己孤单一人在远方独自思念，内敛委婉的手法表达了对君王的依恋之情。此后，作者又引经据典，反复抒写渴望重返京师的急切愿望。最后文章以徒歌的形式结尾，“安得乘彼白云，归乎帝乡”句直接以呼告的形式抒情达意，思君恋阙之心，回京报国之志，跃然纸上。

其他此类作品如朱昂的《广闲情赋》以男女之情喻君臣之义，通过女子对男子的爱恋之情表达了对君主的忠贞之义。又如王禹偁的《大阅赋》借描写阅兵式的威武雄壮，表达了对国家兴起的喜悦之情。宋初表现爱国情怀的骚体，从一定程度上振起了颓靡的士风，为宋代中期文人济世情怀的复兴、儒家道统的恢复打下了基础。

二、歌功颂德、粉饰太平

北宋建国后，为摆脱五代藩镇割据之流弊，太祖赵匡胤求新图变，大力推行中央集权制。随着兵权、财权、行政权的逐渐收回中央，北宋内部的政治统治越来越严密、稳固。局势的稳定带来了各方面的复苏和发展，经过太祖、太宗两代的积累，宋朝国内经济发展迅速，人民富庶，渐呈盛世之象。宋初推行的中央集权的治国方略也因根治割据、巩固统治而受到时人的褒扬，范祖禹即赞曰：“唯本朝之法，上下相维，轻重相制，如身之使臂，臂之使指。……是以百三十年，海内晏然。”① 在文学领域，文人们同样对赵宋集团结束割据局面，维持稳定发展的功勋予以了赞颂，对眼前的太平盛世，予以了讴歌。吴处厚《青箱杂记》就对这种现象予以了描述，曰：“人臣作赋颂，赞君德，忠爱之至也。故前世司马相如、吾丘寿王之徒，莫不如此。而本朝亦有焉，吕文靖公、贾魏公则尝献《东封颂》，夏文庄公则尝献《平边颂》……”② 黄裳在《书乐章集后》亦曰：“呜呼，太平气象，柳能一写于乐章，所谓词人盛世之黼藻，岂可废耶！”③ 就骚体文学领域而言，虽然骚体文学的长处并不是歌功颂德，但受时代风气的影响，以歌功颂德、粉饰太平为主题的骚体创作也数量大增，大有勃兴之势。

宋初文学中，歌功颂德、粉饰太平是常见的题材，不少文人因为为宋王朝

---

① 范祖禹：《范太史集》，《四库全书》本，卷二十二

② 何薳：《春渚纪闻》卷六，中华书局，1983 年

③ 孙克强：《唐宋人词话》，河南文艺出版社，1999 年，第 120 页

今。柳开即批评宋初文人礼貌饰诈，中心奸欺，富贪与身而忘其道。宋初很多有志之士，对这些蒙蔽圣听的不良风气也心存忧虑。不少文人创作了以讽谏为目的骚体作品，借古喻今，劝谏当今，以提醒君王要耳聪目明，以史为鉴，避免乐极生悲，给国家带来危难。这种声音是士大夫社会责任感的体现，这在宋初暂时稳定却危机四伏、歌功颂德者众多却多有阿谀的时代背景下，显得尤为可贵。

杨亿，字大年，谥号文，淳化中赐进士，曾为翰林学士兼史馆修撰，官至工部侍郎。杨亿其人，一生耿介，真宗朝时，杨亿曾支持丞相寇准抗辽之策，其还对真宗大兴土木，求仙祀神的迷信活动深表反对。可见，杨亿对君主、国家的责任心很强，颇有士大夫气节。宋人真德秀《杨文公书玉溪生诗》评价杨亿曰："当咸平、景德间，公文章擅天下……唯其清忠大节，凛凛弗渝，不义富贵，视犹涕唾，此所以屹然为世之郭郭也欤?"他创作的骚体文学《君可思赋》亦是一篇充分体现其忧国忧民忠义情怀的作品。《君可思赋》的通过斥责小人的卑劣行径，阐述了为臣尽忠之道。其文曰：

夫生民在世兮，事之攸同。子之能仕兮，父教之忠。念委质而勿二兮，本陈力以首公。虽代耕而徯禄兮，曷期侈以图丰？亦怀材而待试兮，将乘时而奋庸。夫何直谅不回，孤坚寡偶。贯岁寒而勿改兮，濯江汉而无垢。中履洁以好修兮，外葆光而虚受。筮仕逢亨，奏技承平。濯鳞禁沼，拊翼丹楹。尧文载郁，禹律惟精。荷紫囊而舐笔兮，从单于之勤兵。霜飚刮骨，流尘满缨。自此研精藻翰，局影天扃。毫残鸡管，香消鹤绫。鬓凋屋愤，心悬阁铃。矧乃郢坊酒醇，武都泥紫，版急鹄头，书详马尾。石屋䌷书，鸿都约史。攟摭阙遗，发明统纪。窃企跡于前修，庶同风于古始。虑罔越思，身亦勤止。宣汉德于无穷，纳舜《诏》于善美。志本勿矜，言乎有凭。非施劳而伐善，岂扬已而害能！每燥吻而踯躅，屡抚心而屏营。敷谈泉而载涸，鼓思风而弗兴。感外邪而遘厉，殆五日之沉冥。怅官事之孰了，汩劳府而靡宁。岂望夫连城之报，岂爱乎画饼之名？嗟民生之朴忠，希在昔之遐踪。思不出位，罔贪天功。慕台骀之业官，肯有二事；念犁弥之辞赏，愈激厥衷。庶克终于雅尚，聊有裨于素风。奈何虺心昌炽，锦言萋斐，蝇薨薨以交乱，犬狺狺而迎吠。贤登朝而共嫉，女入门而各媚。乍缉缉以翩翩，竞翕翕而訿訿。结合阴邪，缔造疑似。俾朕师之震惊，恣星箕之华哆。幸大度之不校，专巧言而纵毁。胡能伤君德之巍巍，徒以动贤心之惴惴。然后饰卫鹤之华轩，衒黔驴之短技。窃名器以晏居，绝上下之愧畏。侯贯恶之既盈，将幽神而共弃。若夫睟穆东房，奚望清光？定心服物，伟量包荒。耿求贤兮不及，慎乃宪而惟康。延登体貌，义问覃详。伊蓬心之受惠，怜橘性之有常。置之近署，采其寸长。遇忠见察，浸润无伤。犯四禁而多恕，缓千编而不遑。丁宁一札，在宥三章。践丹涂而乃春，宴华林而釂觞。动群伦之牟羡，曷丹心之弭忘？盛宪多忧，长卿沉疾，退迹东阁之陂，举首长安之日。色变愁鬓，谗消病骨。周田食粟，聊强饭于数升。江径诛茅，姑却扫于一室。岂不念悲哀作主，畎亩思君，羁心蘖苦，别绪丝棼。岷江一廛，幸天畿之接畛；成周五世，庶宰树以参云。感骚人之遗韵，聊抒意于斯文。

这篇骚体创作于杨亿被谗居家之时，真宗年间大兴奉祀，劳民伤财，杨亿对此多有异见，因以遭谗退居家中。这篇骚体，即是杨亿怀着对奸佞小人的万分憎恶之情和对国家社稷的忧虑而作。作者在开篇即表达了出了对君主的忠心与思念之情。其后，仿照屈原楚辞模式，申说了自己“代耕而徯禄”的身世、“乘时而奋庸”的求仕之愿，并用浓墨重彩诉说了自己的高洁思想品质。杨亿通过自我评价，说明了自己入仕为官的初衷，接下来他又倾诉自己在官场沉浮中的种种辛酸、描述了自己为官之际的操守、德行。说明了自己为官，并不是贪求“连城之报、“画饼之名”而是要为君效力，为国尽忠。杨亿身处逆境之中，但仍然念念不忘事君修身之事，忠直之心表露无遗。文章的后半部分，笔锋一转，转而批判小人的祸国殃民。作者将这些奸佞之臣比作了毒蛇、蝇虫，败坏了君主的德名，损伤了国家的利益。这些只有“黔驴之短技”的小人，恶贯满盈，必将会人神共弃。作者在这段描写中，把群小奸佞批判的体无完肤，酣畅淋漓的控诉大有屈原楚辞之风。作者在揭示了群小卑鄙面目的基础上，拨乱反正，提出了明主多有、贤臣难觅的现实，并进一步提出了君臣之道在于君主要能及时察觉臣下的忠心，用其所长，而臣下则要恪守臣道，保持高洁个性。最后，

“犬羊百万，以攻占为事，不可以威武服也。”① 这些都体现出了在北宋朝野中透露出的以财帛换取和平的保守思维。在这种思想的影响下，首先的一个恶果就是宋王朝在对外作战中，失利不断，财富外流无数；第二个恶果就是导致了知识分子阶层对现实的不满，这些文人在无法改变现状的情况下，只能独善其身，转而思考自我，审视命运。再次，五代时期之风气在宋初仍有余留，影响到了文人阶层。北宋所收服诸国，大多为江南富庶之地，入宋后，一部分文人继续追求优渥的富足生活，在日常生活的闲情逸致中体悟人生。以上的这些因素，都从一定程度上造成了宋初文人的思想趋于内敛，这种沉潜内敛的心态直接影响到了文学创作，就骚体文学领域而言，文人关注的焦点从社会现实转移至内心精神、个体命运、人生真谛等方面，宋初这段时间出现了表达关注自我命运、慨叹身世遭际和闲居中感悟人生的作品，这些作品展现了宋初文人或充满苦闷、或闲适内省的精神世界，充分说明了他们在多种社会思潮影响之下的复杂情绪。

一、思考自身、自我调适

宋初文人经历了五代末的战乱离散，时势的无常使一部分人对现实失去了客观的判断，传统的济世活民的儒家思想受到了很大的冲击，宋初文人在内心理想与现实矛盾之间不断挣扎。宋初佛禅、黄老思想的流传，进一步加剧了文人出世济世热情的消退，在此影响下，文人们试图摆脱现实的羁绊，不再纠结于社会矛盾，转而探索精神世界，思考自身价值，以此来寻求精神与现实的平衡，从而建立新的世界观、人生观和价值观。这是历史的变迁带来思想领域的新变，宋人沉潜内敛、关注自身实质上即是在新的历史条件下寻找精神与物质世界之间新的平衡点。就骚体文学领域而言，出现了以内省自身、思考命运为主题的创作倾向，文人们通过思考自我价值达到重新认知自我、调适自我的目的。王曾的《矮松赋》、释智圆的《感物赋》等均是这类主题的典型之作。

王曾（978——1038），字孝先，青州益都（今属山东）人。真宗咸平五年（1003），由乡贡试礼部、廷对皆为第一，状元及第。累官拜中书侍郎，同中书

---

① 徐铉：《骑省集》，文渊阁《四库全书》本，卷十九

门下平章事，集贤殿大学士。王曾文学才华出众，由其三试皆为第一即可窥见一斑。王曾的辞赋曾被杨亿见到后，叹曰："王佐器也。"其《矮松赋》借松言理，透露了王曾当时随遇而安的心态，体现出了王曾对人生价值的思考。王曾先在序言中交代了《矮松赋》的创作背景和创作目的，序曰：

齐城西南隅矮松园，自昔之间馆，此邦之胜概。二松对植，卑枝四出，高不倍寻，周且百尺，轮囷偃亚，观者骇目。盖莫知其年祀，亦靡记夫本原，真造化奇诡之绝品也。曾咸平中忝乡荐，登甲科，蒙被宠灵，践历清显，几三十载。前岁秋始罢冢司，出守青社。下车之后，省闾里，访故旧，则曩之者耋悉沦逝，童冠皆壮老，邑居风物，触目迁变，惟彼珍树，依然故态。窃谓是松也，匪独以后凋，克固岁寒，抑由拥肿支离，不为世用，故能宅兹皋壤，免于斤斧。向若负构厦之材，竦凌云之干，必将为梁栋，戕伐无余，又安得保其天年，全其生理哉！感物兴叹，聊为赋云。

从序言中的"曾咸平中，忝乡荐，登甲科，蒙被宠灵，践历清显，几三十载，前岁秋，始罢冢司，出守青社"可以看出，这篇赋应该创作于王曾来到青州后的第三年，王曾出知青州是在天圣七年（1029年），《矮松赋》便作于天圣九年，即1031年。这恰是王曾忤逆太后遭贬谪的时期。据《宋史》载，"太后左右姻家稍通请谒，曾多所裁抑，太后滋不悦。会玉清昭应宫灾，乃出知青州。"① 仁宗即位后，刘太后受册，想要御大安殿受百官朝贺，时为宰相的王曾力言不可。等到太后生日上寿，又想御大安殿，王曾又予以制止，虽然太后勉强同意，就便殿共帐，但王曾最终还是以忤逆后意而遭贬。北宋在仁宗皇帝以前，宰辅若有微嫌，免职外迁时多为节度使，像王曾这样以宰相而罢为知州，实属罕见，由此也可看出，贬谪之事对王曾打击很大。青社即是青州，青州是王曾的故乡，所以他"下车之后，省闾里，访故旧"，昔日年长者已不在人世，年幼者已成壮老，眼前风物也发生了巨变；唯一不变的，就是那矮松园中的矮松。作者结合自身遭际，颇多感触，他认为这些矮松之所以能够数十载"依然

① 《宋史》卷三百一十

故态”，不仅是因为本性耐寒，更因为它们“臃肿支离，不为世用，故能宅兹皋壤，免于斤斧”，而那些枝干挺拔的栋梁之材，却被砍伐构筑房厦，不能“保其天年，全其生理”。很明显，王曾把矮松和自己的境遇做了对比，以树比人，把自己位高却遭遇贬谪比作栋梁之才被砍伐构筑房厦，那些如矮松的普通人却能安保天年，人生意义何在，生命价值何在，作者陷入深深的思考。序言之后的骚体赋继续把王曾的思考往纵深推进，体现了其对自身价值的重新评判。其文曰：

> 惟中齐之旧国，乃东夏之奥区。有囿游之胜致，直廛閈之坤隅。伟茂松之骈植，轶众木而特殊。上轮囷以夭矫，旁翳荟而纷敷，广庭庑之可蔽，高寻常之不踰。枝拥阏兮横亘，根蹙缩兮盘纡。徒观其前瞻林岭，却顾康衢，宅宝势兮葱郁，据右地兮膏腴。类蟠蛰兮神蜧，讶腾倚兮虎貙。将拏攫兮未奋，忽伏窜兮争趍。色斗鲜兮欲滴，形诡俗兮难图。远而望之，蔚兮若搏鹏之出沧海；迫而察之，黕兮若方舆之承宝盖。矗洞口之归云，堆岩阿之宿霭。谈挥尘兮何多，被集翠兮增汰。度朔吹兮飕飗，含阳晖兮晻蔼。吾不知其几千岁，起毫末而硕大。昔去里兮离邦，攀绿条兮彷徨。今剖符兮临郡，识奇树兮青苍。怵光景兮遄迈，嘉岁寒兮益彰。叶毵毵兮不改，情眷眷兮难忘。异古人之叹柳，协予志之恭桑。信矣夫，卑以自牧，终然允臧。效先哲之俯偻，法幽经之伏藏。愿跔影于涧底，厌争荣于豫章。鄙直木兮先伐，惧秀林兮见伤。幸高梧之垂荫，愧修竹之联芳。鸾乍迷于枳棘，鵷每惧于榆枋。媲周《雅》之“踡地”，符羲《易》之“巽牀”。既交让以屈节，复善下而同方。自储精于甘露，不受命于繁霜。客有系而称曰：材之良兮，梓匠之攸贵；生之全兮，蒙庄之所美。苟入用于钧绳，宁委跡于尘滓？俾其夭性而称珍，曷若存身而受祉？纷异趣兮谁与归？当去彼而取此。

文章开篇叙述了自己游园看松的写作背景。接下来以华丽的辞藻对松园和矮松进行描述，矮松的种植情况、外形、颜色及其在朔风中的刚健情态都予以了详细的描绘。作者在看到这种形状怪异却硕大无比的奇松之后，触物起兴，联想到了自己。光阴如箭，昔日的青春少年，现在已是年华不再，困顿于此。“怵光景兮遄迈，嘉岁寒兮益彰。叶毵毵兮不改，情眷眷兮难忘。异古人之叹柳，协予志之恭桑。信矣夫，卑以自牧，终然允臧”等句体现出了作者对自身遭际的反思，并发出了今人非昨的惆怅慨叹。在此基础上作者道出了多年仕宦浮沉之后的人生真谛，“效先哲之俯偻，法幽经之伏藏。愿蹋影于涧底，厌争荣于豫章”，作者在面对无力改变且残酷的现实时，只能寻求内心的安宁，试图通过蛰伏潜渊、韬光养晦的方式来远离尘世。这说明作者在试图摆脱尘世羁绊，从而实现自我心灵的解脱。最后，作者又将序言中提到的良木不免于斧斤，而矮松蒙尘全生的观点做了进一步的申发，并将二者比较，指出从生命角度来说良木的命运要比矮松可悲。这里作者是以良木自比，而经过了宦海浮沉，自己愿意做蒙尘的矮松，免于斫砍之患祸，实际上透露出了对官场的厌弃和对现实的无奈。王曾是一位进言和行事都很积极的士大夫，仕途之上没有表现出无为而治的思想主张，例如真宗皇帝笃信自己受符命而有天下，于是大建玉清昭应宫，左右大臣都不敢言，王曾却上谏书陈五害。又如真宗天禧年间，王曾因王钦若进谗而出知应天府后，民间讹言有妖物似飞帽，夜间飞入人家，不时伤人。百姓都惶恐不已。王曾命令晚上打开里门，如果有倡言有妖物者，立刻逮捕治罪，这样妖物传言自然消失了。由此可见，《矮松赋》中所透露出的保天年、全生理的思想感情，是作者在经历了贬谪之后，对自身、人生的重新认识。这种前后态度的转变，一方面是贬谪对作者的济世情怀造成了伤害后的结果，另一方面显然是作者由矮松的生存状况中悟出了全新的人生哲理。作者态度的转变，实际上是其对人生观、价值观的重新调整。整篇文章，比法的使用贯穿始终，把作者心中对人生的思索委婉而准确的表达了出来。

释智圆的《感物赋》是一篇表达对现实境遇不满的骚体，体现的是一种藏器而动的人生哲思。其文曰：

架有名鹰兮翦六翮，厩有骏马兮绊四蹄。望高空兮凝睇，思广陌兮长嘶。妖狐狡兔兮正肥，达路康庄兮坦夷。利爪无施兮疾足何为，楚文不放兮周穆不骑。有奔电追风之能兮，人莫我知。呜呼！士有藏器于身兮有志无时，吾于是感斯物兮歔欷。

这是一篇触物兴怀的骚体。作者看到了赋闲在架子上的名鹰，看到了困顿在马厩中的骏马，联想到了自己才能不得施展的惆怅。“望高空兮凝睇，思广陌兮长嘶”借鹰与马的对高空、广陌的向往来比喻自己对理想追求。尽管困于原地，但仍然保持着心中的理想不灭。接下来“妖狐狡兔兮正肥，达路康庄兮坦夷”句标明此时正是鹰、马当大有作为之时，然而“利爪无施兮疾足何为，楚文不放兮周穆不骑”，因为困于架上厩中，没有用武之地。作者在此表达的是当时之世正是有志之士入世之时，但没有机缘，因此虽有“奔电追风之能”，不不被人知，不得施展。最后作者发出感叹“士有藏器于身兮有志无时”，来表达志向难以达成的苦闷与遗憾。这篇骚体，抒发了作者怀才不遇的情怀，但在作者的声声哀怨中，可以看出字里行间透露一种不甘心。作者并没有因为境遇的不佳而否定自己，他认为自己没有施展抱负的原因是没有机会，并非自己没有才华，在他心中对象征理想达成的“高空”、“广陌”还是充满了向往之情。这实际上是作者在理想与现实之间的痛苦挣扎之后的自我肯定，也是通过发表怨骚之言来进行自我安慰，通过情绪的宣泄来调适内心。作者表达出了自己君子藏器的态度，必是有待时而动渴望，这篇骚体体现出了释智圆对自身及对目前境遇的认识与思考，婉转的表达了其追求理想、渴望入世的情怀。

其他类似的作品又如张咏的《师凤谣》以凤自比，表现出自己在乱世中远离小人、独善其身的人生态度等等。宋初文人对自身的关注与思索，展现了宋人内敛理性的思维模式，表现出了其对自我的调适及深入的人生思考。从文学艺术的角度来说，宋初文人对人生的思索，大多是有所感触，借物言志。这从创作方式来看，属于传统的比兴手法。但从创作思想上来看，宋人一改传统的以抒情为主的创作思路，转而以抒情和说理相结合的方式来创作。文章中的情感和说理成分并重，这说明了宋人在感性表达中加入了理性思考，从而创造了充满哲思意味的文风。这对有宋一代说理文及情理交织类作品的兴起，打下了基础。

二、闲居逸致、一己情怀

如果说关注自身遭际类作品还是文人在理想和现实、入世与出世之间挣扎的话，那么宋初展现闲情逸致、一己情怀类的作品则是文人们摆脱现实羁绊之后的自由之作。其内容或是单纯的生活描写类作品，多展现宋初士大夫阶层富庶、恬淡的生活状态；或是生活描写与个人抒情相结合的作品，多表现摆脱现实羁绊后的闲适自得的心态。典型的作品如《戮鳄鱼文》、《春洲谣》、《贫居赋》、《白驹谣（别乔随）》等等。

陈尧佐所做的《戮鳄鱼文》是一篇描写捕杀鳄鱼场景的骚体。其《序》交代了创作的背景曰万江的硫黄村，有张氏子年始十六，与其母濯于江涘，倏忽鳄鱼尾去。其母号之，弗能救，洎中流，则食之无余。鳄鱼伤人，危及百姓生命安全。作者命地方官员予以捕杀，最后，鳄鱼被戮，百姓拍手称快。陈尧佐做骚体贺之，其文曰：

> 水之怪则曰恶兮，鱼之悍则曰鳄兮，二者之异不可度兮。张氏之子，年方弱兮。尾之食之，胡为虐兮？茕茕母氏，俾何说兮。予实命吏，颜斯怍兮。害而弗去，道将索兮。夙夜思之，哀民瘼兮。赳赳二吏，行斯恪兮。矫矫巨尾，迎而搏兮。获而献之，俾人乐兮。鸣鼓召众，舂而斮兮。而今而后，津其廓兮。

这是一篇叙事骚体，作者把捕杀鳄鱼的来龙去脉予以了详细的交代，鳄鱼行凶，张氏丧子。作者有感于张氏丧子之痛，命人捕杀鳄鱼，几经周折，终于捕杀成功，百姓安乐，自此水边再无鳄鱼之祸。作者经历了猎杀鳄鱼的全过程，可见作者关注百姓生活，最后鳄鱼被猎杀后还“鸣鼓召众，舂而斮兮”，体现了与民同乐的情怀。这篇骚体围绕鳄鱼伤人事件展开，描述的是日常生活中的事件，这与士大夫的忧国忧民情怀已相去甚远。

田锡的《春洲谣》，描写一位在水边采白蘋的少女的衣饰和容妆，体现出了作者在寻常生活中的闲情逸致。其文曰：

> 衣鲛绡兮美人，采白蘋兮水滨。袅翠翘兮为饰，步罗袜兮生尘。绵绵兮远道，萋萋兮芳草，远山眉兮澹扫。

这篇骚体以写景为主，用清丽的笔调勾勒出了一幅似真似幻，既明丽多姿又清新淡雅的美人采蘋图。作者对采蘋女的外貌予以了传神的刻画，这个女子仿佛《蒹葭》中的所谓伊人，又如同《洛神赋》中踏浪而来的洛水女神。如此仙女一般的美人，配上周围的美景，给人带来精神上的极大享受，具有浓厚的生活气息。在这篇骚体中，田锡没有了济世的士大夫情怀，取而代之的是文人花前月下的浪漫主义情调，体现出了一种闲适、自然的生活态度和平和、松弛的心理状态。

张咏的《白驹谣》是一首送别即将远行仕子的骚体诗，作者以马喻人，展现了依依惜别之情。其文曰：

白驹如龙兮逶而迤，红缰朱绊兮天之涯。秋风万里思乡时，伤离群兮嘶复悲。

这首骚体诗，借送行之时的白马为喻。马儿离群走天涯暗喻与友人的离别，“秋风万里思乡时”句以直抒胸臆的手法表现了思念情怀，“伤离群兮嘶复悲”则喻示了分手之际的哀伤情绪。这篇骚体就是文人送别的一己之情的表达，展现了日常生活中的离愁别绪。这种主题在宋初骚体中还是十分少见的。

释智圆（976～1022），字无外，自号中庸子，或称潜夫，钱塘（今浙江杭州）人，他隐居西湖孤山多年，后人因称其为“孤山法师”。宋初重要的诗文僧。智圆学识渊博、儒释兼修。后人对其评价甚高，北宋晁说之曰：“往年孤山智圆凛然有声当世，自成一家之学，而读书甚博，性晓文章经纬。”[①] 可见智圆既有儒释两家的济世情怀，又有佛家的出世之趣。因此，他的作品中常常体现出一种济世情怀下的平和心态。如其《江亭晚望》一诗：

江亭闲写望，秋景正无穷。鸟没寒云外，帆归暮色中。淡烟生极浦，败叶坠凉风。回道闻渔唱，人家隔苇丛。

---

① 晁说之：《景迂生集》，文渊阁《四库全书》本，卷十四

这首诗以江亭秋景为描写对象，展现了秋日江亭静谧安适的情态，体现了诗人安闲平和的心态。释智圆的骚体创作中，也常流露出这种追求安适心态的创作倾向，如其《贫居赋》即是一篇表现其安贫乐道精神的一篇骚体。其文曰：

> 荒径草深兮衡门长扃，坏壁虫响兮幽砌苔青。啖粥糊口兮吟咏适情，行披百氏兮坐拥六经。困穷而通兮盘桓居贞，嗟乎薄徒兮附势尚声。奔走要路兮骑肥衣轻，宴安华居兮狼心豕形。岂思止足兮安戒满盈，名随身没兮祸逐贪生。焉如忠士守义、箪食瓢饮、不改其乐兮，垂万世之令名哉！

从释智圆这篇骚体中可以看出，虽然其为佛门中人，但其对现实还有一定的关注，这是他儒释兼修思想的直接体现。作者在开篇描述了自己简陋的居住环境。荒草满园，苔藓遍阶，由此可见作者生活比较窘迫。接下来“啖粥糊口兮吟咏适情，行披百氏兮坐拥六经”句进一步说明自己粗茶淡饭的生活，在此基础上说明了自己虽身处贫穷却手不释卷、吟咏性情的闲适心态。生活的贫苦并不能束缚作者的精神自由，现实的困窘并不能改变作者平和恬淡的处世态度。说完了自己，作者把那些趋炎附势之徒的丑恶嘴脸予以了抨击。虽然他们宝马轻裘、宴安华居，但由于内心的贪婪与操守的缺失而呈现出了丑恶的状态。作者以“狼心豕形”来喻群小，可以看出其对这些追逐名利小人的极度厌恶和鄙视。不知满足必然会恶贯满盈而招来祸患，作者直言这些宵小没有善果，下场必然十分悲惨。而与之相比较，那些不惧清苦，安贫乐道的忠义之士，则会名垂万世。作者能在困窘的生活状态下，保持安贫乐道的志趣；面对颓败的生活环境，还能保持闲适平淡的心态，难能可贵。

宋初文人，由于复杂社会局势的影响，这种表达闲情逸致的骚体作品不多，但从这类作品中却已经看出了宋代士大夫追求闲适生活情趣的思想倾向。随着宋代社会的发展，到北宋的中后期，南宋的中后期，富庶生活之中的闲情逸致成为骚体文学的一个重要主题。宋初这段时间可以说是文人闲适情怀的酝酿阶段，为后期闲适类作品的大量出现打下了基础。

第三节　重建道统、振奋士风

安史之乱既是李唐王朝由盛到衰的转折点，也是儒家伦理道德规范出现滑坡的开始。五代时期，战乱频仍，武夫窃权，儒家伦理更是被弃之一旁。后晋节度使安重荣曰："天子宁有种邪？兵强马壮者为之尔。"儒家思想体系在唐代社会本身就不甚严密，再加上战乱的冲击，造成了士人阶层对传统儒家文化规范信仰的动摇，在精神领域出现了深刻的思想危机。五代末宋初这段时间，社会道德风气败坏，价值观念颠倒，士风颓靡，士大夫对礼义廉耻、忠义气节的意识很淡漠。欧阳修曾感叹五代之时"岂于儒者果无其人哉?"由此可见宋初士大夫阶层在精神领域所遭遇的危机。赵匡胤立朝之后，虽然结束了唐末以来的割据混战，但安史之乱以来思想领域的信仰危机和士大夫阶层的颓靡之风并未得到解决。再加上宋王朝中央集权政策所带来的新的社会问题，使那些希望复兴儒学、重建道统的士子们痛心不已。面对当时复杂的形式，不少有志之士将恢复道统，振奋士风作为自己的历史使命。他们大声疾呼儒家伦理道德体系的重建。石介《唐鉴》指出若要国祚延佑，历时长远，就要复兴儒学，重振纲常。欧阳修《本论》说到"以王政名而礼义充"为立国之本，孙复《儒辱》以"仁义礼乐"为治世之本等等，这些都是在呼唤儒学的复兴、道统的重建。然而儒学的复兴除了有志之士的大声呼吁之外，积极的理论研究，士大夫的躬身践行也十分重要。只有将理论运用到实践中去，才能真正的解决那些形而上的思想问题。于是，宋初无论是在思想领域、还是文学创作领域，都能看到这些士大夫精研理论、积极践行的身影，骚体文学领域同样是士人们致力恢复道统的重要阵地。在宋初骚体文学中，既有对儒家文化的理论解析，也有士大夫对忠义气节的呼吁。这些充满入世精神的骚体文学对于宋代道统的重建和士风的振奋有着积极的意义。

一、谈论心性、发扬儒学

北宋王朝建立后，从赵匡胤到朝中大臣，均试图提高儒学的地位，以期能够恢复仁义礼智信的儒家伦理道德规范。赵匡胤推行崇文抑武的国策，其初衷是为了削弱武将的势力，巩固国家政权。赵匡胤曾言："五代方镇残虐，民受其祸，朕令选儒臣干事者百余，分治大藩，纵皆贪浊，亦未及武臣一人也。"① 这一右文政策的推行，使文人地位得到了提高，赵匡胤也想通过重用儒生来重建儒家伦理道德规范，这在客观上达到了推动儒学复苏的效果。太祖继位后，曾感叹"宰相须用读书人"，就是受这句话的影响，原本出身军中掌书记，"少习吏事，寡学术"的赵普开始用功读书，晚年时竟手不释卷，每回到家中就开箱取书，读之竞日。由此可见，宋代儒学之所以能够复兴与统治者的大力推动有很大关系。除了政治领域以外，在士大夫阶层，还有不少文人一直以复兴发扬儒学为己任，正是他们的坚持不懈才使儒学的发展得以延续，并最终在度过宋初的低潮期以后，走向复兴。宋初文人多从心性本原着手来阐发儒学。如柳开《续师说》中即说到："古之以道学为心也，今之学者子习以苟其禄。"赵湘亦曰："古人之将教天下，必定其家，必正其身。将正其身，必正其心。将治其心，必固其道。"② 今人张毅的《宋代文学思想史》上说："由于柳开等人把'道统'由外在的仁义教化一步步归结到心性诚明的本体上来，因此传统儒家的道德实践理性变为内省的修身养性，要求在心之本身保持除去情感欲望的静默本体，而不去追求事功方面的实践。心动情生，心静性明，动则忧，静则乐。宋人喜静不喜动，内向、封闭、保守的文化心态在道统问题上也表现了出来。"又宋初士人多"将儒家'道统'由外在的仁义教化一步步归结到心性诚明的本体上来"③。诚如张毅之言，宋人对儒家心性之说，颇为偏好，自柳开以降，后世二程兄弟、王安石、张载等人都有谈论心性的专文，心性、性理学说也成为宋学的重要组成部分。可见，就宋代儒学而言，宋初文人对心性的讨论对于性理

---

① 《续资治通鉴长编》卷十三

② 赵湘：《南阳集》，文渊阁《四库全书》本，卷四

③ 张毅：《宋代文学思想史》，中华书局，1995年，第35页

之学的兴起有着肇端开山的意义。宋初骚体文学中也出现了谈论心性、性情的文章，甚至还出现了专谈心性的《正性赋》。这些作品是宋初文人用骚体讨论心性、发扬儒学的新尝试，这为理学盛行之后，说理骚体的兴起打下了基础。就宋初而言，这些阐解、发扬儒家理论的作品对于宋代儒学的复兴有积极的推动意义。

赵湘的骚体赋《正性赋》便体现了从心性本体上复兴儒学的愿望。赵湘（959——994?），字叔灵。衢州西安（今浙江衢县）人。太宗淳化三年（992）进士，尝官庐江尉。赵湘是由吴越入宋的文人，虽然是降臣，但其具有强烈的仕进之心。他曾在其《后感知赋序》中说到希望能够“直荐于明天子之前，况于公卿大夫乎”。赵湘稍晚于柳开，其常以儒士自居，力主恢复儒学。他所创作的《本文》、《原教》等文章都对儒学的基本理论大力发扬，其《本文》提出了文章写作要本于“道”，这个“道”是孔、孟、扬雄、韩、柳之道，即儒学之道，在此基础上，他提出了文章要“尽万物之情形、发仁义礼乐之根蒂。”他在《原教》中则是阐述了正心才可以固道，“教者本乎道，道本乎性情，性本乎心，在乎无知有知之相害也……心惑则情性乱，情性乱则道异，道异则教蚌”，也就是说只有正心养性，方可获道。由此可见，赵湘在不余遗力的宣扬儒家思想，推行儒学的治学之法。赵湘所创作的骚体《正性赋》也是一篇谈论心性之说的作品，其学术思想源自儒家思想，是在《原教》基础上对儒学理论的再次生发。《正性赋》的序言开言就道出了心性乃是儒家伦理道德规范之根本。其序曰：

> 性，天性也，不可以不正。《易》曰：“各正性命，保合太和，乃利贞。”又曰：“利贞者，性情也。”从而正之，则为仁，为义，为刚直，为果毅。其于君也，为唐尧，为虞舜，为禹、汤，为文、武。其于臣也，为夔、龙，为伯益，为皋陶，为说，为申，皆是也。其与教也，为尹，为旦，为丘，为轲。反而邪之，为诡，为诈，为淫乱，为错杂。其于君也，为夏桀，为商受，为秦始，为隋炀。其于臣也，为梼杌，为穷奇，为管，为蔡，为高，为斯。其于教也，为杨，为墨，为申，为韩。抑邪之正，损益可知也。士君子立身，将保太和，决利贞，非正性则不可得，故作《正性赋》。

赵湘认为“正性”这一理论出自《易经》的乾卦彖辞：“乾道变化，各正性命，保合太和，乃利贞。”这是在说明“乾道”的重要性。乾道就是天道，它变化形成宇宙万物；万物都是由于乾道而得到真正的性和命，所以万物如果能够保持乾道给予的性命和功能的原始状态，才是真正大利而贞洁的生命。赵湘从正反两方面立论，性是天性，要保持天性之正，即要仁义、刚直、果敢、坚毅。天性得以保持，则具有仁、义等美好品性，会成为尧、舜等明君，夔、皋陶等贤臣和孔孟这样的利于教化的思想家，只有这样才能构建出圣主贤臣的合理社会。反之，如果未能保持天性，则会沾染诡、诈等劣性，沦为桀纣等暴君，管、蔡等奸臣和杨、墨这样的不合政教的思想家，社会也会随之出现混乱，因此士大夫要修身养性就必须要以正性为先。赵湘在序言中指出了使国家清明、社会安定的途径和方法，即本于正性，个人正性修身以成君子，士君子之性正，则君贤臣忠，社会也会为之清明。他在《正性赋》中又进一步阐述了这个观点，其文曰：

> 噫嘻乎！淳和之遁兮，天性靡常；浇漓之生兮，错杂玄黄。执之以正兮，厥道弥昌；舍之而邪兮，其道将亡。悲夫君子之为性兮，岂不宅正而居方。将卜基于圣阃兮，实为其良。薙诡谲之根兮，投彼遐荒；骋忠良之砥兮，即乎中央。斤道斧德兮，振乎纪纲；绳圣墨贤兮，求诸栋梁。崇仁乎高墉兮，垒义乎墙；构礼于庑兮，作乐于廊。惟聪启户兮，惟明启房。惟智是奥，惟孝是堂。始经中而营外，终藻文而绘章。严其阛兮，魑魅不得而飞扬；职其事兮，淫乱不得而弛张。次三皇兮，为虞而为唐；后二帝兮，为禹而为汤。尹完旦葺兮，其址荧煌；丘整轲修兮，厥道芬芳。伊奸回之肆毒兮，情性为殃；惟昏愚之嗜味兮，仁义攸荒。随浇逐浮兮，深为沧浪；积乱堆邪兮，如彼高冈。蠹壤朽桷兮，为韩为庄；拔柱倾基兮，为墨为杨。始绝圣弃智兮，其祸微茫；终反道败德兮，罹毒汪洋。孰当救之兮，舍短从长。非正夫性兮，其何以当？惟其固之兮，罔用弗臧。俾之求象兮，系于苞桑。

作者开篇提出君子需保持淳和本性，若弃之，则违背了天性，会出现错乱的恶果。若能保持性情之正，则天道可得彰显，错乱即可消除。这是承接序言而来，还是在阐述君子守正的重要性。接下来作者又把正性的途径予以了详细的申说，“宅正而居方”、“卜基于圣阃”、“斤道斧德”、“绳圣墨贤”等语均是强调要向圣人先贤学习，加强道德的修养，保持心性中正而不邪僻。除了效仿贤圣之外，还要“崇仁”、“垒义”、“构礼”、“作乐”、“聪”、“明”、“智”、“孝”，即要恪守以仁、义、礼、智、信为核心的儒家伦理道德规范。这部分是作者对如何实现“正性”问题的具体阐释。这也道出了作者提出正性说的根本目的，即要通过奉行儒家五常等手段来实现正性，从而恢复儒家思想对士人的约束，使士人们能够遵循这些儒家常道，从而达到身修国治的目的。接下来作者又将儒学的发展情况予以了勾勒，指出了儒学因贤圣而昌盛，因异说出现、时代流弊的积累而遭到破坏，而拯救儒学的方法就是从正性开始，只有固道正性，方可复兴儒学，恢复清明之世。这是强调正性的意义，正性与个人而言，是修身养性；对于国家而言，是国治清明；对于儒学而言，则是拨乱反正，继承和发扬。整篇骚体，赵湘高谈心性对于个人与社会的重要性，在文章的末尾，还借阐述正性之意义时鼓励士人身体力行，继承先贤之思想。从这篇骚体中，可以看出赵湘高谈心性说、阐述儒家思想，是试图通过理论宣讲来改变眼前儒学不兴、士风不振的现状，从而达到宣扬儒学、恢复儒家思想的统治地位。这是宋初士大夫阶层为复兴儒学、恢复道统所做的贡献，对于当时的宋代社会秩序的恢复而言，有积极意义。另外值得一提的是，这是一篇纯粹说理的骚体，完全不涉及形象的描写，这对宋代说理骚体的兴起，有开山意义。

其他涉及到讨论心性、性情之说及宣扬儒家思想方面内容的骚体还有田锡的《望京楼赋》、《五声听政颂》；张咏的《师风谣》；王禹偁《寿域碑》；杨亿的《君可思赋》等等。宋初文人对儒家学说的认识虽然零星散乱，但对后世却有较大的影响，正是这些少数人的坚持换来了儒学的复兴；也正是他们的积极探索才迎来了宋学百花齐放的繁荣。宋初文人用骚体探讨儒家思想的做法更是对后世有直接的影响，宋代出现的大量说理骚体即滥觞于此。

二、恢复道统、振奋士风

五代时期，由于连年的战乱，再加上君主的频繁更迭，传统的儒家文化体系遭受了重大的冲击，儒家伦理道德规范在五代文人身上几乎丧失殆尽。欧阳修重修《五代史》时评价五代如是："礼乐崩毁，三纲五常之道绝，而先王之制度文章，扫地而尽于是矣。"① 《新五代史》卷三十三《死事传》："呜呼甚哉！自开平迄于显德，终始五十三年，而天下五代。士之不幸而生其时，欲全其节而不二者，固鲜矣。于此之时，责士以死与必去，则天下为无士矣。然其习俗，遂以苟生不去为当然。至于儒者，以仁义忠信为学，享人之禄，任人之国者，不顾其存亡，皆恬然以苟生为得，非徒不知愧，而反以其得为荣者，可胜数哉！"② 自称长乐老的冯道，一生事四朝十一君，"视丧君亡国亦未尝以屑意"，冯道死时，"时人皆共称叹，以谓与孔子同寿，其喜为之称誉盖如此。"③ 当时士风的沉沦、儒家道德的丧失可见一斑。北宋建立后，虽然五代乱离的局面已经结束，但由于思想领域革新的滞后性，五代时期的颓靡士风延续到了宋初，这引起了有志之士的极大不满。不少文人积极呼吁拯救世道人心，力争通过正心修德，重建道统的手段来振起颓靡的士风。在骚体文学领域，士人们也致力于儒家道统的恢复与社会伦理道德体系的重建，他们或是阐述君臣之道；或是高扬士大夫的高风亮节；亦或是讽刺无德之人的丑恶嘴脸。宋初文人通过鲜明的褒贬来彰显气节，鄙夷颓靡，这对宋代士风的振奋大有裨益。

张咏（946—1015），字复之，自号乖崖子，濮州鄄城（今属山东）人，太平兴国五年进士。张咏从小就胸怀大志，喜击剑，尚气节，重然诺。张咏从政三十余年，以显著的政绩享誉朝野，尤其以两治益蜀而著称，是北宋最著名的治蜀名臣。"蜀之人称之若神明"。张咏之所以能够取得显著的政绩与其坚持士大夫节操，恪守为臣之道不无关联。张咏的治世思想在当时也有一定的影响，比较突出的有主张君臣各守其道，上直下忠；认为民富国昌在于国正；社稷安危在于任人唯贤，等等。这些都体现了张咏的忠君为民的士大夫情怀。张咏所作的《师风谣》是一篇以凤喻德，呼吁继圣以重建道统理想的骚体。其文曰：

我闻丹山之凤非有八翼四足兮，又何羽毛之称奇。盖仁于不杀，义于

① 欧阳修等：《新五代史》，中华书局，1974年，第188页
② 《新五代史》，第355页
③ 《新五代史》，第615页

> 知时。既信厚于动止，而淳音其用稀，是以众鸟乐而从之。吾疾夫世之小人兮，曾不知仁义之所为。故卷耳戚颈背而疾走兮，吾凤之师。

作者开篇以设问的形式来提出凤何以与众不同，并自答曰是因为仁、义、淳，因此众鸟才纷纷追随。这里的凤实际上并不是实指，而是以比喻的手法。凤，与麟、龟、龙并成为四灵，《礼记》中说："羽虫三百六十而凤凰为之长。"作为百鸟之王的凤也是德行的象征，后世常用凤来比喻有圣德之人。《论语·微子》："楚狂接舆歌而过孔子曰：'凤兮凤兮！何德之衰？往者不可谏，来者尤可追。已而，已而！今之从政者殆而！'"《接舆歌》便是以"凤"来喻孔子，讥孔子有才德而不识时务。因以"凤德"指士大夫的德行名望。清康熙帝《读左氏春秋作》诗中亦有"千秋师凤德，三传翼麟经"之语。而《师凤谣》中的凤正是喻先贤传流下来的圣德，即儒家传统伦理道德。那么凤所具有的仁、义、淳等性质实际上就是儒家伦理道德中的五常等内容。"众鸟乐而从之"乃指历代文人士子对儒家道统的尊崇和追随。最后两句中，作者厌恶那些不知仁义的小人，所以避而远之。这实际上说明了作者厌恶没有德行之人，不愿与之同流合污。整篇骚体围绕追慕凤德，厌弃奸邪而展开，一方面作者呼吁要学习继承先贤留下的儒家道统，另一方面要与那些破坏道统的小人划清界限，排除异端。这充分体现出了张咏对士大夫阶层重振士风，恢复儒家道统的殷切期望。

君臣之义是儒家伦理道德规范中的核心概念之一，五代时期，君臣之义尽失，只要手握强兵，就可以推翻君主，拥兵自立。宋初有志文人对五代时期的这种风气深恶痛绝，他们在文章中反复申发君臣之义，希望可以恢复到君贤臣忠的理想状态。这方面如杨亿的《君可思赋》中，借斥责朝中的奸小来诉说自己的忠君思想，借以阐发君臣之义。杨亿认为朝廷之中多小人，"贤登朝而共嫉，女入门而各媚"，这些小人凭借花言巧语和黔驴之技来惑乱圣听。这些人"窃名器以晏居，绝上下之愧畏"对君臣之义和朝中的尊卑形成很大的破坏。而那些有志之士之所以不能被朝廷所用，也多是因为小人的阻挠，并非君主的不贤明，"耿求贤兮不及，慎乃宪而惟康。延登体貌，义问覃详。"在此基础上，作者指出了君臣之间要"置之近署，采其寸长。遇忠见察，浸润无伤"。朱昂骚散结合的《广闲情赋》以男女之情喻君臣之义，指出臣子要不断的加强自我修养，以更好的为君王服务，“涤我虑兮绿绮，清我眠兮琅玕。周旋兮有则，徒倚兮可观”。其他田锡、王禹偁等人的骚体中也多有对君臣之义的申发。

强调士大夫的高尚情操，保持气节是宋初骚体在恢复道统、振奋士风方面的又一个主张。五代士风之低靡，恰恰是因为士大夫放弃了操守，随波逐流所致。宋初文人对那些品德低下，没有气节操守的文人进行严厉的批评，对士大夫的高尚节操予以了大力的褒扬。如释智圆的《感物赋》就对君子不同流合污，藏器而动的品格予以了歌颂。田锡的《望京楼赋》中将君子之义与小人之机相互比较，讽刺奸佞小人的阴险狡诈，彰显自己忠君爱国的高尚节操。张咏的《师风谣》对不知仁义的小人予以了批判，对师凤之德的君子予以了褒扬。赵湘的《正性赋》对小人败坏德行的丑态予以了抨击，对尊德性，复道统的儒生予以了肯定。王禹偁的《陵母碑》将母比作忠臣，并赞美了忠臣的节烈，批判了奸佞的邪僻等等。

还有一些骚体，展现了父子、朋友之义，体现出了宋初文人对人伦的关注。如张咏的《白驹谣》以送别友人的依依惜别之情来凸显朋友之间的义气。王禹偁的《宋故夫人墓志铭》“指穆言而告云兮，惟夫妇之有仪。伊生死之孰免兮，于贞节而勿亏”中提到夫妇要有仪有节。赵湘的《周仲嘉哀辞》赞扬了友人的对朋友有义、对双亲孝顺，以彰显其高尚的品格等等。

宋初文人在恢复道统、复兴儒学、振奋士风方面做了多方面的努力，并取得了一定的成效。在五代流弊严重，儒家文化体系遭受严重破坏的严峻时代形势下，宋初文人逆流而上，身体力行，他们用诗歌、骚体文学来践行他们恢复道统、复兴儒学的理想，在他们积极努力和大力推动下，到了宋代中期，士大夫济世情怀再度被点燃，儒家文化迎来了再次的繁荣。受益于此，整个有宋一代，文化繁荣、学术发达，宋人用渊博的学识和深厚的文化修养创造出了地位崇高又影响深远的宋学。如果没有宋初文人的坚持和积累，就不会有宋代儒学的再次繁荣。宋初文人、宋初骚体文学对宋代儒学复兴、宋代文化重建都作出了突出的贡献。

第四章　北宋中期骚体文学：济世出世双重情感下的两极发展

北宋中期主要指仁宗到哲宗初期的六十年左右时间。仁宗亲政以后，随着北宋与其他政权议和，边境干戈之扰暂时远去，各势力之间暂时相安无事，北宋朝廷迎来了相对稳定的发展局面。在政治领域，宋王朝试图通过变法来富国强民，范仲淹与王安石分别在仁宗朝和神宗朝两次变法，但由于守旧势力的阻碍与干扰，两次变法均以失败告终。这两次变法，尤其是王安石变法对宋代社会产生了较为深远的影响。一方面导致了党争的加剧，使政治局势不断出现动荡，不少文人深陷其中，不堪其苦；另一方面使文坛风气以变法为界呈现出了迥异的两种风格，前期济世热情高涨；后期则出世之风渐起，趋于内敛。在社会领域，经济持续发展，士大夫阶层大多过着富庶优渥的生活，这使他们的生活情调和文学趣味较之前代发生了较大的转变，日常生活中的闲情逸致越来越多的出现在文学作品中，雅俗并举也渐成风气。在文化领域，理学思潮逐渐兴起，诗文革新运动也渐次展开。宋初文人们积极呼吁的儒学复兴、道统回归，到北宋中期终于得以实现。文人们参政议政的热情高涨，这使文学中的议论、说理色彩渐浓，文以载道之风流行。要而言之，北宋仁宗、英宗至神宗时期，社会局势稳定，经济空前发展，文化也随之迎来了繁荣局面。就骚体文学领域而言，北宋中期的骚体文学除了少数文人仍延续宋初歌功颂德的创作方向以外，大部分的文人创作体现出了与前代的不同的创作思想，作品特色也发生了转变。随着诗文革新运动的兴起，士气文风重新振作，文人们的济世热情高涨，经世致用之风大炽。这一时期的骚体作品很好地继承了屈原骚体发愤抒情的传统，充分体现了宋代文人深挚的济世情怀。具体的社会现实问题，成为了骚体文学的关注对象。文人们运用骚体探讨治乱兴亡、提出政治见解。随着王安石两次变法的失败，顽固保守势力再次把持朝政，官僚集团之间争夺权利的斗争，愈演愈烈，宋王朝又恢复到了宋初的统治方式，自此逐渐走向了衰亡。而在变法党争之际，许多文人的济世理想受到现实的无情打击，满腔报国之志不得施展，使他们在出世与入世之间挣扎徘徊，创作了不少忠情与骚怨相交织的骚体作品。随着新旧党争的持续进行，文人们的济世热情在仕途的挫折中逐渐消褪，再加上“文字狱”的兴起，使得文人的创作从社会现实问题向人生问题转变。骚体文学领域中，身世遭际的慨叹、对理想人格的追求、渴望归隐的避世情怀等等，成为了创作的主题。另一个值得关注的现象就是骚体与理学思想的结合，出现了不少带有理学色彩的骚体作品。北宋中期的骚体文学创作，从数量和质量上都超越了初期，宋代骚体文学发展迎来了第一个高峰期。

第一节　关注现实的济世情怀

经过宋初七十余年的积累，到了北宋中期，国家局势稳定，经济发展，人民生活富足，文教繁荣。随着儒学的复兴，诗文革新运动的开展，北宋中期文人一扫宋初文人的颓靡，士风大振。《宋史·忠义传序》载：“士大夫忠义之气，至于五季变化殆尽，宋之初兴，范质、王溥，犹有余憾，况其他哉。艺祖首褒韩通，次表卫融，足示意向。厥后西北疆场之臣，勇于死敌，往往无惧。真、仁之世，田锡、王禹偁、范仲淹、欧阳修、唐介诸贤，以直言谠论倡于朝，于是中外缙绅，知以名节相高，廉耻相尚，尽去五季之陋矣。”[①] 清人顾炎武《日知录·宋世风俗》中谈前古士风之变时亦曰：“宋自仁宗在位四十余年，虽所用或非其人，而风俗醇厚，好尚端方，论世之士，谓之君子道长。”[②] 从以上两则

① 《宋史》卷四百四十六

② 顾炎武：《日知录》，文渊阁《四库全书》本，卷十三

材料可以看出，宋代中期士风的重振有三方面的原因：一是统治阶层力促士风之转变。恰如顾炎武所说，宋仁宗在位期间，虽然在执政、用人上不敢恭维，但其所推行的右文政策潜移默化的影响了文人之风气。清人王夫之言："仁宗之称盛治，至于今而闻者羡之。帝躬慈俭之德，而宰执、台谏、侍从之臣，皆所谓君子人也。"① 五代时期之所以士风低靡，对统治者信任的缺失是重要的原因之一。封建王朝的帝王对于士大夫阶层来说，有至关重要的意义。传统儒家伦理道德中的君臣之道，是士大夫展现气节，表达忠义的重要途径。五代时期，频繁的帝王更迭，武夫篡权，使君臣之道遭遇到了巨大的危机，因此导致了君臣之道的丢弃或消极避世之风的出现。宋代中期，政权稳固，道统重建，君臣之道又得以巩固，士大夫对统治者重拾信任，再加上统治阶层对文人的重用，使士大夫阶层无不精神振奋，立志报效。这对于士风的转变无疑起到了推进作用。二是稳定的社会局势为士风的转变营造了有力的环境。五代时期的江山易主，杀戮频仍使文人们人人自危，这种混乱的局面下使文人们丧失了建功立业的宏大志愿，取而代之的或是趋炎附势，或是惶恐避让，这样消极的态度直接导致了士风的低靡。宋代中期的稳定使社会文化各领域呈现繁荣局面，文人的济世热情再次被点燃，为国效力、为民请命的愿望高涨。正如《宋史》中所言，"时治平而文德用，则士之负艺者致位政府，宜矣。"② 三是文人们在重振士风方面的努力更是功不可没。宋代中期的士大夫中，范仲淹、欧阳修等人都是士风重振的重要人物，尤其是范仲淹，其堪称宋代重振士风的先驱。《宋史·范仲淹传》载："仲淹泛通六经，长于《易》，学者多从质问，为执经讲解，亡所倦。尝推其奉以食四方游士，诸子至易衣而出，仲淹晏如也。每感激论天下事，奋不顾身，一时士大夫矫厉尚风节，自仲淹倡之。"③ 朱熹也曾言道："至范文正时，便大励名节，振作士气，故振作士大夫之功居多。"④ 在范仲淹等人的倡导下，朝中上下，济世请命、直论朝政之风大兴。正如欧阳修所言："开口揽时事，议论争煌煌。"社会的复苏，士风的振起，使士大夫的济世情怀再次高涨，

---

① 王夫之：《宋论》卷四，中华书局，2003年

② 《宋史》卷二百九十二

③ 《宋史》卷三百一十四

④ 《朱子语类》卷一百二十九

北宋中期的骚体文学积极入世的题材是主旋律，宋代中期文人将自己强烈的入世愿望投射到骚体文学之中，创作出了大量阐发政治理想、关注社会现实及表达济世情怀的骚体作品，充分体现了宋代士大夫的社会责任感和历史使命感。

一、参政议政的热情

关注政治，议论时政，是以天下为己任的中国传统知识分子的重要价值诉求。从《诗经》中的美刺传统，楚辞中的对统治阶层的怨骚，到宋代骚体的参政议政之文；从屈原的“来吾导夫先路”的献身精神，范滂的“登车揽辔，慨然有澄清天下志”的济世志愿，到范仲淹“先天下之忧而忧、后天下之乐而乐”的治世情怀，无不彰显着中国传统知识分子的政治热情。北宋中期文人用骚体来抒发个人政治见解、言说政治统治之利弊，讨论治乱兴亡之道理，充分发挥了“文以载道”的优长，把文人对政治的敏感和参政议政的热情予以了充分的表达。

李觏（1009—1059）字泰伯，建昌军南城（今属江西）人，北宋大儒，著名思想家，哲学家。范仲淹曾评价其“讲论六经，辩博明达，释然见圣人之旨；著书立言，有孟轲、扬雄之风。”李觏出身寒微，但能勤学不辍，有康国济民之愿。他倡导经世致用之学，其以康国济民为意创作的《潜书》十五篇、《庆历民言》三十篇均是为民请命之作，《庆历民言》更是被称作诘药石，字字规戒的药国之书。由此可见李觏具有很强的济世情怀，富有治世思想。他的《疑仙赋》、《麻姑山赋》等讽喻真宗好仙之风，体现出了其对当朝政治统治的关注。《吊扬子》是李觏创作的一篇怀古抒怀的骚体，李觏借对扬雄的评述阐述了自己恢复儒学，以儒治国的政治见解。其文曰：

岁阴在戊兮，其月季春。望前三日兮，是惟壬辰。面书林以斋慄兮，敢行吊于子云。呜呼哀哉！高庙不神兮，借人以权。新都大盗兮，舂国之咽。凶邪得志兮，明哲偷安。天炉炽炭兮，璞玉不燃。敛佐王之刀尺兮，回智巧乎简篇。何诸儒之丧明兮，复培塿乎泰山。夫圣者通之谓兮，可名而名之，岂有常人？昔成汤号伊尹曰元圣兮，固《商书》之所不删。夷之清而惠之和兮，孟氏亦以为圣焉。谓子云之非圣兮，何啻乎胶柱而操絃。

韩退之云大醇而小疵兮，所论止于《法言》。兹对问之细碎兮，如入宫始见其堧垣。伊太庙明堂之巨丽兮，则尽在于《太玄》。兼三材而用五行兮，取度数于浑天。日如蚁而右转兮，斗揭柄而左旋。阴阳昼夜之会合兮，非弄笔之所磨镌。其指在于三纲兮，尤切切于君臣。君道光而臣道灭兮，尊卑之分以陈。消与息而相乘兮，无盛满之不疾颠。言行祸福同出于罔兮，贵思虑乎未然。必称孝而称忠兮，异乎剧秦而美新。既广且深兮，浩浩东溟之豬百川。自哲人之萎于鲁兮，独子云之书谁得而及肩？惟视之八曰翡翠干飞离其翼，狐貂之毛躬之贼。盖小才之足以杀其身兮，俾愚心之愬愬。奉新语以周旋兮，庶全归于窀穸。彼叔明之为注兮，间或失而或得。矧科指之不甚明兮，匪后生之能识。今之从事于此书兮，其说溺乎数术。隐怪之士借以为已有兮，学者欲求而弗获。繄小子之不敏兮，将大为之解释。下以行诸讲学兮，上以及夫邦国。计其业之勤劳兮，岂一朝而一夕。困于内者疾病兮，迫于外者衣食。念一家之言兮，终成之于何日？天有意于此书兮，使我寿考而强力。不然子云之道兮，或几乎息。我思古人兮，泪涟涟而沾臆。

作者开篇交代了文章写作的时间，并点题说明文章乃是凭吊扬雄之作。此后，作者对扬雄的遭际进行了描述，感慨叹其怀才不遇，叹息其济世之志难申。“敛佐王之刀尺兮，回智巧乎简篇”说明了扬雄济世报国无望后，转而著书立说。接下来，作者对扬雄予以了高度的评价。作者认为圣人并非特指一人，伊尹、孟子皆可称圣，而扬雄也因为创作了《太玄》、《法言》等儒学著作，亦可称之为圣。历代文人，对扬雄评价如此之高者，实属少见，作者之所以将扬雄称圣，其原因并非因为扬雄的才华，也并非其济世之志，而是他留给后人的儒学著作。在此，作者凭吊扬雄的目的已呼之欲出。之所以对扬雄的著作有如此高的评价，是因为这些著述阐述了儒家的治国治世之道。作者又对扬雄著述中涉及到的君臣之道，忠孝之义等伦理纲常的部分予以了概括，指出了扬雄之书的治世价值。最后，作者感叹时人对扬雄之书的不重视，希望自己可以为之做解，并将其发扬光大。整篇骚体，从怀念古人谈起，谈论其志向，述说其著述，褒扬其为儒学所做贡献，最后又表示要继承古人之志，发扬儒学。乍看与其他怀古之作大同小异，然而这篇骚体中，渗透着作者复兴儒学、经世致用的政治诉求，较为清晰的传递着李觏的政治思想。李觏在这篇骚体中所表现出来的政治思想主要有以下几个方面：第一要复兴儒学，继贤圣之绝学，为今人所用，这是他经世致用思想的典型体现。第二，之所以要复兴儒学，是因为要将儒学中的纲常之论发扬光大，即要借古人之书来宣扬儒家伦理道德规范。第三，作者要为扬雄之说做解，目的是通过发扬扬雄之说来进一步提高人们对儒学的认同，从而恢复儒学的政治地位，重建道统，充分发挥儒学在社会统治中的作用。这篇骚体，是怀古抒怀的上乘之作，婉转表达了李觏的政治见解。

刘敞，字原父，临江新喻（今江西新余市）人，北宋中期著名的学者。刘敞学问渊博，通六经百氏、古今传记、天文地理、卜医术数、浮图老庄之说，尤长于治《春秋》学，其骚体文学创作也很丰富。马积高《赋史》评价刘敞曰："从容不迫，少激情，表现了学人之赋的特色。"① 诚如马氏之言，刘敞的辞赋创作说理色彩很浓，其骚体创作中有不少作品充满了对政治统治利弊的思考，政治说理色彩浓厚。刘敞的《秦昭和钟赋》是他在"直集贤院作"。刘敞于治平三年（1066）从知汝州任上被召还，以疾不能朝，改集贤院学士。熙宁元年（1068）刘敞去世，可见这篇作品是作者的晚年之作了。昭和钟形制瑰谲，音色鲜同，它铭刻着秦祖先美盛的业绩，达到了沟通天人的庄重和顺的至高精神境界。在历史的长河中，昭和钟逐渐被湮没，作者以此比喻圣贤之道不用于世。《陕西通志》记载："秦昭和钟铭，庆历中叶清臣守长安所得。上之大乐，考之音，中大吕。"② 昭和钟湮没于世久矣，然在北宋庆历之世重现，对此作者感叹"幸蒙君之厚德兮，发阴壤之祕封"，昭和钟得以重现，是因为当今圣上德行仁厚。行文若止于此，则完全成了一篇歌颂圣德的颂美赋，作者之意当不在此。他接下来说："庇高阁之虚爽兮，参众宝而见容。俪笙镛以干际兮，终诡时而不逢。审则而仪量兮，尚毋惑于权度。推律而考钧兮，犹将谨夫《韶》《濩》。等弃之而勿庸兮，喟观者之未悟。"昭和钟在北宋被束之高阁，供人观赏，并没有发挥其沟通天人、宣扬盛德、利于教化的作用。刘敞对此感到无可奈何，但从

---

① 马积高：《赋史》，上海古籍出版社，1987 年，第 405 页

② 《陕西通志》，文渊阁《四库全书》本，卷九十八

中又得到这样的感悟："保厥美以安处兮，焉惆怅而怀遇。"无论是前面昭和钟埋没于世，还是后面虽然重现却被弃置，刘敞都是在比喻圣贤之道不行于世，而他与延陵季子、长沮等有操行的古仁人一脉相承，表现了他的尚统意识，固守儒家道德思想，不因遇与不遇而改变态度。刘敞《罪岁赋》也是一篇带有陈说政治利弊意味的一篇骚体。《罪岁赋》的"岁"指岁星，刘敞在序中引用《星传》说："岁星所居，五榖逢昌"，"其国不可伐，伐之反受其殃。"然而当岁星出现在楚地时，楚都郢非但没有五谷丰登，还遭遇了大水，进而导致黔中、长沙的蛮夷叛变，百姓死伤无数；洪水、兵革之祸过后，又逢大旱，这一系列的天灾人祸令作者迷惑不解，于是作此赋。题目从字面上看是谴责岁星之意，实际谴责的是当权统治者。赋中的统治者是舜。作者对他的批判比较尖锐："何重华之昭晰兮，犹有此之不情？弃终古之所守兮，丧厥初之令名。"对百姓表现出仁者的关爱："哀蠢蠢兮下民，君胡悦而宴安。"并向统治者表白"祛君蔽兮任忠，敷大德兮无穷"的政治理想。最后一句颇有深意，"往者不可及兮，来者犹可终也"，似乎是在提醒和告诫北宋的当权统治者们，去小人，任忠良，以德治民。刘敞的拳拳儒者情怀在本篇中得到充分体现。《在陈赋》则表现了作者作为一个儒者的使命感，那就是要济世救世，积极进取。

宋代中期还有一类讨论历史发展规律与得失之理的骚体，体现着文人们对政治问题的思考。如刘攽的《斗蚁赋》、《棋赋》包涵着作者对历史发展进程的深刻理解。《不寐赋》从历史的发展和古仁人志士的遭遇中，思索个人问题。赋中例举了周公、孔子、乐易、孟子、孔明等历史人物，认为他们的穷和达、成功和失败皆由历史际遇决定，这些"大觉"的圣人尚且如此，平凡之人更不必在意命运的穷通，要"安其命"，进入"自怡""无迷"的人生境界。北宋中期的出现的承圣情结，也体现着宋代文人复兴古道、挽救苍生的政治责任感。如鲜于侁的《九诵》便有这方面思想的体现。《宋史》本传说鲜于侁："作诗平澹渊粹，尤长于楚辞。苏轼读《九诵》，谓近屈原宋玉，自以为不可及也。"《九诵》由九首庙歌组成，既祭祀尧、舜、周公、孔子等先代圣贤，又祭祀了山川之神岳神、河伯。文章一方面宣扬了儒学道义，具有载道之功，但更重要的是通过对圣贤、神灵的祭奠，寄托对圣德的怀想和承圣的愿望。又如张载的《鞠歌行》，同样抒发了继承圣统情怀。张载是关学学派的创始人，其学说以《易》

为宗，以中庸为体，以孔孟为法，极力阐发儒学传统。《鞠歌行》是古乐府曲名，古辞已不传，后来陆机、谢灵运、李白等均有拟作，但都不是骚体。文章在表现其承圣继学抱负的同时，也反映出救世之志不得实现的苦闷。他的另一首骚体小诗《燕歌行》也是以汉乐府旧题写骚，同样表达了对圣道不为今人所传的悲哀。

用骚体议政，自屈原之世就已出现，宋代文以载道之风的兴起使文人们发挥了骚体文学“言志”功能为主之外的“载道”功能，用骚体来抒发政治情怀，表达政治思想，体现出了北宋中期文人高涨的参政议政热情。

二、社会现实的关注

仁宗亲政以来，随着政治领域革新政局思潮的产生，经世致用的思想也渗入到文学领域，知识分子阶层关注现实的热情大大提高。这一时期的骚体因其所具备的讽谏功能，使其成为文人们干预现实、表达意愿的重要工具，这一阶段的骚体文学创作也得以繁荣发展。北宋中期的骚体文学，强烈的现实性成为最明显的特色，宋初遗留下的颂美粉饰之风也被议论时弊逐渐取代而成为创作的主流，关注、反映现实、指陈社会利弊、得失的作品屡见不鲜，充分体现了北宋知识分子阶层的忧患意识和济世情怀。

宋祁（998～1062），字子京。雍丘（今河南杞县）人。他与其兄宋庠同时举进士。入朝为官后，宋庠为人慎静，官至宰辅。宋祁则庄重不及其兄，为官治事明峻，好作条教。宋祁常有直言谠论，且多切实之见。为官期间曾上书论及论宋朝财政的“三冗”、“三费”，河北军备等方面的内容。显示出了其对时事政治、社会现实的关注。他的《诋仙赋》作于庆历元年，其出知寿州之有感于其地好仙之风普遍，则创作了这篇骚体以示批判。北宋自澶渊之盟后，真宗采纳王钦若的建议，以“封禅”来粉饰太平。秦汉以来，帝王要想举行“封禅”之礼，除要建有非凡的功业外，得到上天所赐的“祥瑞”也是必不可少的。王钦若为促成封禅，便说祥瑞可人为制造。《宋史全文》卷六记载，景德五年正月，真宗召王旦、王钦若等上朝，对他们说，去年十一月他见到神人降临对他说当降天书《大中祥符》三篇。而刚才皇城司上奏说，左承天门屋之南角有黄缉曳于鸱吻之上，大概这就是神人所降的天书。这一年改元为大中祥符元年。

真宗好仙的闹剧大幕由此拉开。直到乾兴元年（1022）二月真宗去世，同年十月伪造的“天书”与他一起下葬，这种以迷信活动作为国家朝政的荒唐举动才算结束。然而，真宗的迷信举动在民间造成的好仙风气却没有立刻消失，宋祁此文作于庆历初年，距真宗朝结束二十年左右的时间，文章虽然只是表现了寿州这一地的好仙风气，然而它所折射出的那种不责实、好虚妄的民风却带有普遍意义，作者对此的批判也带有广泛的社会意义。作者首先在序言中交代了文章写作的背景和目的，其序曰：

予即守寿春，览郡图，得八公山。故老争言山上有车辙马迹，是淮南王上宾之遗。耕者往往得金，云丹砂所化，可以疗病。因取班固《书》、葛洪《神仙二传》，合而质之。嗟乎！人之好奇而不责实也尚矣，而洪又非愚无知者，犹凭浮证伪，况鄙人委巷语耶？作《诋仙赋》。

根据序言可知，作者到寿州后，看辖区地图时发现有八公山，而众人皆以八公山之仙迹相告。八公山，在今安徽省淮南市西，相传西汉时淮南王刘安曾与八位友人在此炼丹，所以得名。当地人们深信刘安升仙的传说，往往在八公山上捡到金属的东西，就说是丹砂化成的，并认为可以治病。东晋葛洪的《神仙传》对刘安得道成仙之事也有记载（见《神仙传》卷六），这使得人们更加深信不疑。宋祁认为像葛洪这样的“非愚无知者”尚且“凭浮证伪”，没有责实的态度而相信虚妄的传说，况且那些鄙俗之人。为了指明仙人仙山之说的虚妄，宋祁作《诋仙赋》以正视听，其文曰：

悯兹俗之鲜知兮，徇悠悠之妄陈。常牵奇以合怪兮，欲矜己以自神。操百世之实亡兮，唱千龄之伪存。彼淮南之有子兮，固殊死而殒身。缘《内篇》之丕诞兮，眩南公之多闻。谓八人者语王兮，历倒影而上宾。饵玉七之神药，讬此躯乎霄晨。王负骄以弗虔兮，又见谪于列真。虽长年之弥亿兮，屏帑偃而愈愆（葛《传》云：仙伯主者刘安不恭，乃谪守郡都厕，后为散仙）。蹇斯事之吾欺兮，聊反复乎遗言。号圣仙之灵禀兮，宜常监德而辅仁。不足察王之倨贵兮，遽引内于天门。已乃悟其非是兮，胡为赏罚之纷纭。宁仙者之回惑兮，无以异乎常人？国为墟而嗣绝兮，载遗恶而不泯。故里盛传其遗金兮，证碫石之余痕。武安隐语而前死兮，更生伪铸以赎论。彼逞诈以罔时兮，宜自警于斯文。

作者开篇即针对寿州地区好仙的习俗予以了评判，指出之所以有这么虚妄的传言，乃是因为胡乱牵扯，夸大其词，故作奇诡而已。接下来“操百世之实亡兮，唱千龄之伪存”句，一针见血的指出了好仙之风的虚妄，即宁信千古以来的不真之事，而不信眼下流行之事实。作者还将刘安“固殊死而殒身”，因为谋反而丧命，根本不可能成仙的事实列举了出来，反驳传闻。之后，作者又对葛洪《抱朴子·内篇》中记载的神仙之事予以了批驳，指出了葛洪之言对后世造成了深远的影响，欺瞒了民众，混淆了视听。在此基础上对信仙的危害再次予以了深入的阐发，指出了好仙流毒不除，有祸国殃民的危险。最后作者又回到寿州好仙之事上，把金丹治病的流言予以了揭穿，并给那些“逞诈以罔时”者以警戒，不要再妖言惑众。这篇骚体批驳有力，辩伪存真，颇具说服力。虽是针对寿州地区刘安升仙的传说及好仙之风而作，然作者眼界并不局限于寿州，而是联系当时广泛的社会现实，对真宗以来好神仙的社会不良风气予以了批判，体现了宋祁对现实的关注及济世情怀。

文同作有一篇《石姥赋》。所谓“石姥”，就是一块带有神秘色彩的石头。“其远睨之若人兮，迫犹疑其蹲虎。里俗神而甚恭兮，号相尊其曰姥”，这块石头远观似人，近看像虎，人们以为是神，就尊称它为“姥”。天旱之时，人们求雨于天地神灵没有结果，就来向石姥祈求，果然如愿以偿。对此作者不以为然，感慨地说：“噫！惟皇之大职兮，繄阴阳之煦妪。奚磊砢之顽质兮，辄矫权而自主？事岂无于适然兮，而惑者概从而为语。皇忽寤而震恚兮，列罪目而尔数。诃星士以施梏兮，敕雷将而挥斧。赫电火而灰尔兮，鼓箕风而荡汝。阒大空而泮散兮，一摩抗其处所。俾愚黎之俪正兮，识惟皇之覆露。皇未寤而民尚惑兮，徒吾髀之長拊。”这已没有停留在单纯地批判神怪迷信的层面，而是借此指刺了那些在人民头上作威作福的“皇”者。

北宋颇具影响的思想家石介博通经术，作文论古今治乱成败，指切当世，无所顾忌。仁宗庆历新政时，进用贤臣韩琦、范仲淹、富弼等。石介作了一首

《庆历圣德颂》，歌颂朝廷任贤锄奸，还隐讳的斥责权臣夏竦为“大奸”。他的《彼县吏》是一篇讽刺县吏的骚体小诗，痛斥了县吏压榨百姓，鱼肉乡里的丑恶嘴脸。其文曰：

> 嗟乎嗟乎彼县吏，剥肤椎髓民将死。夏取麦兮秋取粟，笞匹红兮杖匹紫，酒臭瓮兮肉烂床，马余梁兮犬余气。雀腹鼠肠容几何，虎噬狼贪胡无已！

作者开门见山揭露了县吏对人民敲骨吸髓般的压榨。此后，作者对县吏搜刮民财的恶行予以了描绘，对他们搜刮民脂民膏，奢靡浪费的丑态予以了抨击。最后以“虎噬狼贪何无已”句结尾，把这些贪官污吏比作虎狼，表现出了对这些贪腐者的极端愤恨。这篇骚体，短小精悍，展现出了作者对农民徭役之苦的同情和贪官污吏为祸乡里的憎恶。这反映出了作者对社会丑恶现象的不满情绪，体现出了石介关注民生的济世情怀。

钱公辅的《吊王右将军宅辞》指陈寺庙建筑过多，侵犯民居的社会现状。序中的蕺山在今浙江绍兴市北，相传越王勾践曾在此山采蕺，因此得名。蕺山南麓是东晋王羲之的故宅所在。作者看到的王右将军宅此时已是“为浮图而绘像存焉”（《吊王右将军宅辞》序），成了一座寺庙，即戒珠寺。“予尝恨东南山之佳、水之胜，多夺于浮图氏；而衣冠隐沦，无一人得之者”，作者对于佛寺占据佳山胜水颇为不满，路过右军宅时有感而发，写下了这篇《吊王右将军宅辞》。东晋距离当时未满千年，而昔日的贤人故居今天却成了佛寺。“绝云巍冈，葱葱苍苍，竹茂草美，烟高气长。古松蓊兮虬盤，怪石呀兮虎骧。前稽岭之横峙兮，下鉴水之辉光。远市井之喧卑兮，据城垒之低昂。春可遊而纵望兮，夏可息而凄凉。秋可登而感概兮，冬可处而乐康。无一时之不得宜兮，环一目而周四方”，描写将军宅周遭环境清幽，远离喧嚣，一年四季都令人感到身心舒畅。“真孤高之所庐兮，非丑族之能当”，这应该是孤介清高之士的居所，“丑族”，似指佛教徒，在作者眼里，佛教徒不配居住在此。“嗟道之衰兮，异姓类蠹侵而日昌”，嗟叹圣道不传，而异姓学说（指佛道）却越发昌盛。“嗟越之雄兮，岂微一丈夫之勇刚。如可赎兮，虽万金可捐，万室可偿。胡恬夷而莫丑兮，往往助资其栋梁”，怨怪越地之人没有丈夫之勇，没有抵制住在此地大兴建造佛寺的举动，却反而不知羞耻，为他们输送栋梁。“聊捐文于山之侧兮，将鑱石乎洲之堂。嗟嗟越人，穷千万春兮，宜吾文之弗忘”，这是作者写作此文的良苦用心，希望千百年后，越人都不要忘记王右将军宅是怎样由一个闲人雅士清幽的居所变成了浮图异姓的佛寺。这也是“吊”字的深意所在。

宋代中前期文人在经世致用之风的影响下，兼济天下的愿望高涨，范仲淹“先天下之忧而忧，后天下之乐而乐”的说法代表了宋代中期那些拥有济世情怀文人的心声。他们充分运用骚体善于兴寄讽喻的长处，创作出了很多针砭时弊、关注现实的作品。宋代中期关注现实类的骚体文学，充满了现实性和批判性，是宋代骚体文学中思想价值较高的作品。

三、济世情怀的流露

在宋代中期表现文人济世情怀的骚体中，除了对政治的关心和对现实的关注两种类型以外，还有一类骚体，不是以说理、批判为主题，而是个人济世情怀的自然流露。这类骚体多出现在赠答和触物感怀的骚体中，作者通常在与友人的酬答中或发表感触时就间接展现了自己的济世情怀。创作这方面骚体的代表作家是欧阳修、郭祥正、司马光等人。

欧阳修（1007—1073），字永叔，号醉翁，又号六一居士，吉安永丰（今属江西）人，世称欧阳文忠公。欧阳修是宋代诗文革新运动的领军人物，他上承韩愈之说，主张文以明道，经世致用。欧阳修一生，著作颇丰，在诸多的文体中均有涉猎。苏轼曾评价欧阳修曰：“论大道似韩愈，论本似陆贽，纪事似司马迁，诗赋似李白。”司马光也曾在其《答孙察长官书》中说到：“如欧阳公可谓声名足以服天下，文章足以传后世矣，他人谁能加之?”欧阳修的骚体创作也很丰富，如《鸣蝉赋》、《病暑赋》等等，脍炙人口。欧阳修前期身逢经世致用思想大兴之世，忠君匡世、除旧革新是他前期孜孜追求的目标。欧阳修的骚体文学中，也时常不自觉的流露出这种积极入世的济世情怀。如他的《庐山高赠同年刘中允归南康》在送别好友时就流露出了兼济天下之愿。其文曰：

庐山高哉几千仞兮，根盘几百里，峨然屹立乎长江。长江西来走其下，

历了宋初沉寂期后的一次大爆发，充分体现出了宋代中期知识分子心怀天下，为国为民的社会责任感和积极的人生态度。

第二节 济世出世的多重困惑

“盖宋之政治，士大夫之政治也。政治之纯出于士大夫之手者，惟宋为然。”① 在中国古代政治史和文学史上，宋代是文人同时充当政治和文学的主体的朝代，这种情况以北宋尤为明显。正是由于宋代的知识分子阶层往往有官员和文人的双重身份，因此他们在官场中的起落浮沉往往直接影响到他们的文学创作。所以，宋代文学受时代风气，尤其是政治风气的影响很大，每个不同阶段的文学都体现出了较为明显的时代性。宋代中期无疑是政局变幻无常的一个时期，宋代两次有较大影响的改革均发生在这个时期，即庆历新政和王安石变法。仁宗庆历年间的变法是对宋朝政治制度的微调，但即便如此，还是接连不断的受到了保守派的攻击，直到最后全部被推翻。神宗朝时在宋神宗的有力支持下，王安石变法轰轰烈烈的展开，然而随着保守势力的猛烈反击，神宗的态度也发生了动摇，王安石二次被罢相后，宋王朝的两次改革，均告失败。自此后，宋王朝又恢复旧制，再无新变。在两次变法的过程中，新旧党人之间的争斗十分激烈，而伴随着变法的失败，再加上政权内部的党争和种种社会矛盾，使这一期的时代风气暗潮涌动，矛盾重重。那些力主改革的士大夫阶层在屡次受挫之下，锐气渐消，惧谗畏祸之心渐重。此时，在北宋中前期因儒学复兴、士风复振而被点燃的济世热情，也受日益复杂的局势和日渐恶化的处境影响，逐渐消退。两次轰轰烈烈的变法，两次惨淡收场、日渐激烈的党争、日益增多的社会矛盾，这一时期的宋王朝已逐渐走向式微，士大夫们富国强兵、改善民生的美好愿望也距离他们越来越远。理想与现实巨大的鸿沟使他们内心充满了矛盾和苦闷。而在党争之祸的波及与牵连下，他们有心入世，却屡次碰壁，不

① 柳诒徵：《中国文化史》，中国大百科全书出版社，1988 年，第 516 页

得不尴尬地挣扎于出世、入世之间。有国难报，有志难伸，忠情与骚怨的交织纠结于文人们的心头，欲说还休。受复杂局势与文人矛盾心态的影响，宋代中期尤其是中后期的骚体文学在思想内容上呈现出了文人们在理想与现实、济世与出世、忠情和怨骚等问题上的多重困惑与思考，诉说衷情、抒发苦闷也成为这一类骚体的主要情感基调。

一、理想与现实的矛盾

仁宗亲政后，北宋王朝儒学复兴，文化繁荣。文人们心系天下，建功立业的济世情怀表现的十分突出，积极入世、经世致用也一度成为文学创作的主流。然而在保守派强有力的制衡下，宋王朝并没有在改革求新的道路上走多远，伴随着两次改革的失败，宋王朝各个层面的社会问题与矛盾逐渐暴露，赵宋政权又恢复了保守的旧制。那些怀揣富国强民、兼济天下愿望的文人们，在因循守旧、日渐平庸的社会现实之下，壮志难酬。他们在理想与现实之间巨大的沟壑之前，只能选择倾诉理想难以实现的苦闷和慨叹壮志难酬的哀怨。

欧阳修是范仲淹庆历新政的支持者，在为官期间多次因异党的排挤攻讦而遭到贬谪。其和好友刘敞而作的《病暑赋》是一篇描写夏日酷暑的煎熬的骚体。作者用无法逃避的酷暑比喻压力重重、生存困难的社会现实，借以表达作者对现实境况不满及理想难以实现的苦闷。其文曰：

吾将东走乎泰山兮，履崔嵬之高峰。荫白云之摇曳兮，听石溜之玲珑。松林仰不见白日，阴壑惨惨多悲风。邈哉不可以坐致兮，安得仙人之术解化如飞蓬？吾将西登乎昆仑兮，出于九州之外。览星辰之浮没，视日月之隐蔽。披阊阖之清风，饮黄流之巨派。羽翰不可以插余之两腋兮，畏举身而下坠。既欲泛乎南溟兮，瘴毒流膏而铄骨。何异避喧之趋市兮，又如恶影之就日。又欲临乎北荒兮，飞雪层冰之所聚。鬼方穷发无人迹兮，乃龙蛇之杂处。四方上下皆不得以往兮，顾此大热吾不知夫所逃。万物并生于天地，岂余身之独遭？任寒暑之自然兮，成岁功而不劳。惟衰病之不堪兮，譬燎枯而灼焦。矧空庐之湫卑兮，甚龟蜗之跼缩。飞蚊幸余之露坐兮，壁蝎伺余之入屋。赖有客之哀余兮，赠端石与蕲竹。得饱食以安寝兮，莹枕水而篁玉。知其无可奈何而安之兮，乃圣贤之高躅。惟冥心以息虑兮，庶可忘于烦酷。

这篇骚体的上半部分都是作者为逃避酷热所做的一系列行动，欲向东上泰山之巅，却云深松密，不能前往；欲向西登昆仑之峰，却高危不可至；欲去至南溟，却受阻于瘴毒流膏；欲临乎北荒，却飞雪层冰，无人可至。最后作者忍不住大发慨叹“四方上下皆不得以往”，这酷暑的环境终究是难以逃脱。作者忍不住反问，为何万物生灵中，独自己要忍受这个酷暑的煎熬。在上半部分中，从作者对东西南北的环境描写中可以看出，作者除了意在说出四方各自不可至的艰难之处以外，还刻意的把四方刻画成了充满险恶、遍布阴郁之地。这显然是作者在以周围环境的恶劣来比喻现实中危机密布的社会环境。四方皆不可去，也暗示出作者在现实中难以实现理想，处处碰壁的不幸遭遇。而作者“万物并生于天地，岂余身之独遭?”的反问更是体现出了作者遭遇不幸境遇的控诉和慨叹。“余身之独遭”暗示自己异于常人的遭遇，即在现实社会中倍受排挤的遭遇。正是这句带有强烈主观感情流露的反问句把欧阳修对理想不得实现的不满情绪透露了出来。《病暑赋》的下半部分，“惟衰病之不堪兮，譬燎枯而灼焦；矧空庐之湫卑兮，甚龟蜗之跼缩”句中作者对自己独自遭难的原因予以了阐述，衰病喻自己的理想难以实现，而“燎枯”、“灼焦”则是暗示自己有志难申的焦虑状态。后两句则是说明自己困居原地，不能伸张的困窘状态。接下来，作者又对改变这种状态的方式做了说明，“知其无可奈何而安之兮，乃圣贤之高躅。惟冥心以息虑兮，庶可忘于烦酷”，现实无法改变，无可奈何之下只能是随遇而安。而治愈自己内心焦虑、“衰病”状态的途径是“冥心”、“息虑”，即要停止多余的思虑，只有停下自己追求理想的脚步，才能治愈心中的伤痛，才能摆脱现实对自己的伤害。从这篇骚体中，可以看到欧阳修怀揣理想，在现实中四处碰壁的悲惨遭遇。这个残酷而强大的现实使他“衰病”缠身，这个衰病既是身体上的，更是心灵上的，他对理想的恋恋不舍和对现实的无可奈何情绪渗透到了字里行间，把欧阳修在理想与现实夹缝中的艰难挣扎表现的淋漓尽致。

狄遵度的《放言》以直抒胸臆的写法表达了自己对现实境况的不满，表达了理想不能实现的苦闷。其文曰：

惆兮忽长不乐兮安极！眺平野兮千里，坐空馆兮四壁。对寒日兮苍莽，披劲风兮悽慄。鸟悲鸣兮群丧，草离披兮路塞。呜呼！物之生天地间，虽大小参差不齐，然其材亦各有所适。草木不以微而废其用，陵丘不以大而专其职。独人事岂不然，亦由兹而可识。性之稟既有贤愚之异，位之设亦有贵贱之隔，使大小各得尽其材，譬一体之和怿。及年岁之未暮兮，思欲竭其所得。曷独求己之为兮，顾泯然者可恻。古之圣贤固瘽瘁而不敢暇兮，畏天命之诛殛。天之赋已以是材兮，敢不奉而惊惕。呜呼！而今而后，用与不用，吾将系之于天；在己之有，固斯须而不敢斁。

狄遵度，字元规，潭州长沙人，约宋仁宗景佑中前后在世。狄遵度少颖悟，笃志于学，成年后以父任为襄阳主簿，居数月，弃去。可见狄遵度仕途并不如意。《放言》是狄遵度怀才不遇的内心苦闷之作，其中渗透着对理想的渴望和对现实的无奈。作者在文章的开篇即道出了怀才不遇的孤独苦闷心情，鸟群丧、道路塞都是来喻示作者在现实中的不遇遭遇。接下来，作者通过物与人的比较，道出了人不如物的感慨。物有大小，但都能尽其所用，人有贤愚，却不能尽其所能。这里充分体现出了作者的理想与现实之间的巨大差异。文章的最后，作者有提出要效法古之先贤，待时而动，但字里行间并没有积极入世、与命运抗争的激烈情绪，而是“系之于天”，体现出了一种听天由命的消极心态。从这篇骚体中，可以看出狄遵度的思想挣扎，心中有济世的理想，但现实中却怀才不遇，只能从这种矛盾的煎熬和苦闷中寻求自我的解脱。

蔡襄是北宋时期的一代名臣。范仲淹、余靖、尹师鲁、欧阳修四人曾因指责宰相吕夷简任人唯亲，处事不公而被贬谪。蔡襄不畏权贵，写了讽刺吕夷简的《四贤一不肖诗》，替范仲淹等四人鸣不平，由此可见蔡襄之忠直。他的《季秋牡丹赋》是一篇借牡丹诉说理想难以实现、有志难伸的骚体作品。根据《季秋牡丹赋序》中交代，这篇骚体是蔡襄到太平州丹阳县与困守当地的凌尹之共同饮酒赏牡丹时所作。其时，蔡襄与凌尹之均境遇不佳，怀才不遇。蔡襄借这篇《季秋牡丹赋》表达了他理想不能实现的苦闷情怀。蔡襄在文章中说道：“沛怡愉兮新相知，眇恻恻兮送将归。桃有援兮溪之曲，莲为媒兮泽之湄。羌此物之善远，亶夫君之后时。君不闻佳丽皇州，喧繁戚里。”作者以牡丹喻神女，神女追求伴侣，即是喻示作者对理想的追求，而求偶不得则喻示了作者理想不得实现的苦闷。又曰：“譬此花之赋命兮，亦节暮而葩独。然贵贱反衍，祸福倚伏。其暮也，何遽不为贵？其独也，庸知不为福？”此处显示了作者对理想不能实现后的自我安慰。牡丹虽然因为独自生长在僻远之地，但独善其身，也不失为一种好归宿。在这篇骚体中，作者对理想的追求同样囿于现实而无法实现，但蔡襄并没有像屈原那样上下求索，九死犹未悔，而是转而寻求自我解脱，自我安慰，实际上无力改变现实的无奈。

其他此类表现理想与现实矛盾的作品如刘敞的《离忧赋》、郑獬的《励志赋》、范纯仁《秋风吹汝水》等等。欧阳修在其《薛简肃公文集序》中尝言：“君子之学，或施之事业，或见于文章，而常患于难兼也。盖遭时之士，功烈显于朝廷，名誉光于竹帛，故其常视文章为末事，而又不暇与不能焉。至于失志之文人，穷居隐约，苦恼危虑而极于精思，与其有所感激发愤惟无所施于世者，皆一施于文辞。”诚如欧阳修所说，宋代中期文人们在失志抑郁之际，把理想与现实之间矛盾，付诸文辞，创作出了充满苦闷与无奈之情的骚体佳作。

二、出世与入世的挣扎

北宋中后期的两次改革，给政治领域带来了很大的波动，特别是王安石变法之际，几乎每一项政策的出台都遭到了保守派的强烈不满和激烈的反对，以至于朝野上下，议论汹汹，政变不已。南宋陈亮说：“方庆历、嘉祐以来，世之名士常患法之不变也。及熙宁、元丰之际，则又以变法为患。”① 由此可见，变法运动中的暗潮涌动。随着变法的推行和最终失利，党争日益加剧，党派之间互相攻讦，争讼惶惶，身处党争漩涡之中的文人们不断受到牵连，深受其苦。严酷的生存环境使他们的政治热情不断消退，心态也逐渐转为消极畏避。受此影响，这一时期的骚体文学的题材取向，日渐远离了政治现实，转而抒发心内仕隐进退的困惑。虽有治世之心，却又畏惧在现实中遭遇祸害；有退隐之念，却又心有不甘，北宋中后期的文人们就在出世与入世之间徘徊挣扎，体现出了

① 陈亮：《龙川先生文集》，文渊阁《四库全书》本，卷十一

一种复杂的矛盾心理。在北宋中期众多挣扎在出世与入世之间的文人之中，王安石无疑是最具代表性的一个。这个身处风口浪尖之上的一代名相，一度身居高位，积极倡导变法；然而也正是因为推行变法又使他深受其害，数次遭遇贬谪。这种冰火两重天的遭遇使其不断的在出世与入世之间徘徊，备受折磨和煎熬。

王安石（1021—1086），字介甫，号半山，抚州临川（今江西临川）人，北宋时期官至丞相，新党的领袖。王安石出身于地方官家庭，从小随父宦游，目睹了民间百姓的疾苦，对北宋积贫积弱的社会现实有深刻的认识，因此青年时期就立下了矫世变俗之志，力图改善国计民生。神宗即位后，为摆脱宋王朝政治、经济等层面的矛盾，重用王安石，推行改革变法运动。然而在变法的过程中，受到了守旧派的极力阻挠，再加上一些官员在新政执行过程中借机盘剥为祸百姓。一时间王安石众疑群谤，被置于了风口浪尖之上。宋神宗迫于种种压力，接受王安石辞去相位，第二年又重新任用，但终因新党内部的分裂和旧党的挑拨离间使王安石遭遇了第二次被罢免相位。王安石在二次罢相的第二年，就隐退江宁，不再问政。王安石在为相期间，得罪了不少保守派文人，而本派新党也不团结，这些人对王安石攻讦批判，极力排挤。王安石身处党争漩涡的最中央，对这种外来攻击，既愤懑又无奈。王安石尝言："某羁孤无助，遭值大圣，独排众毁，付以宰事。苟利于国，岂辞糜陨。顾自念行不足以悦众，而怨怒实积于亲贵之尤；智不足以知人，而险诐常出交游之厚。且据势重而任事久，有盈满之忧。"① 王安石变法的初衷本是希望能够革除时弊，富国强民，这种良好的初衷之下的变化活动却遭到了"亲贵之尤"和"故人倾"的双重打击。王安石在感叹"吾事独难行"之余，渐有出世之心。王安石创作的《思归赋》、《释谋赋》、《幽谷引》等骚体就反映了王安石挣扎于入世治事与出世隐退之间的矛盾心态。《思归赋》曰：

蹇吾南兮安之？莽吾兮亲之思。朝吾舟兮水波，暮吾马兮山阿。亡济兮维夷，夫孰驱兮亡巇！风倏倏兮来去，日翳翳兮溟濛之雨。万物纷披萧

① 王安石：《洛川先生文集》，文渊阁《四库全书》本，卷七十三

索兮，岁逶迤其今暮。吾感不知夫涂兮，徘徊彷徨以反顾。盍归兮，盍去兮，独何为乎此旅？

“思归”是北宋骚体文学的一个重要题材，有的抒发有志难伸的忠愤之情，有的是为厌弃仕宦的心灵寻找归属。王安石的《思归赋》属于后者。作者开篇就流露出了行路难，不知何去何从的惆怅情绪。“朝吾舟兮水波，暮吾马兮山阿”句描写的是作者信马由缰，漫无目的的前行，展现出了其不知所之的迷茫。接下来几句都是叙述行路的艰难，作者在恶劣的环境中，迷失了方向。于是“吾感不知夫涂兮，徘徊彷徨以反顾”，前途未明，作者只好停步不前，徘徊彷徨。如此孤独、凄清的旅途，作者忍不住反思“盍归兮，盍去兮”？既然一路上如此萧索艰难，还不如就此离去，“独何为乎此旅”，这条路上有什么可以眷恋的呢？从这篇骚体中，可以明显的反映出王安石挣扎于入世与出世之间的矛盾心态。骚体中荆棘满布的旅程自然是指充满艰难的仕途，作者在旅程中的漫无目的，不知所之透射出这一时期王安石在仕途上找不到方向，迷茫复杂的心态。最后“盍归兮，盍去兮”则是作者对自己内心的反问，因为自己实在难以确定是就此离开这充满孤独、凄清的仕途，还是继续在一片萧瑟、荆棘中摸索前行。整篇骚体中，作者的态度摇摆不定，心中充满了矛盾，充分体现出了王安石在出世与入世之间的困惑迷惘与痛苦挣扎。《释谋赋》是一篇因天气恶劣而不得出行时而发出感喟咨嗟的骚体，其文曰：

云冥冥兮蔽日，风浩浩兮吹沙。出予驰兮不得，块独处兮咨嗟。嗟天地兮无穷，暑与寒兮相客。以短褐兮忧亲，孰知予兮孔棘。维抱关兮击柝，乃予仕兮所宜。禄可辞兮尚冒，养孰割兮方亏。岂吾事兮固拙，宁我辰兮独悖？信物默兮有制，尚可佯兮内外。

文章开篇描写了乌云蔽日，风沙漫天而不得出行，作者困居嗟叹人生。寒来暑往，年复一年，奔波于官场，为天下事操劳，却不能侍养亲人。“裋褐忧亲”、“抱关击柝”等语把作者为国事四处奔波而因公忘私的济世情怀表露无遗。作者对自己不能兼顾亲情的处境表示了无奈，并非自己追逐高官厚禄，也不是有意违背伦理纲常，而是希望能够内外平衡，公私兼顾。在这篇骚体中，作者在仕途与亲情之间艰难的抉择。俸禄可辞，亲情却不能割断，但国事的羁绊又不能两者兼顾。是入世为官，还是出世奉亲，作者心中充满了矛盾。《释谋赋》将不得养亲之痛和仕宦生活的辛劳并举，虽然作者对两者没有明显的态度取舍，但骚体中的哀伤、愧疚之意已经隐约透露出了作者对隐退归乡、释谋舍官的追求和向往，之所以还没弃官而去，只是不忍放弃济世救民的理想而已，由此不难看出王安石内心的复杂情绪和矛盾心情。

郭祥正（1035—1113），字功父，当涂（今属安徽）人，皇祐五年进士，历任秘书阁校理、太子中舍、汀州通判、朝请大夫等。郭祥正出身官宦家庭，早起颇有济世之志。他的《补易水歌》、《思崇送刘推官赴幕府》等骚体均是积极入世之作。王安石变法之际，追随王安石左右，但王安石认为他“虽为人才近纵横，言近捭阖，而薄于行”，因此对他并不重用。在这种情况下，郭祥正既受到旧党的排挤非议，又得不到新党的提拔，进退失据，仕途十分坎坷。受此影响，郭祥正本人也在入仕与归隐之间徘徊挣扎，这种苦闷而无奈的情绪在他的骚体创作中多有体现。如《广言归》、《泛江》、《言归》等等。《广言归》是一篇表达归隐之志的作品，但其中又蕴含着作者对仕途的依依不舍之情，其文曰：

> 子将归兮而有言，德眇薄兮言弗见信。孝乎为孝兮友于弟杲，奚为为政兮予之所存。慨日月兮往而不返，吾亲八十兮事之云晚。朝廷清明兮，予忠曷施。道弗行于家兮，何以教吾民之为哉！呜呼！耕吾土兮足以食，条吾桑兮足以衣。予奉亲兮孰不可乐，予治身兮尤以为宜。蹇何忧兮何思，恬无闷兮无知。休欤归乎，以退为进兮。予发诸诚乎，贤谁弗信乎？

文章开篇就标明了自己有归隐之志，接下来又述说了自己不愿为政，但愿事亲尽孝，友弟昆以享天伦的愿望。但接下来的“朝廷清明兮予忠曷施，道弗行于家兮何以教吾民之为哉”句透露了作者想要归隐的真实原因，并不是厌倦政治，而是因为世道的不够清明才想要远离政事。联系郭祥正的仕宦生涯可知，作者的这篇骚体肯定是在仕途不得志的情况下所做，其归隐只不过是权宜之计。在设想了归隐之后的恬淡生活之后，作者的真实意图再一次表露。“休欤归乎，以退为进兮”，暂且归隐，以退为进，待清明之世再出仕。这也进一步标明了自己对归隐的态度。从这篇骚体中可以看出，郭祥正的隐并不是厌倦官场后的真隐，而是藏器待时的暂时隐退。这充分说明了作者并没有坚定的出世之心，他的出世入世取决于世道是否清明，然而事实上郭祥正向往的清明之世在当时是不存在的，因此他只能是在入世与出世之间不断的挣扎徘徊，既不能真正隐去，又不能舍弃政治，最终只能是在不断的矛盾中增添苦闷和惆怅。《泛江》、《言归》也有类似的情感体现，《泛江》中郭祥正云：“戴皇天之休兮廪足以饱，度白日之难兮，谁察予情！”由此一方面体现了他对仕途坎坷的无奈之情；另一方面则体现出了他对出世入世问题持有的矛盾心理，是就此离去还是坚守理想，难以抉择。《言归》则是叙述回顾了自己苦读求学的经历，在此基础上诉说了自己在仕途上的不如意，亦体现了在入世出世之间的徘徊纠缠。

北宋中期表现入世出世矛盾心理的骚体作品还很多，如沈括的《幽命词》、欧阳修的《红鹦鹉赋》等等。在出世与入世之间徘徊挣扎是北宋文人的普遍心态，北宋中期政局因改革、党争、社会矛盾等问题带来的动荡局面，使文人们普遍难以掌控自己的政治命运。在缺乏稳定境况、缺乏安全感的情况下，或出世，或入世都需要文人们用很大的勇气和智慧去抉择。入世就意味着要饱受宦海浮沉、互相倾轧之苦；出世则意味着十年寒窗苦要付诸东流，济世救民的理想要破灭。因此，北宋中期社会层面上冲突不断，而文人们的思想意识领域也是矛盾重重。这一时期的骚体文学中所表现出来的迷茫、徘徊、挣扎、煎熬等情绪都体现出了这一时期文人们难以支配命运，无法抉择出世入世的共同心态。

三、忠情与怨骚的交织

屈原的《离骚》是在国家危机重重，而自己又被谗放远的情况下所作。因此，这篇骚体文学的开山之作中充满了对国家的忧虑和对个人遭遇的不满。王逸《楚辞章句·离骚序》即云：“屈原执履忠贞而被谗邪，忧心烦乱，不知所诉，乃作《离骚经》。”后人将屈原《离骚》中所表现出来的这种忠心与忧愤交织的情怀称之为忠愤之情。宋代中期的社会现实与屈原写作《离骚》的时代有相似之处，政权以外有强虏环伺，社会内部矛盾重重，而那些有志之士、忠贞之臣却得不到重用。士大夫阶层目睹国运渐衰，而自己又不在其位，心中焦虑却又无可奈何。于是滥觞于《离骚》的忠愤之情再次出现在宋人的骚体之中。北宋中期文人受时代风气的影响，创作出了忠情与怨骚交织的骚体作品，体现出了北宋文人的济世情怀和无法治世的哀怨与无奈。这方面的典型作品是梅尧臣与范仲淹的《灵乌赋》。

范仲淹曾因触怒丞相吕夷简而遭到贬谪，梅尧臣作《灵乌赋》赠与范仲淹，为其鸣不平。《石林燕语》卷二所载的"范文正公始以献《百官图》讥切吕申公，坐贬饶州，梅圣俞时官旁郡，作《灵乌赋》以寄……盖为公设，故公示作赋报之"即是说明的这段史实。梅尧臣把范仲淹比作灵乌，怒斥了那些诽谤灵乌的现象，对灵乌因忠遭谤的不幸遭遇表示了同情。其文曰：

> 乌之为灵者何？噫，岂独是乌也。夫人之灵，大者贤，小者智；兽之灵，大者麟，小者驹；虫之灵，大者龙，小者龟；鸟之灵，大者凤，小者乌。贤不时而用，智给给兮为世所趋。麟不时而出，驹流汗兮扰扰于修涂。龙不时而见，龟七十二钻兮，宁自保其坚躯。凤不时而鸣，乌鸦鸦兮招唾骂于邑闾。乌兮，事将乖而献忠，人反谓尔多凶。凶不本于尔，尔又安能凶？凶人自凶，尔告之凶，是以为凶。尔之不告兮凶岂能吉，告而先知兮，谓凶从尔出。胡不若凤之时鸣，人不怪兮不惊？龟自神而刳殼，驹负骏而死行；智鹜能而日役，体劬劬兮丧精。乌兮尔灵，吾今语汝，庶或汝听。结尔舌兮钤尔喙，尔饮啄兮尔自遂。同翱翔兮八九子，勿噪啼兮勿睥睨，往来城头无尔累。

文章在开篇列举了众多的灵异，说明了乌鸦乃是鸟之灵，但乌鸦乃是鸟灵中之小者。接下来，作者用排比的形式来阐述了小灵多劳的道理。人灵、兽灵、虫灵、鸟灵之大者，即贤、麟、龙凤并不常出，而那些小灵们却在各自的职责范围内兢兢业业，呕心沥血的来工作。以上这部分是梅尧臣赞颂范仲淹为国事操劳而不计个人得失的高尚情操。然而当乌鸦忠心耿耿的把凶事的先兆告诉人们时，人们却以此来怪罪灵乌，认为它是凶兆的代表。在这里，这些凶兆自然指的是范仲淹对上的逆耳忠言。而人们对灵乌的误解，乃指统治者不查下情、不信忠言。在此梅尧臣对范仲淹因忠遭谤的遭遇表示了极大的不满，怨愤之意甚明。“龟自神而刳殼，驹负骏而死行”等句是作者想说明忠心耿耿换来的往往是鞠躬尽瘁，却饱受摧残。最后“结尔舌兮钤尔喙”、“勿噪啼兮勿睥睨”等句，是奉劝范仲淹远离是非之事，这样才能明哲保身。最后梅尧臣奉劝范仲淹明哲保身的建议可以作两个方面的理解：一种情况是梅尧臣为范仲淹鸣不平之后的怨愤之言，即既然忠言逆耳，那就结舌钤喙，不再上奏，带有意气用事之意味。二是梅尧臣劝慰范仲淹之语。奉劝范仲淹明哲保身虽然有逃避现实、回避矛盾之嫌，但考虑到《灵乌赋》作于范仲淹刚遭遇贬谪之时，乃是梅尧臣为范仲淹宽心之作，这样的说辞应该是带有劝慰人心意味的慰问之语。从整篇骚体来看，虽然不是梅尧臣自己遭遇贬谪，但对好友的因忠遭谤的不幸遭遇，感同身受，字里行间的忠愤之情溢于言表。

范仲淹在接到梅尧臣的这篇文章之后，深受触动，当即作同题《灵乌赋》回赠梅尧臣，其中的忠愤之情更加明显。其文曰：

> 灵乌灵乌，尔之为禽兮，何不高翔而远翥？何为号呼于人兮，告吉凶而逢怒？方将折尔翅而烹尔躯，徒悔焉而亡路。彼哑哑兮如愬，请臆对而心谕。我有生兮，累阴阳之含育。我有质兮，处天地之覆露。长慈母之危巢，讬主人之佳树。斤不我伐，弹不我仆。母之鞠兮孔艰，主之仁兮则安。度春风兮，既成我以羽翰；眷庭柯兮，欲去君而盘桓。思报之意，厥声或异。警于未形，恐于未炽。知我者谓吉之先，不知我者谓凶之类。故告之则反灾于身，不告之则稔祸于人。主恩或忘，我怀靡臧。虽死而告，为凶之防。亦由桑妖于庭，惧而修德，俾王之兴；雉怪于鼎，惧而修德，俾王之盛。天听甚迩，人言曷病。彼希声之凤皇，亦见讥于楚狂；彼不世之麒麟，亦见伤于鲁人。凤岂以讥而不灵，麟岂以伤而不仁。故割而可卷，孰为神兵；焚而可变，孰为英琼。宁鸣而死，不默而生。胡不学太仓之鼠兮，何必仁为，丰食而肥。仓苟竭兮，吾将安归？又不学荒城之狐兮，何必义为，深穴而威。城苟圮兮，吾将畴依？宁骥子之困于驰骛兮，驽骀泰于刍养。宁鹓雏之饥于云霄兮，鸱鸢饫乎草莽。君不见仲尼之云兮，予欲无言。累累四方，曾不得而已焉。又不见孟轲之志兮，养其浩然。皇皇三月，曾何敢以休焉。此小者优优，而大者乾乾。我乌也勤于母兮自天，爱于主兮

自天；人有言兮是然，人无言兮是然。

这篇骚体是范仲淹针对梅尧臣奉劝自己要明哲保身的话语的一个回应。文章在开篇仍以灵乌自喻，并反问为何忠而被谤还不忍离去。此后作者自答自己受各种恩惠而长成，一直思想着回报这些恩惠。这实际上是范仲淹在表达自己的耿耿忠心。“母之鞠兮孔艰，主之仁兮则安”是说明了父母对自己的教诲及圣上对自己的恩典，这些自己都应该回报。即便是因此而反灾于身，也在所不惜。接下来作者又把那些祸国殃民的宵小之辈比作“桑妖”、“雉怪”，体现出了对他们的愤恨和厌恶之情。针对梅尧臣所说的凤凰麒麟不常出的说法，范仲淹也予以了回应，即便是那些大灵，也会受到诽谤。作者又以神兵、英琼自比，展现了自己在危难之中不易其质的纯洁品质。此后，作者又用了大段的篇幅来表明心迹，自己宁愿做忍饥受累、却能有所作为的骐骥鹓雏，也不愿做那些贪图安逸、无所事事的驽骀鸱鸢。最后，作者又再次强调自己的忠心，表明自己谤誉不改其志的高尚情操。在这篇骚体中，范仲淹的忠直之情溢于言表，几乎是在用一种表白的态度来说明自己的立场，他对朝廷中那些“桑妖”、“雉怪”“驽骀”、“鸱鸢”一般的小人也是充满了愤恨，但他们诽谤与迫害并不能改变自己一心为国，忠心国君之愿。这种九死未悔的忠愤情怀与屈原是何等的相似。较之梅尧臣，范仲淹的忠君爱国之志更加坚定。

其他又如梅尧臣的《吊李膺祠》、欧阳修的《鸣蝉赋》、《啄木辞》等等，均是这方面题材的作品。有宋一代，尽管士风内敛，明哲保身之风盛行，但亦不乏忠直之士，他们充分发挥了骚体善于抒情的长处，把对国家、君主的忠愤之情表露无遗。北宋中期骚体中的表现忠愤类情感的骚体，深刻反映了士大夫阶层在现实中的遭遇，尽管他们主观上没有丧失忠君报国的济世之念，而实际上，残酷的现实留给他们更多的只能是怨愤和遗憾。

第三节　内省自我的人生反思

在中国古代政治史上，北宋中期是一个特殊时期，激烈的党争成了这一时期政治的主要表现形态。而受改革、党争等因素的影响，北宋中期的士风也呈现出了积极入世与消极出世的两种截然不同的风向。前期的改革图新，对士大夫阶层是一个很大的鼓舞，因此济世热情高涨，报国建功的呼声很高。但北宋政权的两次改革均以失败告终，不仅没有达到富国强兵的目的，反而使朝廷内部分化为几个政见不同的党派，这也就为党争的出现埋下了隐患。前期的党争中，各党派之间还只是以政见之争为主，在这个过程中，虽然有文人因此遭遇贬谪，但其济世热情并未消退。随着王安石变法之后，新旧党人之间、新党内部之间、各党派之间互相攻讦，斗争激烈，在中后期的党争中，政见之争已变质成为意气倾轧，大批的文人受到了牵连而身遭祸患。当党争之风成为党锢之祸时，许多文人都遭受了外任和贬逐的仕途挫折。这使得他们原本高扬的参政意识和积极的入世心态逐渐削弱和转变。北宋中期文人在激烈漫长的斗争中逐渐消退了最初的济世热情，这导致了他们关注的焦点不再是天下苍生、江山社稷等外在的事物，而是由外转内，开始审观自我，反思人生。受这种时代风气的影响，这一时期的骚体文学也呈现出了两种发展态势。除了前期积极入世情怀的展露以外，还出现了慨叹自我命运遭际，追求人格的完善及归隐出世等主题的作品。这些内省类骚体作品的出现，标志着宋代骚体文学的发展再次由外显转入内敛，预示着宋代中期骚体文学开始落潮。

一、身世遭际的慨叹

在中国文学史上，身世遭际历来是影响文学创作的重要因素之一，文人们的生存环境、显隐境况都影响着他们的创作。以身世遭际为主题的文学作品，多是带有反观自我的创作倾向，体现出了文人对自身命运的关注。宋代中期政治局势的动荡极大的影响了文人们的生存环境，在激烈的政治斗争潮流中，文人们往往不能掌控自己的命运，动辄遭遇祸患，文人们面对日渐艰难的仕途，其济世热情已渐消退，其关注的焦点也由外转内，关注自我、内省自身成为了新的思想倾向。受此影响，这一时期的骚体文学，出现了以感怀身世、慨叹遭际为主题的反思类作品。

宋祁早年生活穷困潦倒，困顿坎坷。他在仕途上也不如意，常遭人嫉恨，备受排挤。宋祁在其散文《引卷启事》自述曰："曩以多难亟钟，先芬永谢。穷愁万斛，凄入肝脾。故里一廛，鞠为禾黍。抚箕术之弗兢，瞻丘壑以何归。"由此可见其身世的悲苦。宋祁的《穷愁赋》是一篇感慨身世命运的骚体，其中饱含着他对自己的反思和对命运的慨叹。作者在开篇用"粤余生之不造兮，独遘命之险艰。窜衡阎而伏处兮，抚隆墀而永叹"来表达了对自己身世的感叹。接下来用大段的篇幅叙述了自己年老貌衰，体弱多病、穷困不堪的不佳境况。其文曰：

> 哀灵根之早逝兮，骇危喘之将残。收离散之余魄兮，倏峥嵘之暮年。骨久病而支离兮，步数蹇而蹒跚。谢鼻掩而愈浊兮，蜀肺焦而益烦。纷种发而弗理兮，蕞黄馘而鲜欢。据惠梧而夕瞑兮，颉偯釜而朝湌。衣适馆而既敝兮，屦履霜而又穿。欲正冠而巾析兮，乍偻腰而带宽。身系匏而待食兮，心溺灰而未燃。陋有于渊之巷，糊无考父之饘。乞播间而不足兮，病河上而相怜。鱼跃跃以游釜兮，雀啾啾而在门。朋簪日以益衰兮，期强邀而罕存。候羲驭以盆覆兮，俟江波而辙干。出怊怅以自失兮，入齎咨以含酸。乏载车之馈馔兮，罄使鬼之蚨钱。

从以上这段描写看以看到，作者暮年之时，身体状况很差，生活境况也不佳。体貌衰老，穷困潦倒。这样的生活状态使作者都有了求死之心，但又自嘲即便是想死也因穷困至"无使鬼之蚨钱"而无法达成心愿。接下来作者又感叹自己这一路走来的艰难，暗指自己在仕途上不如意，"启劳府以深悼兮，知兹路之良艰"，在残酷的现实面前，作者不禁哀叹：

> 道与艺而交丧兮，谅何往而弗捐。慨周道之至广兮，抱寘怀而靡释。

追《孤愤》于韩子兮，嗣《七哀》于魏植。沦幽忧于庄篇兮，委牢愁于汉册。笑一握而非乐兮，肠九回而皆极。甑既破而谁顾兮，井未繘而可恻。

作者感叹时代风气不够纯良，道、艺俱丧。这样的世界让作者充满了忧虑与无奈。既然自己不能改变现实，那就寻求解脱之途，接下来作者又叙述自己想要成为农、商、工、隐等，但都因为自己能力的缺乏和社会环境的不允许而作罢。虽然“怀玉握瑜”、“佩兰袭芷”，但由于世间大道不行，才华不得施展，反遭“众狙之怒目”，因此自己只好远离这些尘世不平之事，“户塞而不闻”，独善其身。在文章最后的乱辞中，作者总结曰：

一瓢之空，吾未知其穷兮；万钱之丰，吾不谓之通兮。濯我之缨，既遭时之清兮；整我之冠，以待人之弹兮。

作者认为物质上的匮乏并不是贫穷，品德高尚的才是真正的富有，“濯缨”、“整冠”自是要远离那些尔虞我诈，从而保持自己高洁的个性，独善其身。在这篇骚体中，宋祁经过对命运的审视和自我的反思之后，说出了尽管穷困潦倒，但不向命运低头；尽管大道不行，但要恪守节操的人生感言，深刻反映了宋祁对社会的认识和对自身的思考。宋祁的另一篇骚体作品《悯独赋》描写自己和家人在靖康之难中的逃亡生活，感叹战乱带来的痛苦和灾难，流露出自伤自怜的情绪。郭祥正的《言归》也是一篇借慨叹身世命运言说心志的作品。郭祥正在回顾自己身世命运的基础上，表达了为亲情而归隐的志愿。其文曰：

休欤归乎，何为而言哉？予七龄而孤兮，讬慈育以苟生。捉手以笔兮，口授以经。绪先子之素训兮，夜未央而丁宁。既束发以就学兮，入必问其与游。闻道之进兮，曰使我以忘忧。课蚕而织兮，纫衣以先汝。使弗坠业兮，我劳而汝处。慨薄德之眇末兮，今愈壮而不扬。吾母耋兮恋故乡。虽得邑而禄兮，曾寤寐之弗遑。与音问之吉兮，孰若朝夕而在傍？谁絷予足兮，眷白云之徜徉。还印绶于有司兮，贤守足以往诉。将俟代而返兮，念岁月之云暮。休欤归乎！春山巃巃，春水瀰瀰，春蒲濯濯，春鱼尾尾。吾亲在前，吾子在后，饮甘涤洁，以介眉寿。

文章开篇，作者表达了想要归隐的愿望，接下来对自己的人生进行了回顾与反思。作者把自己从小就致力于道，苦心学习儒学的过程予以了描述。“闻道之进兮，曰使我以忘忧”句表现出了作者对修身治学的执著态度。此后，作者又诉说了亲人对自己的关怀与照顾，自己也为了尽孝而随母回乡，字里行间透露出了浓浓的亲情。最后，作者辞官还乡，三代同堂，其乐融融。在这篇骚体中，可以看到郭祥正的两个追求，一是入仕求取功名；二是奉养亲人。当这两者出现冲突时，郭祥正反思自己少年而孤，母亲为养育自己而付出大量的心血，于是毅然在功名和亲情之间选择了亲情。这充分体现出了郭祥正对人生的态度，这是其人生智慧和纯孝之心的体现。

其他类似的主题的作品又如宋祁的《闵独赋》、王安石的《胡笳十八拍（十六）》、欧阳修的《述梦赋》、《红鹦鹉赋》等等。这些骚体作品多是受到现实境遇的激发而作，宋人对命运、人生的反思，对入世与出世的思考与抉择，对人生得失的慨叹，都透射着宋人的人生智慧。这些充满人生反思和生活哲理的骚体充分体现出了宋人理性、善思的一面。

二、理想人格的追求

屈原的楚辞有两个可以称之为楚辞灵魂的特点，一是屈原九死犹未悔的忠愤之情；二是屈原对自己独立人格、高尚情操的恪守。后世文人们在骚体创作方面，着力较多的也是这两个方面。面对宋代中期的政局动荡、党锢之祸，一部分文人对此痛心疾首，愤慨不已，创作了充满忠愤之情的慷慨之作。但也有一些文人在面对动荡的政局和无常的社会现实时，选择远离现实，独善其身，转而追求理想的人格。当然这两种创作倾向在同一个文人的创作中有时均能看到，这说明了当时文人们的复杂心态。这类追求自我完善的骚体作品，从一定程度上说明了宋代中期文人心态由济世向出世的转变，体现了社会形势对文坛风气的深刻影响。

蔡襄的《季秋牡丹赋》是一篇托物言志的骚体赋。当时河间凌尹之在太平州阳侯县闲居，在牡丹花盛开的季秋时节于彩翠亭旁聚会宾朋。蔡襄也在座。

他赞誉凌公虽然官位卑微，但善于驾驭外物，闲暇之际“独以浩博记书称道圣明为事”（《季秋牡丹赋》序）。他在序中说：“昔骚人取香草美人以媲忠洁之士，牡丹者，亦其类与?”牡丹，历来是大富大贵的象征，各朝代都不乏吟咏之作。但把牡丹归入于屈原笔下的“香草”、“美人”一类之中，譬喻忠洁之士，大概是蔡襄的创举。作者看到的是牡丹“韬英和绪，揭丽萧辰，时虽后而且大盛”的品行。牡丹盛开在百花凋谢的季节，很迟也很孤独，正所谓“节暮而葩独”，这似乎是凌公以及所有与凌公一样埋没在世俗中的志士的写照。然而他们虽然不得知遇于世，但却坚守节操，并不想变成桃李去笑春风，而是以一种超然的态度看待目前的遭遇：“然贵贱反衍，祸福倚伏。其暮也何，遽不为贵?其独也，庸知不为福?”虽然天生美质在恰当的时机得不到展现，可谓有志难伸，然而这种苦闷在道家贵贱祸福转化的思想中化解了。同样，他的《慈竹赋》也表现了固节守志的人生追求。竹具有中空（喻虚心）、有节（喻气节）、宁折不弯（喻坚贞不屈）等特征，它的文化象征意义比较固定，蔡襄这里亦是以竹喻坚贞守节的君子。何谓慈竹，作者在赋中说：“有美竹兮，特禀夫慈名而荣被。”慈竹是竹的一种，因为它的秆和枝森束如母子相依状，所以又名“子母竹”。慈竹也因此常用来比喻母亲的慈爱。如杜甫《假山》诗有云：“慈竹春荫覆。”《集千家注杜工部诗集》注此句说：“陆玑《草木疏》：南方生子母竹，今慈竹是也，又谓孝竹。《述异记》汉章帝三年，子母竹生白虎殿前，时谓之孝竹。”[①] 可见慈竹又有“孝”的象征意义。蔡襄赋慈竹，抓住了上述慈竹的形态特征和文化内涵。如“岂有怀于本根兮，何千千蓊然而环侍”，既写出了慈竹的枝环根秆而生的形貌特征，又通过拟人化表达，让人感受到子对母的眷怀之情。又如“或翘而举者，若堂有高年兮，勤素风而讲议；或亚而侧者，若家有令子兮，闻话言而沉思。伥如出门而事远游兮，滋宿雨之清泪；雍如奉卮而介眉寿兮，幂春烟而怡醉”，都十分形象生动且韵味深长。但作者并不是借慈竹抒发慈、孝之情，而是针对竹的共性，表彰其“固节虚心兮，虽大钧不能夺其志”的君子品格，从中见出作者自己的人生追求。

文同的骚体创作也比较丰富，常表现对远离喧嚣、摆脱束缚、超越世俗人

---

① 杜甫：《集千家注杜工部诗集》，文渊阁《四库全书》本，卷一

生的追求。他的骚体赋《超然台赋》作于熙宁九年（1076）。熙宁八年（1075），苏轼在密州修葺一台，询问苏辙如何命名，苏辙以老子语“虽有荣观，燕处超然”为之起名曰“超然台”。文同的这篇《超然台赋》是应苏轼之邀所作。赋中有对苏轼的怀念倾慕和赞美：“有美一人兮在东方，去日久兮不能忘。凛而洁兮岌而长，服忠信兮被文章。中皦皦兮外琅琅，兰为襟兮桂为裳。俨若植兮奉圭璋，戢光耀兮秘芬芳。贾世用兮斯卷藏，游物外兮肆猖狂。”“美人”喻苏轼，当时文同在洋州任上，苏轼在密州（今山东诸城），所以说“在东方”。此前二人最后一次见面是在熙宁三年（1070），到作此赋已有五六年之隔未得一见，故说“去日久”。对于苏轼的游于物外，肆意徜徉的人生态度，文同在赋中表白心向往之，愿逃脱名缰利锁，追求心灵的释然。《莲赋》吟咏了白莲冰筋玉骨的风姿，出浊淤而自洁，不与百花竞艳，默默自退的品性；《松赋》写松树虽负材却岑寂不张扬，荣枯系于所托，用舍由乎见觅。这两篇小赋都寄托了作者崇高的人格理想。

王令是北宋一位比较特殊的文人。他虽胸怀儒家治国平天下的政治理想，但却始终坚守自己的节操，不应科举，不求仕进。一生以教授生徒为业，往来于瓜州、天长、高邮、润州等地。至和元年（1054），王安石奉诏入京，途经高邮。当时二十三岁的王令在高邮军教授私塾。王令素来仰慕安石为人，于是投书求见，并写了一首骚体诗《南山之田赠王介甫》送给王安石，深受安石赏识。《南山之田》表面上描述艰难地耕种地上荒草漫漫、地下碎石磊磊的南山之田，似乎是在以耕田喻生存和追求。虽然生活艰辛，追求遇阻，也曾发出“我虽力兮功何有？”的无奈之叹，但从结句“不可以已兮，时宁我违，而我无时负”的表白中，见出作者甘于处穷而不放弃理想的情操。《藏芝赋》作于嘉祐元年（1056）。当时王令在天长县寓居。一连两三个月的大雨使天长百姓无柴可烧，只能靠从外面运货。王令从这些远方运来的柴草中发现一片灵芝的叶子，拿给别人看，有人这才知道世间有“芝”这种东西，有人则不信这就是灵芝，这种颇不识货的局面令王令深有感触。《孔子家语·在厄篇》中曾说：“芝兰生于深林，不以无人而不芳；君子修道立德，不为穷困而改节。”① 王令遂以埋没于柴

① 王肃注：《孔子家语》，文渊阁《四库全书》本，卷五

草之间的芝草比喻那些不被世人所知，终生埋没的才德之士。赋中有对贤才被埋没的无奈感叹："茨莱翳阴，高出下蔽，适以取容兮。朝囷射干，齐长并秀，德不校同兮。荒原秽壤，弃放委废，若将终兮。知者谓谁，何为来哉，似不必逢兮。"赋中也有对芝草美质的赞美："不为常生，特见挺出，芝则神兮，灵干不阿，众叶类附，不孤有邻兮"。特立独行，卓尔不群，正是作者的人格理想。刘发的《广陵先生传》记载："先生既喜退隐，思江南山水之胜，乃迁居润，赋《江上》、《山中之词》。"① 王令是在嘉祐元年（1056）秋天来到润州的，《江上》、《山中之词》这两篇作品大概作于这个时期，都寄托了作者的出世理想和高怀远志。表达同样情怀的还有《效醉翁吟》、《桃源行送张颉仲举归武陵》等。

此外，梅尧臣的骚体多表现躲避祸患、自保自足心理。梅尧臣的诗文有很多动物意象，他喜欢用贴切的动物形象来讽喻人和事。乌鹊常在马槽边啄食豆子，圉夫以之为患，于是设置机关，逮捕前来偷食者。尧臣不忍而放之，并作了一篇骚体《放鹊》。鹊本机灵智巧，为什么会身中机关而危及生命呢，他们一向喜欢远离人群，富有警戒之心，为什么这回却如此大意呢？难道是因为专心谋食，而忽略了眼前的祸患。与其每走一步都要患得患失，不如远离人群安逸地生存。如果是为了一点点残渣剩末而丧生，实在有些无耻之嫌。今天侥幸被放生，谁知道另一处机关正在那里等待。这是畏祸心态、避祸心理的表现。《灵乌赋》中说"鸟之灵，大者凤，小者乌。"凤乌对比，"凤不时而鸣，乌鸦鸦兮招唾骂于邑闾。乌兮，事将乖而献忠，人反谓尔多凶。凶不本于尔，尔又安能凶？凶人自凶，尔告之凶，是以为凶。尔之不告兮凶岂能吉，告而先知兮谓凶从尔出。胡不若凤之时鸣，人不怪兮不惊？"在鸟类中，凤是灵之大者，它时不时出来鸣叫几声，没有人会觉得惊奇怪异，因为它们不是在凶兆出现的时候发声。乌，却只要一出声就遭到唾骂，因为它们只有在凶兆降临的时候才鸣叫，于是被等同于了凶事。乌本来是献出忠心，以鸣声令世人警惕凶事将来，却不被理解，更不被褒扬，反而被人们视为不祥之物。显然，作者以灵乌喻范仲淹，为仲淹一片忠心却屡遭贬谪而鸣不平。最后，作者告诫灵乌应栓舌锁嘴，从此默不作声，任意翱翔，自得其乐。这当然也是奉劝范仲淹的话，出于对仲淹的

---

① 王令：《广陵集》，文渊阁《四库全书》本，附录

关爱之情，更出于面对昏昏浊世和险恶仕途，无可奈何、无力回天之感。告诫仲淹，又何尝不是告诫自己。《哀鹧鸪赋》中叙写了一只音色美妙、羽毛斑斓的鹧鸪鸟的悲惨遭遇，嗟叹它因受名之所累，招致祸患，不如“大而无闻”者，往往能保全生命，自我满足。

北宋中后期的文人们很好的继承了孟子“穷则独善其身，达则兼善天下”的精神，他们在复杂的社会局势之下痛苦挣扎，面对无力改变的社会现实，部分宋人因缺乏屈原舍身殉道式的刚烈，他们思想致力的方向由外转内，通过固守节操和对理想人格的追求来平衡理想和现实之间的关系。这是宋人理性思考多于感性冲动群体性格的突出表现。

三、思归之志的抒发

隐逸思归之风在中国源远流长。《隋书·隐逸传》曰：“自肇有书契，绵历百王，虽时有盛衰，未尝无隐逸之士。”《新唐书·隐逸传》亦曰：“世未尝无隐。”今人蒋星煜在其《中国隐士与中国文化》中也曾说到：“自从巢父许由以下，一直到民国初年的哭庵易顺鼎辈，中国隐士不下万余人，即其中事迹言行历历可考者亦数以千计。”① 中国文学史上的隐逸文学也是数不胜数，伯夷叔齐的《采薇歌》、陶渊明的《归园田居》等脍炙人口，广为传唱。宋代由于社会、文化、士风等因素的影响，消极避世的思想流传较广，隐逸之风大兴，《宋史》中记载隐士 49 人，其中主要生活在北宋的有 42 人。而据张海鸥的统计，宋代共有隐士 378 人，而光英宗之前就有近百人之多。宋代的野史笔记中对隐逸之人和隐逸之事也有不少记载，如宋史温《钓矶立谈》载山东有隐君子者；宋陶岳《五代史补》记“黄损不调”、“世宗召陈抟”等等。可见有宋一代，隐逸之风盛行。宋代中期，由于各种社会矛盾的激化和党争等日趋激烈，部分文人在现实、政治的漩涡中伤痕累累，他们或是怀才不遇，或是因言招祸，亦或是受到株连。日渐严峻的社会局面使他们渐有远离现实，避世归隐之心。

人们常把欧阳修入主文坛作为北宋中期文学阶段的开始，他的骚体创作在北宋骚体文学发展进程中也具有里程碑意义。今人刘培曾说：“欧阳修由积极入

---

① 蒋星煜：《中国隐士与中国文化》，三联书店上海分店，1988 年

世到企慕归隐的情感经历引起了文人们广泛的共鸣，其骚体创作对于骚体赋风的转变，起到了导夫先路的作用。”① 欧阳修的《醉翁》当作于嘉祐元年（1056），因为序中说：“去年秋，余奉使契丹。”至和二年（1055），辽旧主兴宗过世，新主道宗登基。宋仁宗为与辽修好，任命欧阳修为信使，贺新主登国位，所以此文作于嘉祐元年。嘉祐三年，欧阳修判太常寺。《醉翁》虽不是作于滁州，但却不能离开滁州理解其意。庆历五年，新政失败，在这一政治背景之下，欧阳修贬知滁州。庆历六年（1046），山僧智仙在酿泉旁修建一亭，欧阳修曾在亭中饮酒，“饮少辄醉”（《醉翁亭记》），故此亭得名“醉翁亭”。欧公便也自号“醉翁”，还撰写了千古名篇《醉翁亭记》以记其事。太常博士沈遵慕名而来，因为欣赏喜爱这里的山山水水，回去后作了《醉翁吟》琴曲三叠。欧公憾其有曲无辞，便写下了这首《醉翁》赠予沈遵。与《醉翁亭记》不同，这篇《醉翁》中的“醉翁”指的是沈遵。他朝醒暮醉，不知四时，忘情于山水林间，与花鸟禽兽同乐。想必沈遵的《醉翁吟》曲定然谱出了与欧公内心相契之音，令他不禁感叹：“贤哉沈子兮，能写我心而慰彼相思。”

王安石《历山赋》表达了眼见圣统无以为继的悲感和独处浊世的孤独感。舜因不堪忍受继母母子的虐待，离家独自居住在历山脚下。《日讲书经解义》中说：“帝微贱之初，曾耕于历山而往于田，日日呼旻天而号泣，又呼父母而号泣。虽是，帝之父母不慈，然帝之心只是自认以为己罪，自引以为已恶，不敢一毫归咎父母，只是敬修为子之事。在瞽瞍前，夔夔然庄敬战慄，终被孝心感动，瞽瞍亦欢喜，信顺化而为慈矣。”[23]舜之所以会离家出走耕于历山完全是其父母之过，但他却自认有过从不怪罪长辈，可谓孝心感天。有一个余杭县人与叔父为争田产打官司，王安石受理了这个案件。办完事返回途中望见历山，追慕尧帝之至孝，对比今人之忤逆，感慨古人之美德无以为继，“今孰继兮，我之悲”，写下了这篇《历山赋》。王令的《我思古人》和《鲁仲连辞赵歌》等也是通过追慕古人寄托独处浊世的孤独感和对古圣贤之道的向往。

范纯仁是范仲淹的次子，皇祐元年（1049）进士及第后以事亲不赴官，后为范仲淹执服毕始出仕，知汝州襄城县。他的《秋风吹汝水赋》即作于此时：

① 刘培：《北宋中期骚体赋风的演变》，河北师范大学学报（哲学社会科学版），2003 年第 3 期

“时作襄城宰，汝州太守席上赋。”作于汝州太守的宴席上。《历代赋汇》归为行旅类。从文意推测，是作者将要远行，汝州太守为之设宴饯行，席上有友人作陪。“岁作噩之穷秋兮，策羸骖而独征。嗟旅怀之羁愤兮，感时律之峥嵘”，“作噩”是十二支中“酉”的别称，太岁在酉曰作噩。《淮南子·天文训》中作“作鄂”，有零落、陊落之意。在零落凋敝的暮秋时节，作者将要独自上路。虽有羁旅愁思，但并不消沉，反而是有一种慷慨之情，想要在这峥嵘时世尽显风流。“遵汝流之萦纡兮，背嵩峰之翠横。号霜風之憭慄兮，肃天地而凄清。猎葭苇于晚岸兮，杂红翠之摇旌。脱林实于沙际兮，浮琐碎之秀莹。激回流之平迴兮，蹙绡文之细轻。涵夕照之演漾兮，荡澄潭之空明”，尽管霜风憭慄，天地肃清，然而作者并未感到悲凄。“促东逝之滔滔兮，方感慨于余行”，直到见到滚滚东逝的江水，才生发了对于自己独行的感触。“縻王事以去留兮，迹未安而遽更”，这里的王事，当指朝廷的调令。个人的去向取决于调令，往往在某处还未安定下来，就得马上调往他处。“佩主人之眷勤兮，服友生之意诚。何会合之难久兮，特离忧之易并”，感谢主人殷勤的款待和友人真诚的送行，感叹相聚难久而分别常有。“傥丘园之可服兮，将就濯其尘缨”，这里化用《楚辞·渔父》中“沧浪之水清兮，可以濯吾缨；沧浪之水浊兮，可以濯吾足”之意。清水濯缨，浊水濯足，是说能够适应外界政治环境，“不凝滞于物，而能与世推移”（《渔父》）之意。这与屈骚那种执着于在浊世中独醒的精神有所区别。范纯仁的一个“傥”字，表现出的是他不执着于仕进，与世道相进退的融通处世态度。“臻圣贤以相期兮，惟道义之是营。苟没身以无愧兮，亦奚事于成名”，达到圣贤的境界是作者的愿望，行为举动要符合道义；最终能够对自己的所作所为感到问心无愧的话，即使功名未就也没什么关系。作者写作本文应是在王安石变法之前，庆历新政之后，已经流露出不只是具有经世热情，而是带有理性自省的内容特征。

沈括是王安石变法的支持者，随着变法的推行，党争呈现出愈演愈烈的趋势，一些如沈括一样支持变法的文人们的济世报国热情却在逐渐消减，政治氛围给他们的压力从其骚体作品中可以表现出来。沈括有一首骚体诗《幽命》，其辞曰：“山木啸兮云幽幽，秣我归马兮无为久留。江鼯翔兮雨漫漫，回予车兮水渐幰。仲何为兮中野，澹将洋兮疏驾。目游兮形留，鬱逍遥兮日下。泻慕兮流观，舞节兮浩望。驷黄戾兮靡骋，旋吾轮兮焉往？不我虚兮斯辰，思何为兮鞅掌。”屈原《离骚》中说过：“路幽昧以险隘”、“世幽昧以昡曜”，这里的“幽”是昏暗、阴暗之意。在黑暗的政治道路和迷乱的政治环境中前行和生存，屈原感到举步维艰。沈括《幽命》之“幽”比屈原之“幽”多了几分面临选择时的困惑。从首二句可知诗中描写的是归途中的所见所感。“何为”“焉往”等词，表明作者不知去向何方的惶惑，凄清迷离的景物描写更加渲染了这一点。但结尾二句却又似乎带有誓言性质，表明作者仍然希望救世之志。“鞅掌”的本意为事情多不暇整理仪容，后指勤于王事，仓皇忙碌貌。尽管沈括在归途中迷惘不知所向，但不愿虚度此生、渴望为国奔劳的追求未曾消逝；而在他的《怀归赋》中有言道：“来之不可与谋兮，果去亦庸何伤？”归去之意变得坚定清晰起来。

张方平的《东山吟》将自己的心志寄托在对古人的钦慕中。东山即谢安，东晋大臣，字安石。他出身士族，年少时便神识机敏，风宇条畅，为王导所重。初辟司徒府，除著作佐郎，以疾辞。寓居会稽，与王羲之、许询、支遁共游处，言咏属问。年四十余，始应桓温征为大司马。太元八年（383）前秦苻坚军南下，为征讨大都督，指挥弟石、侄玄力拒，获淝水之战大胜，又北伐收复洛阳及青、兖、徐、豫等州。会稽王司马道子执政，受排斥，出镇广陵，疾笃还郡，卒。太元八年，苻坚率号称百万的大军驻扎在淝水边，京师为之震恐。谢安面无惧色，命驾出山去与谢玄下棋，直到深夜才归。他指挥将帅从容得当，任命谢玄等拒敌。谢石、谢玄等大破秦兵于淝水，报捷的驿书送到时，谢安又正与友人下棋，看了一眼便放到了床上，依然下他的棋。张方平认为谢安的才智不输诸葛亮，而风流高比王导。“东山游兮不归，妓携手兮嬉嬉”，是谢安早年高卧东山时的自由放浪生活的写照；“晚年拂剑兮一起，为苍生兮安国危”，四十余岁才应召出山，为社稷出力。“笑言指挥兮八千师，氐秦百万兮溃而夷。朝之君臣兮犹鷰巢于幕上，公对枰兮解颐”，从容镇定的指挥淝水之战。“吁嗟公之车兮逢白鸡而遽止，青山空兮已而”。《晋书》本传载，谢安在桓温掌权时，时常忧惧自身难保。有一日夜里梦见自己乘坐桓温的马车，前行了十六里，遇见一只白鸡就停下来。等桓温死后，谢安接替宰相之职，十六年后患重病。谢安方才明白梦中之意：乘坐桓温车，预示替代其相位；十六里，预示居相位十六年；见到白鸡而停车，恰好今年太岁在酉，酉为鸡，见白鸡而停车，意味着酉年生命结束。几天后，谢安果然病逝了。这两句诗哀叹谢公生命骤止。谢安功成名就，却“东山之志始末不渝”，然而，“自江道还东，雅志未就，遂遇疾笃”，不得不还都；不久病逝。“青山空兮已而”，东山依旧在，然斯人已逝，徒留一山而。张方平亦曾辞去重位，不慕功名，归欤之心与安石契合。

其他作品类似的作品如郭祥正的《山中》、《古思归隐》、《山中乐》；陈翥的《桐赋》等等。正如宋人石介在其《明隐》中所云：“古之贤人有隐者，皆避乱世而隐者也。”北宋中后期政治局势的混乱与社会矛盾的激化使文人思归之志蔚然而兴，北宋中期的骚体文学也因此出现了大量表达隐退避世主题的作品，这些作品体现了宋人对现实的不满与逃避及对隐逸生活的向往与追求，是宋人在解脱自我、寻求精神自由方面的重要尝试。

北宋中期还有一些其他类型的骚体，主要是悼亡和宣扬理学思想等内容。如欧阳修《述梦赋》、《哭女师》是悼念亲人之作。有学者把唐代元稹的《遣悲怀》、宋代欧阳修的《述梦赋》和苏轼的《江城子·乙卯正月二十日夜记梦》称为中国文学史上悼念亡妻作品中的“三绝”，认为“人们读后，无不为他们对妻子的刻骨思念，深切哀悼的真挚情意所感动。”[29]的确如此。明道二年（1033），十七岁的胥氏夫人在产后不到一个月时猝然离世，欧阳修以无比悲痛的心情写下了这篇悼念亡妻之作。其辞凄绝哀婉，其情真挚动人。欧阳修还有一篇悼念八岁夭折的亡女“师”的作品《哭女师》，作于庆历五年（1045）。篇幅虽短小，但情感之深挚感人比《述梦赋》有过之而无不及。其结句“八年几日兮百岁难期，于汝有顷刻之爱兮，使我有终身之悲”，令人揪心疼痛之余不禁拍案叫绝，感叹古今白发人悼黑发人的文章之中，无出此句其右者。王安石的《寄蔡氏女子二首》，据清代蔡上翔《王荆公年谱考略》载，作于元丰五年（1082）。熙宁九年（1076），安石再度罢相回到江宁，从此于钟山居住，过着隐居生活，直到终老。这一时期由于脱离了繁忙的政务，生活相对安闲很多，他写给亲人的诗也就多了起来。在这些诗中，王安石是一位饱含深情的兄长和父亲，亲切慈祥，完全不同于官场中冷峻甚至有些固执的形象。王安石的两个女儿吴氏、蔡氏都很会作诗，安石也常作诗送给他们。其中《寄蔡氏女子二首》是两首骚体诗。宋代李壁注这首诗时引《西清诗话》云：“元丰中，王文公在金陵。东坡自黄北迁，日与公游，尽论古昔文字，闲即俱味禅说。公叹息谓人曰：‘不知更几百年，方有如此人物！’东坡渡江至仪真，和游蒋山诗，寄金陵守王胜之益柔，公亟取读之，至‘峰如巧障日，江远欲浮天’，乃抚几曰：‘老夫平生作诗，无此二句。’又在蒋山时，以近制视东坡。东坡云：若‘积李兮缟夜，崇桃兮炫昼’，自屈宋没世，旷千余年，无复《离骚》句法，乃今见之。公曰：‘非子瞻见谀，自负亦如此，然未尝与俗子道也。’”① 可见无论是苏轼还是安石自己都对这首诗评价很高，认为其句法是《离骚》以来的绝响。朱熹的《楚辞后语》收录了这篇作品，朱熹的评价是：“其言平淡简远，翛然有出尘之趣。”王安石的次女嫁给了蔡卞，该诗就是写给她的。诗中一则表现了安石居处的清幽、心情的闲适；二则“感时物兮念汝”、“有怀兮归女”，抒发了对女儿的思念之情。超尘之趣与思亲之情很好的结合在一起。阐释、宣扬理学教义的作品如王回的《事君赋》、《抱关赋》、《责难赋》、《爱人赋》等。“事君”，即侍奉君主之意。孔孟对事君之道有颇多论述。《论语》中对“事君”有多种阐述。如“事君，能致其身”（《学而》），是说服事君上要能豁出性命；“君使臣以礼，臣事君以忠”（《八佾》），讲忠心的问题；“所谓大臣者，以道事君，不可则止”（《先进》），是说为人臣的应该用最合于仁义的内容和方式服事君上，否则宁肯辞去职务；“勿欺也，而犯之”（《宪问》），对待人君不要背地里欺骗他，却可以当面触犯他；“事君，敬其事而后其食”（《卫灵公》），要认真履行臣子的职责，将拿俸禄的事放在后面考虑。《孝经·事君章》中的一段话集中代表了孔子的事君思想：“君子之事上也，进思尽忠，退思补过，将顺其美，匡救其恶，故上下能相亲也。”孟子的主要观点是“君子之事君也，务引其君以当道，志于仁而已。”（《告子下》）服事君主就要引导他走向正路，有志于仁道。王回的《事君赋》所宣扬的不外乎以上几点。同样，《责难赋》阐述的也是为臣之道。“责难”二字出自《孟子·离娄上》，原话为：“责难于君谓之恭。”“责难”有要求之意。臣子要求君主做到仁政，才是对君主的“恭”。《责难赋》就是由此立意，论说为人臣的应该为君主阐述圣法，令其达于至诚，行仁恕、尊道义等等。其主旨就是勉励君王实行仁政。《爱人赋》论述为人修养问题。在儒家学说中，“爱人”是仁者的美好品质和修养。例如《论语》中有言：“樊迟问仁。子曰：‘爱人。’”（《颜渊》）

---

① 李壁：《王荆公诗注》，文渊阁《四库全书》本，卷二

孟子说过："仁者爱人。"（《孟子·离娄下》）王回的《爱人赋》阐述君子要以仁义立身，做到忠恕爱人，才能成为真正的仁者。徐积的《欢乐辞》也是一篇宣扬儒家仁义思想之作。辞中提到人生如一梦，万事如浮云，为什么不正道直行，反而在意细枝末节、蝇头小利，为此伤神。应为仁义之事，不要失性离真，否则，会自召祸患，自毁福祉。文章用了七个"汝胡不思兮"，语言直白而有力，告诫人们要多思多虑，多为仁义之事。但高扬仁义的儒家思想的同时，又流露出道家人生如梦的思想，但作者的旨归是，正是因为浮生若梦，所以才要走上仁义的正途。如《四库全书总目》所言，此文"依经立训，不失为儒者之言"。

宋代中期骚体文学是宋代骚体文学发展的第一个高峰期。整个宋代中期，社会跌宕起伏，骚体文学的发展也经历了几番浮沉，从最初济世情怀的流露，到入世出世之间的挣扎徘徊，再到避让社会现实的人生思考。北宋中期文人丰富多彩的骚体作品深刻反映了社会历史的发展潮流。从北宋中期以后，随着党争的日趋严重，骚体文学的发展出现落潮，北宋末期骚体文学延续了中后期趋于内敛的发展方向，趋于消极。

第五章 北宋后期骚体文学：颓敝现实之下的末世哀歌

北宋后期主要指哲宗元祐前后至北宋灭亡近四十年的这段时间。哲宗元佑年间，主持变法的王安石第二次罢相，新法也被废除殆尽。这是北宋王朝改革求变的彻底结束，也是赵宋集团走向衰亡的开始。北宋末年，统治者昏庸无能，国内农民起义频发，党争日益严重，国内的政治、经济、军事等走向全面的衰退。北方少数民族政权不再满足于岁币、封赏等金钱利益，而是觊觎赵宋王朝的锦绣江山，他们不断向南发动攻击，掠夺土地和财富。北宋末年的宋王朝，内忧外患，风雨飘摇，整个社会呈现出了一种末世衰弊的态势。宋末这种危机四伏、病入膏肓的社会现实对文坛风气产生了巨大的影响，北宋末年的骚体文学发展体现出了非常明显的时代特性。首先是党争带来的消极避世之风。北宋的党争以元祐为界分成前后两个时期，前期的党争是围绕变法而争论的孰是孰非的问题，这一时期的党争，政党间虽互有攻伐，但基本是政见之争，客观而言，这种争论起到了一定的监督作用，从一定程度上推动了政治的发展。因此，党争前期，文人们的济世热情尚未消退。然而元祐前后，特别是元祐之后的党争，已不是针对变法的争论，而是没有原则的权力之争、意气之争。这种恶性的党争造成了政局的动荡。各党之间的相互攻讦、甚至排挤诬陷使很多文人受到牵连，深受其害，以至于造成了人心惟危，士风颓靡。受这种不良政治风气的影响，文人阶层消极避世之风渐起，他们或是在政治涡流中保持人格的独立，亦或是超越现实，寻求精神的自由。其次是内忧外患的局势带来的深重的忧患意识。徽宗赵佶即位之时，北宋王朝已是强弩之末，徽宗除当政第一年象征性的整顿朝政之外，此后其荒淫无能的本性就全部暴露，在他的昏庸统治之下，北宋朝廷贪腐之风盛行，民不聊生。各地百姓在走投无路的情况下，揭竿而起，发动了声势浩大的农民起义。与此同时，北方各少数民族政权也屡次犯边，北宋孱弱的军力根本无力阻挡其锋芒。金灭辽后，顺势南下，所到之处，望风披靡。徽宗惊吓过度，将皇位传于钦宗。懦弱无能的钦宗在起用李纲进行了短暂的抵抗后，就罢免李纲寄希望于与金庭议和，但终被金人俘虏，丧权辱国，北宋也就此灭亡。北宋末期文人目睹了国家的贪腐衰弊，感受了国之将亡的颓靡之气，他们或是批判社会现实，亦或哀叹个人遭际，体现出了深重的忧患意识。再次是北宋优渥的社会生活为士大夫增添了很多闲情逸致，内敛的士风使他们把更多的目光投向了日常生活。受此影响，宋末文人对日常生活的观照增多，友人间的酬唱应和、日常生活的闲情逸致等题材出现较多，体现出浓厚的生活气息。另外，这一时期歌功颂德、粉饰太平之风又有复苏迹象，这些缺乏风骨的空洞作品只能是自欺欺人的自我安慰，这显得与当时内忧外患的现实格格不入。北宋末骚体文学延续了北宋中期文学精神内转的势头，体现出了内敛、沉郁的文风，北宋末年的文人在报国无门、内心郁结的情况下，创作出了充满凄凉与无奈的末世哀歌。

第一节　超脱完善的精神追求

北宋后期的党争，愈演愈烈，随着诬陷罪名、大兴文字狱之风的兴起，这一时期的党争已由最初的政见之争上升为意气、权力之争，各势力之间近似疯狂的排除异己，争讼不断。宋人范纯仁曾言："朋党之起，盖因趋向异同，同我者谓之正人，异我者疑为邪党。既恶其异我，则逆耳之言难至；既喜其同我，则迎合之佞日亲，以至真伪莫知，贤愚倒置，国家之患，率由此也。"① 伴随着党争范围的扩大，政局动荡不已，大批的文人被卷入其中，遭遇诬陷或株连，

① 《宋史》卷三百一十四

朝不保夕之事时常有之，苦不堪言。清人王夫之曾评价宋末党争曰：“一唱百和，唯力是视，抑此伸彼，唯胜是求。天子无一定之衡，大臣无久安之计，或信或疑，或起或仆，旋加诸膝，旋坠诸渊。”① 政治高压之下，使文人们不再有“开口揽时事，议论争煌煌”的勇气，他们开始以口为戒，少言或不言政治，宋人黄庭坚无奈叹曰：“士大夫之生，以口为戒。”晁补之亦曰：“以罪贬官，偷安为幸。”宋代中期兴起的济世入世之风也就此中断。文人们将起初关注现实的热情由外转内，转而寻求精神领域的超脱与完善。

一、寻求精神的超脱

北宋后期的政治高压使文人们陷入到极大的精神苦闷之中。苏轼《与滕达道》中说道：“虽此心耿耿，归于忧国，而所言差谬，少有中理者。今圣德日新，众化大成，回视向之所执，益觉疏矣。若变志易守以求进取，固所不取，若哓哓不已，则忧患愈深。”激烈的党争使仕宦之路充满了坎坷和漩涡，局势的动荡、国势的颓衰使文人们传统的建功立业、报效国家的愿望几乎已无实现的可能。在政治理想破灭，对现实失去信心的情况下，文人们关注的焦点开始由外转内，转而寻求精神的超脱来缓解现实中的抑郁与苦闷。

北宋末期的党争无疑是造成文人精神压力重重的最大原因，很多文人的作品中都体现出了远离政治、避祸自保的心理，他们试图通过这种方式来缓解现实压力，以达到精神解脱的目的。如晁补之的《北京官舍后梨花赋》即通过梨花有美质而无美名来表达自己一种不求名声显达，但求自保自足的思想。其文曰：

> 揽察草木，本原所起。李梅纪于陨霜兮，橘柚随乎织篚。木瓜足赠而《咏诗》，含桃可羞而记《礼》。虽信微而有讬兮，亦不委夫厥美。惟兹梨之俊茂兮，羌独远而未扬。含温润之秀质兮，皎若和璧荣其光。澹暗惬其无偶兮，历年岁之已长。莫春者阳瘴愤盈、群木解肤，似夸者、似斗者、似靓者、似颓者，色非一色，同妩殊嫮。兹梨娟然，独见其素。繄过时兮不

① 《宋论》卷四

省，滋脉脉兮后户。亦何必耀荣华兮朝日，顾犹私兮泫露。然而中唐之樗，枝大扶疏，以其近人，人以絷驹。则磨则啮，则折则泄，孰与夫朽壤幽薄，厥植虽弱，履屐不蹈，根乃磅礴。

梨花于经文中没有记载，不像李、梅、橘、柚、桃、木瓜等在古人的经典著述中能找到踪影。梨花虽有俊茂的美质，却没有相应的美名。暮春之时，万树万木千姿百态、争奇斗艳，而梨花“娟然独见其素”（赋序），温润的秀质，皎皎如玉的色彩，默不张扬的个性，独树一帜。作者还将梨树与“中唐之樗”作比较。樗，俗称臭椿，是一种大乔木，易种植，生长快，且木材粗硬，用途很多，所以常常遭遇磨、折、砍伐的厄运，使得自己不得善终。梨树的枝干虽不及樗高大坚硬，但惟其如此，才得以保全生命、旺盛成长。从晁补之《梨花赋》对梨花的赞美中可看出他不求显达，但求保有俊茂的美质和高洁的人格的追求；而从他对梨树与樗的对比描写中，又可见出其畏祸的心理。李新的《蛙赋》是一篇以蛙自喻，表明因自我隐藏而避免祸患愿望的骚体。其文章末尾写道：“吾大非鲸鲵兮，免京观之筑；小非鲦鲙兮，逃竭泽之虐。吾身不登于俎豆兮，志已忘于沟壑。泳坎井之隘兮，同钧天之妙乐。據釜斛之水兮，谓东海之莫若。时跳梁莫予侮兮，虽强聒焉而无怍。”“俎”和“豆”都是古代祭祀、设宴用的器具。“鲸鲵”，常用来比喻凶恶之人。“京观”是古代为炫耀武功，聚集敌尸封土而成的高冢。《左传·宣公十二年》记载，古代圣明的君王征伐对上不恭敬的国家，抓住它的罪魁祸首杀掉埋葬，作为一次大的杀戮，这样就有了京观以惩戒罪恶。作者认为，蛙不是鲸鲵，不会被杀掉埋到京观里去；也不是鲦鲙般的小鱼，时常面临河水枯干的危险。既然不能充当祭品走上祭坛，那就甘愿隐于沟壑。“沟壑”常引申为野死之处。《孟子·万章下》有言：“志士不忘在沟壑。”赵岐注曰：“君子固穷，故常念死无棺椁没沟壑而不恨也。”“忘于沟壑”有坚守平凡，固守贫穷之意。其实蛙通常用来形容见识浅陋之人，如《荀子·正论》中说过：“浅不足与测深，愚不足与谋知，坎井之蛙不可语东海之乐。”李新却认为，虽为坎井之蛙，却同样能欣赏到均天美乐；占据一口小小的井，就敢说浩瀚的东海都不如这一方栖息之地。蛙腾跃跳动、自由自在，不会被人欺辱，即使聒噪得很，也不感到惭愧。文章表达一种不受官场羁绊，在自己的世界里逍遥自在、超然物外的人生追求。

面对北宋末期复杂而又让人无奈的社会现实，有的文人刻意的选择了回避态度，他们或在大自然中寻求身心的解放，或追求精神层面的愉悦，体现出了一种超脱物外的心态。如彭汝砺的《爱山楼歌》即是一篇无心世事，纵情山水的骚体。其文曰：

山隆然兮为屏，楼缥缈兮浮空。朝阳起兮辉辉，白云宿兮溶溶。乔木兮阴阴，泉飞兮珑珑。花香兮春雨，鹤唳兮秋风。企望焉兮徜徉，横四海兮无穷。气飘浮兮欲仙，嗟势利兮樊笼。归去来兮何为，从公游兮山之中。

彭汝砺，字器资，入仕后曾获王安石举荐，为官正直，言他人之不敢言，以至于数次被诬陷遭贬。这篇《爱山楼歌》当为其躲避现实羁绊，寻求精神解脱的一篇骚体。文章在开头叙述了山中的美景，高山为屏，小楼飘渺，白云、乔木、泉水、花香、鹤唳、秋风，一片恬淡自然之景，让人不由得心旷神怡，精神松弛。“企望焉兮徜徉，横四海兮无穷”句正是作者徜徉于山水之间，怡然自得状态的表现。结尾句画龙点睛，进一步说明了作者久在樊笼里，复得返自然的超脱心态。黄庭坚的《至乐词寄黄几复》也是一篇体现其超然物外之心的骚体。其文曰：

余泛观于天下兮，何者乐而谁者足忧。忧于窘、窘不得兮，乐尽万物而无求。玩声色而弊形性兮，维造化之螟蠹。将逍遥炉锤之外兮，尚何俛首而婴此细故。百年存亡得失兮，吾既视奕棋与樗蒲。寒暑蚤夜极则迁兮，有满则有虚。应龙之不拘系乎，宁与羸马帖耳而求刍。云升雨降兮，上下有无。入与神会兮，出与化俱。无对于天下兮，制命在予。贾群嚣而我静兮，岂其跨一市以求直。乃有德人相与友兮，忘我于忘言之域。廓宇宙以为量兮，奚自适而不通，遂风休而冰释。

黄庭坚（1045—1105），字鲁直，号山谷道人，洪州分宁（今江西修水）人。黄庭坚仕途坎坷，在哲宗、徽宗年间，多次因新党排挤而被贬。尽管一生宦海浮沉，但黄庭坚的作品中并没有多少悲苦之情，而是以超然之心境面对这些艰难困苦。魏了翁《黄太史文集序》曰："迨元祐初与众贤汇进，博文蓄德，大非前比。元祐中末涉历忧患，极于绍圣、元符以后，流落黔、戎，浮沉于荆鄂、永、宜之间，则阅理益多，落华就实，直造简远。"这篇《至乐词寄黄几复》正是体现了黄庭坚丰富的阅历和对宇宙天人的深入思考。作者开篇提出了乐与忧的问题，并说明了忧是因为不知足，而乐是因为无所求的道理。接下来作者用声色与形性之间的关系，说明了现象多有对本质的掩蔽。而世人恰恰都是追求现象大于固守本质，因此才忧多于乐。接下来作者又用时空观念和辩证的思想来说明优、乐之间的互相转化。最后作者道出了自己对于优、乐的态度，"有德人相与友兮"、"廓宇宙以为量"则"风休"、"水释"。在这篇骚体中，黄庭坚以宇宙天人的观念来解读世俗中的忧、乐观念，其独到的见解充分体现了他对现实的超越和超然物外的深邃哲思。

北宋末期文人的济世热情大幅消退，在理想与现实的矛盾中，他们往往选择避世归隐来寻求心灵的解放与精神的超脱。这与北宋中期的积极入世之风形成了强烈的对比。如张耒的《暮秋赋》、谢薖的《怀故园赋》等。张耒（1054—1114），字文潜。楚州淮阴（今属江苏）人。其《暮秋赋》是一篇借悲秋抒发自己归隐之志的作品。其文曰：

嗟予志之莫就兮，哀天时之不予谋。岁冉冉以将暮兮，无以荡吾之幽忧。昔吾之既有知兮，独信道而不顾。鞭吾驹之不戒兮，眇一世而独骛。偃章甫以自好兮，安知越人之异容？恃所持之不欺兮，谓彼此之情同。夫何事物之多故兮，因少愚而老智。彼善恶岂有常兮，固系夫一世之贱贵。或指砾以为玉兮，人皆知其不然。众既讹而莫返兮，事随信而名迁。伪言实于众舌兮，至宝贱于独知正。无助者必危兮，恶乘朋而或济。决大河而东奔兮，挽予舟而上溯。嗟尔楫之几何兮，蛟龙郁其方怒。外既揆而内度兮，考旧好之同异。韬九袭以深藏兮，固可死而不可试。卷杜蘅之幽佩兮，苞芳兰之翠衣。畏久畜之不扬兮，时窃陈以自戏。怨所资之不售兮，非达人之宏规。彼废兴之有命兮，何忧乐之足系？奏吾琴之愤怨兮，酌吾酒之冽清。揽芳桂与秋菊兮，聊以驻吾之颓龄。吾又将之夫深山兮，遂绝世而远去。身九浴而后衣兮，齿三涤而后咀。纳冰霜于胸中兮，荡焦膈之宿污。求仙人之奇术兮，与彭咸乎为伍。彼君子之蹈常兮，曷急世之有知？聊逍遥以卒岁兮，乐天命而不疑。

文章开篇即点出自己怀才不遇的不佳境况。因为天时不予，而志之莫就，因此幽忧缠身，不可消解。接下来作者对自己身怀济世之志，入朝求取功名的仕宦之路予以了回顾。“鞭吾驹之不戒兮，眇一世而独骛”句显示出了作者不与世俗同流合污的优秀品质。然而正是因为这种特立独行的处世方法导致了自己多次受到诬陷排挤。“何事物之多故”、“善恶岂有常”等句乃是作者多年的宦海沉浮后，褪去年少青涩，转为年老智慧之时对仕宦之途的总结。这样多事故、无常的仕途中，常有“指砾以为玉”的丑恶现象，但由于“伪言”过多而导致众口铄金，使“至宝”反而贱如瓦砾。这是作者对北宋末期官场腐败黑暗、互相倾轧现象的抨击。“善恶无常”等句折射出了在党争的漩涡中，文人们不能把握自己命运的悲哀。然而面对如此的黑暗现实，作者起初还选择了抗争，“决大河而东奔兮，挽予舟而上泝”，不随波逐流，而是逆流而上。然而，恶势力的强大，个人的挣扎与抗争并不能改变现实。作者又考察同好，反思自我，无奈之下选择了“韬九袭以深藏”的生活态度。从此之后以修身养性来寻求精神的解脱。“畏久畜之不扬兮，时窃陈以自戏”句体现出了作者虽已有远离政治之实，但其心中仍有怀才不遇的不甘，只能是借琴、酒聊以自慰。在经过一番精神挣扎之后，作者终于还是选择了归隐深山，“身九浴而后衣兮，齿三涤而后咀。纳冰霜于胸中兮，荡焦膈之宿污”句标明了作者要荡涤自己的心灵，使其纯洁无渍；“求仙人之奇术兮，与彭咸乎为伍”、“聊逍遥以卒岁兮，乐天命而不疑”说明了作者要远离世俗，寻求精神的超脱。这篇骚体中，作者的感情可谓跌宕起伏，因其感情动荡而呈现出的对生活、对人生的态度也是多有变化。作者在现实的逆流漩涡中挣扎徘徊，但最终因无力改变现实，而选择改变自己。这是宋末那些有志之士所共有的心路历程。尽管几经波折，但最后作者还是舍弃了现实的诱惑，深入山中，修养心性，寻求精神的超脱，这是对现实的逃避，也是面对无奈现实的自我调适。谢邁的《怀故园赋》也是一篇类似主题的骚体，作者流连于故园之中，娓娓道出了自己意图归隐的精神诉求。其文曰：

余故园之幽寂兮，拓荒榛而经始。面铜山之峭崒兮，挹萧晨之爽气。擢夭矫之苍松兮，参虬龙之游戏。峙便娟之修竹兮，俨万夫而环侍。筑屋其间兮，将以隐居而求志。盘旋不出兮，殆不知老之将至。夫何漂泊异县兮，莽流萍之无蒂。山岑岑兮植壁，泉涓涓兮鸣佩。玩山水之清佳兮，亦足以乐饥而忘味。虽信美非吾土兮，昔之人所以登楼而横涕。嗟三亩之宽闲兮，岂一锥之莫置。畦西滋乎秋菊兮，墙东繁乎春荠。晚食可以当肉兮，徐行可以当骑。冬裘夏葛苟不完兮，宁纫荷而制芰。効鹿门之俱隐兮，逝优游而卒岁。辟纑犹可以易粟兮，吾岂从墦间之祭。緊古人之不食兮，独贸贸然而蒙袂。事有感于予心兮，聊抽毫以写志。

谢薖（1074—1116），字幼槃，号竹友。临川（今属江西）人。这篇《怀故园赋》将其远离世俗，徜徉于田园之间的悠然自得的状态展现得淋漓尽致。文章开篇作者描写了这座幽寂故园的幽美景致。青山、爽气、苍松、修竹，这样的美景让作者流连忘返。接下来作者阐明了自己要退隐其中的愿望，“筑屋其间兮，将以隐居而求志”，隐居所求之志，当然是心灵的解放和精神的超脱。此后作者又说明了自己虽然是漂泊异乡，但在如此幽静美丽的故园之中也能“乐饥而忘味”。骚体的后半部分，是作者对自己隐居生沽的美好设想，“滋乎秋菊”、“繁乎春荠”、“冬裘夏葛”、“纫荷制芰”等句把作者闲适的心情和精神上的自由充分展现了出来。这篇骚体较之张耒的《暮秋赋》，少了很多精神上的挣扎与犹豫，充分说明了作者愿在故园之中隐退自处，解脱自我的坚定态度。

在宋末现实动荡，生存环境严酷的社会背景下，文人们积极用世之心已逐渐转化为内敛出世，文人们通过躲避现实、纵情山水或归隐乡野的途径来排解现实中的苦闷。既然宋末的社会现实已无改变之可能，文人们只能内转寻求心灵的解放和精神的超脱，来平衡挣扎的内心理想与残酷现实之间的关系。这种无奈的避世情怀是末世文人落寞心态的体现，喻示着北宋王朝的颓衰与没落。

二、追求道德的完善

追求完美的人格和完善的道德是中国传统文人共有的愿望，这种完善自我的精神诉求往往都是在遭到现实的打击之后会出现，体现出了文人们的自我安慰与精神超脱。北宋末期的政治统治十分昏庸，局势动荡，朝野上下，一片混乱，这不仅使文人们建功报国的政治抱负难以达成，更使他们的人生价值难以实现。苏轼刚步入仕途之时“惟当披露腹心，捐弃肝脑，尽力所至，不知其他”，但经历了三次贬谪后，也只能无奈的表示“念以重罪废斥，不敢复自比于师友间，但愧缩而已”。与苏轼的经历类似，北宋末期的文人多有在现实中理想破灭的经历。当理想难以在现实中找到实现途径之时，文人开始向心灵世界开拓。他们通过追求人格的完美和道德的完善来达到体现人生意义、实现人生价值的愿望。

屈原以其纯洁高尚的人格，特立独行的士大夫情怀著称于世。屈原也成为了人格完美、道德高尚的的一个代名词。如《史记·屈原贾生列传》中赞誉屈原："其志洁，故其称物芳。其行廉，故死而不容。自疏濯淖污泥之中，蝉蜕于浊秽，以浮游尘埃之外，不获世之滋垢，皭然泥而不滓者也。推此志也，虽与日月争光可也。”司马迁将屈原的志行节操可谓推至极点，无以复加。后世文人中，对屈原高洁的人格品德多持肯定态度，历代文人学子都在追思屈原的文章中表达对屈原精神的学习与继承。然而对于屈原投河自尽的忠烈行为也有人持批判态度。如《汉书·扬雄传》曰：“以为君子得时则大行，不得时则龙蛇（即退隐），遇不遇命也，何必湛身哉！”他认为屈原不识时务，不知进退，导致毁灭的下场，实乃自取其祸。班固则说屈原“责数怀王，怨恶椒、兰，愁神苦思，强非其人，忿怼不容，沈江而死，亦贬絜狂狷景行之士”。北宋中晚期的骚体文学中，有大量的追思屈原之作，如苏轼、苏辙的《屈原庙赋》等等。宋人承袭了扬雄、班固等人的思想，对屈原精神作了批判的继承。他们肯定屈原的高洁人格，但对屈原不知明哲保身的忠烈行为予以了批评，体现出了较为明显的时代特色。苏轼等人的《屈原庙赋》都体现出了这种思想倾向。苏轼《屈原庙赋》曰：

浮扁舟以适楚兮，过屈原之遗宫。览江上之重山兮，曰惟子之故乡。伊昔放逐兮，渡江涛而南迁。去家千里兮，生无所归而死无以为坟。悲夫，人固有一死兮，处死之为难。徘徊江上欲去而未决兮，俯千仞之惊湍。赋

《怀沙》以自伤兮，嗟子独何以为心。忽终章之惨烈兮，逝将去此而沉吟。吾岂不能高举而远游兮，又岂不能退默而深居？独嗷嗷其怨慕兮，恐君臣之愈疏。生既不能力争而强谏兮，死犹冀其感发而改行。苟宗国之颠覆兮，吾亦独何爱于久生。讬江神以告冤兮，冯夷教之以上诉。历九关而见帝兮，帝亦悲伤而不能救。怀瑾佩兰而无所归兮，独惸惸乎中浦。峡山高兮崔嵬，故居废兮行人哀。子孙散兮安在，况复见兮高台。自子之逝今千载兮，世愈狭而难存。贤者畏讥而改度兮，随俗变化斫方以为圆。黾勉于乱世而不能去兮，又或为之臣佐。变丹青于玉莹兮，彼乃谓子为非智。惟高节之不可以企及兮，宜夫人之不吾与。违国去俗死而不顾兮，岂不足以免于后世。呜呼，君子之道，岂必全兮。全身远害，亦或然兮。嗟子区区，独为其难兮。虽不适中，要以为贤兮。夫我何悲，子所安兮。

文章开篇说明了这篇骚体写作的背景，并对屈原之死表示了哀叹，对屈原被放逐而背井离乡，最后“生无所归而死无以为坟”的悲惨遭遇表示了同情。“人固有一死兮，处死之为难”等句是作者设想屈原当时怨气满胸，无处发泄，无奈之下，愤而投水的纠结心境。接下来，作者以屈原的口吻阐明了因忠投水，以死相谏的忠烈情怀。“吾岂不能高举而远游兮，又岂不能退默而深居”两句已经隐约透露了苏轼对于屈原之死的评价，高举远游、退默深居是宋代文人在乱世中常用的一种处世态度。苏轼在此提到，虽然是为了让屈原自问自答，说明其刚烈的忠愤情怀，但也侧面透露出了他对屈原因忠而死的做法并不完全认同的态度。在文章的后半部分中，作者笔锋一转，从对屈原的怀念及幻想中转入现实，以向古人倾诉的方式控诉了现实的黑暗与不堪，体现出了作者对现实的强烈不满。“贤者畏讥而改度”正是影射了北宋中晚期党争之祸使文人阶层因畏惧而改变了出世态度的社会现实。作者在文章最后所发表的感慨，是作者对屈原的真实评价，“君子之道，岂必全兮。全身远害，亦或然兮。嗟子区区，独为其难兮。虽不适中，要以为贤兮。”从这段评价中可以看出，对于屈原忠贞的个性及报国精神，苏轼是持赞赏态度的，但他对屈原投江自尽一事，并不认同。他认为“君子之道，岂必全兮”，即有所怨愤，要以中和之态度表达，不能过于激烈，否则有害于儒家的温柔敦厚之道。这种说法显然是要屈原的行为符合儒家的明哲保身思想，以达到完善完美的境界。这是苏轼宋学精神的一种体现，也是代表了宋代文人对人格、道德的评价立场。

晁补之做所的《冰玉堂辞》是一篇赞颂刘凝之父子道德高尚的骚体，其中也涉及到了宋人对屈原道德问题的评价，体现出了追求完善道德的观念。晁补之在序言中叙说了自己创作冰玉堂辞的初衷是有感于刘凝之父子“洁廉不挠，冰清而玉刚”的品德而作。序言中晁补之把刘氏父子与屈原做了对比。晁补之曰：“屈原以谗放而死，而君父子进不犯难，退而仗清节以没，与原异，于原不更愈乎。推此志也，虽与日月争光可也，况冰玉乎哉。凡楚人之词，皆伤夫中正不遇者而作也。”晁补之认为，刘氏父子在遭遇仕途之坎坷时，并没有像屈原一样投江而死，而是退居修养品德以终。这样以完善自我品德来表达对现实抗争的精神比屈原慷慨赴死要更完美。并进一步说楚人之词，都是“伤夫中正不遇者而作”，因此楚辞中的刚烈之气与儒家的教义不合，不值得提倡。晁补之的说法与苏轼之说，如出一辙，都是宋人恪守儒学教义的一种表现。晁补之在《冰玉堂辞》中对刘凝之父子予以了赞颂，表达了对他们高尚品德的认可。其文曰：

> 论世以观士兮，集义以为词。所非正而敢从兮，日可挂而东之。嗟若士之弗获兮，羌何忿而负石？繄圣贤之出处兮，惟遵道而守德。凤览辉而乃下兮，维犹耻乎腐吓。非九方之为使兮，夫何足以得马？庐岑岑以镇楚兮，汹大江之东湊。分阴阳之晦明兮，钟斯人以正直。惟天道与地宝兮，非所求其犹爱。与之全而不用兮，怀斯美以固在。大固不可以适兮，方固不可以圆。试回功谢于土谷兮，夫乃同道于禹、稷。譬人生犹吹吷兮，无得丧之可齐。纷吾何指以为正兮，服吾初其庶几。

文章开头说明了这篇骚体的写作意图，乃是“集义以为词”，以使众人效法之。接下来，作者阐述了士人不遇之时应采取的处世态度。即忧愤不遇之时要“遵道而守德”，这充分体现出了作者对平和中庸、道德完善的追求。此后作者对刘凝之父子的高风亮节予以了赞颂，并借机对有害中和敦厚的屈原予以了批评。“大固不可以适兮，方固不可以圆。试回功谢于土谷兮，夫乃同道于禹稷”句则是表达了作者遇道不行之时，则退居独善其身的处世观念。最后，作者认为人生犹如“吹呋”，得丧不可齐。实际上是要表明在个人品格的提高和道德的完善面前，那些世俗得失都微不足道的观点。在这篇骚体中，晁补之将其追求完善道德的愿望近乎直白的表达了出来。遇道不行则退居独善其身的说辞其实也是在奉劝宋末众多的失志文人不要过于偏激怨愤，而是要通过修养道德来完善自我。晁补之的观念，充分体现出了宋人在现实压力之下的变通，这种克己复礼的内敛风气正是宋末士风不振的真实写照。

其他类似的作品，又如彭汝砺所作《元佑元年十二月庚子雪夏首莼湖结冰鹳鸰群集于上者至不可数感而作是诗也》见鹳鸰结群于冰上有感，遂作赋来赞扬其美好的品质。“彼类维何，而有若于仁兮”、“彼行维何，而有笃其诚兮”等句也体现出了作者对道德完善的追求。邹浩《四柏赋》表达承圣和完善道德修养之意。广陵学官厅曾经是孔夫子庙。邹浩当时居住的厅堂就是原来这个夫子庙的大殿。庭院里有四株凛凛合抱的古柏，作者十分喜爱，认为它们具有圣德，将其比作古代贤士：“岂商山逸叟见邀于子房兮，将以翼储君而经营？抑康庐胜友自得于莲社兮，方且傲当世而洁清？想昔日之巍然广殿兮，对先圣以交荣，如子路、曾皙、冉有、公西华之侍坐兮，垂绅端拱，各控其素志之诚。”作者以与这四柏共处一庭而感到莫大荣幸，于讲习之余，常来到其荫下畅想吟哦，希望能允蹈圣德，并且不论穷达，始终如一。他认为只有这样，才能无愧于这四株古柏，才能立于君子之列而有别于小人。邹浩的《愤古赋》乃是“读《离骚》，见屈平以忠不容而卒葬于鱼龙之腹也，愤然伤之”而作。在这篇骚体中，作者对屈原为国尽忠的高尚道德情操予以了高度的赞扬，“人孰不有一死兮，或重逾泰山，或轻愧鸿毛。惟平之死于忠兮，使来者自悔其贪叨。历上古以稽君臣之盛兮，邈鲜俪乎重华之朝。稷、契、皋、夔更相汲引以比肩于岩廊之上兮。”邹浩将屈原与稷、契、皋、夔等人并举，显见其高扬屈原道德之意。其他如悼念友人的《后招魂》、《后招魂赋》、表现个人情操的《北京官舍后梨花赋》等等都从不同角度体现了对完善道德的追求。

宋末复杂而混乱的社会现实，使文人们心态由外转内，他们试图以独善其身的方式来实现人生理想，体现自我价值，因此追求道德的完善是其常见的致力方向。值得注意的是，由于北宋末年的文化学术已相对成熟，儒学的发展带来了思想超越与完善的诉求，北宋文人试图寻求思想领域的新突破，力争将宋学精神融入到现行的学术思想之中。受此影响，各种学术思想之间多有交流碰撞，并渗透到文学创作领域。受学术风气的影响，宋人对屈原精神作了批判的继承，将宋学的精神渗透到了骚体创作之中，体现出了中庸平和、追求完美道德的思想倾向。这种思想倾向固然能使宋人获得内心世界的暂时平和，并使个人道德修养更趋于完善，但带来的恶果就是人心内敛、士风不振，士人们丧失了敢于为国牺牲的忠烈精神。正是这种敢于死难精神的缺乏，为北宋王朝的衰落埋下了隐患，并最终导致了覆亡。

第二节　深重内敛的忧患意识

在北宋末期的近四十年时间里，朝廷内部党争不断，政治腐败，社会动乱不已，而北方的少数民族政权也趁机入侵，战火不断，北宋王朝积累多年的社会矛盾和民族矛盾相继爆发。然而面对亡国之险，统治阶层仍然不思进取，对内骄奢淫逸，荒疏国事；对外畏敌如虎，无心抗战。一时间，北宋王朝风雨飘摇，岌岌可危。在这种内忧外患的局势之下，不少文人对国家的前途命运充满了忧虑，但慑于政治高压，他们表达忧患意识的方式比较委婉含蓄，多是咏物抒怀或借古讽今。这一时期，文人们的生存环境恶劣，他们往往无法把握个人命运，坎坷多舛的经历使他们不时发出对不幸遭际的哀叹，体现出了对个体命运的忧虑。

一、对社会现实的忧虑

北宋末年的政治昏庸是导致社会混乱的主要原因之一。旷日持久的党争使朝野上下内耗严重，中央集权的统治力有所下降，但中央集权制和崇文抑武国策带来的种种社会弊端却日益暴露。文人们目睹这衰世的乱象，忧心忡忡，他们把对党争、腐败等社会不良现象的忧虑投射于文学作品之上，创作出了寄托遥深，忧患深重的骚体作品。

宋末的党争无疑是文人们忧虑、批评的重点。宋人李清臣曾批判宋末党争不仅败坏了朝纲，还造成了社会的混乱。李清臣曰："今者之用人，较小罪而不观大节，恤浮语而不究实用，惟固己持禄、避事随时之人，乃无谴而得安。故庸平者安步而进，忠愤者半途而气折，天下之事，靡靡日入于衰敝。"① 诚如李清臣所言，宋末的有志之士，尤其是那些失志文人，对党争之祸予以了抨击。如谢逸的《吊槁杉赋》是一篇借一棵枯死杉树的存亡来谈党争对士大夫的巨大危害的骚体。作者在序里交待，临川崇真观有一棵业已枯死的古杉，传说这颗古杉是晋魏夫人亲手所种。通常人们对于"生"这种状态是庆幸的，而对于这株失去了生命力的槁杉，人们却是庆幸于它的"死"。因为它已经枯死很久了，所以免于斧斤之灾。然而这株槁杉莫名其妙地遭到了一群郡兵官的厌恶，于是被连根拔掉。作者由此哀叹："亦不仁甚矣！推此以往，孰谓世之人死而可以免祸耶?"（《吊槁杉赋》序）其文曰：

> 后皇畀物兮，灵衷不私。禀受殊气兮，土地异宜。芸芸其生兮，情之不齐。嗟此杉兮，其大百围。修且长兮，蔽乎云霓。樛枝偃蹇兮，如龙虎之驰。植之于庭兮，如正人端士之威仪。挺然独立兮，如不附丽于当时。斫为栋梁兮，负殿堂而不欹；刳为舟航兮，触风波而不危；梁百步之川兮，历千载而不爊。今其槁死兮，无可用之资。不慊于霜雪兮，无求乎雨露之滋。赖根干之存兮，得永讬于庭墀。夫何不仁之甚兮，肆斧斤而芟夷！昔子胥怨毒兮，平王既死而鞭尸；魏公忠直兮，肉未寒而仆碑。自古莫不然兮，岂唯今世之可悲。呜呼槁杉，兮夫复何疑?

文章开篇就描写了这棵杉树"其大百围"、"蔽乎云霓"的天赋异禀，这样的参天大树可以为栋梁、为舟航，必能长久的发挥其效用。作者又将这棵硕大的杉树比作正人端士，暗喻正人端士乃是国之栋梁、国之舟航，能够在治国之中发挥中流砥柱的作用。但可惜，这样的栋梁之才，却枯槁而死，再无无用武之地。作者在此用杉树的枯死来比喻贤人不被国家所用，贤哲无用事之地，便如槁杉，

① 李清臣：《明责篇》，《宋文鉴》本，卷一百零四，中华书局，1992 年

只存枝干，无有生气。杉树枯死，但依然能“赖根干之存”，这暗指士大夫虽遭遇厄运，但既不入世，便暂时免除了迫害。然而好景不长，那些不仁之人的厌恶使这棵本已枯干的杉树还是被斧斤所斩，这暗指恶势力彻底打压仁人志士的恶性。接下来作者就郡兵官砍树发表议论，由树及人，联系古代二位贤士伍子胥和魏公死后犹不得安宁的史实，得出“自古莫不然兮，岂唯今世之可悲”的结论。这让人联想到北宋新旧党争后期，一派上台便打压迫害另一派，甚至连失势贬谪之人也不放过的事实。作者对槁杉命运的悲叹无疑就是对党争带来的黑暗社会现实的控诉，体现出了对社会深重的忧虑。苏轼的《屈原庙赋》曾用“自子之逝今千载兮，世愈狭而难存。贤者畏讥而改度兮，随俗变化斫方以为圆”的说法来抨击党争带来的政治黑暗对文人和社会的不良影响，“贤者畏讥而改度”、“斲方以为圆”既是党争带来的恶果，也是造成社会不稳定的重要原因之一。苏轼在此表现出了对社会现实的深深忧虑。苏辙的《屈原庙赋》乃是与苏轼的同题之作，这篇骚体采用为屈原代言的形式。文章对屈原的主观评价只有一句：“伉直远兮复谁似”，重点是叙述屈原死后的远游。屈原到舜处去哭诉，舜令他畅所欲言。屈原一生为实现美政理想鞠躬尽瘁，然而却处处遭遇腐朽贵族集团子兰、靳尚等人的谗害，最终失去了怀王、顷襄王的信任。他生前政治见解不得申说，死后在舜帝这里终于可以一吐忠言。苏辙用屈原时代做比，一方面固然是抨击屈原时代君王的昏聩、群小的奸邪；另一方面也是影射、批判现实的黑暗统治，贤人志士得不到重用，反而在党争中遭遇祸患。这样的朝廷也有像楚国一样倾覆的危险。作者在文中安排的屈原对舜帝倾诉的情节是作者呼唤像舜这样代表儒家最高政治理想的明主出现，以求改变动荡黑暗的现实，救国救民于水火，充分体现出了作者心忧天下的士大夫情怀。

赵鼎臣，字承之，卫城（河南淇县）人，为北宋末期著名文人。张纲《送赵承之出守邓州》称赞其曰：“蓬莱宫中老仙伯，一首诗堪万人敌。”韩驹《送赵承之秘监出守南阳》亦言：“我独依杖商声讴，此公人间第一流。”赵鼎臣在骚体文学创作方面，也多有涉猎，他的《尧山赋》是一篇借尧帝典故来讽喻现实的怀古讽今之作，体现出了作者忧心现实的忧患精神。其序交代了文章写作的背景与目的。其序曰：

尧山在县北十里，不甚高大，四望皆平川，而居中岿然特起。按《图经》，尧尝登此以望洪水。后人思之，立庙其上，故以名山，因以山名县。元祐己巳冬，余以童子侍亲过之，追感遗迹，为赋以叙之。

由序言可知，赵鼎臣的《尧山赋》乃是路过尧山之时，为感念尧帝之事而作。尧山，因尧而得名。只因尧帝曾在山上观望洪水，后人感念尧帝为天下苍生谋福祉的恩德，立庙其上以示纪念，由此而得名尧山。尧帝时，中国遭遇了一次长达二十二年之久的大洪水。关于这场洪水给当时人民带来的巨大灾害，《孟子》中有这样的记载："当尧之时，天下犹未平。洪水横流，泛滥于天下。草木畅茂，禽兽繁殖，五谷不登，禽兽逼人。兽蹄鸟迹之道，交于中国。"（《滕文公上》）这些情形令仁政爱民尧焦虑万分，亲自视察水情，拯救万民。尧退位二十八年去世时，"百姓悲哀，如丧父母。三年，四方莫举乐，以思尧。"《史记·五帝本纪》描述他："其仁如天，其知如神。就之如日，望之如云。富而不骄，贵而不舒。黄收纯衣，彤车乘白马。能明驯德，以亲九族。九族既睦，便章百姓。百姓昭明，合和万国。"尧山，从某种意义上来说就是尧关爱百姓精神的象征。作者赞颂尧帝，追慕尧帝，除了怀古，更是呼唤、期盼尧这样的君主出现。从序言中已经可以隐约看到作者对尧帝仁德的怀念之意，接下来作者又在其骚体中，充分表达了对尧帝的赞颂和追思，借以表达对圣主明君的渴望之情。其文曰：

当季冬之严凝兮，驰燕路之骎骎。揽征辔而踌躇兮，过尧山之嵚岑。按图牒之所传兮，得遗迹而追寻。曰尧尝登于兹山兮，望洪水之湍淫。嗟皇天于艰难兮，在圣人而忧患。物何生而不乐兮，独水行之漫漫。曾九载之莫息兮，舞鱼龙于波澜。惟圣心之焦劳兮，念元元之不食。举鲧民于侧陋兮，登咎夔与禹益。虽群后之奏功兮，匪自安而用逸。登兹山而四顾兮，忧盖深于已溺。余诚无心于黄屋兮，哀赤子之将鱼。苟一身之可济国兮，固何有于捐躯？赖文命之底绩兮，卒大安而晏如。嗟殷季之怠荒兮，佟天位而自康。峻瑶台于深宫兮，民或亡于盖藏。犬马饫夫粱肉兮，士或未充于糟糠。惟口腹以纵汰兮，孰恤民之否臧。既上下之覆隔兮，终沦胥于丧亡。仰尧帝之孔仁兮，轸父母之至慈。流惠泽而到今兮，民愈久而慕之。即山巅之崔嵬兮，尚经营其神祠。俨衣冠与环佩兮，犹髣髴乎天日之姿。瞻遗像以兴叹兮，故老对余而嗟咨。怅徘徊而不忍去兮，夫孰知余之所思？

文章开篇叙说作者季冬之时，路过尧山之际，寻访据图牒所载的尧帝遗迹。接下来作者对当年尧帝的心怀天下、解民倒悬的治水之功予以了高度的赞扬。“水行之漫漫”、“舞鱼龙于波澜”等句表现出了水患的严重，“皇天于艰难”、“物何生而不乐”则是体现了水患中民不聊生、艰难苟活的苦难状态。面对如此严峻的局面，尧帝虽身在高位，却没有袖手旁观，“在圣人而忧患”、“圣心之焦劳”等句充分体现出了尧帝面对人民遭遇苦难时的焦虑状态。他亲自“望洪水之湍滔”，与群臣商议治水之法。尽管“群后之奏功”，治水有所起色，但尧帝心中的忧虑丝毫不减，他迫切的想解救苦难的人民。“余诚无心于黄屋兮，哀赤子之将鱼。苟一身之可济国兮，固何有于捐躯”句是代尧帝立言，表现了尧帝为解民围困而甘于为国献身的崇高精神。作者之所以这么浓墨重彩的赞颂尧帝心怀天下的仁者胸怀，一方面固然是对尧帝的高度赞扬，另一方面也是影射当今统治者不关心百姓疾苦，一味的贪图享乐。北宋社会内忧外患的局势，给百姓造成的苦难不亚于水患，尧帝能为民捐躯，而当今统治者却一味苟安畏缩，无心国事，置国计民生于不顾，这与尧帝为天下百姓谋福祉的仁德形成了强烈的对比，显示出了作者对当今统治者的极度不满。接下来，作者又对殷季的荒淫朝政进行了批评，统治阶层“峻瑶台于深宫”、“犬马饫夫梁肉”，而百姓、士大夫却“亡于盖藏”、“充于糟糠”，这种上层只知享乐，而不解民间疾苦的朝廷，最终“沦胥于丧亡”。这部分，作者通过殷朝因贪图享乐，不恤民情而亡国的史实来讽谏当今，这是作者试图提醒赵宋统治者不能造成上层享乐、下层受苦的弊端，否则就有亡国之险。接下来，作者又叙述了尧帝因为仁德统治而受到后世称颂纪念，流芳百世，以此来规劝统治者要效仿尧帝，方可救国救民，青史留名。从以上对当今统治者的规讽来看，作者仍旧抱有圣主贤臣的幻想，但可惜，北宋王朝已是病入膏肓，纵有贤臣，君主昏庸，不得其用也是枉然。作者也知道自己的规讽能够起到的作用微乎其微，无奈之下，不得不“瞻遗像以兴叹兮，故老对余而嗟咨”。最后一句“怅徘徊而不忍去兮，夫孰知余之所思”，再一次体现出了作者忧虑政治、社会、君主、人民的复杂情绪，展露出其深重的忧患意识。

其他类似的作品又如苏过的《思子台赋》。《思子台赋》本为史经臣（字彦甫，眉山人）所作，亡佚不得传。关于史氏的原作，苏轼《东坡志林》上说："彦辅……博辩能属文。其《思子台赋》最善，大略言汉武、晋惠天资相去绝远，至其惑，则汉武与晋惠无异。"苏过年少时曾拜读过此文，记着其大意，作了这篇补亡之作，希望今之"君子犹得见斯人胸怀仿佛也"（《思子台赋》序）。文章中"自建元以来，张汤、主父偃之流，与两丞相、三长史之徒，皆以无罪而夷灭，一言以就诛。曾无兴哀于既往，一洗其无辜，独于据也。悲歌慷慨，泣涕踌躇"等内容既是对汉武之时忠臣无辜被杀的哀叹，也是影射当代党争背景之下，政党之间互相倾轧而导致无辜株连，因言获罪之人增多的社会现实。作者在最后说道："天道好还，以德为符。惟孟德之鸷忍兮，亦嗜杀以为娱。彼杨公之爱修兮，岂减吾之苍舒。恨元化之不可作兮，然后知鼠辈之果无。同舐犊于晚岁兮，又何怨于老臞?"这是试图劝谏当今，要吸取历史上信谗杀子、暱奸败国、嗜杀忠良的惨痛教训，以德治国，体现出了作者心怀社稷的忧患意识。苏辙《登真兴寺楼赋》也是一篇怀古讽今的骚体。真兴寺楼，就是真兴寺阁。登上真兴寺阁向东南可以望见五丈原。相传三国诸葛亮六出祁山时曾驻兵于五丈原。五丈原的北端建有诸葛武侯祠。苏辙登临怀古，"思古人而不可见兮，涕横流以浪浪"，表达了对诸葛亮的怀念之情。诸葛亮是儒家济世思想的典范，他《后出师表》中的两句话："鞠躬尽瘁，死而后已"，然而这样的忠直之士、显赫之臣，也不过是历史中的小小浪花，终究会被人遗忘。"虽孔明其何益于五丈兮，使无原其忘亮。览川原而思古兮，悯亡弓之遗韔"。作者既称颂诸葛亮忠直情怀，又感叹现实的无情，将其功业几近遗忘，这充分体现了北宋末期文人对入世济世的复杂情感。虽有济世之心，但在混乱的社会现实之中，无法达成理想，只能是增加几多忧虑愁烦。苏辙借诸葛亮的显与隐，表达了士大夫对社会及自身的忧虑，体现出了宋末文人儒家济世情怀的动摇和对社会现实的失望。秦观的《浮山堰赋》，对梁武帝为与北魏争雄，而筑堰截淮的违背水流自然规律、导致数十万百姓丧生的行为表示憎恶，予以批判。这无疑具有警醒当世人的意义，告诫他们要引以为戒，不能逆天行事，否则会违背规律，祸害百姓，体现出了作者对当时无常社会的忧虑。邹浩的《愤古赋》由屈原的忠而见疑，信而被谤引申开来，进入理性思考，认为历朝历代都有奸臣，然而他们是否得势，则取决于君王，但君王往往亲小人、远贤臣。所以明主贤臣相得相知，实在是千年一遇的罕事。作者借古讽今，以屈原之遭际来规诫君主要远佞人、逐小人，体现出了对君臣关系的关注与忧虑。

宋末文人尽管没有了慷慨入世的豪迈气概，但其对现实仍有密切的关注，政治统治的清浊、统治者的贤庸、君臣关系的亲疏、社会现实的治乱等现象均在他们的观照范围之内。末世衰亡之际的种种社会弊端，使他们忧心忡忡，但黑暗高压的现实又迫使他们不能直言利弊，对上劝谏，无奈之下，他们只能借助古人之口、古人之事来言说当今，从而创作出了借古讽今、别有寄托的忧患现实之作。

二、对个人遭际的慨叹

北宋中后期，随着文人积极入世热情的逐渐消退，文人们关注的重点由外转内，骚体成为他们慨叹命运，思考人生的重要载体。北宋末期延续了中期收敛内转的文风，他们继续用骚体来反映个体遭际与内心世界。随着宋末社会政治日益黑暗，社会秩序愈加混乱，文人们对个体的未知命运或不幸遭际都充满了忧虑。苏轼《舟中夜起》中说道："此生忽忽忧患里，清境过眼能须臾。"在北宋末年文人的骚体文学创作中，透露出一种深重的个体忧患意识和悲凉无奈的伤感情绪，将末世文人的哀伤与不幸充分展现了出来。

征行题材的骚体是骚体文学的传统题材，屈原遭谗被放逐，即创作了《涉江》、《哀郢》等征行骚体。王逸评价《涉江》曰："言己佩服殊异，抗志高远，国无人知之者，徘徊江上，叹小人在位，而君子遇害也。"后世征行题材骚体也多是文人们遭遇贬谪或排挤被外放之时所作。北宋后期出现了较多数量的征行题材的骚体，这种题材骚体的不断涌现，反映了北宋末年的无常之政，文人们多成为各种政治力量争权夺势的牺牲品，遭贬遭放是常有之事。世事无常，遭贬远征，前途吉凶未卜，北宋末年的征行类骚体往往既包含作者对前途的忧虑，也有其对现状的不满，也有对国家前途命运的担忧，表现出了一种惶恐惆怅而又充满忧虑的复杂情绪。北宋末年创作征行骚体的有张耒、邢居实等人。张耒是北宋末年创作征行类骚体最多的文人，他的《南征赋》、《涉淮赋》、《后涉淮赋》等，都是纪行骚体。其《后涉淮赋》乃是从正阳涉淮之作，表现了作者对自己颠沛流离生活的忧虑和无奈。《后涉淮赋》序言中交代了这篇骚体的写作背景，其序曰：

> 甲寅之秋，自正阳涉淮，作《涉淮赋》。既至泗之临淮，邑之东南皆淮也。朝游夕济，凡淮之惊畏风涛之变，无不历之矣。今秋又以事之东海，至涟水，入涟河。舟人告予曰："淮水自是入海矣。"予生二十有二年，吴、楚、秦、蜀之国，来往殆遍。窃悲其迹之不常，作《后涉淮赋》以自广云。

由序言可知，张耒在未入淮之前，早已辗转吴、楚、秦、蜀之地，四处飘泊，居无定所。根据《宋史》记载："绍圣初，请郡，以直尤图阁知润州，坐党籍徙宣州，谪监黄州酒税，徙复州。徽宗立，起为通判黄州，知兖州，召为太常少卿，甫数月，复出知颍、汝二州，崇宁初，复坐党籍落职，主管明道宫，初，耒在颍闻苏轼讣，为举哀行服，言者以为言。遂贬房州别驾，安置于黄，五年得自便，居陈州。"① 由此可见，张耒在仕宦生涯中多次遭到党争的株连，屡遭贬谪，如乱世浮萍，漂泊不定。这篇《后涉淮赋》就是张耒感怀遭际，哀叹命运多舛的心声。其文曰：

> 浩淮流之汤汤兮，荡余身以沿洄。嗟我居之不常兮，未期岁而再来。始进棹于正阳兮，睨下蔡之穷城。界陈许之北壤兮，望荆涂之两山。缅川原之回复兮，思禹功而慨然。爰系舟于徐邑兮，浸淮隅之两壖。驾长帆于朝风兮，凌星河于夜湍。岂所览之未周兮，恨未穷其本源。忽行役而南去兮，税吾楫于清涟。指溟渤于西北兮，曰此淮流之所还。彼百川之归海兮，吾固知其必然。惟循源而极末兮，哀予迹之未安。当天时之晚秋兮，风露惨其既至。山峭峭而瘦出兮，水绀洁而无滓。曳孤轮而忽惊兮，出游鲈于短苇。白鹭飞而下来兮，翩如避世之君子。酒芳香而盈盌兮，吾陶陶而日

---

① 《宋史》卷四百四十四

> 醉。方颓然而遗形兮，孰卑高而贱贵？彼贵者乐其府兮，富者怀其资。无二者之累予兮，何羁游之足悲？穷天下之奇观兮，极覆载之所藏。膏吾车而勿反兮，毕吾世而徜徉。

文章开篇作者感叹自己二度涉淮，无奈之情溢于言表。接下来作者对自己涉淮的行程予以了述说描述，把从正阳到淮地的路线予以了细致的交代，体现了纪行的特征。作者“驾长帆于朝风兮，凌星河于夜湍”，日夜兼程，奔波辛劳之苦不言而喻。接下来作者感叹自己形迹无常，生活的颠沛流离，“彼百川之归海兮，吾固知其必然。惟循源而极末兮，哀予迹之未安”，百川均有归海日，自己却只能漂泊川上，无安居之所。接下来从“当天时之晚秋兮”到“翩如避世之君子”是一段秋景的描写，离乡背井中的秋景更增添了几分凄凉和悲苦。作者将“孤篷”、“白鹭”与自己做比，展露出了孤独哀伤的情怀。面对如此凄苦的遭际，作者忧从中来，借酒浇愁，“酒芳香而盈盌兮，吾陶陶而日醉”，正所谓酒不醉人人自醉，酒入愁肠愁更愁。后面的内容是作者对自己遭际发表的议论，“彼贵者乐其府兮，富者怀其资。无二者之累予兮，何羁游之足悲”，自己既没有贵者之府，又没有富者之资，没有这二者的牵累，则优游往来何悲之有？这句话表面看来是作者劝慰自己，不应沉浸在屡次迁移的悲伤之中，实际上这种劝慰并不能解开作者因屡次漂泊而忧愁的心结，这是一种故作旷达之语。实际上暗示出了自己之所以如此忧伤，并不仅仅是因为远行，还因为对造成自己屡次被放迁远行背后的党争之害耿耿于怀。“穷天下之奇观兮，极覆载之所藏”句作者感叹自己这种漂泊的生活可以穷天下之奇观，“膏吾车而勿反兮，毕吾世而徜徉”则是作者自嘲，这样充满苦闷悲凉的漂泊生活绝无徜徉之乐趣，作者是故作旷达，体现出了对苦闷现实的无奈之感。在这篇骚体中，可以看到张耒对自己现在处境的极度不满，他对自己的前途命运充满了忧虑，然而在冷酷的现实面前又无可奈何，只能在自我麻醉和故作旷达中寻求精神的解脱。张耒的另一篇《南征赋》中，对个体命运的忧患意识体现的更加明显。其文曰：

> 予文穷而莫讳兮，顾四方其何适？毋宁征于江右兮，毛土膏其可食。抱朝暮之胜气兮，西山吾以为宅。风予帆于昼日兮，予朝发于赤壁。摽玉

坌之下流兮，逝蓬飞于一息。迅沮漳而横入兮，汇扬澜于左蠡。婷吾目而无恨兮，涛猛兽以噬狞。霁光风于木末兮，俟余波犹未肯平。迷失道而问津兮，□□□御于朱明。就渔父而陈词兮，予非湘累之独醒。父告予以不治兮，南樵舍而自成。破陇亩而溢流兮，石险很而当道。岂舟人之肃洽兮，艇触拔而欲倒。系予车于桑本兮，予犹可以徒行；夷予灶使不得炊兮，予犹可以乞邻。曰厚土之弥漫兮，予骚骚无以为家。虽斯人之可怀兮，鸟犹长鸣以叹嗟。黄蒲田所播植兮，岁有秋而登场。既狼戾而竭邻兮，已独赋乎廪仓。馔上方之玉盘兮，上曰饱斯人之德。岁协洽而蕲兮，味柔嘉予未得食。染予指于鼎兮，岂不同此臭味？使持节于十郡兮，民乐得此父母。顾予怀之仓卒兮，谓一寒之何故。虽解衣推食兮，曰此小惠汝弗德我。我九世之良医兮，药神膏而可以破汝肠。赋九言而九顿首兮，度百世而足。用阅一世之风波兮，曰余皇吾以为归宿。

文章开篇便表达了自己不知何去何从的忧虑。接下来作者把自己南征的行程予以了记述。在南征的过程中，作者“迷失道而问津兮，御于朱明。就渔父而陈词兮，予非湘累之独醒”，作者借用了屈原楚辞中向渔父问路的典故，影射出了当今之乱世，但自己“非湘累之独醒”，还没有像屈原对现实完全失望，虽然“父告予以不治”，虽然前路充满了种种的艰难险阻，但作者依旧义无反顾的前行。“系予车于桑本兮，予犹可以徒行；夷予灶使不得炊兮，予犹可以乞邻”句把作者心忧天下，百折不挠的士大夫情怀充分展露了出来。从这段内容可以看出，尽管仍有济世之愿，但作者也感受到了国家的衰弊，现实的无情，数不尽的艰难险阻与诱惑使这条入世之路危机四伏、苦难重重。“曰厚土之弥漫兮，予骚骚无以为家。虽斯人之可怀兮，鸟犹长鸣以叹嗟”句体现出了作者对自己漂泊不定，居无定所遭遇的哀叹。理想与现实之间的巨大差距使作者痛心不已。骚体的后半部分作者苦中做乐，造福一方，并进一步阐述了自己身怀明珠，廉洁自守的高洁品格。整篇骚体中，作者身怀济世之志，却陷入到前途未卜的迷茫之中，自己上下求索，漂泊无定，不知归落何处，充满了对个人、对现实深重的忧虑之情。邢居实的《南征赋》亦是一篇在纪行中表现忧患情怀的骚体作品，作者开篇感叹个人的坎坷遭遇：“嗟予生之贱兮，常坎壈而多忧。汩东西与南北兮，无畎亩以归休。”在自己即将南征之际，还对小人误国之弊念念不忘、忧心忡忡，“将发轫而回首兮，望国门之穹崇。唯小人之眷恋兮，情郁结乎余衷”。在南征的征途中，作者亦对未知的前途充满了忧虑之情，“欲淹留以容与兮，心摇摇而靡宁”。征途中的辛劳又为作者增添了身体上苦痛。“历崎岖之九邑兮，涉川路之千里。心澹澹而忘食兮，筋骨疲乎鞭箠”。在经历了重重苦难和身心的折磨之后，作者故作超然道：“植木兰以为篱兮，涂申椒以为堂。荃蕙披靡而盛茂兮，众香郁其芬芳。优游偃息静以索志兮，又何必归夫故乡！”作者身处异地他乡，忧思愁闷难以排解，只能是故作旷达，聊以自慰。其他征行骚体如毛滂的《拟秋兴赋》、张耒的《涉淮赋》等也多有个体忧患意识的表达，不再赘举。北宋末年的征行骚体，将宋末文人在征行途中的傍徨无助、居无定所的凄苦悲凉、忧虑国事的哀怨无奈等复杂情绪全部展现了出来，充分体现了北宋末期文人在入世与出世之间的挣扎之苦，以及他们对国家之事、个人命运的深重忧虑。

由于沉潜内敛之风的复燃，北宋末期文人对个体命运的思考增多，他们对人生无常、个人价值难以实现等问题深感忧虑，创作出了饱含反思意味的忧患之作。谢逸的《感白发赋》是一篇因头生白发有感而作的一篇感叹人生的骚体。其序说道：

> 谢子寓居于陈氏之馆，晞发于庭，童子见而笑曰：“先生老矣，发有白者。”取而视之，信如其言。深惧湮灭无闻而道不行于世也，乃自赋以自激。

谢逸早年颇有积极入世的情怀，然而在几次应考中都名落孙山。在他《感白发赋》的序言中可以看到他岁月流逝容颜衰老而一事无成的惶恐与感伤。“深惧湮灭无闻而道不行于世”句也是宋末众多失志文人的共同心声。在《感白发赋》正文中，谢逸又将这种忧患情怀予以了深入的阐发。其文曰：

> 余弱龄之多艰兮，盖尝苦其心志。矧思之刻深兮，只益戕乎血气。惟白发之生兮，孰不惊夫老之将至！年几有立兮，竟何补于斯世。道若涂若

川兮，虽勤而不济。茫茫无所归宿兮，圣贤何简予而遐弃。蹈前修之轶轨，爱而不见兮，犹彷佛乎梦寐。事业不加进兮，宜声名之晦晦。固欲显其亲兮，嗟立身而无地。朝夕藜藿之不充兮，妻子之裘葛不备。矧欲行其他兮，致当今之平治。曷以宣吾心之湮郁兮，将转喉而触讳。聊寄怀于翰墨兮，兹亦不试而故艺。字漫灭而无谁语兮，不若缄縢于箧笥。抱耿耿之壮怀兮，无蒯缑而疾视。嗟秋菊之未扫兮，俄春兰之可刈；悲床下之蟋蟀兮，又鸣蜩之嘒嘒。何义和之不我留兮，驰日车而迅逝。吾固知浮沉于闾里兮，秖佽佽而卒岁。非不欲洁已而澡行兮，奈托身乎鲍肆。日三沐而三熏兮，常恐同于臭味。人生一世之间兮，孰不求于适意？居悒悒而不聊兮，徒孤笑而永忾。君之阍深且远兮，曷不上书而陈事？公侯之门高而峨峨兮，亦有长裾之可曳。胡不驾言而远游兮，四海岂乏乎兄弟？沧浪之水清兮，可以漱濯乎污人之腻。望鸿鹄之高举兮，凌赤霄之逸翅。聊以快平生之孤愤兮，虽星星而不愧。蕲有所遇兮，又以谢童子之戏。

文章开篇作者感叹自己早期的艰难遭际，“弱龄之多艰”盖指年轻时求仕未果。接下来作者借白发之生，感叹老之将至，却于世无补。“何补于斯世”体现了作者仍保有年轻之时的济世情怀。之所以没能用事于世是因为“道若涂若川”、“茫茫无所归宿”、“蹈前修之轶轨爱而不见”，作者认为自己不能为世所用的原因，是因为没有仕进报效国家的途径，自己饱学精研学问，却怀才不遇。其后，作者对自己目前一事无成的落魄生活予以了描述，事业、家庭均无建树，于是心中“湮郁”，“寄怀于翰墨”，这部分内容，作者所表达的意思与序言中基本相同，都是在感慨年华老去、事业未成的不幸遭遇。接下来作者用“秋菊”、“春兰”的更迭、“蟋蟀”、“鸣蜩”的易替来诉说时光的飞逝。面对日渐逝去的岁月，作者仍只能“佽佽”然的“浮沉于闾里”，在社会的底层挣扎。尽管“托身乎鲍肆”，但作者仍洁身自好，不与世俗同流合污，保持了士人的节操。述说至此，作者对现实境况的强烈不满已不言而喻，然而即便浮沉于闾里，但作者仍不愿曲意逢迎这个世故的社会。“君之阍深且远兮，曷不上书而陈事？公侯之门高而峩峩兮，亦有长裾之可曳”句充分体现出了作者洁身自好，不巴结权贵的高洁个性。“胡不驾言而远游兮，四海岂乏乎兄弟”句则是体现作者不愿放弃理想出世退隐的坚持。最后，作者发出了“望鸿鹄之高举兮，凌赤霄之逸翅”的呼声，渴望有朝一日终能一飞冲天，实现理想，功成名就。整篇骚体之中，弥漫着浓厚的愁思，作者对生命、事业的忧虑之情溢于言表。张耒的《遣忧赋》也是一篇感慨命运，表达个体忧虑的作品。作者在开篇叹曰：“居孑孑以无与兮，出莫知其所之。独端居以终日兮，耿默默以长思。”作者独居而愁思满怀，之所以如此，是因为“日月忽其迁流兮，老忽忽而既来。惟所蹈之日迷兮，抚前心而自非”，时光流逝，老之将至，自己却仍陷于迷茫之中，事业无成。接下来作者又对自己漂泊异乡的不幸遭遇发出了慨叹，“嗟吾客于东周兮，周天星之三移。写我忧以命驾兮，凭高明以远视”，身在他乡，又郁郁不得志，作者心中的悲苦可谓深重。忧思难去的情况下，作者又借酒浇愁，“考物变以自乐兮，遗余情于酒醴”，然而，短时的麻醉终究无法遣散长久的忧伤，最后作者只能在故作旷达中自我安慰，“忘吾忧以洋洋兮，将以语夫君子”。这篇骚体名为遣忧，实则忧愁满胸，作者把生命老去、客居异乡、怀才不遇、事业无成的种种忧虑郁结心中，无法排遣，其深重的忧患意识不言而喻。

北宋末年文人个体忧患意识的展现，一方面说明了他们对个体生命意义、理想价值的思考，另一方面说明了他们虽然有志难伸，但均还抱有济世的幻想。因为有理想，所以不能退隐而去；因为现实的黑暗，又郁郁不得志。所以，北宋末年文人的忧患是对个体和现实的双重忧患，面对末世的衰弊，他们必将在理想和现实的夹缝中苦苦挣扎，忧虑终生。

第三节　士大夫闲适生活写照

北宋时期，尽管内忧外患，但相对稳定的政权使社会经济与文化获得了长足的发展。王国维曾评价宋朝曰：“天水一朝人智之活动与文化之多方面，前之汉唐，后之元明，皆所不逮也。”[①] 陈寅恪亦曰：“华夏民族之文化，历数千载之演进，造极于赵宋之世。后渐衰微，终必复振。”[②] 邓广铭曰：“宋代是我国封建社会发展的最高阶段。两宋期内的物质文明和精神文明所达到的高度，在中国整个封建社会历史时期之内，可以说是空前绝后的。”[③] 诚如前人所说，有宋一代物质、精神等领域都空前的繁荣。物质文明的快速发展，为宋代士大夫阶层提供了富庶优渥的生活条件，并为精神生活提供了坚实的基础。精神文明的繁荣，又为士大夫阶层创造了良好的文化生活氛围，提供了丰富多彩的文化生活。因此，宋代士大夫阶层不仅生活富庶，而且闲暇之时的宴饮、游乐、集会、唱和等文化活动很多。据李廌《师友谈记》记载，宋仁宗曾谓诸臣曰：“幸兹太平，君臣亦宜以礼自娱乐。”由此可见，北宋时期的富庶闲适生活使娱乐之风由上到下，弥漫了整个士大夫阶层。北宋末年的骚体文学中，对这一社会风气也有反映，出现了大量的文人唱和赠答及表现日常生活之趣的作品。这些贴近生活的题材内容是前代骚体文学中所少见的，充分体现了宋代骚体文学的时代特性。

一、唱和赠答之风

有宋一代交游之风大炽，宋人范质即有“举世重交游，凝结金兰契”的诗句存世。米芾《方回帖》中曾说到：“终日对客，无可闲适。”常与友人赠答酬唱的苏轼在其《次韵子由送家退翁知怀安军》一诗中也说过：“吾州同年友，粲若琴上星。”宋代交游之风的兴起，一方面是由于宋代经济文化繁荣发展的必然结果；另一方面也与文人之间的结党之风有关。随着文人之间的交友活动日益频繁，唱和赠答之风也蔚然兴起。受此影响，北宋末期的骚体文学中出现了大量的以唱和赠答为主题的作品，文人们之间或是同题共咏，亦或是互相赠文酬答。这些作品在展露个人情怀的同时也反映出了北宋时期文人阶层丰富的文化

① 王国维：《宋代之金石学》，《王国维遗书》册五《静安文集续编》，上海古籍书店，1983年，第70页

② 陈寅恪：《邓广铭宋史职官志考证序》，《金明馆从稿二编》，上海古籍出版社，1980年，第245页

③ 邓广铭：《谈谈有关宋史研究的几个问题》，《社会科学战线》，1986年第2期

生活。

北宋骚体文学中的同题共咏现象在苏门士人的作品中比较常见，在他们的作品中有两个主要的共咏的主题：一个是吟咏超然台，一个是追和陶渊明。苏辙的《超然台赋》是以“超然台”为题骚体中的代表之作。苏辙在《超然台赋》序言中叙述了这篇骚体写作的缘起，其序曰：

> 子瞻既通守余杭，三年不得代，以辙之在济南也，求为东州守。既得请高密，其地介于淮海之间，风俗朴陋，四方宾客不至。受命之岁，承大旱之余孽，驱除螟蝗，逐捕盗贼，廪恤饥馑，日不遑给，几年而后少安。顾居处隐陋，无以自放，乃因其城上之废台而增葺之。日与其僚览其山川而乐之。以告辙曰：“此将何以名之？”辙曰：“今夫山居者知山，林居者知林。耕者知原，渔者知泽。安于其所而已，其乐不相及也，而台则尽之。天下之士奔走于是非之场，浮沉于荣辱之海，嚣然尽力而忘反，亦莫自知也，而达者哀之。二者非以其超然不累于物故邪？老子曰：‘虽有荣观，燕处超然。’尝试以超然命之，可乎？”

超然台，位于山东诸城，是北宋熙宁八年（1075）苏轼任密州（治所在今山东诸城）太守时所建。由苏辙《超然台》序可知，时诸城西北墙上有废台，苏轼增葺修缮之后而成新台，建成之后，苏轼“日与其僚，览其山川而乐之”，并命苏辙等人做文以贺。北宋时期以“超然台”为题创作骚体的文人有苏辙、文同、张耒三人，三人均是受苏轼之命而作的《超然台赋》。“超然台”为苏辙以老子语“虽有荣观，燕处超然”而命名，寓意“超然不累于物”。《庄子哲学新探》曰：“庄子哲学，盖缘于对个人在世界中所处的种种困境的困惑不解和烦恼苦闷意识。人在天地之间，面对宇宙世界、万事万物，变化不居；而短暂人生，生死无偿，神明不可知。因此，人有许多困惑与烦恼，不知何去何从。战国时代动荡不安的社会现实，艰难的生存境遇，更加剧了人们精神的痛苦、茫然与困惑。而庄子哲学就是要试图寻找摆脱这种困惑与烦恼的道路。”诚如其说，历朝历代的失意文人总习惯于从道家思想中寻求精神解脱。北宋尤其是中后期士人都有对老庄思想的借鉴和继承，老庄思想也是他们在党争的纷扰中寻求解脱的精神家园。苏辙如此，苏轼亦如此。因此后人评价曰：“若无子由明兄意，神州那得超然台。优游物外迪心智，诸城至今寻旧台。”苏辙在《超然台赋》正文中又把“超然不累于物”的“达者”精神予以了进一步的阐发，其文曰：

东海之滨，日气所先。岿高台之陵空兮，溢晨景之洁鲜。幸氛翳之收霁兮，逮朋友之燕闲。舒堙郁以延望兮，放远目于山川。设金罍与玉斝兮，清醪洁其如泉。奏丝竹之愤怨兮，声激越而眇绵。下仰望而不闻兮，微风过而激天。曾陟降之几何兮，弃溷浊乎人间。倚轩楹以长啸兮，袂轻举而飞翻。极千里于一瞬兮，寄无尽于云烟。前陵阜之汹涌兮，后平野之湠漫。乔木蔚其蓁蓁兮，兴亡忽乎满前。怀故国于天末兮，限东西之崄艰。飞鸿往而莫及兮，落日耿其夕躔。嗟人生之漂摇兮，寄流枿于海壖。苟所遇而皆得兮，遑既择而后安？彼世俗之私已兮，每自予于曲全。中变溃而失故兮，有惊悼而汍澜。诚达观之无不可兮，又何有于忧患？顾游宦之迫隘兮，常勤苦以终年。盍求乐于一醉兮，灭膏火之焚煎。虽昼日其犹未足兮，竢明月乎林端。纷既醉而相命兮，霜凝磴而跰蹁。马踯躅而号鸣兮，左右翼而不能鞍。各云散于城邑兮，徂清夜之既阑。惟所往而乐易兮，此其所以为超然者邪？

文章前半部分描写了超然台周边的景色，高台凌空，景致宜人。呼朋携友，徜徉于高台之上，丝竹金罍，忘情其间。这样的高台之上能丢弃人间的污浊，能忘却历史的兴亡。作者用清新的语言描绘出了超然台上，美景让人心旷神怡，宴饮使人怡然自乐的闲适情形。字里行间渗透着一种自由达观的气息。“弃溷浊乎人间”、“兴亡忽乎满前”等句充分体现出了超然台上之人所具有的豁达胸怀。在描写了超然台给人带来的愉悦之后，作者笔锋一转，转而描写人世间的种种不如意。“人生之漂摇”、“中变溃而失故”、“游宦之迫隘”等等，都把人拖入现实苦难的深渊之中。在这样的现实之中，每个人只能委曲求全，奔波操劳，历尽了艰难困苦。最后作者劝这些还在俗世之中苦苦挣扎的人们不如“求乐于一醉”，这样才能“灭膏火之焚煎”，即要以达观的态度来对待世间的苦难，这样才能苦中求乐，熄灭心中的焦虑、愤懑之火。苏辙力主以老庄的达观哲学，来应对现实的困境，这种寻求精神解脱的诉求体现出了其豁达、乐观的人生态度。文同的《超然台赋》对于苏轼的游于物外、肆意徜徉的人生态度，表白心向往之，愿逃脱名缰利锁，追求心灵的释然，同样体现了一种达观的人生态度。张耒的《超然台赋》是从批判反对、怀疑“超然”者立论的。这些人认为无论是鸟兽，还是人本身，他人看来或许得到大乐，然其自身未必觉得如此；对古代有道之人也是这样，他人觉得他们有超然之乐，而其自己未尝没有感到有所牵累。张耒不同意这种观点，认为真超然者“远引绝去，芥视万物，视世之所乐不动其心”。他们没有贱夫的奔走劳役之苦，这就是“至乐”，就是“超然”。文章通过主客辩论，见出作者对“超然”的认同和向往。

苏轼曾作《归来引送王子立归筠州》来表达自我开解，出世归隐的避世情怀。苏轼以降，张耒、秦观等文人都有和陶骚体创作，有追和苏轼之意。其中张耒的《和归去来词》就是苏轼去世之后作来表达追思陶氏、怀念苏子的作品。其序曰：

> 子由先生示东坡公所和陶靖节《归去来词》及侍郎先生之作，命之同赋，耒辄自悯其仕之不偶，又以吊东坡先生之亡，终有以自广也。

由序言可知，这篇骚体乃是苏辙将苏轼追和陶渊明的作品给张耒看后，命张耒作和辞，追和苏轼之意非常明确。张耒结合了自己的个人遭际在这篇骚体中表达了对陶渊明、苏轼等人豁达胸襟的追认。其文曰：

> 归去来兮，行世不偶予曷归？其出无所为喜兮，舍去而何悲？眄一世之无与兮，古之人逝莫追。求不疚于予义兮，又奚恤余子之是非？彼好恶之罔极兮，或颠倒其裳衣。顾吾涉之已深兮，愧哲人之见微。吾归甚安，无所事奔。既守吾室，又杜吾门。一气孔神，于中夜存。纳至和于灵根兮，挹天酝于玄尊。既充溢于幽阙兮，亦粹然而见颜。往有坎而兹夷兮，昔或危而今安。将从化人于西域兮，面藏吏于函关。将以一世为刍狗兮，废与兴吾厌观。彼福祸之一源兮，必兹出而兹还。彼自以为无隙兮，何异夫石椁之宋桓。归去来兮！吾悲夫斯人不返兮，岂招仙圣与之游？昔惠我以好

音，忽远去而莫求。予曷异于世人兮，初为哽塞而增忧。彼钱鎛则深藏兮，盍视夫已悬之田畴。万古芸芸，共逝一舟。半夜而失，旦号其丘。畏达观之诮予，涕已泣而不流。悟荣名之取憎兮，善斯人之获休。已矣乎，万物之作各其时，吾独与时而去留，岂或能力而违之。既往莫或追，来者尚可期。盖雨暵之在天，岂吾稼之不耔？彼蜀雄之必传，作犹愧于书诗。嗟身屈而道伸，于斯人兮曷疑！

作者以“归去来兮”开篇，以示和陶之意。接下来，作者对自己不达于世的不幸遭遇予以了申说，对“好恶之罔极”、“颠倒其裳衣”的无常现实予以了抨击。然而，作者宦海沉浮多年，深陷俗世的漩涡之中，难以自拔，“顾吾涉之已深兮，愧哲人之见微”，作者追忆古人，忍不住慨叹自己没有古人弃世而去的气度。此后，作者心念一转，又诉说了自己厌倦现实，愿出尘自处的愿望，“将以一世为刍狗兮，废与兴吾厌观”。文章的前半段是张耒结合自己的生平来申说自己出世入世的人生态度，并以出世之愿的回归来追和陶渊明。文章的后半段则是表达对苏轼的怀念之情及追和之意。“吾悲夫斯人不返兮，岂招仙圣与之游”句一改前文无奈叹息的口吻，悲从中来，沉痛深邃。接下来作者叙述了自己与苏轼的交好，并表达了苏轼离世后的悲痛之情。“初为哽塞而增忧”、“涕已泣而不流”等句把作者对苏轼深挚的情感展现的淋漓尽致。念及作者在反思故人中自我鞭策，自己虽然没有身处高位，但希望终有一日能将苏轼的精神发扬光大。这篇骚体，情理交融，把张耒对故人的思念和对人生的思考都展露无遗。秦观也曾作《和渊明归去来辞》，其文以“归去来兮，请逍遥于至游。内取足于一身，复从物兮何求？荣莫荣于不辱，乐莫乐以忘忧”的说法来追和陶渊明荣辱不加于身的达观精神。

北宋末期的骚体作品中，除了同题唱和之作外，友人或同僚之间的赠答之作更为常见。宋代士大夫之间交游频繁，文学来往甚多，骚体文学中反映他们相互交往，赠文答意情况的作品屡见不鲜。邢居实为宋末重要的骚体文学作家，虽然英年早逝，但在世之时与苏轼、黄庭坚、张耒、秦观、晁补之等人结为忘年交，有不少文学交往。他的《秋风三叠寄秦少游》是表达对秦观思念之意的赠答骚体，作者因秋生悲，表达了对友人的深挚思念。其文曰：

秋风夕起兮白露为霜，草木憔悴兮窃独悲此众芳。明月皎皎兮照空房，昼日苦短兮夜未央。有美一人兮天一方，欲往从之兮路渺茫。登山无车兮涉水无航，愿言思子兮使我心伤。

秋风淅淅兮云溟溟，鸱枭昼号兮蟋蟀夜鸣。岁月徂迈兮忽如流星，少壮几时兮老冉冉其相仍。展转反侧兮从夜达明，怅独处此兮谁适为情？长歌激烈兮涕泣交零，愿言思子兮使我心怦。

秋风浩荡兮天宇高，群山逶迤兮溪谷寂寥。登高望兮不自聊，驾言适野兮谁与游遨？空原无人兮四顾萧条，猿狖与伍兮麋鹿为曹。浮云千里兮归路遥，愿言思子兮使我心劳。

文章第一叠是借描述秋景，引出对友人的思念。秋风乍起，白露为霜，冷月当空，长夜漫漫，一幅衰秋的悲凉景象。接下来“有美一人兮天一方”，这个美人自然指的是秦观，自己想要与友人相会，但路途漫长遥远，无舟车可至，只能是暗自伤怀。第一叠中，作者塑造出了秋夜怀人的凄冷意境，对友人的思念炽热而深沉。第二叠同样从写景入手，秋风淅淅，浮云溟溟，鲭枭昼号，蟋蟀夜鸣，又是一派凄清景象。接下来作者感叹时光的流逝，体现出了对生命的思考。“展转反侧兮从夜达明，怅独处此兮谁适为情”句生动刻画出了极度思念友人的焦躁之态。最后“长歌激烈兮涕泣交零，愿言思子兮使我心恨”把作者的极度思念友人，但恨不能相见的痛苦展现的淋漓尽致。第三叠中，秋风浩荡、天高云淡、群山逶迤、溪谷寂寥。作者登高而望，感慨不能与友人一起结伴遨游。空旷的原野之中，只剩下自己孤零零的一个人，只能和那些不解人意的猿狖、麋鹿为伍。最后一句“浮云千里兮归路遥，愿言思子兮使我心劳”，说明自己与友人千里相隔，无法相见，悲伤情绪溢于言表。整篇骚体，以悲秋为线索，反复表达了对秦观的思念之情，是一篇感人至深的怀人文章。黄庭坚的《王圣涂二亭歌》是一篇赠送友人的骚体，表达了对友人告老还乡的祝福之意。这篇骚体在序言中交代了文章写作的缘起，其序曰：

忠州太守王圣涂罢忠州，春秋六十有六，将告老于朝而休于营丘，以书抵黔州，告其同年生黄鲁直曰："营丘有叟，将自此归矣。舍旁作二亭以休余日，子为我名，且归以夸父老。"鲁直名其一曰"休休"，上言事下言德也；其一曰："冥鸿"，言公自此去矰缴远矣。圣涂喜曰："子盍为我歌?"

由序言可知，与黄庭坚同年的友人王圣涂告老还乡，在住所旁建了两座亭子以度余暇，王圣涂信求黄庭坚为亭子命名，后又请黄庭坚为之作文。黄庭坚欣然而从，这篇《王圣涂二亭歌》即是应王圣涂所请作的赠文，黄庭坚在文中盛赞二亭，并对王氏的退居表达了祝愿。其文曰：

营丘之下，有宅有田。梨枣兮觞豆，耘耔兮为年。鸡栖埘兮羊豕在牧，课儿子兮蓺松菊。炙背兮墙东，梦覆舟兮涛且风。洋之回兮可以驾，孙甥扶舆兮父老同社。洋之水兮可以舟，入鸥鸟兮与之游。一世兮蜉蚁，桑榆兮愁可收。从此休兮，公谁黄发之休。伟长松兮卧龙蛇，阅千岁兮不改其柯。震雷不惊兮，谁欲休之以蜩蛭。下有锦石兮可用梧勺，云月供帐兮万籁奏乐。石子磊磊兮涧谷纵横，春月桃李兮士女倾城。时雨霖兮忽若海潦，收无事兮我以观万物之情。儿时所蓺兮桃李纤纤，随世风波兮吹而北南。昔去兮拱把，今归兮与天参。与古人兮合契树，如此兮我何以堪。鸿雁嗸兮或在洲渚，有心于粒兮弋者所取。飞冥冥兮渺万里而绝去，薮泽之罗者兮官予落羽。

文章开篇对王圣涂退居后，居于二亭之侧的闲适生活予以了描绘。"有宅有田"、"耘耔为年"、"蓺松菊"、"孙甥扶舆"、"父老同社"等等都是黄庭坚的美好构想，是其对友人退居生活的憧憬。闲适的田园生活，容与的天伦之乐，让人羡慕不已。接下来，作者对友人的尘世生活予以了评价，一世蜉蚁，忙忙碌碌，现在退居乡野，可以安享晚年。此后作者对二亭的美景及徜徉于二亭之上的闲适又做了进一步的描述。"锦石"、"云月"、"春月"、"桃李"，一派恬淡自然之景。叙述完二亭之美之闲，作者回忆了友人在仕途上的辗转浮沉，"随世风波兮吹而北南"，接着又肯定了他的人生功绩，"今归兮与天参"，最后对其能够远离俗世，退居安享天年表示了祝福。整篇骚体，写景、抒情与议论相互交织在一起，黄庭坚把友人退居后的闲适情怀与其对友人的诚挚祝福充分表达了出来。其他类似的作品如黄庭坚的《明月篇赠张文潜》、《予欲金玉汝赠黄从善》；谢逸的《龙沙词五迭赠清逸先生》；晁补之的《浪漫阁辞》等等，不再赘举。

应和赠答之风，在宋代普遍流行，在北宋末年尤盛。北宋文人在频繁的交游活动中，他们互相倾诉对社会衰弊的忧虑、怀才不遇的苦闷；分享对人生的思考；相互勉励、互相祝颂，既演绎出了情真意切的友谊，也反映出了士大夫的生活情趣。宋末的赠答应和之文，情、理交织，情景相融，把文人士大夫的闲情雅趣充分展现了出来。

二、日常生活之趣

北宋末期，文人积极入世之心渐渐消退，再加上雅俗并举观念的影响，很多文人将视线从政治社会上转移到了日常生活之中，他们或是描写某一生活场景、或是描写生活中的某一事件，亦或是描写生活中的某一事物。这一时期的骚体文学创作改变了发愤抒情的写作传统，转而表现一些充满生活情趣的日常题材。展现日常生活状态与表现闲情逸致成为北宋末期骚体文学的一个重要的特征。

北宋末期骚体文学对日常生活的关注最直接的体现是有大量的作品直接以日常生活中的琐事作为吟咏表现的对象。如张耒的《种菊》，若从骚体文学传统题材角度考量，这样的题目必然是作者借种菊来表现自己如菊般的高洁品质，或表现回归自然的隐逸情怀。但张耒的这篇《种菊》却是在描述菊的情态及其药用的功效，与高洁个性、归隐之志基本毫无关联，纯属对种菊这个生活琐事的描写。其文曰：

何馨香之芬敷兮，昌绿叶而紫茎。是其名为菊兮，爰植予之中庭。性清平而不躁兮，味甘爽而充烹。当秋露之惨凄兮，舒煌煌之华英。色正而丽兮，气芬以清。纯静秀洁兮，族茂群荣。采食以时兮，天和以宁。颖轻窍达兮，瞳子清明。散败流浊兮，风宣滞行。仙圣所饵兮，屏除臭腥。久嗜不废兮，将延尔龄。嗟予生兮，蹇薄烦冥。忧饥畏寒兮，微禄以生。终曷归兮，山林是营。膏粱鼎食兮，方丈纵横。炙熊之蹯兮，龙醢羊羹。彼得有命兮，吾奚尔荣。惟兹佳菊兮，野实以生。采撷咀食兮，荐俎盈登。求之孔易兮，世焉莫争。我有久疾兮，壅塞烦昏。支节坚痹兮，气阏于元。惫不能支兮，外壅中干。疥癣得志兮，蛲蛔伏蟠。餐华秋冬兮，食叶春夏。集新易故兮，尔功是假。宁康我躯兮，骨节坚良。产和剔戾兮，其乐洋洋。反华于玄兮，易瘘以强。忘生绝俗兮，深潜远。藏骖驾云雾兮，呼吸太阳。招友彭咸兮，御风以翔。吁嗟此菊兮，吾于尔望！

文章的前半部分把菊的外部形态及物性做了详细的描述。“绿叶紫茎”，“性清平而不躁”，“味甘爽而充烹”，这种菊在秋露惨凄之际开花，色正而丽，气芬以清，若能适时采摘，则可有药用之功效。可以明目、散瘀、风宣、滞行。从上半部分来看，全部为对菊的客观描述，没有借物抒情的部分。后半部分，作者则是结合自己的身体不佳的情况，来说明菊的具体功效，“壅塞烦昏”、“气阏于元”、“外壅中干”、“蛲蛔伏蟠”等等均是对病状的客观描写，也没有掺杂抒情。此后，作者对食用菊后的疗效予以了描述，“康我躯兮，骨节坚良”，“反华于玄兮，易瘘以强”等句都是说明菊对疾病的显著疗效。最后作者对菊进行了赞美，虽然做了拟人化的处理，实际上并不是赞扬菊的高洁，而是称赞其药性。从整篇骚体看来，作者是客观的描述了菊的物性疗效，作者种菊并不是以菊励志，而是要以菊医病，这与以往人们对菊关注的角度大相径庭。这充分显示了作者的关注焦点不在菊的精神，而是在菊的现实药用价值，即其生活价值。李新的《瘿赋》是一篇描写瘿病的骚体，同样体现了宋代文人对日常生活的关注。其文曰：

王孙异疾兮，瘿喉刺咽。强名宿瘤兮，吁嗟磊然。领如蝤蛴兮，乃增胝胼。系若匏瓜兮，亦寄而悬。类禀中和兮，气凝以偏。病在腠理兮，我尤山川。重将覆臆兮，堕将委肩；其大如缶兮，其小如埏。是物也，不分贫贵，不择庸贤。汝颍之士兮，矜若为之丑；江汉之女兮，憎尔败其妍。非唯嚬笑之不适，抑亦喘鼻之相牵。思操刀而一割，顾生理之难全。类骈拇与枝指，于干躯而有缘。系之以瓠，盖已过矣；署之于木，则奚慊焉。胞抛既可资儿戏，枕枕尚可期妻怜。王孙兮胡不自惟，而又何怨乎天者耶？

瘿，中医指多因郁怒忧思过度，气郁痰凝血瘀结于颈部，或生活在山区与水中缺碘有关的病。这本是生活中的琐碎之事，但李新以瘿为描写对象，把瘿的症状及给人带来的影响作了详细的描述。文章开篇点出得瘿病之人乃是王孙，其症状是“领如蝤蛴兮，乃增胝胼”，类似匏瓜，悬于颈中。接下来作者又从医理的角度述说了得此症状的原因，乃是“气凝以偏”，严重的话会“堕将委肩”、“其大如缶”，这种病，不分贫贵庸贤，是常见之病。此后，作者又把这种病给人带来的不适予以了描述，外观丑陋，且为言笑喘嗅都带来了很大的不便。想要“操刀而一割”又碍于“于干躯而有缘”，最后只能无奈的自嘲。这篇骚体，作者选择的是瘿症这种稀见的题材，对于这种病症予以了详细的描述，体现出了作者对日常之事的关注。其他类似的作品在宋末骚体中十分常见，如张耒的《逐蛇》、《叙雨》等等，都从一定程度上体现了宋人对生活题材的偏好。

除了描写生活琐事以外，在北宋末期的骚体中还出现了大量针对日常生活用品的咏物作品。这类生活题材进入骚体，同样说明了宋人对生活之趣的关注。如晁以道的《古瓦砚铭》就是一篇以书斋中的砚台为对象的咏物骚体。其文曰：

> 十五之童，七十之翁，难与并仪容兮。剖蚌之珠，出家之机，未易相发挥兮。古人之砚贵采新石，何世人之不闻不识兮？王孙李贺，比端石以苌弘之血，则吾之砚气象晔晔兮。

作者将自己的古瓦砚与现今的砚台相比，诉说了自己砚台的珍贵，并借用古人典故说明今人不懂砚台，透露出了对自己砚台的珍视。又如他的《笔山铭》也是一篇吟咏书斋之物的骚体，其文曰：

> 顶平岱宗之瞻兮，峰耸菡萏之三兮。翠润湘水之渐兮，亘直朔云之严兮。上古之岳四而不五何所嫌兮，嵩高居士以砧笔墨名数兼兮。

作者把书斋中的笔架做了细致的描述，对它的形状、色泽等都予以了均较为生动的刻画。最后作者对“笔山”予以了高度的评价，体现出了作者对书斋之物的偏好。北宋末年这些吟咏书斋之物的骚体，把选材的视线完全放在了日常生活之中，体现了文人在日常生活中的雅好情趣，文化气息和生活气息都很浓厚。

北宋末年还有一些文人对自己闲适的生活状态予以了描述。如苏轼将自己对养生和美酒的爱好写到了骚体之中。苏轼重视养生是在贬黄州之后。他作于黄州的《与王定国书》中说："轼近颇知养生，亦自觉薄有所得，见者皆言道貌与往日殊别。"其《服胡麻赋》也作于黄州时期，他在《服胡麻赋序》中说："始，余偿服茯苓，久之良有益也。"看来，服用胡麻之前，苏轼已经服食茯苓很久了，并且受益良多。大概是日有所思夜有所梦吧，一日梦见一道士告诉他，茯苓性燥，应与胡麻掺食。胡麻就是芝麻，能够清热解毒，与茯苓同食可解其燥。苏轼于是将之视为"神药"，对其药效发出"补填骨髓，流发肤兮。是身如云，我何居兮"的感叹。苏轼是好酒之人，不仅好饮，而且好酿，因此留下了大量关于酒的诗文。赋作中，除骚体《稚酒赋》外，还有《洞庭春色赋》（"洞庭春色"是酒名）、《浊醪有妙理赋》、《中山松醪赋》，不可谓不多。稚酒就是酒子，在米酒还未充分发酵时取出的酒液就叫做酒子，这时酒精含量少，味道香甜可口。等酒醅熟透，再将酒子加进去，此时酒和酒醅可以同吃。饮用酒子和酒醅是潮州人自古就有而流传至今的风俗。《稚酒赋》作于苏轼贬官惠州时期，潮州士子王介石和许珏以当地特产酒子来饷苏轼，苏轼饮之甚欢，并为二子赠酒美意所感，作此赋以谢之。这篇赋记载了具有地方特色的酒子和酒醅的酿造过程，生动形象地描绘了酒子的形、色、香、味，再加之文中所表现的苏轼独特的饮酒之乐，使它成为一篇颇具价值的酒文化瑰宝。又如张耒的《游东湖赋》描写了作者漫无目的、近乎癫狂的生活。醉饱之后，游齐安之东湖，此时正是大冬时节，景色萧疏。与此萧条时世中，只有"饮酒御玄冬"最是乐事。同样，《柯山赋》也揭示出作者安于寂寞之心。饮薄酒而欢有余，粗茶淡饭甘且腴，此乃颜回之乐。作者向往的就是这样从容自得的生活。

北宋末期，表现日常生活情趣作品的增多，一方面说明了宋末文人关注点在向日常生活转移，另一方面也说明了骚体文学的题材方向出现了新拓展。从北宋末期开始，一直到南宋灭亡，描写日常生活一直是骚体文学的重要方向之一。北宋文人在日常生活题材上的积极开拓，为后世反映生活之趣骚体的兴起，打下了坚实的基础。另外，北宋末期，又出现了不少粉饰太平之作，大多思想单薄，是文人们在末世颓敝之中的有气无力之作。格调不高，不再赘述。

第六章　南宋初期骚体文学：内忧外患形势下的乱世悲歌

南宋初期是指两宋相交之际和高宗统治时期。北宋末年，随着女真贵族所建立的金王朝的逐渐强大，在吞并了辽国以后，金王朝又占领了北宋王朝统治下广大的北方地区，造成了国家的严重分裂。徽、钦二帝被金人掳去之后，当时藏匿在河北、号称兵马大元帅的康王赵构于南京（今河南商丘）即位，南宋开始。南宋建立后，当时的有志之士寄望于高宗，复国平边，然而由于宋高宗的懦弱昏庸，他一边在仓皇奔逃中，还一边定下妥协投降的政策，希冀与金人分江而治，妄图偏安江南一隅。高宗重用以秦桧为首的投降派，对李纲、宗泽、岳飞等主战派疏远排挤，甚至将岳飞迫害致死。南宋初年，昏庸腐朽的南宋小朝廷就在这样一个百姓生灵涂炭、壮士悲歌泣血的时代境况下在临安的半壁江山里过起了醉生梦死、苟安偷生的日子。北宋末年至南宋初年，由于国家局势的大动荡和社会现实的巨大的变化。北宋以来的安逸悠闲的生活随着民族的危亡一去不复返，南宋文人不得不从温柔绮靡的盛世美梦里回到现实，直面国家和民族的苦难。“靖康之难”之后，国家陷入危亡，人民遭受苦难，那些经受了由和平到战乱两重天的文人士大夫面对国家覆亡、山河破碎的无情现实，亡国之痛萦绕心头，挥之不去。故国的繁华盛景，转瞬远去，现实中的满目疮痍、生灵涂炭，使他们不断思考和质问着造成这场铺天盖地的灾难的根源。面对着苟安一隅的南宋王朝的半壁江山，面对着自身的孤苦漂泊和流离无依，使他们内心凄苦悲伤、情难自矜。昔日的繁华时刻萦绕在心底，面对满目的疮痍和南宋王朝龟缩一隅的苟安偷生，这些文人更是扼腕痛愤、意欲奋起救亡。此一时期的文风逐渐从之前的绮靡柔媚转向慷慨激昂和奋发图强，文章内容则更贴近现实生活和社会景况，更多地去表现战乱时代民族、社会、人民的苦难忧患以及自身理想失落的苦闷压抑，以期达到唤醒民众、救亡图存的目的。可南宋王朝的一味妥协投降，使得一些文人志士复家无路、报国无门，宝剑蒙尘、无路请缨。在这一系列的现实情况下，一些文人开始对功名事业甚至对救亡图存都灰心失望，他们开始寻求精神上的自我解脱和救赎。于是，慷慨激昂的报国情怀开始减少，消极隐逸的情绪开始增加。受时代风气的影响，南宋初期的骚体创作明显地体现和流露出了爱国主义情怀和对惨淡现实的无奈。南宋初期的文人很好的利用了骚体善于抒情，尤其是善于抒发愤懑之情的特点，他们在国破家亡、颠沛流离的苦难环境中的幽愤抑郁情怀、面对妥协投降、昏庸腐败现实的无奈情绪均淋漓尽致的展现在他们的骚体文学创作中。

第一节　痛彻心扉的亡国之悲

靖康二年（1127），金人南下，攻陷了北宋的都城汴京（今河南开封），徽钦二宗及大臣千余人被金人掳去，史称“靖康之祸”，自此宣告了北宋王朝的灭亡。两宋之际的文人，亲眼目睹了山河破碎、生灵涂炭的灭国之灾，国破家亡的残酷现实使他们痛彻心扉，难以释怀。北宋末的婉约词人李清照作诗“欲将血泪寄山河，去洒东山一抔土”，表达了对亡国故土的哀思之情；她所作的《夏日绝句》：“生当作人杰，死亦为鬼雄。至今思项羽，不肯过江东。”诗风一改婉约之风，显示出了一种悲壮的英雄气概，显示出了李清照不愿作亡国奴的愤慨之情。与诗词领域的创作倾向类似，南宋初期的骚体文学创作也体现出了对社会现实的极大关注，文人们除了极力表达国家灭亡的哀痛之外，还深刻反思亡国之灾的原因，对于南宋小朝廷不思进取的偏安心态及昏庸腐败的统治，也表达了强烈的愤慨。这些充满了哀怨愤懑之情的乱世悲歌充分体现出了南宋文人的爱国情怀。

等句也充分体现出了曹勋不惜一死、为雪国耻的强烈愿望。《北渡》是曹勋北渡进入亡宋之地后所作，初离京都之时的慷慨悲壮已被物是人非的哀伤凄凉所取代。面对江山易主、今日非昨的残酷现实，看到昔日子民的悲惨生活，亡国之悲，灭国之痛溢满于胸，悲不自胜。《北渡》曰：

晨起揽辔，忍临故汴。所过郡邑，人物皆汉。惨神都兮东入，望双阙兮魂断。泣经旧止，路人惊盼。怅予怀兮靡陈，岂止《黍离》之叹！麾拂全赵，旌掠燕雁。指扶桑兮万里，值隆冬兮雪漫。寒几堕指，噤欲神散。涉辽河兮航浑同，逾御林兮抵春甸。虏方大为海东青之击，插天鹅毛血以自荐。

作者早晨出发，经过故都汴梁。自己所过的郡邑，都曾经是宋人的国土；自己看到的人，也都曾是大宋的子民。但现在都已沦为金土金奴。望着旧时都城的城楼，忍不住泪流满面。物是人非的凄凉景象使骚人心中荡起一片片涟漪，又涌起一阵阵心酸。“惨神都兮东入，望双阙兮魂断”句将作者经过汴梁时的屈辱凄凉心境，展现的淋漓尽致。“泣经旧止，路人惊盼”句中把那些遗落在北方汉人的无助、凄楚充分展现了出来。金人占领了汴梁之后，只见汉人南渡避祸，不见王师北上定边，现在这些留在故土的汉人看到南宋朝廷的使节队伍北上，无不惊讶。曹勋看到这“路人惊盼”的情形何尝不明白其中的哀怨与忧伤，心中的酸楚伤痛又增添几分。于是感叹黍离之悲，惆怅难抑。过了汴梁，到了寒冷的北方，萧条的环境与心中的哀伤使自己“噤欲神散”，最后在恍惚之间，终于抵达金朝。这篇《北渡》可谓字字血、声声泪，把南宋文人的亡国之痛充分的展现了出来，那是一种欲说还休、充满了屈辱与酸楚的裂肤之痛。

南宋初年，表现亡国之痛的作品还有很多，如李纲的《仲辅赋西郊见寄次韵作南征赋报之》、李处权的《梦归赋》等等。这些充满血泪的哀国殇之文，字里行间充满了对故国的不舍和对现实的叹息，体现了北宋灭亡给文人带来的心灵创伤。

二、亡国之灾的反思

北宋的灭亡使很多有识之士心痛不已，他们对北宋朝执政的失误之处予以了深刻的反思，对于高宗的执政之失也有所议论，他们不遗余力的利用文学的社会作用来劝谏当今，试图使统治者们汲取前朝的教训，放弃不思抵抗、偏安一隅的投降路线，避免重蹈北宋的覆辙。

胡寅（1098—1156），字明仲，学者称致堂先生。胡寅乃是徽宗朝宣和三年（1121）的进士，靖康之变后，弃官归，南宋建立后，他又在高宗朝任职。胡寅经历了宋朝三代皇帝，亲眼见证了北宋的覆灭，作为前朝遗老，他对北宋执政的得失有着深刻的认识。北宋灭亡，南宋建立，经历丧乱的胡寅创作了长篇骚体《原乱赋》，洋洋数千言，直指前朝的统治之失，体现出了其对历史的反思。胡寅在开篇先表达了对远去故国的怀念之情，抒发了自己客居他乡及羁旅情怀。此后胡寅曰：

> 蹇四方而靡骋兮，民曷罹此怒也！岂天运抑人事兮，吾未闻其故也。悼历阶之方梗兮，谁不仁而落基？泝颓波以讨源兮，我有云君其听之。

作者在感叹北宋的灭亡，给人民带来了深重灾难的基础上，对造成丧乱的根由提出了质疑，并“泝颓波以讨源”，要追溯历史，讨论亡国之灾的缘由。接下来，胡寅用大段的篇幅对北宋之所以灭亡的原因，予以了详细的论述。胡寅共列举了亡国的六条原因。首先第一条是徽宗的好色误国。《原乱赋》曰：

> 监自古与在昔兮，懿哲后之御极。俨动作于威仪兮，起风化于衽席。故妹喜、妲己兮，灭夏商之祀，飞燕、太真兮，倾汉唐之国。何覆辙之荒忽兮，迩声色而纵极。曼三十六宫之蛾眉兮，承倩盼而弗怿。……三纲荡而沦胥兮，此所以启乱萌者一也。

作者考察古今之历史，指出君王应该有威仪，以教化天下。接下来，作者列举了妹喜、妲己、赵飞燕、杨玉环等人的历史典故来说明那些宠信女色的君王因纵情声色，不事朝政，而最终导致了亡国的悲剧。此后，作者又说明了北宋时期的后宫纵情享乐，导致了国家的纲常动摇，为丧乱埋下了隐患。根据历史的记载，徽宗的确是一个无心朝政、纵情声色的昏庸黄帝，北宋被破之时，其后宫竟有佳丽六千余人，可见其贪慕美色而祸国之弊。胡寅提到的第二条原因是统治者因大兴土木，而劳民伤财，使天下不得安宁。《原乱赋》曰：

崇倾宫与瑶台兮，鸠班输与工倕。土贾埒于粟帛兮，木林蔽于河渭。粲珠宫与贝阙兮，耀金涂而玉砌。沙堂方连以蛾绿兮，网户缥缈而朱缀。矗穹窿而交罩兮，界夭邪而鳞次。……嗟赤子之流离兮，或风雨之无庇。竟不得以托处兮，此所以失土宇者二也。

作者叙述了北宋末年大兴土木，修筑宫殿台阁的奢华浪费。而朝廷在修筑这些享乐之所的同时，平民百姓却流离失所，“风雨之无庇”。这样强烈的反差使民怨沸腾，造成了国家局势的动荡。北宋末期，民不聊生，揭竿而起者连绵不断，这无疑加速了北宋王朝的灭亡。胡寅提到的第三条原因是徽宗在军事上的一系列失误，导致了国力受损，直接导致了金人的趁虚而入。《原乱赋》曰：

事远略于四陲兮，辟疆境而孔贪。收夜郎于已弃兮，指青海而必戡。建石泉于成都兮，置真、播于巴濮。……军旅动而绎骚兮，民呻吟而弗堪。窃弄兵于潢池兮，绣衣斧以断斩。又使讲于强敌兮，航东海以扬帆。遂渝盟而北师兮，授兵符于老阉。罄大农之陈陈兮，饱虓虎之饥馋。……乖皇祖之仁术兮，换幽蓟以帑缣。府厩何知于璧马兮，称庆之觞犹未衔。通烽火于甘泉兮，突骑已漫乎关南。隳庙祏其何救兮，猎九土而血染。微道德之安强兮，此所以不戢而自焚者三也。

作者对北宋末期一系列在军事外交上的失败予以了批评。连年的征战使百姓苦不堪言；而用兵之际又不能知人善任，所用非人导致失败；对觊觎大宋江山的列强，不思抵抗，反而以财帛换和平。这一系列的昏庸举措都是北宋最终灭亡的直接或间接原因。“此所以不戢而自焚者”句，说明作者认为北宋王朝的覆灭，根本原因不是外部的入侵，而是自己内部的种种昏庸政策之下的自毁长城，自取灭亡。的确如胡寅所说，北宋时期不乏名将贤臣，然而由于宋徽宗的昏庸无能，不能善加利用，结果导致这些有志之士空有一腔报国之志，一身御敌治世之能而不能施展运用，最后只能眼睁睁看着国家走向灭亡。此后，胡寅又列举了徽宗搜集花石、建艮岳而致民怨沸腾；深信道教而荒疏政事；任用阉人童贯而使朝纲败坏三条理由来说明北宋灭亡的原因。这六条基本上都是从统治者的角度来展开反思的，《原乱赋》的后半部分，胡寅则是对王安石变法为国家统治带来的危害予以了详细的申说和深入的批判。《原乱赋》曰：

昔愿治而更化兮，荆舒秉夫国政。诋先后之持循兮，肇欲新夫邦命。憎鼎鼐之敦古兮，工凿之而锻销。悦郑卫之利耳兮，罢希夷之咸韶。陈王度以法律兮，兴太平于聚敛。恶私藏之削国兮，曰民富尔何僭？日剥割而月朘兮，民岌岌其愁阽。城高危而复隍兮，此损下而为渐。饰六艺以文奸言兮，假皇威而敷之。示好恶以同俗兮，蒙一世而愚之。

作者对王安石掌权以后推行行政的种种弊端予以了痛斥，作者认为王安石之新政破坏了传统，对国家风气造成了不良的影响，对人民生活造成了负担，这些都是破坏国家根基的做法。接下来，胡寅又把王安石的继承者蔡京等的执政弊端予以了深入的揭露。胡寅对王安石新政的批驳带有一定的政治色彩，不够全面，但其敢于指出前代执政之弊的勇气还是值得赞许的。一篇《原乱赋》近四千余言，尽管不足以道尽北宋灭亡的全部原因，但胡寅对亡国之灾的深入思考体现了宋人痛定思痛，总结历史教训的决心。胡寅最后说“天道周如循环兮，治与乱必因续”，可见他是希望通过对丧乱的总结，使当今之世能够以史为鉴，励精图治，其用心可谓良苦。

其他对北宋丧乱历史反思的作品如史浩的《葬五世祖衣冠招魂辞》，这是一篇祭奠追念先祖的文章，大部分的内容是对祖先功业的追颂。但其中有一部分描写其先祖忧患意识的内容，透露出了史浩对北宋灭亡原因的反思。史浩在《葬五世祖衣冠招魂辞》中说道：

> 当宣和之全盛兮，风俗穷奢而极侈。立州桥而岧峣兮，不觉唏嘘而流涕。乃拂袖而出关兮，归即谋于避地。众方骇其无伦兮，曰盛极乱危之必至。及塞马之南牧兮，中原群盗如蜂蚁。人始服其先见兮，竟以忧国而亡矣。

史浩借先人之口，说明了北宋的灭亡乃是盛极而衰的缘故。宣和年间的全盛局面，使奢华浮靡之风兴起，过度的奢侈浪费使国力由盛转衰，再加上“塞马之南牧”即北方少数民族的不断南侵，“中原群盗如蜂蚁”，北宋国内起义不断，盗贼横行。北宋朝廷就在内忧外患之下，最终走向了覆灭。史浩对北宋灭亡原因的思考，颇有见地。李纲的《吊国殇文》是一篇悼念死去将士的哀祭文章，其中透露出李纲对战争失利、朝廷政策的反思。宣和元年，徽宗用兵西夏，熙河帅刘法全军覆没，朝廷以违节制罪之，不加赠恤。李纲对此深感不公，作文以表祭奠，并述说不满。文章在前半部分，描述了战争的艰难，和士兵们顽强战斗的忠烈精神。此后夹叙夹议，表达了自己对朝廷不恤将士忠烈的不满，李纲曰：

> 岂有肝脑涂地，身首分披，执干戈以卫社稷，援枹鼓而死边陲，忘其大烈，据此细微！纵一帅之有罪，顾三军之曷知？赠吊不及，赙赗不时。没者已矣，生者长悲。其何以励封疆之臣，而慰边人之思？

作为北宋时期主战派的代表人物，李纲对将士征战之苦有切身的体会，他认为战争虽然失败，宗室主帅有罪责，但三军将士肝脑涂地，为国捐躯，应该得到赠恤。如若不然，则无法“励封疆之臣”、“慰边人之思”，这实际上是李纲对徽宗执政中的弊端予以了指责。最后李纲又说明了此次战役的失利乃是统治者“手握国钧，功罪莫实，赏罚不伦”而致使军中“掣肘絷足，智谋曷伸”固有“彼九节度之师，所以皆败者”，这是李纲对北宋时期军政方面弊端的指摘，体现了其对国家政事军事的深入思考。

北宋遗民对北宋灭国原因的总结具有相似之处，如朝廷的奢华之风、在军事上的失策、国内的种种矛盾等等，这说明北宋末期的政治弊端是非常突出而明显的。南宋文人对历史的反思与总结突破了宋末文人沉潜内敛之风的束缚，他们以大无畏的精神直指北宋统治之弊，希望当今朝廷能够励精图治，复国强民。然而可惜的是，这些以史为鉴的逆耳忠言并不能引起南宋统治者的重视，他们依旧延续了北宋末年的腐朽统治与投降政策，这使这些有志之士的济世良言只能成为宣泄忧愤情绪的一纸空文，难以付诸现实。

三、腐朽统治的愤慨

南宋建立后，依旧面临着外族强大的压力。面对金朝的咄咄相逼，统治者仍然不思进取，无心反抗，南宋初文人洪迈在其《容斋随笔》中说道："邓艾伐蜀，刘禅既降，又敕姜维使降于钟会，将士咸怒，拔刀斫石。魏围燕于中山既久，城中将士皆思出战，至数千人，相率请于燕主，慕容隆言之尤力，为慕容麟沮之而罢。契丹伐晋连年，晋拒之，每战必胜。其后，杜重威阴谋欲降，命将士出陈于外，士皆踊跃，以为出战，既令解甲，士皆恸哭，声振原野。予顷修《靖康实录》，窃痛一时之祸，以堂堂大邦，中外之兵数十万，曾不能北向发一矢、获一敌。端坐都城，束手就毙！虎旅云屯，不闻有如蜀、燕、晋之愤哭者。"① 南宋抗金名将宗泽就曾上书提出，宋高宗即位以来"今四十日矣，未闻有所号令作新斯民"，并进一步指出，宋高宗的所作所为，"是欲蹈西晋东迁即覆之辙尔"②。宗泽指出了宋高宗无心政事，一心只想逃往江南的想法。然而昏庸无能的宋高宗，对这些振聋发聩的忠言充耳不闻，不仅如此，其还对主战派的李纲、岳飞等人排挤打压，甚至不惜以"莫须有"的罪名害死岳飞以维护自己的逃跑路线。不仅如此，昏庸无能的宋高宗在南宋局面稍加稳定之后，即开始不思朝政，贪图享乐，完全不顾及国计民生。南宋初年的有志之士，对赵宋集团的腐朽统治，深恶痛绝，他们充分利用骚体文学的怨刺功能，创作出了不少针砭时弊的骚体文学作品，表现出了对南宋初年腐朽统治的极大愤慨。

李纲（1083－1140），字伯纪，是南宋主战派名臣之一。北宋末年，在金人兵临城下的危亡时刻，他组织领导了著名的汴京保卫战。南宋建立后，他曾官

① 洪迈：《容斋随笔》卷十六，上海古籍出版社，1987年

② 《三朝北盟会编》，《四库全书》本，卷一百零八

至宰相之位，坚决主张抗击金朝的侵略，反对屈膝投降。清钱谦益云：“忠臣志士之文章，与日月争光，与天地俱磨灭……有南北宋金元之乱，则有李伯纪之奏让，文履善之《指南集》。”[①] 南宋初年，关于是和是战的论战十分激烈。李纲作为主战派的代表人物，与以宋高宗为首、以黄潜善、王伯延为代表的投降派进行了针锋相对的斗争。但由于他的复国主张一再触怒统治者，再加上他忠直的个性对朝中权贵多有得罪，李纲遭到了投降派极大的排挤和污蔑，最终只在宰相之位上任职了七十五天，即遭贬谪。李纲遭贬后，谪居于荆湘之地。荆湘一带乃是屈原遭贬时所居之地，李纲与屈原类似的政治遭遇，使他对屈原有了很大的认同感，《湖海集·序》称：

余旧喜赋诗，自靖康谪官以避谤，辍不复作。及建炎改元之秋，丐罢机政。其冬谪居武昌，明年移澧浦，又明年迁海外。自江湖涉岭海，皆骚人放逐之乡，与魑魅荒绝非人所居之地，郁悒亡聊，则复赖诗句摅忧娱悲，以自陶写。每登临山川，啸咏风月，未尝不作诗，而嫠不恤纬之诚，间亦形于篇什，遂成卷轴。

怀才不遇的幽愤情绪、国家破亡的深沉忧虑，再加上南国高山大川的激发，李纲也成为了一个不折不扣的“骚人”。李纲创作了十余篇骚体，反映这类骚怨之情的有《拟骚》、《吊国殇文》等几篇，这些骚体充溢着浓郁的情感，很好的继承了骚体抒情的传统。《拟骚》和《续远游赋》是李纲遭贬后，仿照屈原的骚体而创作的两篇骚文，表达了自己与屈原相类的对朝廷的腐朽统治与群小的弄权误国的愤慨之情。李纲在《拟骚序》中这样说道：

昔屈原放逐，作《离骚经》，正洁耿介，情见乎辞。然而托物喻意，未免有谲怪怨怼之言，故识者谓“体慢于三代，而风雅于战国，乃雅颂之博徒而词赋之英杰”，不其然欤！予既以愚触罪，久寓谪所，因效其体，摅思属文，以达区区之志。取其正洁耿介之义，去其谲怪怨怼之言，庶几不诡

---

① 钱谦益：《牧斋初学集》卷三十，上海古籍出版社，1985 年

于圣人，目之曰《拟骚》。

根据序言可知李纲作这篇骚体的动机是触罪遭贬之后，借屈原之骚体来浇心中块垒。李纲对于屈原那些“谲怪怨怼”之语并不赞同，但对于屈原的正洁耿介之情是充分认同的，这与北宋文人对屈原的批判继承如出一辙。李纲在此就是要借屈原之事来表达自己对朝廷腐朽统治的不满。在这篇拟作骚体中，李纲诉说了自己“带长铗而峨冠兮，锵佩玉而琚琼。纫兰荪之香洁兮，服蕙茝之芳馨”的高洁人格，接着又表达了对群小奸邪的愤慨之情：

悼奸邪之乱政兮，汩正理而不明。窃怀愤而郁结兮，每欲叩龙墀而力争。惟本朝之宽大兮，非有鼎镬斧钺之刑。何群公之噤嘿兮，咸卷舌而吞声。

李纲对那些乱政的小人表达了厌恶之情：这些小人把持朝政，混乱朝纲，作者虽然心怀愤慨，然而却不能改变现实。“每欲叩龙墀而力争”句体现了李纲的忠直品质，然而面对昏庸的高宗，即使是据理力争也不被理睬。“何群公之噤嘿兮，咸卷舌而吞声”句是李纲对那些明哲保身，置国家前途命运、正义公理而不顾的朝臣的大力批判。正是这些人的默不作声，不断妥协，才使这些乱政小人得寸进尺，肆无忌惮的破坏朝纲。此后李纲又借助对屈原等人的委婉批评表明了自己矢志不移的报国之心。《拟骚》曰：

悼屈原之沈汨兮，悲贾谊之不修。笑退之之戚嗟兮，悯德裕之穷愁。惟君子之出处兮，贵体道以周流。自任以天下之重兮，何一己之为谋。

李纲“悼屈原”、“悲贾谊”、“笑退之”、“悯德裕”，对以上四人面对困境时消极的态度都予以了否定，这里其实是影射批评那些明哲保身，唯唯诺诺的朝臣，不应以私废公，从而进一步指出君子应当以天下为重，不应该为了个人的得失而丧失济世报国之心。最后李纲在乱辞中说：

已矣乎！莫我知也。浮云蔽日兮，虹霓昼明。霜露降此芳草兮，百鸟寂而无声。恐美人之迟暮兮，岁道尽而峥嵘。侧身西望而叹息兮，心郁结而不平。心郁结兮何为，道既不可以散兮，敛而归之。惟静惟正兮，其殆庶几。吾方将與造物者为人兮，又安能跖咸彭之所遗。

李纲感叹自己不被人理解的痛苦，对浮云蔽日的混乱朝政表示了愤慨。“霜露降此芳草兮，百鸟寂而无声”句中，“霜露”指的是自己在仕途中遭遇的贬谪苦难，“芳草”是自喻，“百鸟”喻朝中百官。自己无辜遭贬，朝中却无人敢主持正义，这样的黑暗现实，怎不令人心生郁结，悲愤满怀。然而即便是这样的情况之下，李纲仍不忘家国之事，他并不认同屈原从彭咸而居的志向，而是坚持“道既不可以散”、“惟静惟正”的观念，表现出坚定的爱国之心。在这篇骚体中，李纲因忠遭贬，他对黑暗的现实充满了愤慨、对君主国事充满了忧虑，充分体现出了一代名相的忠愤之情。

南宋初期骚体中，这类表现有国难报的哀怨及对黑暗统治的愤懑的作品还有很多，如李洪的《双鹤赋》，这篇骚体是李洪对清洁忠言的胡邦衡的赞誉之作。胡邦衡即胡诠，绍兴八年胡铨因谏议和而被贬至福州，此后又遭秦桧迫害，移新州编管。李洪因作《双鹤赋》以表达对胡诠被贬的愤慨。李洪在文中通过对胡邦衡不被流言秽语所动的高尚品质的赞美，抨击了那些只知道搬弄是非、陷害忠良的朝中奸佞小人的丑态。其辞曰：“群犬狺狺以吠日兮……彼众口之烁金兮，竞儿柔而婢颜。”李洪将这些小人在朝中的声音说成是狗叫，对这些奴颜卑骨小人诬陷大臣的丑态予以了披露，由此可见李洪对这些奸佞之人的极度厌恶与愤慨。张侃的《归赋》表达了自己欲报效国家，却难遇明主，不愿与群小同流合污的愤懑情怀。其辞曰：

归乎归乎，踽踽凉凉，巧言令色也。怀宝迷邦，国之贼也。我心伤悲兮，日月于迈兮。觊王之政兮，万民永赖兮。一变而鲁，再变而道。

张侃虽然有着极大的哀怨之情，但在他内心深处还是渴望皇帝能够施行仁政，实现王道。张侃既有对朝廷的忠，又有对腐朽统治的愤，这种复杂的感情杂糅在一起，让骚人多了几分惆怅、几分迷茫。王十朋的《民事堂赋》对朝廷繁重的苛捐杂税进行了猛烈的抨击，表现出了对朝廷的无比愤慨和对农民的极大同情。

自骚体产生之日起，就继承了屈原在逆境之中敢于坚持真理、敢于反抗黑暗统治的精神。骚体文学中，往往体现出了一股深沉刚烈之气和一种顽强不屈的批判精神。骚体的这个传统显然不同于儒家明哲保身、温柔敦厚的处事原则，它体现出了中国文人主动承担历史责任的勇气。南宋初期统治者昏庸无能，政治统治腐朽黑暗，不少文人士子虽有报国之心，却得不到朝廷的重用和认可，再加上南宋统治者的奢侈淫逸，让这些有志之士义愤填膺，心中充满了愤懑之情。于是南宋文人充分发扬了骚体文学的怨刺精神，他们把充满有国难报的哀怨及对黑暗统治的愤懑之情倾注到骚体创作之中，创作出了饱含忠愤之情的不朽篇章。

第二节　恋土思乡的复国之望

面对北宋的灭亡和金朝的不断入侵，南宋文人们从内心深处渴望能够赶走金人，重建美好家园。亡国带来的阵痛，对故土的思恋之情，使南宋的爱国文人时时刻刻都处在痛苦的煎熬中，他们用诗、词、文等文艺形式倾诉着心中对故国故乡的怀念之气及强烈的复国中兴之望。在北宋时即有诗名的张元干，曾作诗表现了对钦宗割地求和的强烈不满。靖康元年（1126）他所作的《感事诗》称："贼马环京洛，朝廷尚议和。"表现出了作者对苟且偷生、投降主义的强烈愤慨。进入南宋后，张元干更是以创作豪迈奔放的爱国词作闻名。他在建炎三年乙酉秋吴兴舟中作《石州慢》："长庚光怒，群盗纵横，逆胡猖獗，欲挽天河，一洗中原膏血。"这充分地表现出了作者的收复失地，重建家园的强烈愿望。抗金名将岳飞创作的《满江红》，壮怀激烈，气壮山河，他驱除鞑虏，恢复中原的爱国主义热情激励着世世代代的爱国志士。南宋初期的文人，经历与屈原较为类似，同样是国破家亡，同样是有志难伸，因此，南宋初年的文人对屈原有高度的认同感，他们用骚体追思屈原精神，呼唤忠臣义士的出现，并表达了对故土的怀恋及复国中兴的愿望。南宋初期，北宋亡国之痛仍历历眼前，文人们经受丧权辱国的苦难之后，爱国主义热情被点燃，强烈的爱国情怀成为这一时期骚体文学的重要特征。

一、故国乡土的思念

金朝入侵，北宋灭亡，大量的北方文人被迫离开了故土，背井离乡来到了南方。陌生的人文地理环境使这些客居异地的文人心中缺乏归属感，于是对故乡的思念油然而生。然而过去亲切熟悉的家乡，如今却在金人的掌控之下，已是满目疮痍，由此又引发出对故国的思念。南宋初期的很多骚体文学中充满着文人对故国、家乡的无限依恋之情，他们极度渴望着能够恢复中原，收复失地，以解思乡之苦。

李纲是由北宋入南宋文人中的代表人物，虽然他是无锡县（今江苏省无锡市）人，但长年的仕宦生涯使其对北方这片热土饱含依恋之情。两宋之际，李纲一直是主战派的中坚力量，他一直积极呼吁抵抗金朝的入侵。但由于受投降派的排斥，李纲保家卫国的愿望还是破灭了。南宋建立后，高宗一度任命李纲为相，但同样是因为他的抗战主张与高宗的妥协投降政策多有冲突，因此多次遭到疏远贬谪。李纲有守土之愿，卫国之心，却只能眼睁睁的看着国土被蚕食，昔日的故都故土沦为他土，这使李纲痛心不已。南宋初期，李纲除了在政治上坚持呼吁朝廷光复中原并为之做不懈的努力之外，他还创作了不少骚体文学来表达自己对故国的思念和对故土的依恋情怀。他创作的骚体《仲辅赋西郊见寄次韵作南征赋报之》就表现出了对北宋王朝、对北方故土的怀恋之情。《仲辅赋西郊见寄次韵作南征赋报之》曰：

> 承嘉惠以南征兮，动去国之离愁。远故园而回首兮，惊岁华之再秋。览庐阜之环秀兮，俯大江之东流。登黄鹤而暇瞩兮，发孤照之寸眸。吞云梦于胸中兮，怀浙河于醉里。怅离群而索居兮，寄相思于一水。

李纲感叹时光的流逝，却是复国无望。登高而望，难见熟悉的故土，只能是醉梦中看到故国的秀美河山。故土难回，故国难复，李纲只能是将自己的复国梦付诸流水。这种难以排解的故国之思郁结在心中，痛彻心扉的思念反复地折磨着骚人的心灵，可以想见李纲是何等的哀伤幽怨，是何等地渴望能够恢复中原，重新踏上故国的土地。李纲的《秋风辞》同样是感人至深，其辞曰：

> 秋风起兮黄叶飞，远客异土兮未能归。白露降兮悴众芳，怀美人兮怅难忘。变星霜兮阻河山，风异乡兮水增波。遡明月兮发浩歌，群阴积兮浮云多，岁聿云暮兮奈愁何！

这篇辞以悲秋为主题，其中还寄托了李纲对故国故土的思念之情。作者以秋风起，落叶纷飞的凄凉景象起兴，表达了背井离乡不能归故里的惆怅；江河山川的重重阻隔，阴云遮月的凄凉景象使作者难以排解心中的愁绪，只能无可奈何的叹息连连。“悲秋”是骚体中的一个重要主题，但不是每一首悲秋辞都这么寄托深远，情深义重。李纲将故国之思与悲秋主题相融合，倍增哀怨忧郁之气。李纲还有一篇《江上愁心赋》，将渴望复国的豪情都渗透到了其中。其赋曰：

> 巨盗乘间以窃发兮，意欲窥东南以负固。烦王师之出征兮，戈甲照于江渚。举太山以压卵兮，何狐雏与腐鼠。顾生灵之不幸兮，一时困于豺虎。

李纲将金朝说成豺虎之类，蔑视之意显而易见。“王师出征”、“戈甲照于江渚”等句表现出了李纲慷慨激昂的英雄气概和收复失地的决心。李纲的骚体中所体现出来对敌人的痛恨与对故土的思念形成了鲜明的对比，充分表达出了他的爱国情怀。

李处权（？—1155），字巽伯，号崧庵，洛（今河南洛阳）人。宣和中与朱敦儒俱以诗名，建炎末南渡，辗转于江西、福建、江苏、浙江等地，与当时许多诗人皆有交游及诗歌酬唱，今存有《崧庵集》六卷。作为南渡的诗人，他的很多诗作反映了战乱带来的背井离乡之苦，他有四篇骚体存世，其中《梦归赋》一篇表现了强烈的思念故国故土之情。《梦归赋》引曰：

予洛人也，既更衰乱，奔窜潜伏，烟尘阻绝，身世相吊，遑遑羁旅之忧，忽忽乎岁月之久也。迟暮良苦，一夕梦归故里，顾经于目而历于耳者，憯不胜乎其悲也。

李处权的故乡是洛阳，自古洛阳乃是兵家必争之地，正是战乱频仍之所。从序言中可以看出，李处权在战乱之中，四处躲藏兵祸，然而随着战火的不断蔓延，无奈之下，他只能离乡南渡。离乡背井的岁月度日如年，故乡只能在梦中才能相见。李处权亲身经历战乱、离乡之苦，他对故国故土的思念无比深重。他在《梦归赋》正文中全面的展现了自己的思乡之情，其文曰：

梦故国之圮城兮，陟曲隅之欹亭。俯伊洛之蜿蜒兮，仰嵩少之峥嵘。痛一矩之焦土兮，彻云汉以宵赪。吊瓦砾之塞路兮，失厦屋之连甍。蓊草木之丛灌兮，骇鸟兽之悲鸣。

战火所到之处，房屋城郭都化作了一片灰烬。残破的城墙，将要倒塌的亭阁，无边的衰草，满目的荒凉。战争的残酷不仅给人类带来了巨大的灾难，就连鸟兽也因战火的侵袭难以存活。这是一个何其凄惨的景象，而这样的遭遇就发生在这些南渡文人的身上，发生在他们出生生长的土地之上。李处权的描写真实地还原了那个烽火连天、尸横遍野的战场景象，让人触目惊心。透过这些渲染，可以看到作者滴血的内心和对故土无比的眷恋之情。在描述了战乱带来的伤痛之后，李处权又表达了强烈的恢复故国、返回故土的愿望。《梦归赋》曰：

皇哉我朝兮，遹德事之追前圣也。伟恢复之鸿业兮，眷上帝之所命也。陋玄肃而不算兮，抗宣光之与并也。席成基以永固兮，膺宝运之方竞也。观兹鼎之复出兮，奄旧宅而果盛也。

李处权希望南宋政府能够恢复“鸿业”，表现出了强烈的复国之愿。南渡文人往往心灵上经历着双重的创痛：一是对故国故土的深深眷恋，一是复国愿望的日夜煎熬。李处权就是这类文人的典型代表，他的骚体也恰恰体现出了这两种情怀。

胡寅的《原乱赋》虽然是一篇以总结反思历史为主的说理骚体，但其中也有对故国故土的思念之情。胡寅先是在《原乱赋》中表现出了对宋玉的追念，“伤春心乎江南兮，怀《九辩》乎三湘。”他借对宋玉的追思来寄托自己远离故国的悲凉。接着他直抒胸臆，抒发了自己强烈的故国之思。《原乱赋》曰：

> 莽苍梧之愁予兮，顾洞庭而浩汤。计北归之几时兮，誓南征而彷徨。星攸拱必北辰兮，客子怀惟故乡。虽山川之信美兮，非吾土可以安翔。

胡寅念念不忘复国，渴望有朝一日能够北归故土。身在他乡，却情系故土，虽然南方山清水秀，但却不是自己的家乡。这种无奈的愁思萦绕在作者心头，周围是阳光明媚、鸟语花香，可在作者的心中却是冷若寒冰，凄苦异常。

南宋初年因文人遭遇亡国之乱，而被迫南迁，由此怀恋故国、思念乡土之风大兴。由于南宋朝廷始终未能收复失地，光复无望，文人们渴望北归的愿望始终没有实现，因此这种怀恋故国故土之风不仅在南宋初期盛行，其在整个南宋时期都不断出现，如南宋中后期文人姚勉的《秋怀赋》，以悲秋为主题，作者以思妇对征夫的思念为线索，寄托了自己对故国的思念。其文曰：

> 想征夫兮天涯，岁月悠兮未归。怀故乡兮千里，羌目断兮魂飞。

怀恋故乡，遥望而不可及，表现出了作者对故土深沉的思念之情。此后姚勉又吟唱到：

> 檐雨兮浪浪，寐复寤兮宵长。西风兮雁行，梗泛泛兮异乡。望家山兮飞云，明月思兮故人。我不如兮季鹰，思鲙鱼兮羹莼。孰有山兮可耕，孰有溪兮可钓。愿从子兮是间，一登临兮长啸。

长夜漫漫，思念不息，辗转反侧，可见诗人一直在痛苦中煎熬。“孰有山兮可耕，孰有溪兮可钓”表现了身在异乡的孤苦无依之感，“我不如兮季鹰”也体现出了心中无限的悲凉。可见，远在他乡的文人在凄凉的清秋季节，的确难以承受这种挥之不去的思念故土之情。其他如晁公溯的《朝山堂赋》、郑思肖的《泣秋赋》、高似孙的《越王台》等等，都体现出了一种怀念故国、渴望收复失地、重建家园的情怀。

南宋文人，经历着亡国之痛、南渡之悲，一旦受到外物的激发，难以抑制的故国之思就奔涌而出。身在他乡为异客，如浪梗浮萍般的漂泊生活让他们受尽煎熬，南方的锦绣江山没有给他们带来丝毫的欢乐，反而是让他们乐景思哀，倍增哀意。对故国的眷恋，强烈的乡土情结，使他们备受思念的煎熬。去故土万里，却没有一日可以忘怀，时时刻刻在想着恢复中原，重返故土。但懦弱腐朽的南宋朝廷，不思进取，苟安度日，收复失地、恢复中原只能是停留在口头上的说辞，永远没有实现的可能。南宋文人注定会抱憾终生，他们回归故土的愿望，也只能是在梦中实现了。

二、爱国精神的高扬

爱国主题在中国文学发展史上源远流长，可以说是一个永恒的话题。每逢国家危机存亡之秋，这类主题的文学就会放射出耀眼的光芒。从屈原时代开始，一直到杜甫、李纲、陆游直至近代，这种爱国情怀的流露从来就没有中断过。北宋末年，由于党争的损耗与政治的腐败，消极避祸的风气弥漫了整个朝廷。北宋末期的赵宋集团几乎是一盘散沙，以至于在金军南下的时候，几乎没有遇到什么像样的抵抗。宋人罗大经在其《鹤林玉露》中说道："本朝靖康之祸，勤王之师，至者绝少。纵有之，率皆望风奔溃，不敢向贼发一矢。"① 南宋建立后，高宗基本延续了徽钦二宗的投降路线，面对金人的紧逼，节节退败，不思抵抗，低落的士气充斥朝野上下。南宋初期的有志之士对这一现实状况充满了忧虑，他们奔走疾呼，用赞扬爱国精神和歌颂报国之举的形式来呼唤忠君爱国思想的回归。南宋初期的骚体文学中，出现了不少以赞美追颂屈原和赞扬当今的爱国义举为主题的作品，充分体现出了南宋文人对爱国主义精神的高扬。

屈原创造了骚体，其崇高的爱国精神和高尚的品格对后世有着积极而深远

---

① 《鹤林玉露》，文渊阁《四库全书》本，卷一

的影响，刘勰《文心雕龙·辨骚》中评价屈原说："其衣被词人，非一代也。"南宋初期的骚体文学有一个重要的主题就是赞扬屈原在艰难处境之中的爱国精神，南宋文人对屈原精神表示了极大的认同，他们以追颂屈原的形式来号召世人学习屈原的忠君爱国情怀。王灼，字晦叔，号颐堂，遂宁（今四川潼南西北）人，两宋之际的著名文人。其《吊屈原赋》是一篇怀念屈原，借古讽今的作品。其文曰：

> 涕溷溷以賈册兮，恫忠洁而不伸。岂天监之沕默兮，将楚祀之遘屯。勋绩罔究毫末兮，遽蒙斥而湮沦。粤权舆之神化兮，畀斯人以灵智。胡廓落之巨邦兮，庸孑纷其一揆。邈先生之修能兮，踔群曹而特异。奉渥德以专衡兮，愿委质而自试。妍蚩错以相形兮，为众情之攸忌。

王灼首先对屈原表达了追思之意，之后对他的忠洁精神予以了赞颂。"邈先生之修能兮，踔群曹而特异"等句体现出作者对于屈子的忠愤之志以及后来遭受排挤、有志难伸的悲惨之境，有着极大的同情和愤慨。王灼反观历史，驰骋回忆，仿佛回到了屈原所处的那个时代，感受着同屈子一样的怨愤、无奈和凄然。当时楚国的妍媸相错，善恶同出，正人君子总是受到奸佞之人的排挤、打压甚至迫害；皇舆颠覆，奸佞纵横；乌云蔽日，混沌不堪。千年之前的楚国境况与当前南宋的现实状况是何等的相似。王灼对屈原的追思，对楚国那段历史的回忆，一方面表达了对屈原的同情，另一方面则是影射南宋初期，政治昏庸、奸臣当道的社会现实。文章的字里行间都充满着作者对混乱现实的极度不满和难以宣泄的怨愤和痛苦。在追颂了屈原的忠洁之志后，作者又将屈原的忠君爱国的高尚情怀与现实中的颓靡士风并举，进一步说明了屈原精神在当代回归的必要性。《吊屈原赋》曰：

> 嗟先生之耿光兮，贯宇宙而愈章。世或操其异说兮，疑先生之罹殃。惟屈氏之于楚兮，偕高阳之苗裔。历九州而从仕兮，谅非予之夙志。虽屏弃而日远兮，犹飞心于华轩。睎故都之将颓兮，忍静默以自全！怀先生于久远兮，念叔世之愈薄。小不能死封疆兮，大不能死社稷。习柔媚以图安

兮，睨其君如国人。进靡闻于抗直兮，矧退为之陨身。抑高风之难嗣兮，独以是钟于先生。

斯人已去，但其精神长存。“世或操其异说兮，疑先生之罹殃”句是王灼批评世人对屈原的怀疑批判态度。宋人对屈原不知明哲保身，投水而死的刚烈行为多持批判态度，王灼在此则是对屈原予以了赞扬。“历九州而从仕兮，谅非予之夙志。虽屏弃而日远兮，犹飞心于华轩”等句是作者进一步赞扬屈原虽身处江湖之远，却始终不忘国家，不忘朝廷的忠贞情怀。“睎故都之将颓兮，忍静默以自全”句是以反问的形式来说明，屈原看到楚国被灭，不愿忍辱偷生“静默以自全”，而是选择了投河自尽这样忠烈的方式来报效国家，为国尽忠。在此，作者是再一次明确赞扬屈原的舍生取义的爱国情怀，其目的是抨击南宋初期那些看到国破家亡还保持缄默，明哲保身的“静默以自全”者，他们为了自己的私利而置国家大义于不顾，这与屈原精神相比，差之千里。最后作者对当世文人的颓靡士风及其对国家之事的冷漠予以了猛烈的抨击，王灼说这些人“小不能死封疆兮，大不能死社稷”，可谓一无是处。这些小人“习柔媚以图安兮，睨其君如国人”，作者批评那些缺乏士大夫气节之人，习惯了贪图安逸，对君王不敬，对国家不忠。这些人只知明哲保身，不思报效国家。“抑高风之难嗣兮，独以是钟于先生”是作者感叹后世屈原爱国精神的缺失。王灼把屈原的时代与南宋初年的时代相比，更把屈原的忠烈节义与当世的颓靡之风相比，其目的不言而喻，即王灼要借古讽今，呼唤屈原爱国精神在当世的回归，以改变现实中消极避祸的不良风气，进而重振士气，收复失地。整篇骚体，都是意在言外，作者可谓用心良苦，充分显示了他对爱国主义思想回归的殷切希望。南宋骚体中李纲的《拟骚》、《续远游赋》；周紫芝的《哀湘累赋》等，都从不同的角度呼吁屈原爱国精神的回归，这些都是南宋初年的有志之士为挽救国家命运所做的不懈努力。

除了呼唤屈原精神以外，南宋初期骚体中，还出现了一些赞颂忠君报国义举的骚体，这类骚体一方面体现出了文人们对爱国之举的高度推崇；另一方面也体现出了他们试图借此树立典型，以号召更多的有志之士参与到报国救国的行列中来。崔敦礼的骚体诗《北山之英》是一首战争题材的诗篇，作者对将士们慷慨赴国难、英勇杀敌报国的英雄气概予以了高度的赞誉。其诗曰：

强敌骄兮晋多垒，忽登山兮望廷尉。风霾兮杀气昏，突枪檑兮乱钩陈。予君麾兮从君钺，战陵西兮捍溪栅。虹食垒兮火焚旗，公之死兮去如归。公有子兮愤争先，勇没地兮羞戴天，父死忠兮子忠孝，令名扬兮日月照。物有始兮岂无终，得所归兮孰如公。喜幸生兮畏义死，语呢呢兮顾妻子。草木尽兮粪土委，闻高风兮汗流趾。

这篇骚体是以战场为描写对象的，这类题材在宋代的骚体文学中十分少见，这是特殊时期所出现特殊题材，从一定程度上说明宋人对浴血疆场、收复失地的极度渴望。作者开篇描述了强敌压境的紧张局势，“风霾兮杀气昏”句渲染了一种悲壮萧杀的气氛。杀气冲天、刀光剑影的战场，没有哀怨的低吟，只有争先杀敌的豪情和视死如归的悲壮。“公之死兮去如归”“公有子兮奋争先”都体现出了这种慷慨赴国难的如虹气势。“父死忠兮子忠孝，令名扬兮日月照”是作者激励世人要向这对英雄父子学习，父子齐上阵，为国尽忠；父死子继，为父尽孝，这样才能名垂青史。这篇骚体如同一篇战斗檄文，鼓舞人心，提升士气。将士们英勇杀敌的忠勇刚烈和敢于为国捐躯大无畏精神无疑为世人树立了榜样，这样的爱国情怀值得高度赞扬。喻汝砺的《卮酒词》是一篇凭吊为国捐躯的忠勇之士刘韐的骚体。刘韐是北宋末年的朝中重臣，多次为朝中立下赫赫战功，抗金名将岳飞就是被刘韐慧眼识珠，征召入伍的。靖康之难后，刘韐被迫出使金朝，金人知刘韐为良将，欲劝降用之，但遭到了刘韐的严词拒绝，最后刘韐留下表忠节的遗书，悬梁殉国。喻汝砺这篇骚体即是为赞扬刘韐忠贞守节、为国捐躯的高风亮节而作。其文曰：

于乎壮哉！惟若人之音制兮，走初不得望其清尘也。迨其凛然而引决兮，走固不得挽其冠缨也。意胸中之睟精，窾浑沌于无形。泻天潢之绝派，独虑浊而取清。于是尽得比干、弘演、莫敖大心之肝胆，与夫缩高、仇牧、棼冒勃苏志髓筋。奋温序、张巡、颜杲卿之须发兮，傲田单、易甲、王子闾之刀兵。

作者把刘韐清忠的高尚节操予以了高度的赞扬。接下来又列举了古代的贤人志士，说明了刘韐是继承了这些人忠勇为国的优良品质，才有舍身为国的壮烈义举。喻汝砺用对比古人的方式来赞美刘韐，一方面固然是对刘韐的高度肯定，另一方面也是借以阐述忠勇为国是自古以来的传统美德，以号召世人继承和发扬这一优秀的传统。两宋之际像刘韐这样的忠义之士并不多见，作者歌颂他舍生取义的爱国情怀是试图呼唤南宋朝中涌现出更多像刘韐一样的忠勇之士，为国效力效忠。

其他高扬爱国主义精神的作品还有李纲的《吊国殇文》、李焘的《南定楼赋》等等。南宋初期的文人，身处乱世，经历着血与火的洗礼，他们面对外来的民族压迫、面对国内的腐朽统治，忧心忡忡，迫切希望重振国家风气，恢复中原。因此他们用骚体文学来颂美忠烈，赞扬节义，创作出了饱含爱国情怀和报国之心的不朽篇章。

三、中兴复国的渴望

南宋建立之后，很多人把中兴复国的愿望寄托在以高宗为首的新一代统治集团身上。他们希望统治阶层能够以史为鉴，励精图治以复兴大宋昔日的繁荣局面。然而由于高宗的昏庸无能，复国中兴遥遥无期，文人们不得不通过各种途径大声疾呼，以期能够唤醒当权者与日渐麻木的民众，为宋王朝的再次复兴作出努力。南宋初期的骚体作品中，这种中兴复国的呼吁十分常见，文人们的复国渴望与现实忧虑掺杂在一起，往往表现出一种焦虑而又深沉的情怀。

晁公遡，字子西，钜野（今山东省巨野县）人，生卒年均不详，约宋高宗绍兴中前后在世。晁公遡是由两宋之际的南渡文人，其对中兴复国的愿望十分强烈。他曾作自述身世的《悯孤赋》，叙述了金人入侵，父亲在逃亡途中殒命，自己南渡入吴的悲惨遭遇，表达了强烈的复国中兴之愿。这篇骚体开篇曰：“有卫氏之君子兮，鼻祖肇绪于初度。灵根大于元庄兮，益植德而垂裕。”这是效仿屈原《离骚》的作法自述身世。正当作者沉浸在天伦之乐中时，“犬戎忽其吠尧兮，肆龋啮犹未果”，金人入侵，打破了平静的生活。于是“倚东藩以出奔兮，日重趼而百舍”，然而在逃亡的途中，父亲不幸去世，这给作者带来了巨大的打击：

前茅蹶于宁陵兮，胡天命之不假？独立而弥厉兮，遂结缨于此野。夫差悼于动阖兮，岂忘越之伤指？眕盱啜泣于下陨兮，宁蹈敌以偕死？余杀身其非难兮，实有慕于申子。眷欲留此故都兮，怀维桑之攸止。

据史载，晁公遡与其父兄在靖康年间从汴京出逃，流落到江浙一带，在宁陵之时，晁公遡的父亲病逝。以上这段内容就是对这段往事的叙述。面对父亲的离世，晁公遡无比的悲痛，他将父亲离世的原因归结于金人的入侵。“宁蹈敌以偕死”句体现了晁公遡对金人的强烈仇恨。父亲的离世，并没能使逃亡结束，接下来晁公遡对自己艰难的逃亡之路又予以了叙述：

豹侁侁而眴关兮，宇将颠而藩陊。心眐眐而横骛兮，撰余辔于睢之阳。朝发轫而南迈兮，惨去故而盡伤。睨帝阍以增遐兮，日沉翳其无光。岑石摧下其重輠兮，豺狼跱夫中路。夕惴慄而不寐兮，昼徙倚而环顾。察九土之洪旷兮，予何为此窘步？

逃亡路上，遍布荆棘，危机重重，“日沉翳其无光”、“夕惴慄而不寐”等句把作者布满阴霾的心情生动的刻画了出来。作者既要承受丧父之痛，又要经历逃亡的艰辛，凄惨悲苦的心境可想而知。此后又叙述了自己在异乡生活的种种不如意。面对有国难投、有家难回的局面，作者感叹“昊苍何其不仁兮，而畀予以弱质”，他感慨自己文弱书生，不能为复国中兴效力，最后作者又借古讽今，表达自己渴望复国的愿望及愿望不能实现的抑郁，“监伍尚之引决兮，曰无愧乎今之人。顾毁伤其发肤兮，岂圣言之是程。百年倏其几何兮，徒悒郁而终身。”这篇骚体以作者的生平经历为线索，把两宋之际人民遭受的肉体和心灵上的双重摧残充分展现了出来，作者对金人的极度憎恶、对故国的怀念及其对复国中兴的强烈愿望，都表现的淋漓尽致。晁公遡在蜀中之时，还作了一篇《朝山堂赋》，把割据局面对国家造成的危害，予以了申说，表现出了其对国家现实的关注和对中兴复国的渴望。其文曰：

吾行半天下兮，阅重岨兮西南之坤。北有万夫莫开之剑关兮，东有险固百牢之夔门。外联六诏作屏兮，中贯三巴而为垣。梯磴钩连莫知其际兮，俨嵯嵯以峋峋。远宛延相属而赴望兮，高蔽遮乎日星。临以白帝之神秀兮，诚众山之所尊。有美一人之顾此方兮，谓柱下史之耳孙。高四海以视营兮，时树羽江渍。屹三峡之镇其穹然兮，翼山四面而骏奔。启物色分留之秘兮，欣所遇之毕陈。择胜会以远缥缈之飞观兮，廪老气九州岛之倾。观万川犹知宗海兮，虽九土莫得而堙。见群峰之起伏绵延兮，至是而亦必有所臣矣。奚兴感于此义兮，蹇颜堂而正名。彼负固之非无意兮，发有时或上冲乎冠巾。惟汉中兴已受天命兮，而成家乃欲争帝而亡新。吾直欲铲赤甲白盐之叠嶂兮，洗苍藤翠木之幽昏。恐此复其偶然兮，绸缪牖户以逆消侮余之下民。欢五更之鼓角兮声悲壮，印残夜之山月兮楼空明。谅身虽去国万里兮，心未尝一日忘君。嗟乎名堂之意高矣，为慨然而赋之，尚庶几起九原于东屯、瀼西之诗人也。

朝山堂建于白帝城之上，《朝山堂赋》的上半部分，作者以白帝城为中心对其周边的人文地理特色予以了描述。蜀地北有剑关、南有夔门、外联六诏、中贯三巴，高山大川、地势险要，文化深厚，历史悠久。作者从地理位置和文化地位上肯定了蜀地的重要性。在这段描写中，作者以白帝为众山之尊，并有“观万川犹知宗海兮，虽九土莫得而堙”等句，由此体现出了作者渴望尊卑有序，天下一统的美好愿望。作者之所以将这篇骚体命名为“朝山堂”，其用意也在于此。此后作者对历史上依靠蜀地之险割据一方的分裂家国者予以了辛辣的批判。“吾直欲铲赤甲白盐之叠嶂兮，洗苍藤翠木之幽昏”等句标明了作者对分裂者的愤慨之情，以此来暗示出作者对金人入侵，使宋朝分裂的极度不满。尽管作者有统一天下、消除分裂的美好愿望，但朝廷偏安一隅的现实又使作者忧心不已，“欢五更之鼓角兮声悲壮，印残夜之山月兮楼空明”在深沉的忧虑背后，作者又“谅身虽去国万里兮，心未尝一日忘君”，体现出了对君王国事的关切之情。整篇骚体由山川之险说起，从地理说到历史，借汉末蜀中的分裂典故来表达了作者反对分裂、期盼国家统一的强烈愿望。作者的中兴复国之愿与对现实的忧患交织在一起，沉郁深重，发人深省。

除晁公遡之外，李焘、李纲、宗泽、张昌言等也均有复国中兴之愿的流露。李焘的《南定楼赋》对诸葛亮坚持北伐，恢复中原的忠直品格予以了高度的赞扬。《南定楼赋》曰："偃旗卧鼓不顿一戟兮，我独立北望伤宛洛兮。极目千里氛甚恶兮，沉吟遗章涕零落兮。攘除兴复将焉讬兮，登兹销忧聊假日兮。"李焘对诸葛亮不能北定中原的惆怅情怀予以了描述，借以表达对诸葛亮坚持统一天下梦想的赞赏。李焘对诸葛亮的追思实际上是呼唤南宋朝廷中出现像诸葛亮一样的忠臣明主，能够坚持北定中原的理想，实现中兴复国。张昌言所作的《琼花赋》借盛开的琼花来寄托自己的中兴梦。其赋曰：

> 枝珊瑚兮镂冰雪，蕊珠巩兮烂金粟。真庭静兮，朝曦丽其织秾；仙籞深兮，瑞露滋其芬郁。瑶林瑰艳之葱蒨，阆苑琪英之耀煜。若盖而绣，似璧而縠。如黄琮瑚琏璀璨乎禋坛，而文佩环琚玲珑乎衣鞠。

琼花不与奇葩争宠，独自盛开，在朝曦的映衬之下，在晨露的滋润之下，宛若美玉珊瑚一样洁白如玉，冰肌玉骨。当自然界一片姹紫嫣红之时，琼花却把洁白的朵朵玉花缀满枝丫，好似隆冬瑞雪覆盖，流光溢彩，璀灿晶莹，香味清馨，令人为之神往。张昌言将琼花清秀淡雅的风姿和与众不同的独特风韵刻画得十分到位。扬州后土祠琼花，经兵火后，枯而复生，张昌言喜不自禁乃为之赋。作者一方面借琼花兵火不能焚、胡尘不能染来赞美南宋民众坚忍不拔的精神；另一方面，其把兵灾之后盛开的琼花当做了南宋朝廷复兴崛起的象征，由此可见其强烈的中兴复国愿望。其他如李纲的《拟骚》、宗泽的《古楠赋》等也均从不同角度表现出了对中兴复国的渴望。

北宋的灭亡，使民族矛盾空前激烈，外族的入侵，国土的沦丧，这种屈辱的处境成为南宋文人的一种精神负担，有的文人选择了消极躲避，而那些仁人志士则是以强烈的爱国之心呼唤当权者中兴家国，恢复失地。然而可惜的是，南宋初年文人的奔走呼告，并未唤醒赵宋集团的享乐美梦，虽然南宋朝经济文化的进一步发展的确呈现出了中兴的迹象，但复国收土却遥遥无望。文人们也只能在文学中驰骋自己的梦想，排遣情绪、自我安慰。

第三节 惨淡现实的无奈之叹

南宋初期的文人，党争带来的惶恐还未消退，战争的恐惧却随之而来。南宋建立之后，以宋高宗为首的统治集团并没有将复国作为第一要务，妥协偏安的心理使他们在与金人的对话中节节败退。绍兴和议后，南宋小朝廷更是安心过上了偏安一隅的苟安生活。对于那些抗战复国要求，朝廷不仅不予理睬，还对这些忠直之士排挤打压。南宋初年的江南，百废待举，而朝廷之中却是享乐之风盛行。如此惨淡的现实之下，使士人们的用世之心逐渐消退，失望悲观的情绪笼罩在文人头上，挥之不去。受此影响，南宋初期的骚体文学中，抒发理想不能实现苦闷、表达归隐之志的作品出现很多。很多文人还在纵情山水与日常生活中寻找自我超脱的途径，体现出了对世事的回避和对自身的关注。

一、理想难申的压抑

南宋初期的内忧外患局面，使文人的心理十分复杂而且充满了矛盾。他们徘徊于积极入世和追求个人自我完善之间，既想报效朝廷又对统治者的种种昏庸的作为充满了怨怼之情。这种理想难以实现的压抑情绪在那些有志之士的作品中时常出现。

宗泽（1059—1128），字汝霖，婺州义乌（今属浙江）人。宗泽在中国历史上是个民族英雄，他在抗金斗争中作出了杰出贡献，他爱国爱民的思想及其强烈的爱国主义精神都值得后人学习。宗泽才兼文武，除了有治国平天下之能，他的诗赋也很出色。托物言志的作品《古楠赋》即是他创作出的高水平的骚体。根据《古楠赋》之序可知，《古楠赋》当作于宗泽任巴州通判之后，即作于两宋之际。此时的宗泽，因为政见与统治者不和，且得罪朝中权贵，于是屡遭贬谪，饱尝谪迁之苦。宗泽曾贬谪巴州，在巴城外之南山古寺旁，“有大木曰楠”，“结根幽壑不知岁”，他到任后，曾两次到岩下见过古楠，深感“是楠之老于岩谷而可怜也”，因此作了这篇《古楠赋》。其赋开篇先是吟咏了古楠虽然身处恶境之中，但傲然挺立的苍劲之貌：

> 楠之生兮，层崖之中巅。询之人兮，不知几何年。包坚根而下蟠兮，贯顽石而瞰深渊；竦修干以上凌兮，并孤岑而参苍天。大枝崛起兮，虎豹挐攫；小枝回屈兮，蛟螭蜿蜒。黄叶敷阴，白昼沉沉。轮广十亩，盖穹百寻。

老楠树生长在层崖中巅，可谓是条件恶劣，但却是根坚枝壮，高耸参天，由此可见老楠树生命力的顽强。宗泽借对古楠生存状态的描绘，暗指自己有犹如古楠树一般坚忍不拔的精神。接着，宗泽又对古楠进行了赞美：

> 众鸟托宿，邓林非深；诸卉仰芘，荆云非阴。雨濯莹兮，一尘不染；风振响兮，海潮同音。露下兮鹤唳，月明兮猿吟。擅此清致，亘古迄今。

古楠树，百鸟托宿，众花仰视，鹤唳猿吟其旁，古楠树傲立风雨之中，让人无不仰视赞叹。在这里，宗泽固然是对古楠树周围的环境进行了描绘，但“一尘不染”、“海潮同音”或许也暗指了宗泽洁身自好的高尚品格。如果说前一部分还是以状物摹形为主的话，那么接下来，宗泽直接转入了议论，直接借古楠抒发了自己生不逢时的郁闷之情：

> 吁嗟斯木之异兮，有不遇之穷。尔胡不生于泰山之侧，秦帝东封，会风雨之是避，岂以五大夫之号而封松；尔胡不生于周成之宫，禁林九重，顾亲贤之是戏，岂以封国之瑞而剪桐；尔胡不生于分陕之域，舍彼召公，未必以甘棠之蔽芾，流咏于《国风》。

本是神木，当生于泰山之侧、周成之宫、分陕之域，应当是栋梁之才，但因为古楠生在了层崖之间而难尽其才。宗泽暗指自己本有治国平天下之能，但由于生不逢时，才能得不到施展。除了感叹自己的生不逢时、才能不得施展，宗泽还慨叹自己怀才不遇、伯乐难寻的无奈：

> 抑亦岂无工师之良，识尔材之非常。用之为栋梁，则足以建九重之明堂；用之为舟楫，则足以济巨川之汪洋；用为宗庙社稷之器，则足以参鼎鼐、交神明，荐至德之馨香。夫何默默而甘老于穷山寂寞之乡？

没有能工良师，纵然是栋梁之才，纵然有济世之能，纵然是品德馨香，照样还是老于穷乡僻壤之中，才能得不到施展。宗泽文武全才，却屡遭贬谪，在边远之地，无人问津，纵有才能也是不被人知，只能是困顿于原地，慨叹神伤。从这一部分可以看出，宗泽借古楠的境遇遭际表现了自己怀才不遇，屡遭打压的愤懑之情，从一定程度上显示出了宗泽对那些掌权者的不满。但在文章的下半部分，宗泽的思想有了根本的转变，他借自己在睡梦中与古楠的对话表达了自己矢志不移的爱国之情，其辞曰：

> 徘徊其下，恍若梦兮，心骇而目眙。苍髯伟人，瞑目视曰："噫！谓子知我，乃不吾知。吾生于斯、长于斯，始于毫末，至于十围，雨露不吾遗，霜雪不吾欺。春兮秋兮，吾不知代谢之有期；汉兮唐兮，吾不知兴亡之几时。柯叶颜色，曾无改移，过者千百，睥睨焉不以吾为朴樕辈待之，斧斤之害，亦幸不罹。吾受天地造化之恩，孰有等夷？子之不智，而乃我悲，使子处此，复将奚为？吾非不知强自取藏器以待时而动，老当益壮，自任以天下之重。倘匠人断而小之，能不浼然而悔痛！乃所愿比不材之樗，同乎无所用。若曰不遇，自有物主之，非吾所能为，姑亦付之一梦。"客闻之，释然悟曰："达矣夫，斯言可书绅而永诵！"

古楠身处逆境，犹不忘感激天地造化之恩，宗泽以此来暗示自己虽然遭遇贬谪，但爱国忠君之心始终未有改变。宗泽又借古楠之口道出了自己老骥伏枥，志在千里，只是暂时被现实所困，待时而动。"若曰不遇，自有物主之，非吾所能为"，则是显示出了宗泽宠辱不惊、顺其自然的达观态度。这篇骚体，前半部分和后半部分所要表达的情感差别很大，前半部分表达怀才不遇的愤懑，后半部分则借古楠之口表达了对国家不离不弃的热爱之情。这种转变一方面说明了作者矛盾的心情，另一方面，表现出了宗泽虽处逆境，犹不忘报国的高尚情操。宗泽忠君报国思想压倒了个人私欲，可以说是用理性压倒了感性，把个人利益得失放到了国家之后，这显然是受到了儒家思想的极大影响，宗泽的这种矛盾复杂的感情起伏，在南宋文人中很有代表性。

郑刚中（1088—1154），字亨仲，号北山，又号观如，婺州金华（今浙江金华）人。郑刚中初入朝廷时乃是秦桧所举荐，因此最初的郑刚中对秦桧主和的言论不敢有不同意见。此后曾任四川宣抚副使，在蜀地，郑刚中减免赋税，屯兵营田，治蜀有方。但是秦桧怒其专擅，罢责桂林军居住。郑刚中的骚体作品不多，但其托物言志之作《感雪竹赋》，借咏物发表议论，表现出了对现实的不满及自己受重压而不屈的精神。这篇骚体是作者对大雪压弯竹枝有感而作的一篇骚体。作者开篇叙述了自己夜闻风声，庭竹细响，晨兴启户，发现是大雪骤降。接着作者对大雪重压下的竹子进行了描绘：

> 竹有高出林表，受雪既多，压而低者。竿拳曲以属地，叶离披而附枝。心固虚而自若，根亦牢而不移。然不畏其寒而畏其重，颇见高标困阨之可悲。

大雪压弯了竹子的枝干，枝叶几乎都触及到地上，但竹根却是牢固而不可移动。郑刚中借竹子在大雪重压之下却能不移其根来暗喻自己虽然处在秦桧等奸臣的重重压力之下，却是外弯内韧，志向不移。“不畏其寒而畏其重”，表现了作者不怕身处逆境之中，但是被人压制难以伸张，让作者感到无奈，间接指明了自己受秦桧等人压制的窘境。描述了竹子在大雪后承受的重压以后，作者又写到自己与童子将积雪除去，恢复了竹子挺拔傲立的原貌：

> 余乃呼童兮，假长镵之巨柄，使尽力兮，去修篁之冻压。观负荷兮，类积羽之将沉；忽奋起兮，信泥涂之可拔。色娟娟其复净，节落落以难合。寒梢一伸，所谓此君之风流，自不可夺也。

铲去积雪的竹枝，抖落了身上的重负，再次恢复了净洁挺拔的本来面貌，作者以此来表明自己不为外物所侵袭的高洁品格。此后作者又将竹与蒲柳、松柏之类进行了比较：

> 盖其与蒲柳异类，松柏同条。遭玄冥之强梁兮，虽抑遏而谩屈；分嶰谷之馀煖兮，终橚矗而不凋。故积累之势，暂可枉其直，复还旧观，则又吟风而飘摇也。

竹并非蒲柳之类，积雪到处，尽仆于地，竹与松柏相类，虽然遭到了外物的重压，但只是暂时弯曲，一旦重压不再，则又傲立风中。作者暗示自己并未在强压之下倒下，而只是暂时委曲求全，一旦外部压力除去，则又可以恢复本色。前面的这一部分，作者借对雪中之竹的吟咏，表现了自己坚忍不拔的精神。这部分比兴之处较多，作者表情达意比较婉转。在后半部分，作者由竹到人，直接以发表议论的形式表明了自己不向恶势力屈服的精神。其辞曰：

> 其在人也，初如蔽欺之隔君子，权势之折忠臣。其窘迫而寒冷，则夫子之被围，原宪之居贫也。终则如浸润决去，朋党遽消。其气舒而体闲，则二疏之高引，渊明之不复折其腰也。虽然，云兮正同，雪兮未止，勿抉瀌瀌之势，孰见猗猗之美？在物犹然，人奚不尔？亦有穷卧偃蹇于环堵之间者，谁其引之，使幡然而起？

这一部分，郑刚中可谓是直抒胸臆，直接表明了自己被权势所压，进退维谷的窘迫处境。他急切地盼望有朝一日这些来自于恶势力的重压能够消解而去，那样他才能够扬眉吐气，再也不用折腰摧眉事权贵。“云兮正同，雪兮未止，勿抉瀌瀌之势，孰见猗猗之美?”表明了理想仍然未能实现，但作者并不畏惧，只有经过风雪的打压，才能真正地考验出其坚忍的个性。最后郑刚中慨叹人与物同，人也有处于“环堵之间者”，暗示自己在秦桧手下为官的窘迫境遇。他渴望有人能将他的重压除去，使他能够像除掉雪后的竹子一般“幡然而起”，恢复自己本来的高洁面貌。整篇骚体，借咏物而抒情，郑刚中借雪竹寄托了自己渴望追求自由，渴望能够冲破压制束缚的苦闷情怀，充分表现出了作者的尴尬处境和坚忍不拔的精神。

南宋初期，这种理想难以实现的苦闷心理，比较普遍，张九成的《谪居赋》、李纲的《拟骚》等等，都有此类情绪的流露。这种文学主题的出现与两宋之际的民族矛盾较为集中的社会现实有直接的关系。丧权辱国的屈辱使很多文人有用世之心，但统治者的妥协投降和政治的昏庸的现实使他们充满了无奈。于是他们只能将自己的理想寄托在外物之上，并以托物言志的方式来表达心中的不满和无奈。

二、消极出世的旷达

伴随着宋金之间的不断博弈，局势也得以逐渐稳定。文人们渐渐意识到，北定中原，中兴复国已基本无望，南宋朝廷偏安一隅已成定局。面对赵宋集团的腐朽统治，文人们的入世热情已几乎被耗损殆尽，他们开始用消极的出世态度来应对惨淡的现实。南宋初期文人创作了不少怀古与吟咏归隐情怀的骚体作品，显示出了文人们远离现实的旷达心态。

南宋初期，范浚写作《姑苏台赋》借古讽今，剖析吴国灭亡的原因，批评南宋朝廷偏安一隅的做法。除此之外，他还创作了《述严赋》、《登八咏楼赋》等怀古类骚体。《述严赋》是一篇追念严子陵的怀古骚体，作者通过追思古人来展现自己远离世俗的旷达胸怀。范浚在序言中说到：

> 后严子陵千有余岁，兰溪范浚过祠下，仰瞻遗像，惕焉景慕，谓先生之不屈于建武，非若踰垣闭关为己甚者，揆其意而著之，作《述严赋》。

严子陵视富贵如浮云的气节，千百年来一直受到人们的敬仰。北宋名臣范仲淹仰慕严子陵高节，特意为他造了祠堂，并写了一篇传颂千古的《桐庐郡严先生祠堂记》，赞他“云山苍苍，江水泱泱，先生之风，山高水长”。明著名学者徐渭在《严先生祠》诗中写道：“碧水映何深，高踪那可寻。不知天子贵，自识故人心。山霭消春雪，江风洒暮林。如闻流水引，谁听伯牙琴。”范浚追念严子陵的高风亮节也是为了自比古人，表达自己不愿与当朝者同流合污的旷达态度。《述严赋》先是表明了自己游玩到了“严君之祠”，是仰慕先生高节而作此篇。

接着，范浚又对严子陵的高介个性给予了高度的赞扬，“宜先生之高蹈兮，静游钓于沦漪。”“唯先生之高介兮，气干霄而上跻。”接着范浚又借严子陵之口，道出了自己的心声：

> 既谗巧之孔多兮，予又互为乎邅回？宁超超以暇逝兮，亦安能依世而突梯？意先生之达识兮，不降志其由兹。吁嗟器大，时难容兮。追巢蹑由，邈丽宗兮。

现实之中有那么多的尔虞我诈，排挤谗诬，自己何必一定要入世遭污。在此范浚阐明了自己对混乱现实的避让态度。既然入世无用，何寻求自我的超脱。既然世事难容，那就超然世外。范浚借严子陵之典故表现出了自己对严子陵的高度的认同，体现出了自己洁身自好，不愿与谗巧之辈同流合污的个人追求。《登八咏楼赋》也是一篇登临怀古之作，范浚“怀古人兮眇眇，依飞楼而吟啸”、“凌惊波之汹涌，方危坐而独笑”，表现出了一种超人的风姿和豁达的气度，“悟物理之一致，得领略于无言”“试寂默以冥观，泯万虑于自然”则是表现出了范浚对事物哲理性的思考和顺其自然的旷达心态。

苏籀（1091—?）字仲滋，眉山人，苏辙之孙。苏籀是苏家的后起之秀，在文学创作方面有很高的造诣，这或许和苏家深厚的家学渊源有关，有诗文集《双溪集》十五卷传世。苏籀的《双溪集》中，诗、赋、书、表，众体皆备，他的骚体创作也收入其中。苏籀的骚体作品大多是咏物、写景之作。在他为数不多的骚体作品中，其中有《秋辞》三首，借景抒情，表达了自己的旷达心境，艺术水平很高。其《秋辞》其一曰：

> 澹天高兮景彻，警鹤鸣兮霜晓。何旻天之疾威，绝千里之寸草？蛩嘷蘘而哽咽，鸟认叶而惊噪。息人心之浮竞，韬狂志而缩爪。耸南阜之高棱，睨快鹘之骞矫。手不去于楸上，思胡为乎天杪？惟古人之奇怀，超独觉而远到。乘千里之遗风，获万仞之藏宝。吞日珠兮月露，莹心精之雪澡。

这篇秋辞，借景抒情，开篇描述了秋天萧瑟的秋景，天高景彻，鹤鸣霜晓，一股凉意逼面而来，草木凋零，虫鸟呜咽，无不显示出秋天的独特征候。接着作者借秋景又联想到了古人，怀古思今，既表现出了对古人的崇敬之情，也表达了自己欲涤荡心灵的愿望。这篇骚体，想象奇崛，感情充沛，秋凉与作者的思绪互相交织，使这篇骚体含蓄隽永，韵味无穷。又如《秋辞》其三：

始吾登兮终南，既而陟兮崧丘。纵风行而云卧，凛石瘦而潦收。日昇上兮跳丸，山涤霭兮脱裘。豁二仪之大全，得三秀兮岩陬。独策马而归来，芘茆苇兮三秋。情廓落其何慕？求肮脏而与谋。心八极而气完，得逍遥之至游。

这篇骚体，作者借登山所见之秋景，抒发了自己欲远离哀愁，追寻逍遥自由的情怀。作者在终南山上所见之秋景，清爽多于萧杀，心中之情，洒脱多于失落。正是在这种心境之下，所见到的秋景才不是那么满目荒凉。情与景的交融，很好地衬托出了作者逍遥自在的旷达心境。苏籀的《秋辞》三章，常为人所称道，他的作品虽然没有了苏轼等人的浑厚圆通与雄洋气度，但他的这几篇骚体，气象开阔，想象奇崛，人情与秋景相互融合，借景抒情，营造出了含蓄隽永的意境美，把作者纵情山水的旷达心情充分展现来出来。

程俱（1078—1144），字致道，衢州开化（今属浙江）人。程俱九岁丧父，从母依外祖，而十七岁时，外祖又不幸去世，身世孤蹇。人生的孤苦无依在一定程度上导致了他秉正伉直的个性，这种个性又使他在仕途上的经历坎坷不平。几起几落、宦海沉浮，他对于官场已是不再留连，于是生了怀居归隐的避世念头。其《怀居赋》曰：

岁作噩兮招摇指辰，戒余舟兮东征。抱衾兮夜喟，接淅兮晨兴。逐飞櫓兮无蒂，拥敝裘兮悬鹑。山之连兮苍苍，水之駃兮瀰瀰。我初来东兮芽甲始折，今之还兮甲者奋而芽者荣。顾四时兮几何，嗟汲汲之圜清。天囿余兮不释，亦驰驱而靡宁。余生魏而长吴兮，间蓬转乎四方。既侨食乎岐陇兮，又薄游乎宋梁。

程俱对自己生平的遭遇予以了细致的描述，居无定所、四处飘泊的不幸遭遇使其对自身的命运倍加关注。有着儒家人特有济世情怀的程俱在目睹了现实的种种悲凉后，不断的在出世与入世的选择中徘徊、犹豫。最终，其还是希望自己可以悠游于山水梦幻之间，忘却现实间的烦恼，体现出一种故作旷达的复杂心情。周紫芝（1082—1155）家贫苦学，怀才不遇、屡试不第，六十一岁才得中状元，但多年的心酸和苦涩已经令他对现实产生了一些怀疑和疏离的感觉，于是便生出逃离这个苦难黑暗人间的想法，一篇《思隐赋》道破了他多年的悲苦和心酸与现时的旷达心态。其文曰：

维人生之有志兮，咸自禀于不移。纷异趣之殊辙兮，遑同驱而并驰。伟哲人之遐骛兮，车遄往而载脂。抟六翮于九天兮，时下睨而旁咍。何贪人之败类兮，纷突梯其脂韦。傃林皋而不反兮，曰言迈以何之？

虽有怀瑾握瑜的才能，在这世上却是不得施展；英雄扼腕也惟有一声叹息了。千里马的发现需要伯乐，而这世间却是埋没人才、压抑人才的环境，面对这样悲愤的状况，作者只是无语问苍天，还不如就这样逃离了去来得轻松自在。张九成（1092—1159），字子韶，自号无垢居士，又号横浦居士，少游京师，不喜权贵；曾有权贵托人向其馈赠财物，想与之结交，还答应推荐于馆阁，九成笑而却之。中状元授官之后，却因不得忍受张宗臣不体察民情便滥捕百姓而与之争执，弃官而走。其《述志赋》表现了自己不愿与世人同流合污，追求独善其身，自我超脱的旷达心境。《述志赋》曰：

伊余生之好修兮，纷溷浊而独清。朝饮蓝桥之云液兮，夕飡月殿之落英。制芙蓉以为裳兮，纫兰芷以为佩。蹑天风余上征兮，将以朝于玉帝。朝发轫于泰华兮，夕余叩乎天阍。览瑶台珠阁之突兀兮，骖苍虬彩凤以骏奔。吾与群仙遨游兮，曰蓬瀛乎此焉处。既徘徊而四顾，日与月为吾侣。丰隆列缺其先驱兮，搀抢招摇为吾扫除。廓氛埃而下视兮，块五岳其尊罍。揽四溟而一泻兮，宴王母乎昆仑之隈。

面对“纷溷浊”的世事，“余生之好修”的自己只有“独清”了；作者披芙蓉佩兰芷，与玉帝群仙交往，到瑶台蓬瀛游历，以此来显示自己高洁的品质。现实中的那些“搀抢招摇”都被自己荡涤一空，混乱污浊的世事丝毫阻挡不了作者独善其身的信念和决心。整篇骚体借用《离骚》的写作模式，充分发挥了香草美人的传统，把作者对美好人格的追求及避世的旷达胸怀充分展露了出来。

南宋初期骚体文学中所展露出来的旷达心态，或是文人受挫于现实之后的故作超脱，或是文人们主动寻求心灵的解放，无论是哪种出发点，其落脚点是一致的，即要避开现实中的污秽混乱，寻求乱世中的平和心境，这是宋人内敛士风的直接体现。

三、世俗情调的流露

宋代以前的骚体文学，很少被用来表现世俗生活，随着宋代城市经济的不断发展，俗文化的逐渐繁荣。从北宋中后时期开始，世俗生活就成为文人们关注的重要对象之一，出现了大量表现日常生活题材的骚体作品。南宋年间的骚体文学，延续了北宋中后期骚体文学世俗化的倾向，继续在骚体表现日常生活的道路上不断探索前进。南宋初期的骚体文学中，交际赠答、悼亡祭奠、游历山水、田园生活等题材均有涉及，这些贴近现实、反映生活的骚体作品流露出了非常明显的世俗情调。

熊彦诗，字叔雅，世人称为“曲肱先生”，熊彦诗曾作《送黄元龄归南盘谷序》馈赠好友黄元龄，体现出文人之间相互酬唱交际的世俗生活。黄元龄非常喜欢唐代韩退之为友人李愿所作《送李愿归盘谷序》，因此，在他决定要退隐的时候，他对好友熊彦诗说：“我平生读书，老大未有所就。顾颇喜李愿归盘谷时，韩退之为序。我有山居，号南盘谷，我将隐矣。公能序且歌于我乎?”熊彦诗欣然应允，为其作序，并附歌以送之：

离离兮秋英，露溥溥兮夜零。南有盘兮何许，风嫋嫋兮遐征。断崇冈兮迤靡，侣荛牧兮丁宁。呀澄洲兮污漫，褰岫幌兮翠寒。樾含绿兮掩冉，畦荪药兮阑干。牛羊下兮散平楚，畅夷犹兮容与。彼迷途之回远兮，盘吾乐兮斯处。客揆君之衷兮，丰仁义兮无兵。冠切云兮珮明月，怀又韬兮连城。伟达人之大观兮，曾何累于去来。息娉觊以闲闲兮，亦优哉而游哉。陋谁昔之窘窘兮，惊宠辱为祥灾。南之盘兮幽幽，盘之云兮其出油油。君兮归兮，不可以久留。

李愿归隐，韩愈为之作序；黄元龄归隐，也想着朋友熊彦诗为之作序。两篇序虽有承继关系，但所申述的内容却不尽相同。韩愈所作，表达的是对朋友最终决定归隐的支持，甚至都流露出自己也要跟随而去的愿望，身边官场的腐朽混乱，使得混迹其中的人们只想避开。到了熊彦诗的这篇序中，作者其实并不认同一定要归隐于某处的这种观点，他认为："圣贤动静之迹两途，而行道之心一致。秦汉以来，固有合于圣贤之为者；至度出处利害，择焉以自居，进无可观，退亦未足甚高，于是曰处士之名，谤国者也。大都士之出处，必待辩说计较而谕为不进矣。"在他的观念里，归隐与否其实并不一定要去哪个地方隐居起来，只要内心坚持行道就可以了。所谓"大隐隐于朝，中隐隐于市，小隐隐于野"，熊彦诗所持的观点与这句话有着异曲同工之处。虽然对于归隐他与朋友有着不太相同的想法，不过面对朋友的决定，他还是赠诗相送。其他类似的作品如刘一止《秋郊赋寄友人》、胡铨《跋郑亨仲枢密送邢晦诗》等等，都反映了文人之间的日常交际酬答。

用骚体来祭奠悼亡是宋代骚体文学的突出特点，骚体因其善于抒发悲痛之情而时常被文人用来创作祭文或掉文。这些悼亡类的作品，多数是展现日常生活中的生老病死之事，世俗意味十足。李纲之女，名惠，李纲对她疼爱有加，此女生后未过满月，李纲因遭贬谪而离家，"予单骑如贬所。半年而后，得家问，则惠女已亡矣"。虽然与女儿相处时间不长，但李纲还是难掩对女儿的怀念，李纲言道："虽在襁褓，讵能忘怀，作斯文以哭之，极其情而卒归之于正云。"李纲作《哭惠女文》，表现了他对女儿夭折的哀婉之情。李纲开篇叙述了自己被贬离家而离女儿而去的无奈，"负罪左降兮，汨吾南征。惕威省咎兮，敢稽于程。娈彼季女兮，有呱其声。割慈忍爱兮，单车启行。"李纲遭贬，不敢耽搁，虽然女儿出生未久，却不得不忍痛割爱，离女儿而去。到了被贬之地，孤身一人，李纲对家庭的依恋之情更加浓烈，"山川阻修兮，鸿雁无凭。一书为重兮，万金为轻。"关山阻隔，对家人的思念只能寄托在家书之上，书信为重，万金为轻，李纲盼望得知女儿安康的急切之情溢于言表。然而，打开久盼而来的家书，带来的却是女儿的死讯，晴天霹雳，李纲陷入极度的悲伤之中，“开缄掩泣兮，失此孩婴。舐犊之爱兮，讵能忘情。”丧女之痛，让李纲忍不住涕泣连连，回想起女儿过去的种种，更加难以遏制心中的悲痛：

> 言念幼稚兮，岐嶷夙成。日辰孔嘉兮，骨相丰盈。载衣之裼兮，乃畀之名。期尔寿臧兮，多福是膺。云胡不淑兮，朝菌同荣。兰茁其芽兮，霜霰已零。玉韫于璞兮，斧斤曷胜。伤心孔哀兮，涕泗纵横。知我如此兮，不如无生。

想起幼女初生之际的美好，自己曾多么希望她能多福多寿，但女儿却遭此不幸，让人哀伤不已。李纲形容女儿乃是兰、玉之质，想不到却遭到了严霜、斧斤的摧残，李纲对女儿的死惋惜不已，接着“知我如此兮，不如无生”两句表现出了李纲痛不欲生的哀伤情绪。在这篇骚体中，李纲表达了对女儿浓浓的思念之情和深深的哀婉之意，沉浸在对女儿的回忆中，悲伤的情绪难以排解，涕泗纵横，殇女之痛，着实令人心痛不已。李处权所作《悼亡赋》是祭奠亡妻之作，作者在开篇序言中就先交代写作意图：“予几七十而鳏，倡无和也，问无应也。视人世之苦，无甚于兹者。一日抑泪茹悲，作《悼亡赋》，虽不足以增伉俪之重，庶使览者知予不敢于其厚者薄也。”作者对妻子的感情深挚厚重，而妻子生前的贤良淑德和宽容大度更是让作者念念不忘、感怀嗟叹：

> 惟内政之克修兮，躬蘋蘩于时祀。施慈惠于仆妾兮，靡失色于娣姒。既甘苦而食淡兮，实于君而有愧。

也正因为妻子身上具备的种种美好的品德，不仅让作者感到爱慕敬佩，还因为作为妻子本身操持全家、执掌内事的重要角色特点而惠及到了全家的每一个人，使得琴瑟和谐、妻妾和睦、家庭美满，这样的妻子的逝去怎能不让人悲痛哀伤、怀念凄然呢？其他此类作品数量众多，不胜枚举，如廖刚的《祭杨龙学文》、《祭黄思贤文》、《祭黄宗可文》，葛胜仲的《祭施氏妹恭人文》，周紫芝的《为魏侍郎祭闻人奉议文》等等，均是祭奠死者，悼念亡灵的世俗之作。

宋初骚体文学中，感物伤时的作品也很常见，体现出了文人们对气候、节令等生活琐事的关注。如张嵲所作《憎雨赋》。张嵲（1096－1148），字巨山，襄阳（今湖北襄樊）人。张嵲徽宗朝时即入室为官，乃是两宋之际以诗见长的南渡文人之一。他创作的骚体《憎雨赋》由春雨生发感想，抒写苦闷情怀的作品。《憎雨赋》开篇也是历数了下雨所带来的种种让人不快的现象：

> 皇天不容于昭明兮，白日不容于显融。恶堪舆之晴朗兮，好云霓之晻霭。反明以为暗兮，变昼而作夜。

大雨一来，天昏地暗，日月无光，着实让人烦恼。但与薛季宣因雨生愁所不同的是，张嵲欲与天公斗法，来改变这个昼夜不辨的雨天：

> 建列宿以为旌兮，召丰隆以为御。令祝融使先驱兮，历玄冥而问故。命蓐收司刑兮，皋陶为理。囚屏翳为雷渊兮，制飞电而诛虹蜺。闻义御之将驾兮，吾将怀椒糈而要之。皇天反其明兮，后土无所污。望舒承夜兮，昏与明其代序。

张嵲召来了天神帮助自己来与雷雨闪电斗法，慷慨激昂，充满着大无畏的斗争精神。不过与天公斗法不过是他的一个理想罢了，根本就不能得到实现，张嵲空有其志，却难以施展，他最后说：

> 卷此志而弗抒兮，吾犹困穷乎此时也。将冥行以问涂兮，又何以为此态也。

这篇骚体是作者将日常生活中的自然景象与自己的心境联系在了一起，乌云蔽日，只是自然界的正常现象，但作者联想到风雨飘摇的时代，朝纲不振以致遭人凌辱、国破家亡的社会现实，悲从中来。葛胜仲（1072－1144）所作《谢雪文》则让人体会到了对于降雪的祈盼和雪下之后的感激心情：

敕丰隆起同云兮，命青女与司寒也。蹇勾芒之未立兮，气甂发而犹猎。乍微霰之淅历兮，俄瑶华之飘飒。白浮浮而拥墀庑兮，羌四封之普匝。化骄阳之底郁兮，兆梦鱼之丰年。

瑞雪兆丰年，作者这段对于雪的描述，利用神话中神祇的出现和活动把雪的积聚和下降神秘化了，让人不禁浮想联翩，与作者一起惊叹和沉浸于这场充满感恩的降雪了。除自然景致之外，悲秋伤怀之作也有着它独到的韵味，苏籀就曾作《秋辞》三篇，融情入景，虽是萧瑟秋意、惨淡秋光，作者却不为这迷蒙凄清的环境氛围所影响，乘风千里，豪气干云，令人读来为之一振：

澹天高兮景彻，警鹤鸣兮霜晓。何旻天之疾威，绝千里之寸草？蛩噑蘘而哽咽，鸟投叶而惊噪。息人心之浮竞，韬狂志而缩爪。弃南阜之高棱，睨快鹘之骞矫。予不去于楸上，思胡为乎天杪？惟古人之奇怀，超独觉而远到。乘千里之遗风，获万仞之藏宝。吞日珠兮月露，莹心精之雪澡。

作者豪爽洒脱的气度使得他产生了吞日吐月、上天遨游的奇妙想象，飒爽之气令人折服。这种萧飒之气不同于一般的悲秋幽怨之作，而于萧索肃杀的秋气中精神振奋了起来，新颖别致，旷达豪放，颇具感染力。

南宋骚体文学中还有一些描写日常生活中常见之物的骚体，体现出了文人们在世俗生活中的闲情逸致。如南宋初期文人对花草有所偏爱，以此为题材的作品很多。李纲的《含笑花赋》。李纲是主战派的代表人物，他的骚体多是抒发悲壮之情、复国之志的慷慨悲歌。《含笑花赋》是他为数不多的咏物佳作之一，他对"含笑花"的描摹叙述，可谓是形神兼备，使"含笑花"的形象跃然于眼前。"含笑花"乃南方嘉木，李纲开篇即点明了这一点：

夫何嘉木之姝嫮兮，霭芬馥之芳容。结孤根于暖地兮，披素艳于幽丛。炫丽景之迟迟兮，浥零露之浓浓。

美好而芬芳的含笑花，生长在气候温和的南方，在露水的滋润下显得楚楚动人。李纲先是将“含笑花”的自然情态进行了描摹，此后又运用了拟人的手法，赋予了“含笑花”灵气与精神：

默凝情而不语兮，独含笑于春空。其笑伊何？粲兮巧倩。

“含笑花”如同一个含情脉脉、缄口不语的害羞少女，巧笑倩兮，美目盼兮。将美人比作鲜花，乃是极言美人之天香国色，将鲜花比作美人，则是比喻鲜花如美人一般的顾盼生辉、摇曳多姿。李纲将“含笑花”素淡清雅的姿态描写得形神兼备，极其真切。此后，李纲又将“含笑花”“苞温润以如玉，吐芬芳其若兰”的品性予以了赞美，温润如玉，吐气如兰，同样是带有拟人的色彩，这个“含笑花”被李纲赋予了生命。最后通过与杜若、芙蓉等香花美草的对比，显示了“含笑花”“破颜一笑，掩乎群芳”的卓尔不群。李纲不仅细致描摹了“含笑花”的美丽外形与馥郁芬芳，而且整篇文章，多次使用拟人的手法，将“含笑花”比作美女、婵娟，将其风姿绰约、楚楚动人的情态充分展现了出来。又如李处权《梅花赋》：

伊造物之发生兮，无一木之不卉。顾四时之不齐兮，曜白黄与丹紫。懿江梅之秀出兮，俨亭亭而绝比。既婵娟以暎岫兮，复窈窕以临水。类忘言之贞士兮，肖独洁之君子。许兰茝之仅似兮，睨桃李之可鄙。占嘉月与好风兮，泛幽香而未已。寄美人之一枝兮，想横斜于镜里。抗翠袖于天寒兮，抚修竹而孤倚。

与桃李相比，李处权将梅花亭亭玉立的傲骨寒霜的气质突出了来渲染，令人好似觉得于冰天雪地的凄冷中欣喜地发现梅花的点点染染，黄白丹紫，粉艳袭人，顿生出一种喜悦来。

其他表现世俗情调的作品如李复的《种药赋》表现了种药的情趣；李复的《久翠堂辞》、张刚《重修敷应侯庙记》中的骚体词，李纲《丰应庙碑》之后所附的骚体词等都是以庙堂楼阁为描写对象，赵鼎臣所作《尧山赋》，苏籀所作

《乌石山辞》、《闵岭赋》等等，都是用骚体写山赋山之佳作，这些作品都从不同程度上反映了当时当地的风土民情等等。南宋初年的世俗骚体，关注日常生活情趣，是文人们在乱世之中世俗情调的流露，从一定程度上反映出了宋人士风的内敛和对政治的逃避。南宋初期反映世俗生活的骚体作品逐渐增多，文人们在骚体题材向日常生活方面扩展做了很多尝试与努力，这为南宋中期世俗生活类骚体的繁荣打下了良好的基础。

第七章　南宋中期骚体文学：中兴之世的情理交织

南宋中期骚体文学是指孝宗时期到理宗时期，这一时期是南宋社会相对比较稳定、经济文化最为繁荣的时期，也是骚体文学繁荣发展的时期。绍兴三十二年（1162），高宗让位于孝宗赵昚。孝宗是南宋时期最有作为的君主。《宋史》评价曰："高宗以公天下之心，择太祖之后而立之，乃得孝宗之贤，聪明英毅，卓然为南渡诸帝之称首，可谓难矣哉。"① 孝宗登基是南宋朝中兴的开始，即位之初，孝宗锐志恢复中原。追封岳飞为鄂国公，消去秦桧的官爵，并积极组织北伐，然而宋军在符离与金军的交战中失利。孝宗被迫与金国签订了隆兴和议。金宋两国议和后，南宋迎来了难得的稳定局面。孝宗勤俭恭让，励精图治，一改高宗朝的贪污腐朽局面。孝宗在位期间，政治清明，社会稳定，经济文化都迎来了繁荣发展的局面。南宋朝的国力得到了恢复，整个社会也呈现出了太平安乐的局面，史称乾淳之治。光宗和宁宗两代，虽然没有孝宗取得的成就突出，但基本延续了稳定发展的局面。随着宁宗后期党争的加剧，南宋又回到了内忧外患的形势之中，理宗即位后，朝政腐败，南宋王朝一蹶不振，直至被元人所灭。南宋中期在经济文化繁荣的局面之下，文学艺术也获得了长足的发展，骚体文学也受时代影响，呈现出了新的发展态势。伴随着国家中兴，文人们的济世热情再次被点燃，他们大力颂扬国家的中兴局面，并积极的参政议政，创作出了很多具有入世精神的关注现实之作。南宋中期儒、释、道三教文化盛行，

---

① 《宋史》卷三十五

受此影响，骚体文学领域说理化倾向明显，文人们将个人情思与说理相结合，创作出了很多情理交织的作品。南宋经济的快速发展，使俗文化的影响力越来越大，南宋中期的骚体文学世俗化趋势很是显著，文人们纵情山水，享受生活，创作出了大量反映生活现实、充满日常情趣的作品。南宋中期的骚体文学是宋代骚体文学发展的第二个高峰，代表了宋代骚体文学的较高成就。

第一节　济世热情的重燃

由于政治的黑暗和战乱的影响，南宋初期士风低下，社会上弥漫着一股消极避祸的低靡风气。南宋四大名臣之一的胡诠曾感叹曰："《春秋左氏》谓无勇者为妇人，今日举朝之士皆妇人也。"① 刘安世也曾感叹："承平之久，人皆偷安畏死辟事"②。胡、刘的说法，虽然有以偏概全之嫌，但也从一定程度上说明了南宋初期士风不振的现实状况。孝宗的登基无疑为南宋文人们注入了一针强心剂，孝宗中兴复国施政纲领、励精图治的治世态度使文人们的济世热情再次燃起。赵彦中上疏，"士风之盛衰，风俗之枢机系焉"③，力主重振士风。陈亮上疏，"二圣北狩之痛，盖国家之大耻，而天下之公愤也。……若只与一二臣为密，是以天下之公愤而私自为计，恐不足以感动天人之心，恢复之事亦恐茫然未知攸济耳"④，劝谏孝宗收复失地。受时代风气的鼓舞，南宋中期的骚体文学也呈现出了积极向上的创作倾向。文人们积极宣扬屈原的爱国精神，并对国家的中兴之势予以颂美，也有一些忧患意识较强的文人对现实政治的弊端予以了批判，充分体现出了南宋中期文人们的济世情怀。

---

① 《宋史》卷三百七十四

② 《宋史》卷三百七十四

③ 《续资治通鉴》卷一百四十七

④ 《陈亮集》卷一

一、对屈原精神的高扬

南宋中期的骚体文学中，出现了大量的拟作骚体，如薛季宣的《九奋》、崔敦礼的《拟津人歌》、《太白远游》、《太白招魂》、高似孙《九怀》等均是拟骚之作。除此之外还有不少代屈原立言的作品，如范成大的《惜交赋》、《楚辞》等。南宋中期文人对屈原高洁的个人品格，崇高的爱国精神都表示了高度的认同。他们高扬屈原精神，试图通过屈原的榜样力量来匡正世风，从而达到济世兴国的目的。

薛季宣（1134—1173），字士龙，号艮斋，永嘉（今浙江温州）人，其为南宋中期著名的忠直之士。薛季宣年少之时即喜从父老问岳飞、韩世忠兵间事，绍兴二十七年，金兵入侵蕲、黄以南，诸官均遣散家眷，系马于庭，准备逃跑。只有薛季宣将家属留在城内，与民期曰："吾家即汝家，即有急，吾与汝偕死。"① 民亦自奋，誓死守城。由此薛季宣的忠君爱国的精神可见一斑。薛季宣为官期间，曾因朝廷好名而弃士大夫而上书孝宗曰："近或以好名弃士大夫，夫好特为臣子学问之累。人主为社稷计，唯恐士不好名，诚人人好名畏义，何乡不立？"② 可见，薛季宣对士大夫的名节十分看重。他仿照屈原《九歌》所作的《九奋》也是一篇高扬屈原精神，振奋士气文风的济世之作。《九奋》是代屈原立言之作，包括启愤、怨春风、去郢、东首、溯江、赋巴丘、记梦、行吟、沈湘九部分内容。《启愤》篇是代屈原阐述自己品质高洁却无辜遭谗的不幸遭遇，所谓启愤，即是因受谗遭疏而心生忧愤之意。作者开篇点题曰："启愤兮申冤，诉哀情兮陈矢言。叫苍天之无辜兮，指心以为正。"此后，作者仿照《离骚》中香草美人的创作手法，描写了自己的衣着配饰，其以"服兰"、"佩芷"、"纫留夷"、"纬楬车"、"青云冠"、"远游履"的不俗装扮来说明自己与众不同的高洁品质。然而不幸的是"余既有此高洁兮，羌谓余为卑污，凤皇翔于九霄兮，燕雀与程其度。苍蝇矢之乱白黑兮，人夫何为乎不悟？"，作者因为不与众人同流合污，遭到了众小的嫉妒，以至于颠倒黑白，污人清白。于是作者"乘玉虬兮

---

① 《宋史》卷三百六十七

② 《宋史》卷三百六十七

俱奋飞”、“驾金车兮翱翔”，弃世而去，出外遨游。然而即使人在江湖，却心存魏阙，“余心隐忧兮，惟灵修之故也”，于是又徘徊不忍弃君而去。在这种去与不去的矛盾之中，作者反思自己“余静好而弗余亲兮，蹲踏蛾眉之妬也。足顿地而不我知冤兮，仰天而不吾讣也。省吾私而内不疚兮，此固天之数也”，作者内省自身，并无罪疚，之所以有不遇的不幸，乃是由于别人的嫉妒，于是无奈感叹“天之数也”。这篇《启愤》是对屈原《离骚》的一个浓缩，薛季宣对屈原高洁的品质、遭遇嫉妒排挤后仍不忘其君的忠君爱国精神予以了高度的赞扬。第二篇《怨春风》作者借春花伤于春风来慨叹自己因群小之嫉妒而遭遇疏远。作者开篇以“怨春风之不仁兮，既发我群芳与众葩”、“香袭衣兮馡馡满路，又吹残兮何故”等句来发出对春风的怨骚，表达了自己被疏远的愤懑之情。在忧思难以排遣的情况下，作者又“启卜于灵氛兮，问其何故”，灵氛答曰乃是“皇之常度”，并告知作者“人生百年犹树花兮，三春发荣粲其葩兮，光彩馨香能几何兮，一夕飘风竟辞柯兮”的哲理。薛季宣在此表明了自己对个人遭际的基本态度，即人生百年，浮沉之事常有，不能因为光彩馨香之时就歌功颂德，亦不须因为一夕飘风而满腹怨骚。薛季宣这部分的说理还隐含了对君臣之道的阐解，即作为臣子，不能因为个人之得失而迁怒于君王，这是薛季宣在维护君主的权威，接下来的“风何知而花何有兮，子之心焉眷眷”句也是印证了这一点，体现出了薛季宣的忠君之心。这与屈原骚体中以怨愤为主的感情基调就有了较大的区别，体现出了宋人对屈原精神的匡正。第三篇《去郢》则是展现了作者离开郢都时的恋恋不舍之情。其文曰：“桂枻兮兰舟，去景兮悠悠。维赤岸兮裴徊，睠丹阳兮夷犹。中肠郁结兮神情惝悦，思夫君兮聊淹留。浮涔江兮放于沱汉，泛沦漪兮极其汗漫。”作者要离开郢都，心中“郁结”而“神情惝恍”，之所以会心情抑郁，一方面是因为离郢而去的不舍，另一方面则是“思夫君”，即对君主的忧虑与留恋。薛季宣在此借屈原之口，再次强调了臣子的忠君情怀，虽然遭遇不遇疏远，但仍不忘其君。接下来的《东首》、《溯江》、《赋巴丘》等六篇也在反复的叙述屈原虽然世不我知，君不我用，但仍然是对君主、国家不离不弃。借以歌颂其志行高洁，忠君爱国的精神。屈原的楚辞当中，虽然也表达了自己的忠君爱国思想，但基本是从个人遭际的角度来阐述的，抒发的乃是一己之私情，其对国家君主虽有忠爱之心，但对群小奸邪的嫉恨之情要更加显著。而薛季宣的《九奋》虽是代屈原立言之作，但其关注的重点，并不是屈原的不幸遭遇，而是重点阐述士大夫面对不幸遭遇时应持有的态度。薛季宣在《九奋》的结尾说道："感灵均之志，以为九者，天地万物之通数，因愤怨而奋发，作《九奋》，言将质诸天地万物而自奋于渊泉也。"由此可见，薛季宣作《九奋》的目的是要告诫士大夫"因愤怨而奋发"，即《九奋》的中心思想不是"愤"，而是"奋"。由此充分体现出了薛季宣试图利用屈原秉性高洁，忠君爱国的崇高思想来引导教化世人的治世目的。这种以屈原精神来匡正世风的做法也是宋人常用的手段，尤其在骚体文学中屡见不鲜。

范成大（1126—1193），字致能，平江吴郡（今江苏吴县）人，其与杨万里、陆游、尤袤合成中兴四大诗人，颇有文名。范成大也是南宋中期有名的忠节直臣。为官期间曾出使金朝，慷慨抗节，不畏强暴，几近被杀，可见其忠烈。范成大所作的《楚辞》三篇、《惜交赋》均是以屈原之事为吟咏对象的，其中《惜交赋》乃是代屈原立言之作。其序曰：

屈原既遭子兰、子椒之谮，伤楚国之俗，朋友道薄，始合之难，而终以轻背，故着惜交之词，道知心之难遇，故旧之不再得，动心忍性，徘徊不能去，君子览之，有以增合之重焉。

由此可见，作者乃是从屈原遭谗之事中有感于楚国朋友之间道义之风薄弱，因此作这篇《惜交赋》来申说君子交友之义。范成大在文章中，高扬了屈原的高洁磊落的交友原则，借以阐述了君子当重道尚贤的主张。其文曰：

余既有此淑质兮，昔幽处而无仇。怅佳人之眇觌兮，走六漠而周求。岁甲子之初春兮，维元日吾始游。纫木兰以为盖兮，抗杜蘅以为游。诏冻雨俾清道兮，戒日星使烛幽。恐驷骊之选软兮，又命飞廉而挟輈。豻天纮而惊列缺兮，瀕幽都与玄丘。天地四方多贼奸兮，忽吾班乎齐州。恍神释而目槃兮，悦夫人之好修。佩轇轕之连璐兮，戴陆离之高冠。纷鸡鹜之朋飞兮，俨黄鹄之蹁跹。葆众美以自畀兮，夫何独处之婵娟。吾恐始合之易兮，终离之者不难。号百灵而讯之兮，筮告予曰吉哉！予令巫咸往招兮，介蹇修而为媒。枉若人之嘉惠兮，命保介而载予。掺修袂而约言兮，曰岁晚其与俱。入既与之同袍兮，出又与之同车。投我以苍玉之连环兮，予报以独茧曳绪。玉宛转而不断兮，茧萦纡而连缕。谷风习其自东兮，固维风而及雨。汝行前而予殿兮，予安歌而汝舞。至于今其十年兮，固知美恶周必复。敏予德而日新兮，羌未变乎初也。修予容其滋媚兮，嗟采色其犹未暮也。妬被离而害交兮，谗翕胁而败度。虽君子之石肠兮，固将徇乎市虎。两造膝而笑言兮，惨其间之容斧。予冶容虞予善泆兮，頩颜谓予汝怒。发甚短而怨长兮，舆则固而路艰。蹇中道而如遗兮，予既寡而汝鳏。夫岂无他人兮，焉有夫君之好贤。虽得汝于万一兮，终不及当时之缠绵。彼日而食兮，此月而亏。物不终尽剥兮，信复盈之有时。涕承睫而交下兮，若孟津之流澌。敢诵言而怨慕兮，恐众人之汝窥。曼予声以悲吟兮，托长风而要之。政木石必回睠兮，将白首而为期。傥曾飞而不顾兮，嗟此怨之谁归？

作者代屈原之口，在开篇先叙说了自己品德高尚，独居无朋的生活状态。接下来作者“怅佳人之眇觌”，心生求友之念。于是“纫木兰以为盖兮，抗杜蘅以为旍”出游寻友。作者在此延续了楚辞中香草美人的写作手法，将寻友之行描述得高贵而奢华，以此来显示作者的卓尔不群。然而尘世之中并不是作者想象中的一尘不染，“天地四方多贼奸兮，忽吾班乎齐州”，作者描述了游历中世人之心的奸诈，这是影射南宋当时比较混乱的社会现实，尤其是人心不古、士风不振的不良风气。接下来，作者终于遇到与自己相类之人，外表看来也是“佩轇轕之连璐兮，戴陆离之高冠”，颇有修养。为了慎重起见，作者还求筮以求交往之吉凶。最后终于在“巫咸往招”、“介蹇修而为媒”的情况下两者相交。于是度过了“入既与之同袍兮，出又与之同车”的一段欢乐时光。范成大在此是借屈原交友来比喻世人的入朝为官，而这个与自己有类似外表的友人暗指朝中的同僚。友人之间的亲密无间，暗示了同僚之间的相互应和。然而好景不长，随着作者“敏予德而日新”，友人渐起嫉妒之心，于是“妬被离而害交兮，谗翕胁而败度”，友情宣告破裂。接下来作者对自己被友人出卖后的悲惨遭遇予以了哭诉，对友人背信弃义的行为予以了抨击，并奉劝友人出卖朋友换来的得势终不能长久，“彼日而食兮，此月而亏”。此时作者因遭遇谗诬而去国而去，然而离去之时，犹自悲吟阵阵。这是作者代屈原之口感慨小人乱政，而自己却不得不弃国而去的悲伤。整篇骚体以屈原遭谗的典故为线索，阐述了交友中因嫉妒等不良思想而导致的友情破裂，道德败坏。范成大之所以反复阐述屈原在交友中的高洁品质，是试图为世人树立榜样，无论做人还是交友，都应该以德为先，高洁磊落。而叙述屈原遭人陷害之后的哀怨痛心是为了奉劝世人不能为了一己之私，损人利己，否则便是“予既寡而汝鳏”的两伤结局。由此可见，范成大这篇骚体的目的是有破有立，劝谏世人要遵守道义，加强修养。清人浦铣《历代赋话》评价《惜交赋》曰：“忠厚悱恻，怦怦动人，有《小雅》、骚人之余风。”诚如其言，范成大作赋之用意，不在抒写怨愤，替屈原鸣冤，而是要以古人为鉴，教化世人，由此可见范成大化用屈原精神以济世的创作目的。

南宋中期以屈原为描写对象的骚体数量很多，在这些作品中，文人们或是赞美屈原高洁的人格或是称颂其爱国忠君的精神，借以阐述修身之道与人臣之义。宋人在高扬屈原精神的同时，颇多说教之词，这是宋人用屈原精神匡正世风的集中体现，说明了南宋中期文人们对积极入世、治世报国的热切愿望。

二、对中兴之势的颂美

南宋中期，局势逐渐稳定，再加上孝宗的励精图治，使社会经济文化获得了迅速的恢复，除了还是未能收复失地以外，整个社会均呈现出了复兴之势。遭遇了两宋之际苦难及南宋初期腐朽统治的文人们面对国家的中兴，欢欣鼓舞。南宋中期的文坛一扫初期的颓靡之势，文人们为社会的发展、国势的复苏大唱赞歌，创作出了很多颂美时政的作品。

有宋一代，由于国家军力孱弱，很少有骚体作品颂扬战争，更没有几篇是颂扬军队的。随着南宋中期国势的重振，文人们的自信心空前高涨，歌颂军队的作品也出现在骚体作品中。杨冠卿的《上留守章侍郎秋大阅赋》即是一篇歌颂宋军军威的骚散结合的文章。杨冠卿（1138—?），字梦锡，江陵（今湖北荆州）人，其《上留守章侍郎秋大阅赋》是绍熙元年（1190）跟随建康行宫留守章森校阅军队时所作。其序曰：

《司马法》云：天下虽安，忘战必危。圣天子规恢远图，留意武备。

亲御鞍马阅武近郊。威震戎夷，国实幸甚。秋九月，留都大帅待制侍郎蒐明国典，训齐士卒，宣上意也。门下士杨冠卿取《左氏》所书鲁桓公“秋大阅”为题赋之，用以形容甚盛之举。

杨冠卿在序言中赞颂了孝宗立志恢复中原的宏大志向，其整顿军备，并亲自到近郊阅兵的行动使民众深受鼓舞。时值留都大帅阅兵之际，杨冠卿作了这篇骚散结合的文章以“形容甚盛之举”，其歌颂军威之意甚明。杨冠卿在这篇文章中，首先介绍了创作的背景，“太昊司秋，时维九月。天子教田猎以习戎，诸侯简车马而大阅。此固国之重事，礼之盛节也”。作者提出了阅兵乃是国家的要事，礼节之盛大者，由此可见其歌功颂德之意，这也为文章奠定了颂美为主的基调。接下来作者用一段散体文字对建康险要的地势予以了说明，并对领军将领予以了赞美。作者称建康为“国之门户”，赞将领为“名世真儒”。检阅即将开始之时，“月亚于良，日用其刚。金神按节，玉女降霜。天镜静而云不翳，地轴清而尘不扬”，圣朝阅兵，天公也当作美，天地清明，一片盛世之相。这时“公乃衣狐貉，控骕骦，灿军容，阅戎行”，阅兵之将可谓威仪堂堂，“衣狐貉”、“控骕骦”展现出了大国将领的高贵与英武。接下来，作者用整饬的四言句对严整的军容予以了描述：

云颓火炽，山行水立，抱地势也；穷谷雪深，鬼行无迹，听号令也；鱼丽鳞鳞，偃月斜斜，布阵形也；星陨电落，鹘翻鹰击，角斗争也；胾肥东山，酿盎淮浦，犒士卒也；刀布川流，茧缕蚁叠，输赉予也。输运踣负，辘辘驿驿，肩赪汗赭，欢腾笑溢，杳不知其数，抑何夥也。

雄壮的队伍，依地势而立，令行禁止，排兵布阵，章法森严，操练严格，赏罚分明。整个军队虽然事物复杂却各司其职，士兵们虽然辛苦劳累却充满愉悦。作者把军队斗志昂扬、厉兵秣马的激奋场面生动的刻画了出来，这样充满生机和战斗力的军队，体现出的是盛世之中军民积极向上的斗志与国家昂扬雄浑的气势。接下来作者又用一段骚体对这支虎狼之师进行了传神的刻画：

人如虎兮马如龙，甲曜日兮车斗风。倏往兮忽来，驰突兮奔冲。军声沸兮山四摇，阵云卷兮天一空。

三军将士，斗志昂扬，勇如虎狼，来往奔突迅疾，喊杀之声震天。这样的一支强悍的军队，必是战无不胜攻无不取。作者对军队予以了高度的赞美，浓墨重彩的颂扬了这支部队的强悍战斗力和高涨的士气。最后作者再次表明作文的用意是“形容盛美，声为歌诗，以献天子”。歌功颂德之意十分明确。整个有宋一代，军力的孱弱是宋人心头抹不去的伤。孝宗朝的整顿军备，以备边事的政策，虽然没有真正实现复国收土，但客观上使南宋的军事力量有所增强，这使宋人倍受鼓舞。宋代文人对军队的不吝赞美，体现出了他们民族自尊心的提升，同时也表现出了他们因国家中兴而难以抑制的喜悦之情。

曾丰（1142—1224）字幼度，号樽斋，历仕孝、光、宁宗三朝，亲历了南宋由乱到治的发展过程，其对朝廷的功绩也是充满了激赏之意。他的《修文立武颂》即是一篇赞颂琼公治世之功的骚体。曾丰在《修文立武颂》的序言中提到，“庆元五年，西黎寇边”，当时形势危急，次年，琼公至，教乡民以礼义廉耻，于是民风教化大为改观，“直东南黎，归我疆封。乃乘其会，来降乞容”。作者有感于琼公安世教化之功，因此作了这篇《修文立武颂》以示歌颂。其文曰：

斌哉公兮。丁黎牾兮，反自拊兮。亶元后天覆无我若汝兮，董尔僚厘吾天序兮。九法茂茂勃其竖兮，谁又我舮兮。尔校传相欢，勿阐而□兮，勿□而靬兮。勿阍而篓韔鞬韊兮。逡其虎贲以自鞶兮。斌哉公兮。丁黎狺兮，反自揗兮。亶元老地载无我若人兮，麾尔校迪吾天伦兮。三纲几几廪其隞兮，谁又我（外门内宾）兮。尔黎传相告，勿摅而韣兮，勿抉而箙兮，勿掀而鞬□□箓兮。逶其蚁溃以自宓兮。斌哉公兮。丁黎□兮，反自揆兮。亶元戎海涵无我若尔兮，格尔黎寤吾天理兮。五常炳炳劼其履兮，谁又我觝兮，吾伍传相号，勿袖而弢兮，勿弹而韇兮，勿纾而医韘韇橐兮。逛其蛇附以自陶兮。

这篇骚体，仿照《诗经》重章叠句的创作手法，分三章，对琼公的功德予以了高度的赞扬。三章的内容大同小异，每章的开篇作者都以“斌哉”来赞扬琼公，赞扬琼公文武全才，德才出众。接下来作者叙述了丁黎谋反，后又得以安抚的事实，并对琼公予以了高度的赞扬，称其功德无人可及。“天覆”、“地载”、“海涵”等语体现出了琼公宽广博大的胸怀。在此基础上作者又对琼公教化黎庶的功绩予以了赞美，琼公将“九法”、“三纲”、“五常”之制授之于民，使其明白礼义廉耻之义，从而不再生作乱之心。黎明百姓对琼公的功绩竞相传诵，自此作乱之事再无发生，百姓安居乐意，其乐融融。南宋王朝由于是偏安江南，江南之地其文明开化程度不及中原，因此建国之初，教化人民以安人心是一项重要的举措。曾丰的这篇骚体就反映了当时南宋朝廷因推行儒家教化而使民风转变、国家安定的史实。曾丰对教化万民的琼公不吝赞美之词，予以了充分的赞扬，实际上这是其对以琼公为代表的统治阶层所推行的以文教化黎民、不以武力征服天下举措的高度赞同。正是在这种认同感的驱使之下，曾丰等南宋文人意识到自己在治理国家中不可或缺的价值，于是甘于也乐于为国效力，并为朝廷润色鸿业，功歌颂德。

其他又如陈造的《淮海楼赋》，这是一篇借赞美扬州南城所建淮海楼而彰显国家中兴之势的作品。孝宗朝时，扬州曾被作为重要的军事据点而大力经营，其军事地位十分重要。作者在文章中反复强调了扬州的重要地位，并对淮海楼的恢弘气势予以了高度的赞扬，充分体现出了宋人对国家中兴的喜悦之情。又如李洪的《适越赋》把越地的人文地理予以了详细的描绘，表现出对祖国山川的热爱，透露出宋人民族自豪感的提升。其他如王炎的《怀忠堂辞》、娄钥的《中兴显应观记》、王廉清《慈宁殿赋》等等，均有为南宋时政颂美之意。南宋中期，随着亡国之痛的远离和中兴之势的复降，文人们压抑很久的民族自豪感又重新焕发光彩，他们以积极入世的态度创作了大量为朝廷歌功颂德的作品。虽然这些润色鸿业类的作品思想价值不高，但洋溢其中的兴奋与喜悦之情反映出了当时文人们高昂的士气和济世报国的热情，这在经历亡国丧乱之痛的南宋时期显得弥足珍贵，对于士风的振起，宋人的民族自信心和自豪感的增强也大有裨益。

三、对现实政治的讽谏

南宋中期，虽然社会经济文化等方面获得了长足的发展，呈现出了中兴的态势，但各种社会矛盾并没有得到根除。孝宗登基后，在徽宗及朝中群臣的掣肘之后，最终也无法收复失地，恢复中原，文人们对南北分裂局面的延续仍然心存不满。孝宗退位后，光宗、宁宗治国之能远不孝宗，特别是宁宗后期，党争再次呈现愈演愈烈之势，各种社会矛盾再一次凸显出来。南宋中期的有识之士，对国家暂时的康宁有着较为清醒的认识，他们对复国及扫清腐朽统治仍有较高的呼声。在这些人的骚体作品中，体现出了对国家政治现实的关注，依旧保持了借骚体来讽谏当今的创作传统。

陈傅良（1137—1203），字君举，号止斋，浙江温州（今浙江温州）人。陈傅良是南宋中期名臣，颇有贤名。曾多次因秉公执法而遭遇贬谪，其忠直秉性，可见一斑。陈傅良的《戒河豚赋》是一篇借河豚毒人之事讽谏当今的作品。其序阐述了这篇骚体写作的缘起，其序曰：

> 余叔氏食河豚以死，余甚悲其能杀人。吾邦人嗜之尤切他鱼，余尝怪问焉。曰："以其柔滑且甘也。"呜呼！天下之以柔且甘杀人者，不有大于河豚者哉！遂赋之。

余叔氏食河豚肉而死，作者奇怪为何河豚肉能毒杀人命，邦人还不惜冒死食之。作者有感于世人因贪图河豚肉"柔滑且甘"的滋味而导致丧命，感慨世间"以柔且甘杀人"之大者，而世人却不知警醒，暗指南宋时期偏安一隅，为贪图享乐而忘记亡国丧邦之险。陈傅良文章中旁征博引，对这个观点进行了深入的剖析。其文曰：

> 物固有害人兮，人之胜者智也。牛能触，吾为之络；马能蹄，吾为之衔且辔也。乌喙之毒，用之药以治也。虎豹搏且噬也，机与穽足以备也。蛟蜃可驱兮，蛇虺蚖蜥可避也。虽其质祸贼兮，名彰莫余伪也。是故防之疑兮，待之惧也。吁，河豚柔滑其肌兮，旨厥味也。孰鱼匪羞兮，而柔以

甘人同嗜也。曾谓其毙人亟兮，孽肝胆惨肠胃也。人虽疑致死兮，馈者弗忌也。吁嗟乎！物之害人兮，不在乎真可畏也。凡蓄美以诱人兮，盖中人之所利也。余诚悦而啖兮，彼则阴以其恚也。减残忍以为仁兮，文妩媚忌也。甘我以言兮，鼠伺而狐觑也。笑怡怡吾蚤兮，弱婉婉灭人之气也。富贵怀安吾鸩兮，币帛饔牢吾饵也。吁嗟乎！爱者祸府兮，所玩以易也。兵莫惨于贪兮，干戈伏于不意也。晋灭虞以璧马兮，商君以好囚魏也。莽诈忠以盗汉兮，武贼养以媚也。眇河豚其弗戒兮，欺天下者曰得志也。吁嗟乎若子豢安兮，掷天下于一试也。

作者开篇点出，人之所以能够趋吉避害，不被外物所害，是因为人的智慧。作者列举了牛、马、乌喙之毒、虎豹、蛟蜧、蛇虺蚖蜥虽有害人的能力，却被人所用、所避。究其原因这些事物都是表里相符的恶物，并没有伪装，因此人们能够清晰的认清楚它们的本质，从而“防之疑”、“待之惧”。作者在此是想阐明，那些较为明显的危险，人们都知道防备避让，暗指宋人知道兵祸之险，所以会时刻思想躲避。接下来，作者对河豚之毒这种表里不相符的毒害又予以了申说。河豚柔滑其肌，味道甘美，看似没有什么危险，然而一旦食之不当，就会“孽肝胆惨肠胃”，以致害人性命。这是人们只见其利，不见害的结果。接下来作者又引类譬喻，用比喻和用典的形式来说明了那些表面诱惑、实则害人的潜在危险。这是作者在劝诫统治者，不应被一时的安逸所诱惑，贪图安逸则有亡国之险。作者列举出“晋灭虞以璧马”、“商君以好囚魏”、“莽诈忠以盗汉”等典故的目的，就是劝谏当今要以史为鉴，莫受一时之利诱而亡国。最后作者感叹，不心怀忧患就如同不解河豚之毒，若“豢安”一时，则有丢失天下之虞。作者将统治者的偏安贪图享受的心态比作河豚之毒，若沉浸于甘美味道之中而不知其毒的话，就有亡国送命的危险，到时候跟着受毒害的是全天下的子民。这也是作者所谓柔且甘杀人大于河豚者。在这篇骚体中，陈傅良表现出对统治者贪图安逸享乐的极大忧虑，可谓一针见血的指出了时弊，发人深省。

王质（1135 年—1189 年），字景文，号雪山，兴国军阳辛里（今阳新龙港镇阳辛村）人。王质历徽宗、孝宗两朝，颇有贤名。孝宗朝时，孝宗因受徽宗等人的掣肘，在战与和之间举棋不定。当时未到而立之间的王质，上疏孝宗，力主抗战复国，由此可见其济世救国的士大夫情怀。王质所作的《问北雁赋》也是一篇表现其复国之愿的骚体，作者在文章中详述了亡国之后的伤痛，体现出了对收土复国的殷切期望。作者开篇叙述了秋日大雁南飞的景致，“波潎潎兮江平，上有枫兮秋清”体现出了一派秋日的萧杀与悲凉。北雁南飞，作者借大雁之口诉说了面对金人入侵、无人抗战的悲哀。《问北雁赋》曰：

> 燕赵之野，土梗俗劲。慷慨大呼，前无白刃。齐负东海，鲁挟龟蒙，士辩而智，谭高气洪。三秦以西，狎武喜功。今皆弗闻，为有为无？

燕赵多慷慨悲歌之士，敢于死难；齐鲁多智辩之才，可以辅国；三秦之地狎武喜功，可以安邦定国。然而这三者现时均已不见，因为这些地方都已沦为金土。作者对家国沦丧的痛心疾首，跃然于纸上。国家没有了忠勇死难之士，复国遥遥无望，作者忧虑失望之意，渗透于字里行间。此后，作者又表达了对北方故土的深切怀恋：

> 比屋赤子，为喜为悲，饥兮何食，寒兮何衣？故老遗民，为亡为存，城郭苑囿，桑麻草木，为仍其生，为一扫而更？山兮崇崇，为陷而深，有渊有谷，为堙而平。古帝园陵，绕墙崇扉，为雄茂而森肃，为寒凉而惨凄？

作者这一连串的问句可谓字字血，声声泪，北方故土是否容颜依旧，那些古老移民是否能避祸安好，这一切都不得而知，关山阻隔，作者对故国的思念之情只能郁结在心，难以排解，复国愿望之强烈，不言而喻。最后作者感叹：“于是哀鸣咿嘤，若避若趋，倏飞去兮不可追，黯落日兮平芜。”往日不可追，只能在落寞中不断消沉，充分体现出了作者对复国无望的强烈不满和对现实的无奈之感。

南宋中期其他体现士大夫忧患意识，讽谏当今的作品又如王十朋的《民事堂赋》。王十朋曾历徽宗、高宗二朝，对社会现实有着较为清醒的认识。其《民事堂赋》借助对自然灾害的描写，表现了作者忧国忧民的思想感情。王十朋在《民事堂赋》中说道：“嗟会稽之大府兮，罹荐岁之凶荒。飓风作于孟秋兮，雨浸淫而异常。天吴怒而江涛沸溢兮，飘庐舍而坏堤防。粢盛害而岁大侵兮，民饿踣而流亡。”作者从自然灾害说起，说到民不聊生的社会现实，从而呼吁朝廷多关心民生疾苦，表现出了作者关注现实，忧国忧民的爱国情怀。又如陆游的《自闵赋》对朝廷中奸臣当道的现状进行了抨击，同时也抒发了自己不被人理解的怨愤之情。陆游在《自闵赋》中慨叹曰：“嗟攉不自止兮草奋如翚，余旁睨而窃怪兮抵掌戏欷。吐狂喙之三尺兮论极泾渭，徒祓斋而洁芳兮蹈道则未。念国中孰知我兮去而远游，穷三江而浮七泽兮莫维余舟。”陆游讽刺朝中那些无知小人，也间接指责统治者不明臧否，用人不当，表明了自己不愿意与这些人同流合污而放舟远游的理想。虽然陆游称要远游来躲避这个喧嚣的尘世，但当他想起远方的故国时，还是忍不住涕泣连连，“遂戍散关兮北防盛秋，登高以望兮慷慨涕流。”虽然屡遭冷遇，虽然心中仍有不平，但陆游的爱国热情始终没有减退，“惟节士以见疑兮趋以即死，岂摧辱之不置兮尚驰骛而弗止?”陆游的《自闵赋》可以说是道出了南宋爱国文人共同的心声，空有抱负，却不能被朝廷所用，群小奸邪的丑恶，现实状况的黑暗，让这些有志之士心痛不已。李洪的《双鹤赋》是对清洁忠言的胡邦衡的赞誉之作。文中他通过对胡邦衡不被流言秽语所动的高尚品质的赞美，抨击了那些只知道搬弄是非、陷害忠良的朝中奸佞小人的丑态。其辞曰：“群犬狺狺以吠日兮，……彼众口之烁金兮，竞儿柔而婢颜。”李洪将这些小人在朝中的声音说成是狗叫，可见他对这些奸佞小人的厌恶之深。

南宋中期的中兴之势，并没有使宋人的忧患意识消失，盛世中的逆耳忠言比润色鸿业的赞歌更加珍贵。然而在南宋复杂的政治环境之下，这些济世良言没有起到医国药世的作用，南宋小朝廷还是在短暂的中兴之后，又走上了衰弊的老路，最终像陈傅良《戒河豚赋》中所忧虑的一样，在一片追求安逸的享乐之风中，走向了灭亡。

第二节　说理之风的勃兴

南宋中期，伴随着理、道、佛三家思想的广泛流传，骚体文学说理之风勃兴，蔚为大观。经过北宋和南宋初年的积累，到南宋中期，理学的发展已臻于成熟，理学思想也逐渐渗透到了文学创作领域，不少学者倡导为文“明理”，这种“明理”的追求使文学创作体现出了很浓的理学特色。骚体文学领域同样也受到了理学思想很大的影响，骚体作家既要继承骚体重情的创作传统，又要为文求理。受这种文化心态的影响，南宋骚体中出现了一批探究人生哲理、反映理学情趣的作品，在这些作品中南宋文人创造出了骚情与理趣相互交融的意境。道教和佛教在宋代因受到了政府的大力扶植而繁荣发展。道教的发展源远流长，道家文化更是积淀深厚，道家文化对文学的巨大影响是不言而喻的。再加上两宋时期的战乱频仍，使一些文人直接投身于道教之中，寻求精神的解脱。文人的情志与道家文化相互交叉，于是在南宋文学中出现了一批反映道家思想的作品。南宋骚体中一些反映游仙幻想的作品都是道家思想的体现。南宋时期，佛教发展也是十分鼎盛，僧人人数的大量增加，使佛家思想传播加快，禅的意味不仅渗透到了人们的日常生活之中，还渗透到了文学领域。在骚体文学领域内，这种禅学意味也有一定的体现，再加上一些僧人直接创作骚体，使骚体中出现了不少反映佛家思想的作品。

一、谈论性理与情理交融

宋明理学通常被称作是新儒学，之所以言新，是针对自先秦到汉唐以来的传统儒学来说的。先秦之儒学注重社会伦理的实用性，它大力发掘出了人的道德伦理本质；汉唐儒学则是墨守师说，“注不破经，疏不破注”的治经态度，就能看出他们在治学上的墨守陈规，汉唐儒学对经传注疏过分注重而忽视了对事物本身规律的探究；宋明理学援佛、道入儒，以儒家的伦理思想为基础建构的新儒学，除了继承传统儒学的注重伦理道德之作用等方面以外，更加注重对世界进行形而上的思考，从而构成了具有很强的思辨意味的学术体系。南宋时期是理学逐渐发展成熟的历史时期，南宋的文学发展受到了理学思想的很大影响，同样南宋文人这种尚理的文学观念对骚体文学创作也有很大的冲击，理学大师真德秀在其《文章正宗》中提到论诗赋当以“明义理为主”，他所倡导的“义理”并不是要“窒情”，他所说的“义理”乃是“讽咏之间，悠然得其性情之正，即所谓义理也。”① 真德秀之语道明了理与情之关系，为文虽然离不开“情”，但终极目的仍是要得“性情之正”。文人创作骚体体现出了骚情与哲理的契合，南宋骚体中这类反映理学思想的作品，其内容大致可以分为两类：一类是以带有强烈理学化色彩的论“理”之作，即以理学的某一理论为对象，并对其阐申衍义的作品；另外一类则是骚情与哲理相结合，于骚情之中求得理趣的作品。

理学体系庞大而复杂，在南宋时期乃是官方认可和推崇的意识形态，骚体文学作为非主流且以抒情为主的文学样式，直接对于理学理论的探究不是很多。除了朱熹、王柏等人创造了一些直接以阐释“理”为目的的骚体文以外，还有其他一些文人的骚体中体现出了对“理”的思考与探求。

朱熹（1130—1200），字元晦，号晦庵，别号紫阳，祖籍徽州婺源（今属江西）。朱熹是理学的集大成者，在他的骚体作品中，《又四斋铭》是一组阐发理学思想的骚体，其下含《崇德》、《广业》、《居仁》、《由义》四篇。这组骚体可以说是直接以阐发儒家伦理道德理论为目的的。如《崇德》篇即是以讲述道德修养为主要内容的，其文曰：

尊我德性，希圣学兮。玩心神明，蜕污浊兮。

“尊我德性”，这个说法与北宋理学家张载有很大的渊源。张载《正蒙·大心》曰：“德性所知，不萌于见闻。”认为“德性”乃是人生而固有的，无需接触外界事物，只要通过内心修养就可以把它发挥出来。朱熹“尊我德性”的说法显然是建立在张载“德性说”基础之上的。朱熹认为人应该遵从或顺从天赋的道

① 真德秀：《文章正宗》纲目，台湾商务印书馆，1969年

德观念，即人应该加强自我修养，使“德性”能得以发挥。接着指明了加强修养的途径乃是“希圣学”，圣学即是圣人之学、孔子之学，可以泛指正统的儒家学说，学习研读圣人之学乃是明“理”的必然途径。明代的王守仁也曾在其《传习录》卷上说到：“后儒不明圣学，不知就自己心地良知良能上体认扩充。”朱熹在此也是强调学习儒家学说的重要性，只有通过对“圣学”的研习，才能达到自我完善的目的。“玩心神明，蜕污浊兮。”朱熹仍然是在强调加强个人德性修养的必要性。《荀子·劝学》曾曰：“积善成德，而神明自得，圣心备焉。”只有不断地加强自我修养，完善自己的品德，才能使精神和智慧脱尽污浊，达到将“德性”发挥出来的境界。朱熹用简短的语言阐述了加强道德修养的重要性，并明确指明要“尊德性”、“希圣学”，这显然是对理学思想中的性情理论，即人性的来源和心、性、情的关系问题的阐申说明。又如《居仁》篇是一篇谈“克己复礼”的骚体，其文曰：《居仁》：

胜己之私，复天理兮。宅此广居，纯不已兮。

“胜己之私，复天理兮”，这是典型的理学观念，即“克己复礼”、“存天理、灭人欲”，这是北宋理学家程颐程颢提出的，“人心，私欲，故危殆；道心，天理，故精微。灭私欲，则天理明矣。”二程认为，气聚合为人，“天理”就形成了人的本性，但由于气质之性阻碍了天理的正常发挥，以致于出现了恶，这就是人欲。天理是纯粹的善，顺从人欲，就是违背天理，就是违背了善，因此，儒者要存天理，就必须去掉人欲，使心中全是天理，达到圣人的水平。这就是所谓存天理、灭人欲。朱熹继承了二程的说法，他同样认为人应该克服自己的个人的私欲，才能做到明“天理”。朱熹曰：“人之一心，天理存则人欲亡，人欲胜则天理灭，未有天理人欲夹杂者。……学者须是革尽人欲，复尽天理，方始是学。”朱熹“存天理”的方法是提倡“格物致知”，他说：“格物者，格，尽也。须是穷尽事物之理，若是穷得三两分，便未是格物。须是穷尽得到十分，方是格物。”朱熹认为要达到格物致知的目的，首先应该克制人欲，他说：“人皆有是知，而不能尽其知者，人欲害之也，故学者必须先克人欲以致其知，则无不明矣。”因此，从前两句上看，朱熹是在强调“克己复礼”之说。“宅此广居，纯不已兮”，“广居”一词，出自《孟子》，《孟子·滕文公下》：“居天下之广居，立天下之正位，行天下之大道。”朱熹还是在强调要以儒家伦理道德作为行为规范。“纯不已”，“纯”者，纯一不杂也。程子曰：“天道不已，文王纯于天道，亦不已。纯则无二无杂，不已则无间断先后。”同样在说明要正心诚意，不能因外在的环境而改变自我的道义准则，要做到心无杂念。这篇骚体同样是在阐述理学理论，言简意赅，充分体现出了朱熹的理学思想。其他两篇《广业》、《由义》也是阐述儒家伦理道德规范，不再赘举。

理学家从高扬“天理”的角度出发，对文学创作有一定的抵触，最极端的莫过于程颐，他就曾直接提出“作文害道”之说，《二程遗书》载程颐的言谕：“问作文害道否：曰：害也。凡为文不专意则不工，若专意则志局与此，又安能与天地同其大也。《书》云‘玩物丧志。’为文亦玩物也。”程颐认为，为文影响修身养性，乃是玩物丧志之举，这种说法，显然是将文学与理学放到了对立的层面上。不过在众多的理学家中，像程颐这样坚决反对文学创作的并不太多，毕竟，理学家也是文人，更有不少理学家是擅长诗文写作之人，他们对诗文创作的态度不像程颐那么极端排斥。如朱熹、薛季宣、陈傅良等人，既有理学思想，更具文学才华，他们均难以舍弃文学创作，如《鹤林玉露》载：“胡澹庵上章荐诗人十人，朱文公与焉。文公不乐，誓不复作诗。迄不能不作也。尝同张宣公游南岳，唱酬至百余篇，忽瞿然曰：‘吾二人得无荒于诗乎？’”① 这段记载就充分显示出了理学家对文学难以割舍的情怀。朱熹、薛季宣等人都有大量的诗文存世，不过，与普通的文人之作不同，这些具有理学思想的文人所创作的诗文，十分注重追求理趣，即便是抒情之作，也要讲究情与理的交融。在骚体创作领域，这种创作倾向同样存在，他们的文章骚理结合，“情”“趣”并重，创造出了骚理交融的独特意境。

朱熹在中国文学史上以理学家、思想家著称，其诗文研究相对于他的学术著作研究来说，不是很多，至于对他骚体文学创作的关注，更是少之又少。朱熹的骚体作品约有十篇左右，以祭祀、悼亡之类居多。能将文人之情与理学之趣相互交融的是他的《感春赋》、《空同赋》、《梅花赋》等少数几篇。其中《感

---

① 《鹤林玉露》卷十六

春赋》与《空同赋》创造出了“情”“理”并重的意境，是朱熹骚体作品中的佳作。《感春赋》是作者闲居家中，感时而作的一篇自抒怀抱之作。作者开篇奠定了抒情的基调，抒发了一种对现实的幽愤之情：

触世涂之幽险兮，揽余辔其安之？慨埋轮而絷马兮，指故山以为期。

作者感叹世途的艰险，不知何去何从，只好退而安居，表达了一种无奈的情绪。此后，作者又将自己还归后的生活状态进行了描述：

自余之既还归兮，毕藏英而发春。潜林庐以静处兮，阒蓬户其无人。披尘编以三复兮，悟往哲之明训；嗒掩卷以忘言兮，纳遐情于方寸。朝吾屣履而歌商兮，夕又赓之以清琴。

朱熹退居家中，以悟往哲之明训为乐，沉浸其中，得意而忘言。这里既有退居家中的闲适之情，也有不忘修身养性的求理之举，可见朱熹作为理学巨擘，时刻不忘完善自我，已经将追求理趣融入到了日常生活之中。在文章的最后朱熹慨叹了时光的流逝，同时表明了自己“怀德音不敢忘”的追求：

怅佳辰之不可再兮，怀德音之不可忘。乐吾之乐兮，诚不可以终极；忧子之忧兮，孰知吾心之永伤！

时光流逝，而一日不敢忘“德音”之事，这种寓理于情的手法，使这篇骚体既有对现实的愤懑之情，也有闲居的闲适之意，更有时刻不忘“悟哲”、“怀德”的理趣，“情”、“理”交融，展现出了充满骚情和哲思的意境。《空同赋》较之《感春赋》对理趣的追求就更加明显，这是一篇情景与理趣相交融的抒写心灵之作。《空同赋》曰：

何孟秋之玄夜兮，心憀戾而弗怡？偃予躯之既宁兮，神杳杳兮寒闺。云屋掩而弗扃兮，壁带耿而夜光。宕予魄而不得视兮，怅訏立其怔营。灵修顾予而一笑兮，懽并坐之从容，寐将分而不忍兮，旦欲往而焉从？眷予衷之廓落兮，奄愁结而增忡。超吾升彼昆仑兮，路修远而焉穷？忽凭危以临睨兮，蔑广寒与阆风。信真际之明融兮，又何必怀此梦也？矢予词以自写兮，盍将反予旆乎空同！

孟秋之夜，心情难以平静，身体虽然安宁，但思想却早已纵横飞驰。作者通过对秋夜里自己心理状态的描写，展现了出了他思想的波动与心灵的变幻。接着作者与灵修并坐，共诉衷肠，展现出了朱熹欲与灵修神交的愿望，暗示出了朱熹对美好品德的向往。最后一部分朱熹登高远眺，幻与真相交织，虚无浑茫，难以言明。这篇骚体展现出了抒情与玄思相融合的意境，极富哲理性，耐人寻味，这是朱熹将情景意象与哲思理趣相融合的结果，这种尚理求理的倾向，将骚体创作带入到一个新的领域之中，情思与“理趣”的交融，创造出了耐人寻味、充满理趣的审美境界。

陈傅良早年师事郑伯熊、薛季宣，为永嘉学派巨擘。陈傅良的骚体创作不多，除了前文提到的《戒河豚赋》以外，他创作的一组骚体诗非常值得注意，即以《暮之春》为名的六篇骚体。《暮之春》其四：

山有龟蒙兮水有沂，天未丧斯文兮在兹。二三子兮皇皇欲何之？鼓瑟兮为谁，舍此兮吾将安归。

这首骚体，寓情于景，寓理于情，言虽尽，而意不止。作者徜徉山水的同时，还自述未忘斯文之事，隐约表现出了对理趣的追求。又如《暮之春》其五：

止斋兮年年，室环堵兮两山有川。鸥鹭巢檐兮圆荷田田，岂无芳草兮杜鹃。世微孔子兮独抱乎韦编。

这篇骚体情理交融，作者在对人生的哲思中，释放着自己淡淡的哀愁，在追求独善其身的过程中，品味岁月的悠悠，情理相合，自然恬淡，韵味悠长，耐人寻味。

其他类似此类骚理交融的作品如薛季宣的《本生赋》、《感除赋》，楼钥的《雪溪仙隐》等等都是此类寓理于情，情理并重的骚体作品。这些作品既体现出南宋文人在体物言情方面的精妙之处，也体现出了他们在宇宙人生哲思上的孜孜探求。南宋文人创造出的骚情与哲思浑融交汇的奇妙意境，是南宋骚体文学的一大特色。

二、游仙哲思与纪梦幻想

道家思想与儒家思想同为我国古代文化思想的源头。道家文化源远流长，自产生以来对后世就存在着极大的影响。它不仅影响了中国古代学术、文化史的发展演变，而且对文学发展史的影响也是十分明显的。道家思想是个庞大而复杂的体系，儒家注重社会的礼法秩序和伦理道德，道家则更强调一种超脱世俗，更重视人性的自由和解放。道家讲究"人天合一"、"人天相应"、"为而不争、利而不害"，"修之于身，其德乃真"，"虚心实腹"、"乘天地之正，而御六气之辩，以游无穷"，"法于阴阳，以朴应冗，以简应繁"等等。这些复杂的思想，渗透到了文学领域，直接影响了后世的文学创作。魏晋时期，玄学的兴盛就与道家思想的传播有着直接的关系。自魏晋以后，道家思想再也没有出现类似魏晋时期那样辉煌的局面，但它仍然潜移默化地影响着文化形态和文人心态，从而影响文学创作。有宋一代，道教的兴盛发展，为道家思想的传播打下了坚实的基础。南宋文学所崇尚的那种自然冲淡之美，多少与道家思想存在关联。南宋中期，随着社会局势的稳定，道家文化广泛传播。在骚体文学领域，反映道家思想的作品为数不少，多为咏仙类作品。咏仙题材是我国文学发展中一个古老的题材样式。它起源于先秦。在先秦神话传说、楚地歌谣及楚辞、诸子典籍，尤其是《庄子》中，都保留着大量的神仙故事，夹杂了不少神仙思想，这些都可以看作是咏仙题材的渊源。经过汉魏两晋时期的繁荣发展，咏仙题材逐渐成为一种固定的文学创作模式。此后到唐宋以至于整个中国古代文学史，这个题材或隐或显都一直存在着。南宋中期骚体文学的咏仙类作品中，或是描写与仙人同游的情景，或是表述游仙经历，亦或是诉说梦境幻想，文人们往往借助仙人之口来言说玄理并借助游仙幻想寄托了个人的情感，体现出了一己之情与道家玄理相结合的特点。

南宋中期骚体文学中，较为常见的咏仙类骚体是游历仙境之作，如崔敦礼的《九序》、《太白远游》、康与之的《招真词》等等。这类骚体极力铺排与仙人共同遨游仙境时的所见所闻，语言华美，想象奇特，多表达一种欲远离尘世、追求自由的情怀。

崔敦礼（？—1181），字仲由，通州静海（今江苏南通）人。崔敦礼有骚体十余篇，多数为祭祀神灵之作，他的《九序》是一篇以游仙为题材的作品：

> 春日兮繁鲜，车阒阒兮句曲天。絙瑟兮拊鼓，满芳菲兮琼筵。朝霞为羞兮沆瀣为醴，瑶华玉馔兮错杂而陈前。灵之来兮赤城空，驾白鹤兮御清风。群仙从兮哆哆，云晻暧兮车隆隆。灵之去兮返太清，骑日月兮朝紫皇。下视九州兮尘泱茫，五岳俎豆兮四溟杯觞。制琼琚兮余衣，集芳荪兮余裳。荷佩兮离离，兰旌兮扬扬。欲往从兮未得，望夫君兮彷徨。

这是一篇描写与仙人同游的骚体，崔敦礼开篇极力铺陈自己游仙前的壮观景色，“朝霞”、“沆瀣”、“瑶华玉馔”、“白鹤”、“清风”这是一个华美而让人炫目的场景，作者就是在这样热烈的氛围之中驾鹤乘风与仙人同游。群仙前呼后拥，腾云驾雾，扶摇直上，在天际任意遨游。“灵之去兮返太清，骑日月兮朝紫皇。”作者极尽想象之能事，见仙人，游仙境，俯瞰九州，一切都显得那么渺小，而自己凌驾于其上，意气风发。这篇骚体，想象奇特，作者通过幻想，与群仙同游，纵横翻腾，游遍仙境人间，表现出了一种脱离尘世纠葛、飞翔在天空的美好向往，这是作者追求心灵解放、追求自由的心声。《太白远游》是崔敦礼创作的另一篇游仙内容的骚体，骚体中遨游天宫的主人公是李白，作者借李白之口，表现了自己欲远离尘世烦恼，自由翱翔的愿望。作品开篇叙述了李白在尘世间的遭遇，表现了李白空有旷世才华而不得志的痛苦遭遇。其文曰：

> 人间不可以托兮，信长风而云行。浩漫其将何之兮，怅飘忽而徂征。天生材以有用兮，思逢时而经纶。苦恩疏而媒劳兮，坐长叹以抚膺。鸡聚族以争食兮，凤孤飞而无邻。璚草隐於深谷兮，层丘蔽以苍榛。骅骝拳跼而不得食兮，蹇驴得志以鸣春。蝘蜓嘲龙兮鱼目混珍，嫫母衣锦兮西施

负薪。

作者赞美李白有经天纬地之才，但却生在了一个美丑不辨、善恶不分的世界中，不但才能得不到施展，还饱尝压抑之苦。崔敦礼将李白比作凤凰、美草、骏马、苍龙、西施；而将小人比作鸡、榛、驴、蝘蜓、嫫母。如此强烈的对比之下，可见李白是在怎样的恶劣环境之中生存。世道既然如此的美丑颠覆、黑白不辨，李白选择了离开这个充满污浊的混乱之地，“运以大风之举兮，假以摩天之翔。前期浩乎漫漫兮，浮四海而横八荒。”李白借大风之势，奋摩天大羽，扶摇直上，遨游于四海八荒之地。此后，李白过天门、遇仙童，逢仙女、见仙人，在天宫任意遨游，在遨游期间又“卧香炉”、“栽若木”、“采琼蕊”、“饮玉浆”，尽情享受着仙人的乐趣，此后又驾“白鹿”、“挟双龙”遨游于八极云霄之上，最终“登真朝于玉皇兮，赐琼浆以玉杯。”李白最终见到了玉皇大帝，诉说了自己在人间所受到的种种挫折和非议，玉皇的解答则让李白豁然开朗：

听天语之察察兮，廓如云而天开。天地同乎枯槁兮，生世如乎转蓬。君子化为猿鹤兮，小人或为沙虫。营营为何所求兮，鸡鸣趋乎四关。十步而九太行兮，世路多乎险艰。传其语以铭骨兮，永愿辞于人间。

世间多艰难险阻，何必像小人一样，蝇营狗苟。这是作者借仙人之口来言说人间之事、人间之理。面对玉帝的点拨，李白顿时醒悟，愿离开人间这个污秽纷扰之地。随即：

忽魂悸以魄动兮，即归路而长叹。转天车於六龙兮，云骈下而飘翩。风为马兮霓为裳，靡星旂兮回鸾车。烛龙衔光以照物兮，列缺挥鞭而启途。欻翳景以横翥兮，逆高天以下垂。望四海兮何漫漫，长相思兮在长安。复长剑而归来兮，谒九重之天门。白日照吾之精诚兮，效剖胆而输肝。吐峥嵘之高论兮，开浩荡之奇言。所谓代马不思乎越兮，越禽不恋乎燕。

李白终于脱离了世间的琐碎纠葛而走上了心灵解脱之路。这篇骚体跌宕起伏，纵横捭阖，崔敦礼虽然是吟咏李白的天宫之游，实际乃是借李白之身来存放自己的灵魂，寄托遥深，颇让人回味。这篇游仙之作较之《九序》多了几分情感抒发与情感寄托，把奇特的想象加到曲折的游仙之旅上，使这篇骚体大开大合，把崔敦礼欲寻求心灵解放、远离尘世喧嚣的感情表现得酣畅淋漓。

南宋中期咏仙骚体的第二种常见类型，是以纪梦的形式记录梦境中的仙境见闻，体现出了作者对现实的超脱，文章往往充满了哲思与幻想，呈现出情理交织的特点。南宋中期骚体中，此类的文章如薛季宣的《记梦》、杨冠卿的《纪梦》、周必大的《梦仙赋》等等。薛季宣的《记梦》是描述他在睡梦中游玩龙宫的经历。作者开篇叙述自己泛舟于洞庭湖上，悠然入梦，梦到自己下到了水底龙宫，“聊凝神兮隐处，梦龙宫兮波之下。”接着作者就对龙宫中的奇异景象进行了详尽的描述：

> 珍珠庭兮紫贝阙，璆琳宫兮犀甲户。朝龙君兮殿堂，芰荷巾兮苹藻裳。圭琉璃兮荇带，佩美玉兮琅珰。

龙宫里，金碧辉煌，琳琅满目，龙王也是美玉加身，香草点缀。薛季宣充分利用骚体的体式特点，运用华美的辞藻，将龙宫之景描述得富丽堂皇。此后薛季宣描写了龙王去至水晶宫时的情形：

> 龙君游兮何之？水晶宫兮丹水湄。骖苍虬兮飞廉御，丰隆车兮为后属。砻礋驱驰其左右兮，使风伯为清路。都离宫兮忘反，命群臣兮燕衎。葅蘩蕴兮形盐，列鲸胎兮鼋卵。张钧天兮广漠野，鼓蛇蘐兮震鼍鼓。

众水神前呼后拥，场面宏大，几近奢侈。作者将自己在梦中所见的龙宫中的情形进行了生动的描摹，龙宫中那珠光宝气的场面跃然于读者眼前，体现出了作者摆脱现实束缚、追求精神自由的渴望。杨冠卿的《纪梦》也有咏仙的内容，杨冠卿做梦梦到自己被赐官，醒来本以为会好梦成真，但最终发现乃是黄粱一梦。在这篇骚体中，他对自己梦中所见到的天宫的景物进行了精细的描摹：

> 恍余神以遐骛兮，排寥廓而上征。鞭玉虬以骑麟兮，驱望舒而抚流星。扣陛级之灵琐兮，拜群仙于紫庭。众莫知予所为兮，跪敷衽以前瞰，有美人兮遥相望，凛而洁兮发而长。苍玉佩兮云锦裳，森剑卫兮环帝傍。领之使前兮声琅琅，乞我蜚霞兮相与颉颃。拔鲸牙兮酌天浆，接武兮班行。纂述兮辞章，余将从之兮相羊。彼申申训敕兮，谓必好修以为常。闻命而回，蘧然形开。

作者梦中被天宫征召，“虬”、“麟”为之驾，上至天宫，与群仙会面，见仙女之凛洁、天兵之雄壮，跪受封赏，享玉液琼浆。作者记述了梦中在天宫受封之经过及在天宫中的见闻，文辞优美，想象丰富，充满了奇幻色彩。如此的奢靡享受不过就是一场梦境，到头来都是一场空。作者借梦境来讽喻现实中的享乐之风，试图借梦境来说明奢华的背后隐藏着幻灭危机的哲理。

南宋中期体现道家玄思的骚体还有文人们在平常生活中参道体玄的作品，如陈仁玉的《南峰寺蓝光轩怀吴直翁》，独立空山之上，怀念故人而不得见，其“空山无人兮寒松乍声”、“白云封关兮猿鹤看户”等句营造出了一种真情与玄思相交融的奇妙意境。此类作品的数量较少，集中体现道家哲思的还是那些咏仙骚体。南宋中期的咏仙题材以神仙或仙境为吟咏对象，体现出了一定的道家特色，骚体想象奇特、辞藻华美的特点，在游仙题材中得到了充分的发挥。文人们借助道家无为、自由的哲思来言说现实之理，表达了他们超脱现实的意愿和追求自由的情怀。

三、佛家之事与佛家之思

有宋一代，佛教的传播与发展十分迅速。早在北宋时期，宋太祖就曾下令在成都雕刻印刷《大藏经》，还将西川转运使从成都抄写的金银字《金刚经》送到开封供奉。宋真宗对佛教更是热衷，他不仅经常赏赐寺院，还一再特许增加度僧人数，广设度僧戒坛，他自己本人还亲自作《崇教论》，把佛教提到了与孔孟之道相对等的地位。在北宋统治者的大力扶植下，佛教迅速发展，到宋真宗天禧五年僧人人数已经达到了三十九万七千余人，尼姑六万一千余人。南宋时期，由于政府将出卖度僧牒作为一项重要的财政来源，因此大量的出卖度牒，僧尼人数也因此继续增加。据绍兴二十七年南宋官员统计，当时南宋有僧人二十万，这个数字相当于北宋天禧五年统计数字的一半，同熙宁年间北宋全境内的统计数字几乎对等，这个数字对于只有半壁江山的南宋来说，已经十分惊人了。在宋高宗绍兴年间，民间就曾流传着“无路不逢僧”① 的说法，由此可见，南宋的佛教流传之盛，绝不亚于北宋时期。佛教流传到了宋代，佛教文化进一步渗透到了社会生活的各个方面，参禅悟道成了宋人的时尚。对于文人士子来讲，佛家思想对他们的思想和精神都产生了比较深刻的影响。宋代大理学家程颐、程颢就曾说过：“今人不学则已，如学焉，未有不归于禅也。”② 由此可见佛教及佛教文化对南宋文人及文学的影响。就骚体创作领域而言，文人创作中即有很多描写佛家之事和表现对佛家之思的作品，还有相当数量的僧人直接投身到骚体文学的创作之中，使南宋的骚体文学创作出现了一批反映佛家思想的作品。

南宋骚体文学中与佛教和佛教思想有关的骚体，多出现在中后期，这些作品多出自僧人之手，最主要的题材样式，是以歌颂僧人为主的赞文辞。如释大观的《远法师陆修静赞》，释绍昙的《赞华长老真》，释正觉的《禅人并化主写真求赞》等等，都是此类文章。这种赞文辞或是赞扬僧人的相貌，或是赞扬僧人的德性，多描摹刻画之笔，多赞美颂扬之句。以释绍昙的《赞华长老真》为例，其文曰：

> 华胄兮天随故家，清名兮应庵再来。穷教兮佛陇精华，逃禅兮苏州思歔。爱梅兮冰雪襟怀，结茅兮泉石亭台。搜吟兮西湖巧裁，好客兮东合大开。乐归隐兮百鸟衔花，尸净土兮九莲夺胎。瞻遗像兮瑶林琼树之葩，挺孙枝兮雕梁画栋之材。

这是释绍昙赞颂圆寂高僧的一篇骚体，在文中，他对赞颂对象那深厚的佛学造诣、高洁的人格精神、卓绝的才华都给予了高度的评价。他将死者比作“瑶林

---

① 赵彦卫：《云麓漫钞》卷四，中华书局，1985 年

② 朱熹：《河南程氏遗书》，商务印书馆，1935 年，第 217 页

琼树之葩”、“雕梁画栋之材”，显示出了对死者无比的崇敬和赞赏之情。这篇骚体，虽然是为死者而作，但较之一般的文学作品，大不相同，在文中看不到丝毫的悲伤之感，这显然是佛家思想的流露。“尸净土兮九莲夺胎”的话语，显示出了佛家思想中转世轮回的观念，因此文中没有哀伤之意，只有颂赞之情。

南宋中后期的僧人中，不乏文采出众之人，如释居简、释大观、释善珍等，这些人创作的一些骚体，文学性与佛家思想并重，在文学意味中体悟佛理，艺术价值很高。释居简《止止阁辞》中说道：“息风兮水如砥，息机心兮心如水”，作者以禅心观山水，山水无不蕴含禅机，悟道者能于山水万物中见禅，风息则水平，机心息则心平，自然之理与人生之理相通相合。作者于风中水的变化劝世人当息机心、求静心，则心静如水，充满了对人心的哲思，禅意十足。又如其《紫芝词》中，“不时兮自解，不植兮自萌。”万物皆有其自然本性，顺应自然，方见真禅，大有不雨花犹落、无风絮自飞的禅境；释善珍《骚词二章》中说道：

> 余行兮余意，一笑兮足惊一世。人不知兮谓余立异，岂人见兮胜帝。调古兮湘童，大道兮壶之中。

任性逍遥、随缘放旷，超出七情六欲，不受人家世俗欲念的牵累，大道壶中，人皆不知，不可言传，充满了哲思禅意，耐人寻味。这些渗透着禅意佛理的骚体，取材的内容十分广泛，既有自然之景，也有人之常情，情感与禅意并重，耐人寻味。南宋文人作品中，也有此类将禅思与抒情相结合的作品，体现出了佛家思想对文人的影响，也体现出了文人对佛家思想的思考与感悟。不过此类作品较之反映理学思想和道家思想的作品，在骚体中体现得不是特别明显，不再详述。

第三节　闲适生活的吟咏

南宋中期，由于经济的复苏和社会的稳定，文人们普遍过着闲适的生活。亡国之痛的渐行渐远，偏安江南的富足生活，再加上江南秀美山水的激发，使享受生活、表现生活中的闲情逸致成为这一时期骚体文学的重要内容。文人们或是登临游历、纵情山水；或是关注日常，发现生活的情趣；亦或是祭祀祈福、悼亡怀人。南宋中期生活类骚体作品占据了骚体文学的大半以上，这充分说明了这一时期骚体文学在时代风气的影响下，世俗化、生活化的程度在不断加深。

一、游历登临的闲情

游历登临题材是骚体文学的传统题材，两宋之际的这类题材文人们多是以怀古伤今、借物抒情的方式来表达怀才不遇或对现实不满的情绪，因此，别有寄托，意旨含蓄遥深。随着南宋中期社会局势的稳定，这类游历登临题材的骚体则多体现了文人们的闲情雅趣，多体现一种闲适的情怀，流露出清新淡雅的风格。

杨万里（1127—1206），字廷秀，号诚斋，吉州吉水（今属江西）人。杨万里乃是南宋“中兴四大诗人”之一，他创立的诚斋体，活泼自然饶有谐趣。除了在诗学方面成就很高以外，杨万里的骚体创作也很多，骚体作品大约有十余篇，其中以《延陵怀古》为题的三篇骚体是杨万里咏史怀古题材的佳作。《延陵怀古》乃是杨万里守延陵时所作，其序曰：

> 予假守延陵，盖州来季子之虚也。迨暇登城，游目四顾，慨然想见季子之风烈。既而问诸故老，古今之士或邑于斯、或寓于斯者，得三人焉，作《延陵怀古辞》。

正如序言中所说，《延陵怀古》其下含三篇骚体，分别是《延陵季子》、《兰陵令》、《东坡先生》。“延陵季子”即吴王之子季札，最小而贤，不接受国家而选择隐居延陵，被称赞为“君子以其不受国为义，以其不杀为仁，是以春秋贤季子而尊贵之也”。杨万里在《延陵季子》中表达了对季札高风亮节的赞誉之情：

祀太伯其忽诸兮，顾袭誉于子臧，曾不知民无让而不立兮，自古皆有亡……谓吾札之不懿兮，札亦恬受而茹声。思夫思兮君子，乾坤毁而日月息兮，则君子之亦死。

杨万里对季札这种与世无争、恬淡自然的心境给予了高度的赞叹，“乾坤毁而日月息兮，则君子之亦死”，表现出了对季札深深的追念之情。杨万里曾被宁宗招过多次，但屡招屡辞，杨万里对季札的这种追念之情恰是反映出了他不欲争权夺势，希望过恬静生活的心态。“兰陵令”即指荀子，杨万里在《兰陵令》中叙述了荀子一生主要的典故事迹，以表示追念：

燕虞无趾而造齐庙兮，楚氓而秦其魄。斗六王于一说兮，微仪、衍之舌而不国。

杨万里叙述了荀子由齐至楚，又由楚到秦的经历之后，又对荀子生不逢时、屡遭排斥的遭遇表示了同情：

嗟若先生兮，鸡知时之不足。储唐虞之故冕兮，鬻洙泗之敝裾。乘方轮而折轴兮，欲先鞭而疾驱。

最后，杨万里又表示出了对荀子的惋惜之情：

征九伯而佩六印兮，睎二邑哉而不得俱。傥不欲以天球玉磬而质康瓠兮，嗟而后死者其舍诸。

整篇文章充满了一种淡淡的愁思，作者对荀子的一生际遇给予了极大的同情。

“东坡先生”即苏轼，《东坡先生》是杨万里对苏轼的怀念之作。和前两篇类似，开篇先将主人公的生平事迹叙述一遍：

吹赤壁之月笛兮，瞻黄州之雪唐。弹湘妃之玉瑟兮，织天孙之锦裳。招先生其来归兮，何必怀眉山之故乡？

接着杨万里对苏轼的诗文才华作了高度的评价：

驱海涛以入砚滴兮，挽南斗文星于笔铓。昌黎兮欧阳，视先生兮雁行。韫不泄兮忠愤，炯不掩兮文章。

杨万里将苏轼与韩愈、欧阳修相提并论，可见其对苏轼的推崇之意。接着杨万里又说，“予之来兮云暮，与先生兮相望”，表达了自己对苏轼的仰慕之情。整篇骚体充满了乐观色彩，与前两篇迥然而异，既是追念苏轼，自然应该以苏轼豁达、乐观的精神贯穿文中，所以通篇看来，虽然是对已故之人的追念，但丝毫没有郁郁的伤感之情，而是一种乐观向上的感情基调。杨万里的这三篇骚体对曾经居住在延陵的古人进行了追念，其文如其诗，自然清丽，又饶有谐趣，是艺术成就比较高的怀古骚体。

高似孙（生卒年不详），字续古，号疎寮，鄞县（今浙江宁波）人。高似孙一生著作颇丰，他的骚体作品也很多，著有辞赋集《骚略》三卷，收录了三十三篇作品。他是南宋文人中，在骚体创作和骚体理论方面成就较高的。高似孙创作骚体非常注意人与景的交流，情与境的交融，他曾说过：“士之有所激而备者，极天地古今之变动，山川草木之情状，人物智愚之贤否，是非邪正之销长，有触吾心。”高氏强调有触于心，即是强调为文要有感而发，这种感发之情正是创造出情景交融之境的源泉所在。在高似孙的骚体作品中，他晚年作于越地的《山中楚辞》六首，写景与抒情相结合，创造出了境与情合、情景交融的完美意境。《山中楚辞》其三：

穆东皇兮受命，乐山中兮俱春。风引树兮欣欣，雨生波兮粼粼。天有心兮康予，朝复朝兮趋新。春空劳兮又去，山青青兮予亲。

这是一篇描写山中春色的骚体，春风吹过，草木欣欣向荣，春雨播撒，水面波光粼粼。大地复苏，新旧交替，春意盎然。山中的青山绿水，让人感觉春意扑面而来。看着这生机勃勃的山中春景，作者不由得喜上心头，满山的青绿更是让作者喜爱异常，愉悦之情溢于言表。这篇骚体，从山中春色说起，通过对山川树木的描绘，编织出了一幅饱含浓浓春意的画面，作者徜徉于如此的良辰美景之中，心头充满了对春色的愉悦和喜爱之情。全篇文章，山含情，水含笑，人与景的交流，景与情的交融，让这个山中春景脉脉含情，让人无比陶醉。又如《山中楚辞》其五：

桂树兮团栾，篱菊兮可采。石磊磊兮沿荡，雁嗷嗷兮离瑷。人心悽兮易凉，时令迁兮谁縡？揽古兮自怅，视彭殇兮何待。吁嗟秋兮，不以悲而能轻，不以愁而为怠。若得意兮骚者，酒淋骚兮如海。

这是一篇描写秋景的骚体，桂树、菊花、大雁等物都是秋景中常见之物。作者开篇通过这些独特的意象组合，营造了一种饱含萧瑟的意境。在这个时令变迁、凉意袭人的秋天，作者油然而生一种淡淡的悲秋情绪。然而作者不希望沉浸到这种悲秋的气氛当中，他开始寻求自我解脱，试图自我劝慰，于是他选择了借酒浇愁。这篇骚体，先是言景，继而触景而生情，心中的悲凉与秋天的凉意相交织，创造出了水乳交融的凄凉之境。这两篇骚体，都是作者在山中闲居生活中的喜悦与闲愁情绪的体现。

其他类似的作品如王十朋《双瀑赋》，何澹《绕花台赋》，陈炳的《泛秋浦赋》，《望黄山词》等等，均从不同程度上体现出南宋中期文人的闲适情怀。

二、日常生活的情趣

南宋中期，日常生活题材频繁出现在骚体文学中，文人们将其对日常生活的感悟，投射于骚体文学创作之上，创作出了充满生活气息，反映一己私情的休闲之作。

陆游的《虎节门观雨赋》是一篇描写雨景的作品，体现了作者对日常生活情趣的挖掘。《虎节门观雨赋》全文可分为三个部分，即雨前、雨中和雨后，每一个阶段独有的景致特点都被陆游刻画得细致入微。作者开篇即叙述了南方虽已是秋季，但仍然十分炎热，接着把雨前炎热沉闷的天气作了详细生动的描绘：

> 赫赫炎炎兮炮烙之威，赤云如山兮其高巍巍。阳乌三足兮中天流辉，吴牛喘卧兮海鸟倦飞。水泉枯竭兮桔槔息机，禾欲茂而藁死兮妇泣而子欷。曾织絺之不御兮如被裘衣，吾一夕而三起兮汗如写其屡挥，昏然投床兮饮馋蚊之方饥。

烈日炎炎，赤云千里，整个大地仿佛被火烧过一样，牛儿无力地卧倒在地上，海鸟也不再振翅飞翔，水泉枯竭，庄稼干旱将死，身上仿佛穿上了皮装沉重而闷热，挥汗如雨，坐卧不宁。陆游将闷热写到了极致，在对处于炎热中的种种景象艺术性的组合之下，描绘了一个烈日炎炎下了无生机、沉闷滞重的画面。如此入木三分的刻画，显示出了陆游高超的创作力。这个闷热干燥的世界，仿佛一块巨石一样压得人喘不过气来。接着，陆游将笔锋一转，从风起所带来的那一丝凉意写起，对到来的滂沱大雨又进行了精细的描摹：

> 倏清风之飒来兮视庭日其苍苍，乃命吾驾兮登古城以徜徉。云兴东山兮弥漫八荒，披吾襟而脱吾帽兮受万里之凉。雨势飘忽兮其阵堂堂，甚锐且整兮遇者辟易而莫当，翻江倒海兮沃除骄阳，天地晦冥兮日月翳光。如天战之初酣兮壮士颜行，飞白羽之箭兮攒绿沉之枪。既散复合兮奇正靡常，乘高督战兮吾气甚扬。

正当闷热难耐之时，清风袭来，带来丝丝的凉意，接着倾盆大雨从天而降，宛如翻江倒海，使日月无光，天宫仿佛发生了争斗而向人间投下了遮天蔽日的飞箭长枪。那呼啸而至的狂风、劈头盖脸的雨势，天昏地暗、日月无光，如此的大雨，真是世间少见。陆游运用夸张的手法将大雨突降之势刻画得十分传神，充分表现出了大雨的急促和滂沱，让人倍感酣畅淋漓。大雨过后，陆游又对雨后的清新世界作了描绘：

> 俄霶霈之霁止兮烟敛云藏，海山呈妩兮天水苍茫，泉流泱泱兮尘清土香，草木苏醒兮兴起仆僵。农夫起舞兮岁以大穰，九衢行歌兮厥声洋洋。又如既胜兮底定一方，氛翳廓清兮寇戎披攘。冈峦靡迤兮亭障骞翔，奏凯而归兮竹帛炜煌。

雨过之后，烟消云散，海天一色，清泉泠泠，草木复苏，空气中飘散着泥土的芬芳，陆游将雨后清新的世界描绘得如诗如画，让人倍感清爽。陆游对下雨前后及雨中之景的描写十分深入细致，这次降雨仿佛是一场高潮不断的话剧，情节曲折多变，画面生动鲜活。陆游写景摹形的功力炉火纯青。世间有绝景，文人有情趣，陆游的这篇骚体，文辞丰茂，想象奇崛，将下雨之趣充分展现了出来。

薛季宣的《春霖赋》是作者感于春雨绵绵而作的一篇抒写一己之情的骚体，表现了一种凄凉苦闷的心境。其文先叙述了绵绵春雨所带来的种种影响：

> 遭霖澍之嫣绵兮，窃独悲此众芳。氛祲郁其缤纷兮，敝皇苍之泱漭。既困人以沈著兮，又申之以纡轸。斡浑天以为盖兮，星辰烂其昭灼。仰横空之霎靆兮，日飞霰余靡乐。坤舆滂沱以蒸渍兮，涨涂潦之狂流。……

绵绵不绝的春雨，铺天盖地，遮住了日月星辰的光芒，又弄污了整个世界，作者通过夸张的手法将春雨带来的种种不好之处大力地渲染，使人感觉这无边的淫雨的确是挥之不去，惹人心烦。在对春雨进行了大幅的描述后，作者发出了自己的感慨：

> 情徊徨余靡邇兮，几鸣哀于阊阖。羌被离于雾露兮，虽衷肠谁与答！创余怀而若刈兮，涕纷零兮如雨。庶庚辰之辅夏兮，锁支祁于淮浦。乌呼悲哉兮，人生复几春。岁流迈而多阴兮，皇湿滑于东君。……

作者因为春雨而带来了愁思，抒发了无人可诉衷肠的孤独感，此后又由春雨绵绵不尽，联想到了人生，感叹人生不如意之事如阴雨般连绵不尽。最后薛季宣说："叱神龙俾潜渊兮，驭义和而远游。"作者想远离这个让人幽怨异常的世界。"潜渊""远游"，暗示了一种欲脱离尘世的追求。这篇骚体，感物而动情，因情为文，作者倾注了深深的情感在文章中，避免了文章徒有外表而缺乏情韵，是一篇情景交融、物我交融的优秀作品，很好地表达出了作者因现实的黑暗而欲远游的幽怨之情。薛季宣所作的《怨春风》也是一篇感于春风催花而抒发人生感慨的感时寄情之作。作者在开篇即对春风提出了怨怼之情：

怨春风之不仁兮，既发我群芳与众葩。羌无远而不届兮，烂锦绮之纷华。……香袭衣兮馡馡满路，又吹残兮何故！

作者埋怨春风既然带来了百花盛放，就不应该又将它们吹得凋谢零落。作者看着百花凋零，昔日芬芳袭人的群英，现在只落得个"质存兮已魄然而少气"，心中不禁无限地感慨：

人生百年犹树花兮，三春发荣粲其葩兮。光彩馨香能几何兮，一兮飘风竟辞柯兮。彼随风兮展转，或归根兮或远，或一坠于庭闱兮，或遂沈于坑圂。风何知而花何有兮，子之心兮眷眷。

作者由花的荣枯，想到了人生犹如树花，虽然在某一阶段看来光彩耀眼，但一旦受到外部力量的侵袭，人生也会变得飘摇无定，最终只能以凄凉收场。此后，薛季宣又借对人生的叹息，进一步抒发了对那些如春风般破坏美好生活、不辨美丑的小人们的愤慨之情：

嗟世态之汩于是非兮，孰通其说，西施见斥兮，嫫母为说。毁弃尺璧兮，鼠璞见珍。明月沈埋兮，鱼目为玭。美自美而恶自恶兮，赝与真其谁分！

薛季宣借春风不知道花的美艳芬芳而摧花来暗示那些当权者不辨美丑，有眼无珠。整篇骚体从日常生活中的春风说起，最后说到了人生，内容丰富，寓意深刻，是感时寄情的佳作。这方面的作品又如陈棣的《伤春词》：

春风兮飕飕，春日兮迟迟。草木秀兮原野，兰茝芳兮水湄。美人去兮何所，白云深兮莫窥。望极浦兮掩泪，倚危槛兮怀思。嗫嚅兮鳦语，连娟兮蝶飞。感微物兮灵偶，私自怜兮芳时。玲珑兮琼佩，沉寂兮蕙帏。对芳时兮太息，岂独凛秋兮足悲。香消悴兮□鸾镜，愁委积兮堆蛾眉。登山临水兮有兰梦，断雁沉鱼兮无锦诗鶗鴂鸣兮众芳衰，春冉冉兮不可羁。人生行乐兮将何之，王孙王孙兮胡胡不归。

这是一首吟咏春愁的诗，春风吹过，万物复苏，让人闲愁无限，欲寻美人去向，却又不知所踪，只能凭栏怀思。不是只有凄凉的秋天才让人悲伤，这绵绵不绝的春愁更让人无限神伤。作者感于微物，闲愁堆积，忍不住喟然叹息，诗中所渗透出的缕缕情思、浓浓愁怨，让人销魂神伤。

崔敦礼的《田间辞三首》是以描写田园生活的一组骚体诗，其中两篇对田园景色作了勾描，清新自然，不加雕饰。《田间辞》其一：

朝余往兮苍东畴，景翳翳兮云油油。牛驱耕兮载泥重，鞭不前兮挽犁用。岁云暮兮暮维何，仓庚鸣兮布谷和。疾吾耜兮固吾耒，趣甘泽兮及时播。

牛儿耕地，鸟儿和鸣，闲云飘荡，农人播种，这是多么美好的田间美景，作者以一种闲适的情怀将田园生活描绘得清新恬淡，十分传神。《田间辞》其三：

数稻兮登场，牵牛兮入屋。嗷啕兮田家，欢迎兮稚子。三年力耕兮今逢年，庾则实兮庖有鲜。草藉兮陶盘，豳吹兮土鼓。握牛兮谁歌，和之兮余舞。乐复乐兮岁晏，冰雪集兮堂下。时亹亹兮不再，荪何为兮田野。

丰收的季节，仓廪足、庖有鲜，吹奏着农家自制的乐器，跳着自在的舞蹈，农家生活是如此的无拘无束，快乐非常。这两篇骚体的篇幅都不长，对田间景色的描写着墨也不多，但正是这几笔淡淡的勾勒，便使人眼前展现出了那炊烟袅袅、男耕女织的田园生活画面，仿佛听到了声声鸟语，嗅到了阵阵草香，不得不陶醉其中。

南宋中期骚体对日常生活情趣的描写还有陈傅良的《暮之春》、廖行之的《田县尉悲风词》、刘黻的《感时赋》、范成大的《桂林中秋赋》、杨万里的《中秋望月赋》等等，这些骚体反映了文人们对日常生活的关注，充分体现出了南宋骚体文学走向世俗化的趋势。

三、悼念亡者的哀思

悼亡类骚体在宋代骚体文学中的数量最为庞大，宋代文人充分利用骚体善于抒发哀怨悲伤之情的特点，创作了大量的墓志铭、祭文等悼亡文学。南宋中期的悼亡骚体作品出现了很多悼念亲友的感情深挚之作，体现出了文人们对一己私情的关注。

《范女哀辞》乃是杨万里代人所作的一篇哀叹早逝的骚体，悲痛之意略少，惋惜之情较多。这篇骚体开篇对范女的品貌德行进行了赞美：

> 有斋石湖之季女兮，肇俊茂而青葱。兰茁芽以芬播兮，玉在璞而光融。茹采革以为粻兮，筑内则为之宫。乐彤管以俶载兮，逝将眇青竹而论功。制菡萏以为裙兮，裼之以秋江之芙蓉。纷蕙纕而菊佩兮，岂江篱揭车之与缝。掇衮丈之朔雪以澡德兮，袭万壑之清冰而在躬。

这段文字，与离骚中屈原对自己的赞美有异曲同工之妙，都是以香花美草来极言高洁的品行、脱俗的气质。杨万里塑造出了一个楚楚动人、品貌出众的淑女形象，但接下来笔锋一转，交待出了范女之死，“何若而人之不淑兮，奄一疢而长终。忍舍兰陔之孝养兮，莽玉女宓妃之与从。”如此一个贤良淑德的淑女，却不幸夭折，不禁让人叹息不已。接着杨万里又通过范女父母对范女的思念之情表现出了范女父母的悲痛之情：

> 父曰嗟予膳之孰视兮，母曰嗟予命之畴同？□两亲之哀潸兮，遗九宗之长恫。蹇石湖之恸而莫之释兮，小极而隐几乎书之丛。梦漂漂而行远兮，求吾儿乎四方上下之青穹。

父母茶饭不思，叹息哀戚，哀恸难以排遣，魂牵梦绕，四方上下求索女儿，最终还是徒劳。杨万里用艺术化的手法把范氏夫妇对女儿的思念之情充分展现了出来，虽然没有痛哭流涕、号啕大哭，但对女儿的深深思念和不能再见的悲伤之情，却渗透到了字里行间，让人黯然销魂。

陈文蔚的《祭姨母叶氏文》是祭奠过世的姨母的一篇骚体，在这篇骚体中，这种血脉亲情体现得更加明显，作者开篇即叙述了自己与姨母深厚的感情："昔文蔚童蒙之岁兮，讬外家而栖处。承学于伯舅兮，开通其愚鲁。拜姨母之膝下兮，恍然如见于吾母。"作者叙述了自己幼年时，寄住在姨母家，见到姨母就像见到母亲那么亲切，由此可以看出，作者从小对姨母的感情就很深厚。接着作者又叙述了姨母对自己无微不至的关怀与照料，"方痴顽而无知兮，赖姨母之摩抚。时饥饱而饮食兮，衣穿弊而纫补。"作者在少年顽劣之时，得到了姨母悉心的照顾，姨母的体贴入微，让作者更加爱戴这个慈祥的姨母。接着，作者叙述了自己离开姨母家后，因为关山阻隔而不得再相见，只是在外祖的葬礼之上见过匆匆一面。此后作者一直惦记着姨母对自己的点点滴滴，"靡报德于涓埃兮，但铭恩于肺腑"，然而正是在这种急切盼望看望姨母的心情之中，作者却收到了姨母的死讯，"心尚冀于再见兮，动出门而龃龉。以今秋为期兮，将肃趋于堂庑。何长须夜扣门兮，讣以不祥之语。值文蔚抱疾而呻吟兮，第涕零而如雨。"作者本想秋天前往探望姨母，但姨母却是与世长辞，作者在病中听到这样的噩耗，宛如晴天霹雳，悲痛之情使他泪如雨下。"竟未泄一恸之哀兮，常蕴结于心缕。酒徒盈樽兮，殽徒载俎。嗟宿愿之莫尝兮，梗衷情而萘苦。庶灵魂其来鉴兮，痛永隔于今古。"自己如此敬爱的姨母去世了，自己却不能去至姨母之灵前哭诉一番想念之情，这种莫大的遗憾和对姨母的愧疚之情，盘踞在心中，让人久久不能释怀。姨母生前自己不能见上一面，只渴望能与姨母的灵魂相会，倾诉一下多年来对姨母的思念爱戴之情。陈文蔚对姨母有着犹如母亲般的敬爱之情，正是这种血肉亲情，才让他觉得没有见到姨母的最后一面是那么的遗憾。这篇骚体，将血浓于水的亲情娓娓道来，丧亲之哀，的确让人难以承受，难以释怀。

吕本中的《六子哀辞》是为悼念死去的六位朋友而作，吕本中在序言中说道："关子吾友也，今死，吾其可以无一言半词以尽予哀，以见于世乎！"吕本中为表示对死去朋友的缅怀之情，乃"遍考古今之文人骚词之为，而后识其大概，则并颂六子之德……"这篇骚体开篇即表示出了对六子的敬佩与悼念之情，"余结发以从学兮，历四方而取友，……夫惟六子之不可及兮，焕若众星之望北斗。奈何天不假之年兮，曰吾独付之以不朽之寿。"吕本中在求学治学的人生道路之上，有幸得此良朋，但天不假年，六子皆殁，只剩下吕本中一个人，凄凉悲伤之意，油然而生。接下来，吕本中对这六个人分别给予了评价，从对他们的品评总结中，体现出了对朋友的缅怀之思。吕本中首先说到的是关止书，"惟关氏之独立兮，识众人之未然。泅江河之东下兮，久睥睨而不前。斥异端而远游兮，揽众芳而佩之。……吾期之以可大之业兮，乃首途而绝粮。"吕本中称赞了关氏卓越的才识与高洁的人格，并对本有可能成就大业的关氏的死表示了叹惋之情；吕本中提到的第二个友人是张思叔，"张子出于微眇兮，得千载不传之学。续微言之已坠兮，子为之玉而夫子与之雕琢。推吾志以穷万物之理兮，反之于吾身而安。……子独释夫昧糠兮，初不知天地之易位也。"吕本中对张子高深的学术造诣给予了高度的赞扬，如此深谙万物之理的人也不能左右自己的生死，着实让人神伤。接下来吕本中对谢子尤逸、汪子信民、王子立之、夏侯氏节夫等四人的品德操行、才华修养都进行了精当的评价和赞颂。最后，吕本中抒发了自己对痛失良友的悲痛之情，"呜呼哀哉！伤此六子之不可复见兮，霜已坠而草枯。狐狸奋于千仞兮，日茕茕而望予。岁宴日晚兮，吾谁与居？念子之仪容兮，想子之声音。千秋万祀之下兮，其有得于语言文字之表而识予之用心。"六子既丧，吕本中为再也见不到六子而伤怀，更为失去了治学的好伙伴而痛心，他对六子的德行、学识高度赞扬的目的也正是通过对六子的褒扬来表达对他们深深的缅怀之思的。

南宋中期的悼亡类骚体作品，虽然体制相对短小，思想内容较为单薄，但它们充分发挥出了骚体善发悲情的特长，表现出了炽烈的情感，具有很强的感人力量。这些悼亡类文学的大量出现，从一定程度上体现了南宋中期较为稳定的社会环境，说明了文人对现实生活的关注。

四、祭祖敬神的寄托

祭祀是向神灵求福消灾的传统礼俗仪式，是人类社会一项重要的带有宗教色彩的文化活动。早在远古时期，由于先民对所谓“神灵”的敬慕之情，他们渴望通过祭祀“神灵”来达到其降福免灾的愿望。进入文明社会以后，人们的祭祀活动更加频繁，希望求得生产丰收和生活的安宁以及维护血缘宗法组织和家族的秩序都成为祭祀的重要内容。早在《诗经》与楚辞等上古文学之中，就存在大量以祭祀为题材内容的作品，此后数千年以来，这种类型的作品一直是文学创作中一种重要的组成部分。南宋中期，社会稳定，百姓生活比较安适，江南之地的祭祀活动也比较频繁。文人们往往用骚体文学来创作祭祀祈福的文章，表达对生活的美好祝愿。

祭祀先人之作是以祖宗先贤为祭祀对象的作品，大致可以分为两种类型：一是祭祀宗族祖先之作，二是祭祀先贤之作。这类作品主要集中在以“祠记”或“祠堂记”等命名的骚体之中。祠堂乃是族人祭祀祖先或先贤的场所，祠堂祭祀活动在南宋时期极为盛行。朱熹就曾经大力提倡兴建家族祠堂，并将“祠堂”列于《家礼》的篇首，朱熹曰：“今以报本反始之心、尊祖敬宗之意，实有家名分之首，所以开业传世之本也，故特著此，冠赞篇端，使览者知所以先立乎其大者……”① 由此可见，祠堂祭祀，有敬祖重先，不忘臧贤之意。南宋中期祭祀先人的骚体中，的确体现出了这种不忘先贤的情感指向。杨万里的《六一先生祠堂碑》乃是一篇祭祀欧阳修的骚体，表现出了杨万里对欧阳修的敬重之意和不忘先贤的怀念之情。在序言中，杨万里叙述了胡元衡为庐陵牧时，勤政爱民，治理有方，得到了乡民的爱戴，乡民对其赞赏道：“此古儒者之政也，前日开府之言，其有合哉！是足以对越吾乡先生文忠公矣。”此后，胡元衡筑精舍一间，命名为六一先生祠堂，以为“邦人考德问业之地”。这篇骚体，乃是杨万里为这个“六一先生祠堂”所作的迎享送神之辞。由此可见，六一先生祠堂乃是为纪念欧阳修而建，那么这篇骚体，自然是要对欧阳修大力褒扬，以表现后人对先贤的怀念敬重之情。在文章的前半部分，杨万里叙述了斯文之事的流

---

① 朱熹：《家礼》，《四库全书》本，卷一

变，从孔孟说到了欧阳修，将欧阳修推到了极高的位置之上，其文曰：

繄斯文之鼻祖兮，肇集成乎素王。二太极而三两仪兮，曾谓远贤于虞唐。一删一定而一系兮，纫天纪而缀人纲。膊盾止于麟笔兮，遏万祀臣子以无将。恫岱颓而设崇兮，邪诐焰烈而波狂。塞道统之三绝兮，畴再近孔氏之光？堤无君无父之方割兮，岸一孟之为坊。朴虚无斋戒之郁攸兮，前一韩而后一欧阳。

杨万里从圣人孔子说起，高度赞扬了孔子在奠定儒家伦理道德规范及为文治学上的巨大贡献。此后，沿历史顺延而下，直到韩愈与欧阳修。杨万里将欧阳修与孔子、孟子、韩愈等人相提并论，可见其对欧阳修的极力推崇，同时也是间接指出了欧阳修在文学造诣、人伦纲常等方面所取得的巨大成就。文章的后半部分则主要表达了欧阳修对后人的泽被及后人对欧阳修的尊崇之情，其文说道：

羌此邦之子衿兮，畴莫扈先生之芬香？耿先生之精爽兮，千秋万岁此邦乎不忘。矧崇永之马鬣兮，宿草风悲而雨荒。庸展省之不怀兮，独久于颍乎相羊。云起青原之峨兮，月涌白鹭之茫。笥有玉版之葅兮，树有罗浮之霜。鞠西江以为酒兮，手北斗以为觞。帅诸生北面以迎拜兮，寿先生乎新堂。乘回风而载云旗兮，忽焉来归乎故乡。

杨万里对欧阳修带给后人的巨大影响给予了肯定，指明了后世对欧阳修永不忘怀的虔敬之心，并表达出了故乡人对欧阳修灵魂回归故乡的一种热切期盼。此后又借助一段景物描写，渲染了一种庄严肃穆的气氛。最后以西江水为酒，北斗星为觞，遥敬欧阳修，这充分体现出了这些莘莘学子对欧阳修的尊崇之情。这篇骚体，是祭祀先贤的典型之作，文中既有对先贤德行功绩的赞颂，也有尊崇敬重之意，是一篇敬重之意与怀念之情兼有的佳作。其他此类的作品还有蒲杲的《忠祐祠记》、胡铨的《葛司成祠堂记》、王十朋的《夔州新迁诸葛武侯祠堂记》、郑霖的《慈湖先生祠堂记》等等。这种以祭祀祖先或先贤为主的骚体，以抒发尊崇之情为主，多褒扬之词，一些祭祀祖先的作品中，还体现出了渴望得到祖先福荫的情怀，着重表达了后人对祖先和先贤的敬重之情。

南宋中期骚体文学中还有一种以祭祀神灵为题材的作品，这类作品以迎送神曲的形式出现，以求神或谢神为主要内容，通过享娱神灵，祈求得到神灵的庇佑。这些篇章通常以虔诚之心，抒发一种对神灵的敬畏感激之情。李洪的《迎送神辞》是祭祀神灵的一篇骚体，开篇即言，“惟龙湫兮其源莫穷，利万物兮精神可通。”龙湫之水源源不绝，造福万物，实乃因为有神灵的庇佑。接着“岁大旱兮我民之恫，酌彼泉兮神听孔聪。击鼓坎坎兮于神之宫，薄采溪毛兮馈进两公。神欣欣兮鉴我民衷，神之来兮雨其蒙。”李洪描述了正值大旱灾情之时，神灵体察民间疾苦，天降甘霖，救民于水火，“念我稼穑兮涤去烛烛。瓶罂甚小兮膏泽其丰。骄阳摧威兮奔走丰豅，民之讴歌兮千古英风。旱既太甚，神是顲兮。一勺之水，为甘霔兮。伊神正直，歆诚愫兮。三日为霖，弥旬注兮。我稼既兴，舟在步兮。微我两公，余曷愬兮。”甘露天降，驱走了烈日骄阳，救活了万千稼穑，正直善良的神灵，救民于苦难，人民感谢万分，于是，“击鼓其镗，山之下兮。桂酒椒浆，饯神去兮。功成惠孚，去不顾兮。携幼扶鲐，民塞路兮。卒相有年，多黍稌兮。泽惠无忘，永终古兮。”村民们敲锣打鼓，备下美酒佳肴，答谢神灵的恩赐。这篇《迎送神辞》，字里行间充满了对神灵的虔诚敬意，最后对神灵的祭享，乃是表示对神灵的无限感激之情，并渴望能够得到神灵永久的庇佑。其他的祭祀类骚体还有如韩俨的《祈雨感应送神文》、龚颐正的《陈山龙君祠迎享送神曲》、曾丰的《祀南海神》等等。这类题材均是以祭祀神灵为内容，在迎神或送神之中，或祈求神灵庇佑，或感谢神灵赐福，均表现出了对神灵的虔诚敬畏之情，体现出了对美好生活的向往。

祭祀类骚体在内容上或祭祀祖先，或怀念先贤，或是祭祀神灵；在情感表达方面，或是表现对祖先的敬重之情，或是对先贤的尊崇之意，亦或是对神灵的虔诚敬畏之心，基本上都表达了一种渴望得到庇护和荫佑的情怀。由此可见，南宋中期世人对稳定富足生活状态能够延续下去的渴望。然而可惜的是，宁宗以后，政治日渐腐朽，世人闲适悠哉的生活状态被无情打破。进入理宗朝后，赵宋集团再次面临内忧外患的险恶局势，南宋苟居江南的偷安生活再也无法维系，社会再次陷入混乱之中。于是南宋中期骚体文学中的闲适情调逐渐被忧患哀怨之风所取代，骚体文学再次回到抒写忧愤的传统之中。

第八章　南宋末期骚体文学：亡国之际的怨怒与悲凉

宋宁宗后期，党争之祸日渐严重，权臣韩侂胄排除异己，制造了庆元党禁，开禧北伐失败后，韩侂胄被杀。但紧接着是史弥远的专政，史弥远对外妥协投降，对内独揽大权，政治腐败。宁宗死后，理宗年幼，朝政彻底落入史弥远等人之手，南宋开始走上了衰亡之路。宋理宗继位前十年基本都在史弥远的挟制之下，直到史弥远死后，理宗才开始亲政。理宗执政前期还立志中兴，取得了一些政绩，并一度收复部分北方失地。但随着端平入洛的失败，理宗开始远离政事，沉迷于声色犬马之中，他任用宦官董宋臣、卢见升，收受贿赂，以供他挥霍。理宗后期贾似道专权，朝政一片黑暗，自此南宋朝廷自此一蹶不振。《宋史》评价理宗“在位久，嬖宠浸盛，宫中排当频数，倡伎傀儡，得入应奉”。“史弥远、丁大全、贾似道窃弄威福，相与始终”①。南宋末年，外有强虏窥视，境内民不聊生，理宗、贾似道君臣仍然竞相以奢侈享乐为事，丝毫不顾人民之死活。宋度宗先天不足，昏庸无能，贾似道更加的专横跋扈，执掌了朝中的军政大权。每逢他朝拜，皇帝必然要回拜，还不直称其名而称他为师臣，百官称他为周公。贾似道还在西湖畔葛岭大兴土木，修建了许多的楼台亭馆，每日与美妾、馆客纵情声色，寻欢作乐。再加上连年的战争，南宋朝廷以军需为名，巧立各种名目，对人民进行横征暴敛。因此，虽然江南之地比较富庶，但人民

---

① 《宋史》卷四十五

的生活却是苦不堪言。有人作歌谣曰："三岁孩儿便识丁，更从阴府役幽魂"[①]讽刺朝廷连幼儿也要征收丁钱，连阴曹地府的魂鬼都不放过，形象地说明了当时赋税徭役的沉重，百姓生活在水深火热之中。随着元人的步步紧逼，南宋小朝廷节节败退，最后逼到走投无路，君臣数百人跳海自尽，南宋灭亡。南宋末期的文人，面对腐朽黑暗的统治，心中充满了怨怒，他们创作了大量饱含忧愤的骚体来针砭时弊。然而大厦将倾，非一木所支，面对佞臣专权、国势日衰的局面，很多文人的济世之情消亡殆尽，感伤世事成为重要的主题，体现出一种末世的悲凉情绪。南宋末期的文化经过中期的繁荣后已呈现出了多元发展的态势，受此影响，南宋末期的骚体文学中表现理学之意、道家之趣和世俗之情的作品均大量出现，延续了南宋中期骚体文学的发展方向。

第一节　内忧外患形势下的怨愤情怀

南宋末期，外有金、元的威胁，内部政治腐朽，现实混乱。如此内忧外患的局势之下，以理宗、度宗，贾似道等为首的统治集团仍然不思朝廷，玩弄权术，贪图享乐。谢枋得《上丞相留忠斋书》曰："贾似道执国命十六年，欺君罔上，误国残民，其恶不可一二数。拘行人，负岁币，满朝无一人敢言其非。兵连祸结，亡在旦夕，满朝无一人敢声其罪。善类亦可自反矣！天怒于上，人怨于下，国灭主辱，理固宜然，天实为之，人岂能救之哉？……江南无人才，未有如今日之可耻。"[②] 南宋末年词人文及翁曾赋词慷慨道："一勺西湖水，渡江来百年歌舞，百年酣睡。"杜升《题临安邸》亦曰："山外青山楼外楼，西湖歌舞几时休？暖风熏得游人醉，直把杭州作汴州。"这两首具有代表意义的诗作揭露了南宋小朝廷君臣只流连于西湖风月、无心朝政的丑态，揭露了统治者不思进取，贪图享乐的丑恶嘴脸，也表达了作者对当局者的极大不满和愤慨之情。

---

① 《鹤林玉露》卷十七

② 谢枋得：《叠山集》，文渊阁《四库全书》本，卷二

面对如此混乱的局势，南宋文人们对国家前途和个人命运充满了忧虑，在他们创作的骚体文学中，既有对中兴卫国的渴望，也有对腐朽朝政的抨击，亦有对个人遭遇的慨叹。这些充满忧患意识的作品，充满了对现实的密切关注，体现了宋末爱国文人的入世情怀。

一、对卫国中兴的呼吁

北宋末年，金、元列强不断南侵，试图吞并赵宋集团的半壁江山。由于朝政的腐败，国势的衰微，兴国御边的呼声已经大不如前。在骚体文学中，只有少数文章体现出了文人们对国家中兴的与保家卫国的渴望。在大势已去的南宋末期，这些爱国呼声谈不上振聋发聩，却弥足珍贵。

释居简（1164～1246），字敬叟，号北磵，潼川（今四川三台）人。释居简的思想融合了儒释两家，颇有造诣。《语录》序中称："北磵老师，人品甚高，造道甚深。其为文章，奇伟峭拔，甚似柳柳州。夫不逸于佛，固当在儒林丈人行。"又曰："北磵禅师以载道之文，时方壮岁，已为善知识名，公卿友而畏之。"[①] 由此可见，释居简虽是僧人，却颇有入世情怀，其与当时士大夫多有交游，对世事亦有关注之心。《招魂》是释居简仿照楚辞所作的一篇悼念抗金勇士吴从龙的一篇骚体。其序曰：

> 招魂，楚俗也。天长右统军吴从龙陷贼，贼伟其勇，释缚而使喻泰降，至则嘱泰坚壁，而死于贼。吴之中表韩应祥慷慨，三招其魂，使余为之辞。

吴从龙是宋理宗时期的抗金勇士，兵败被俘后，誓死不降，全节殉国。《宋史·忠义传》载："吴从龙字子云，官至武功郎、建康府统制。绍定兵难，为先锋，援不至，被擒，使至泰州城下诱降，终不屈，死之。庙祀扬、泰二州，赐额褒忠。"[②] 释居简受人之托为吴从龙招魂，名为招魂，意在彰显吴从龙誓死不降敌军的忠烈精神。释居简在《招魂》中对吴从龙殉国的过程予以了描述，并对其

---

① 释居简：《北磵居简禅师语录》，新文丰影印本，1994 年

② 《宋史》卷四百五十二

忠烈爱国的崇高精神予以了赞扬。文章共分为三个部分，第一部分叙述了金人入侵，吴从龙慷慨赴国难，不幸遇难的史实。其辞曰：

> 扃鐍兮失常，锋镝兮滥觞。逊入兮鸷翔，跨青齐兮距张，拊海泗兮扼吭。既反噬而陆梁，恩怀柔而霈雱。冀小寤其酲狂，厥类愈其突唐。……狼烽直兮地近，铁城横兮天长。真将军兮藐视，控三面兮独当。策群寇之素蕴，虽六奇而可箱。嗟众寡之不竞，联逸响于鲜阳。死虽死而弗亡，盍归来兮故乡！

文章开篇诉说了朝廷因国事混乱，而导致了金人入侵的危急形势。接下来作者对金人背信弃义，阳奉阴违的卑劣行径予以了谴责。“冀小寤其酲狂，厥类愈其突唐”等句体现出了对金人的藐视与抨击。面对强大敌人的逼近，吴从龙从容不迫，“控三面兮独当”，孤军迎战，然而终因寡不敌众，为国捐躯。作者在文章中对金人的入侵描写较为细致，渲染了一种紧迫气氛，以此来突显吴从龙的英雄形象，并彰显其抵抗金军的重要意义。接下来，释居简又对吴从龙抗战中与被俘后的英雄气概予以了正面的描写，其辞曰：

> 海陵兮重围，衔枚兮疾驰。令兮吾谁违，死有所兮得之。忠以义持，援不我支，弦开空拳，马踣不飞。忍死兮诡随，登楼车兮反词。大勇兮死弗移，彼不乏与数奇。洎龀毡兮乳羝，斫头便斫头兮何怒为！龈穿爪透兮气廪，而将军兮孰分等夷。魂兮安之歁，余招兮来归！

文章的前半部分对吴从龙抗战被围，求援不至而致兵败被俘史实的描述。遭遇重围，援兵不至，弹尽粮绝，如此危急艰难的情况之下，吴从龙也没有屈膝投降。他选择的是“死有所兮得之忠以义”，以忠义报国，死得其所。面对金人的威逼利诱，吴从龙“大勇兮死弗移”，宁死不降。“斫头便斫头兮何怒为”等句展现了吴从龙大义凛然，视死如归的英雄气概。通过这部分的描写，作者塑造了一个民族英雄的崇高形象，尽管受俘死难，但没有悲悲切切的哀怨，只有慷慨赴死的忠义情怀。文章的最后一个部分，作者对英雄表示了沉痛的哀悼和深深的怀念。其辞曰：

> 天险兮涛山高，一衣带兮百虎牢。滔滔兮东之，孰湔兮腥臊。积骸兮山白，酾血兮原赤。鬼馁兮喑喑，人眩兮岑岑。鬼兮无人祀，人愈兮詈鬼。野迥兮不耕，望秋兮无穗。盍归乎来兮，古登陆之大邦。……海物贡兮品伙，海涂穰兮岁康。邻用情兮浃洽，俗好古兮厚庬。故庐兮在其下，叶落花开兮朝暮。

作者先是描述了战争为世人带来的苦难，滔滔江水亦无法荡涤战争带来的伤痛，“积骸兮山白，酾血兮原赤”、“野迥兮不耕，望秋兮无穗”等句与“白骨露于野，千里无鸡鸣”有异曲同工之妙，形象地说明了战争所独有的触目惊心场面。战争之后，遍地的孤魂野鬼，但愿忠臣的魂魄可以归来，继续保佑家园百姓的安康。最后“邻用情兮浃洽，俗好古兮厚庬”，人们对勇士的忠义情怀念念不忘，但愿其英灵不远，精神永存。“叶落花开兮朝暮”句寄托了世人对英烈的怀恋之情。这篇骚体，通过对吴从龙被俘死难之事的描述，塑造了一个视死如归的民族英雄形象。作者通过高扬吴从龙的忠义节烈来彰显其爱国精神，其对吴从龙高大形象的塑造，一方面是表达痛悼之情，另一方面也是试图号召世人学习英雄的爱国精神，为保家卫国贡献力量。整篇骚体，刚健雄浑，格调昂扬，充分展现了宋人的爱国情怀。

刘辰翁（1233—1297），字会孟，别号须溪，庐陵灌溪（今江西省吉安市）人，南宋末年著名的爱国诗人。刘辰翁入仕期间曾对贾似道专权表示过强烈不满，宋亡后，他隐居乡野，由此可见其忠节。《建兴庙记》是他为建兴庙碑所作的碑记，前面是用散文对写作背景的交代，其最后的“歌曰”部分是骚体，用来抒发感慨，这种形式在宋代骚体文学中十分常见。刘辰翁在《建兴庙记》“歌曰”部分中，表达了他中兴卫国的强烈愿望。其文曰：

> 大风起兮故乡，马渡江兮甲若电光。长彗吾剑兮截若，横灵祠兮鼓鼓。举旗风兮偃旗雨，柳行行兮莫予敢侮。孝子兮忠臣，孝有鬼兮忠有神。过故居兮太息，飘顿首兮天门。将军归兮日晚，壶椒浆兮道远。

作者开篇即体现出了对故土的眷恋之情，“马渡江”、“甲若电光”、“长彗吾剑”等句体现出了作者慷慨激昂的报国之志。接下来，“举旗风兮偃旗雨”是对军队浩大军容的赞美，“柳行行兮莫予敢侮”句体现作者对外来欺侮即外族入侵的藐视，表现出了不惧强敌的英雄气概。接下来，作者对那些报效国家的“孝子”与“忠臣”予以了赞美，“过故居兮太息，飘顿首兮天门”，这些忠孝之人为了国家，弃小家保大家，作者对他们慷慨赴难、视死如归的精神予以了高扬。最后“将军归兮日晚，壶椒浆兮道远”句体现了人民对军队的积极拥护，“壶椒浆兮道远”句将军民之间的鱼水情深和临别之际的依依不舍充分展现了出来。整篇骚体，以送别为主题，展现出了南宋军民誓死抗战，保家卫国的坚定决心。

除了对保家卫国精神的高扬以外，南宋文人还试图改变士风低靡、朝政混乱的现实局面，以实现中兴卫国的愿望。这类题材较有代表性的是姚勉的《兰国赋》。姚勉（1216—1262），字述之、成一，号蜚卿、飞卿，古天德乡（今江西宜丰县）人。姚勉是南宋后期的名臣，颇有政治才能。《四库全书总目》对其文评价道：“观其所上封事、奏札以及廷对诸篇，论时政之谬、辨宰相之奸，皆侃侃而不阿。”①《兰国赋》是姚勉借君子爱兰的典故来劝导士大夫要修身以报国的一篇骚体。作者开篇先是叙述了君子爱兰的来源，“孔素臣之苗裔兮，厥鼻祖曰丘明。谓兰有国香兮，载于传感麟之经”，最先概括兰花馨香秉性的是左丘明，从此以后后人们对兰花钟爱有加，“耳孙有味乎斯言兮，爰嗜兰以为朋”。接下来作者用大幅的篇幅对兰的生存环境及其不染于凡尘的高洁品质予以了充分的赞美：

> 缭夫容以为池兮，扈江离以为城。建薜荔而为门兮，合百草使实庭。荪壁桂栋兮匊椒成堂，辛夷为楣兮药之为房。芷葺荷盖兮，橑之杜衡。户素枝而赤节兮，家绿叶而紫茎。

作者借用楚辞香草美人的写作传统对兰予以了赞誉，接下来作者又将兰与人对

① 《四库全书总目》，第1407页

比，说明了兰是花中之君子，在此基础上作者又借兰之品性引出了士大夫修身之道：

> 士同心而如兰兮，断金其利只。化善人之兰室兮，无熏染乎鲍鱼之肆。芳草不为萧艾兮，荃蕙不变而为茅。惟以兰为可恃兮，匪熏莸之混淆。鼓兰枻于江之湄兮，拥兰旌而在郊。朝驰马于兰上兮，夕弭驾于兰皋。人间乃有斯国兮，无一蔓之秽杂。虽壤地之褊小兮，可并包乎六合。于兹焉且止息兮，憺清兴其安穷。

作者提出，若士大夫人人自修，品质如兰，则利国利民。“芳草不为萧艾兮，荃蕙不变而为茅”句是作者渴望士大夫各得其所，人尽所用。如果人人品德高尚，则国家“无一蔓之秽杂”，即没有那些贪腐奸佞为祸，国家便会中兴富强。如此，即便“壤地之褊小，可并包乎六合”，最终能实现中兴复国的梦想。最后的乱辞，作者进一步明确了自己的观点：

> 乱曰：以兰为国兮，蔓草必删。愿移之吾国兮，偏国中而皆兰。为国之道兮，种兰乎观。

作者希望“以兰为国”、“偏国中而皆兰”，即举国上下，人人重品德修身，这样才能提高士气，强兵富国。作者借兰来言国事，寄托遥深，显示出其对现实的忧虑与国家中兴的愿望。然而，南宋末年已是风雨飘摇，国家根本无兰可生长之土壤，如此美好的兴国愿望，只能停留在理论上，在现实中已再无机会实现。

南宋末年，已是末世腐朽之势，只有少数爱国文人还在呼吁中兴强国，保家卫土。然而这些大声疾呼并未使当局者觉醒，南宋小朝廷还是一步步走向了没落，最终踏上了亡国之路。

二、对社会现实的抨击

南宋末年，贾似道专权，朝野上下，乌烟瘴气。黄震在咸淳四年《戊辰轮对札子》中说到当时的现实情况是“民日以穷，兵日以弱，财日以匮，士大夫日以无耻”①。如此腐朽的统治，引来了那些有识之士的强烈不满，他们利用骚体善于怨刺的长处创作出了很多针砭时弊，批判现实的刺世作品。

王迈（1184—1248），字实之，南宋末期著名直臣。王迈为官期间，因应诏直言而遭遇贬谪。刘克庄曾赠诗与王迈曰：“策好人争诵，名高士责全。”《蚊赋》是王迈创作的一篇借物喻人的骚体，作者对害贤乱政宵小之辈予以了猛烈的抨击。文章开篇作者概括了蚊子的特性，为文章的怨刺主题奠定了基调，其文曰：

> 暑风始至，天宇将昏。玉虫甫挂于明缸，银蟾突出于游云，有喧于室，有哄于门，讴如乱雅之俚曲，噪于不整之溃军。睆而视之，徐而听之，则藐乎小哉，其为蚊也。

在这段散体的叙述中，作者描述了蚊子成群结队，哄喧于室门的场景，“讴如乱雅之俚曲，噪于不整之溃军”句已隐约暗示出了蚊子喻乱政之小人。接下来作者对那些大大小小的恶虫列举了出来，“大而猛者，则豺豹狼兕貙貘麢麈。小而黠者则蝮蛇蛭蝎蝍蛆蠭蠽”，然而这些恶虫都比不上蚊子的可恶：

> 彼惟肆恶于川陆兮，避之则易；汝独入于堂奥兮，去之也难。彼触之而后毒人兮，其罪犹可贷；汝求人而中伤兮，其情不可原。

那些大大小小的恶虫只能是在野外出没，容易躲避，而这些蚊虫可以登堂入室，赶都赶不走。恶虫是碰触之后才会毒人，而蚊子则是主动伤人，因此蚊虫更加可恶。作者在此运用了两组暗喻，那些大小恶虫喻在野的凶悍之人，或喻北方强虏。而蚊子则是暗喻朝中为官的那些奸佞小人。“入于堂奥”，明指蚊子进入室内，暗指小人进入朝廷。这些朝中的小人，伺机中伤他人，从中获利。接下来作者又将蚊子与苍蝇相比较，“蝇惟声之可憎，汝又兼之利嘴”，苍蝇只是声音让人厌恶，而蚊子利口伤人则较之苍蝇更为可恶。此处，苍蝇当指朝中那些

① 黄震：《黄氏日抄》，文渊阁《四库全书》本，卷六十九

夸夸其谈的浮夸之辈，这人虽然口出狂言，却无害人之心，而那些奸佞小人却是以利口伤人，陷人于罪，所以作者总结说："盖自古之小人多不利于君子。"接下来作者又引经据典，说明了宵小伤人误国的道理：

> 管、蔡二叔兮，流言于国之硕肤。骊、戚二姬兮，欲摇乎君之冢嗣。子椒之间行兮，恶草可掩乎芳兰。

作者引用"管蔡"、"骊戚"、"子椒"等奸人的典故，说明了社稷往往毁于小人，贤哲常常陷于不肖的道理。接着概括之所以这些人害人是因为他们"腹有剑兮，伺人之可乘。笑有刀兮，袭人之不备"，这些小人笑里藏刀，伺机损人利己。接下来作者对这些宵小之辈进行了猛烈的攻击与批判，其文曰：

> 盖此曹生则为嚣嚣嗷嗷之人兮，死则为缉缉翩翩之鬼。炙手附热其故态兮，故多出于炎天；阴邪秽污其旧染兮，故每生于湿地。或被人以痏疮兮，如长庆三杨之流；或进身以纤巧兮，如熙宁十钻之类。吠尧之犬兮同声相呼，食月之蟆兮同恶相比。是何天宇之不肃清，使汝得以陆梁跳踯而为祟也？

作者将这些宵小之辈，同流合污，投机钻营的丑态予以了酣畅淋漓的批驳，称这些人如恶犬，同声相呼，并反问为何"天宇之不肃清"，由此可见作者对这类人的极度厌恶之情。此后作者对这些象征宵小的蚊虫予以了驱赶，"在床下者必焚之以艾火，集帏中者必驱之以膏油"，以此来喻示自己驱逐群小出朝的愿望。最后作者再次表明心志，指出作这篇文章的根本目的在于："靡昏不明，靡乱不靖。维其忍之，秉心无兢。""王子唯唯，静坐以听"，即试图劝谏当今要扫清朝中的这些奸佞小人，只有这样才能改变颓靡混乱的现实。从这篇骚体中可以看出，作者对朝廷国家的形势充满着忧虑，对于那些陷害忠良，伤人利己的朝中小人充满了厌恶，驱逐蚊子，实质上就是要驱逐这些登堂入室的宵小之辈，还国家以清明世界。

姚勉《嫉蚊赋》也是一篇借蚊虫来刺世的作品。作者开篇用骚体阐述了蚊虫扰人的可恶之处：

> 顾余宅之近市兮，既湫隘而嚣尘。值炎夏之蕴隆兮，加倍蓰之惔焚。夕余冀其小纾兮，复扰予以聚蚊。风箑倦于长驱兮，烟烽烦于屡熏。曾一寐之不遑兮，羌杂揉而纷纭。

炎夏之时，蚊虫会聚，滋扰生活，作者开门见山，表达了对蚊虫的厌恶之情。接下来作者用散体对这些可恶的蚊虫进行了猛烈的抨击，作者说这些蚊虫乃是“不爽处于高朗之区，而潜伏于奥僻；不显行于大明之书，而窃出于昏冥”，“盖类乎无所能之小人，徒聚其力而为君子之挠”，作者在此其实是以蚊虫比喻朝中那些朋比为奸的无能小人，不能光明磊落的处事，却隐藏在幽暗之处，聚众叫嚣，谗诬贤者，败坏朝纲。姚勉在朝为官时期，刚直不阿，宝佑年间，太学生上书揭露奸相丁大全同党乱政之事，遭到丁大全及其同党的陷害，但是姚勉尽管官阶不高，却上书指控丁大全等“朋奸罔上”，朝野为之震动。姚勉也因此遭到了贬谪，此后姚勉几度宦海浮沉之后，又因抨击贾似道被贬官。由此可见，姚勉对于南宋末期的朋党专权深恶痛绝，这篇《嫉蚊赋》当为抨击朋党小人之作。文中“不爽处于高朗之区”、“徒聚其力而为君子之挠”也正是那些朋党小人的显着特点。此后，作者又批判这些蚊虫“翕喧噪而强聒如自鸣其得志，曾不思其苟活。此其为患之最深，而国人皆曰可杀者也”，表现出了对这些宵小之人的极度厌恶之情。文章的最后，作者又用一段骚体来总结全文，并揭示出了小人终究会失势遭惩的道理，其文曰：

> 嗟嗟汝蚊，何役役兮。形则微眇，志戕贼兮。乘时炎热，投间隙兮。昼伏夜动，谋血食兮。群聚成雷，聒终夕兮。维尔之故，不能息兮。欲粉汝形，特一掴兮。烟烽火燧，烈可炙兮。仁心爱物，微亦恻兮。汝宁扰我，不汝敌兮。物盛必衰，不可极兮。今势虽张，后则衰歇兮。秋风扫除，影灭迹绝兮。

这些外形微小的蚊虫，只能在炎热之时，昼伏夜出，聚众伤人。虽然一时猖狂，最终会被秋风扫除。作者在表达对宵小之徒的厌恶之情的基础上，说明了物盛必衰的道理，这些猖狂小人终有失势的一天，到那时就会被扫除殆尽。“物盛必衰，不可极兮。今势虽张，后则衰歇兮。秋风扫除，影灭迹绝兮。”等句生动的表现出了作者对清除小人佞臣、扫尽恶势力的渴望。

刘克庄（1187—1268），初名灼，后改名克庄，字潜夫，号后村，闽之莆田人。他历仕宁、理、度三朝，是南宋晚期著名的爱国诗人。在骚体创作方面，刘克庄继承了屈骚的批判精神，他所创作的骚体很多都是针砭时弊、反映现实黑暗的。如前文所提到的抨击朋党之争的《吊小鹤赋》，抨击宵小乱国的《谴蠹鱼赋》等等。除了这两篇骚体以外，他的《劾鼠赋》与《诘猫赋》同样是抒发怨愤之情的佳作。在《劾鼠赋》中，他将老鼠说成是“盗儒”，讥讽它们偷取财富又遗留下腐败之物的丑态，以此来比喻那些贪官污吏，只知道攫取财物，导致国家社稷遭到了严重的破坏。《劾鼠赋》曰：

> 余廪有粟兮菽园有果菜，库有醯醪兮庖有脯醢，汝出没期间兮且攫且嘬，每择其甘鲜兮而遗其馁败。

刘克庄将这些只知道攫取国家财富的小人的丑恶嘴脸刻画得入木三分。《诘猫赋》中，刘克庄在开头叙述主人苦于鼠害，打算借助猫来铲除鼠患，怎知道猫遇到敌人却退避逡巡，一旦处优则只知道睡觉，继而又遗毒一室，殃及四邻。最后不但鼠害没有消除，反而猫患比鼠害更加严重：

> 余架无完衣兮桉无完书，大穿穴于墙壁兮小覆翻于盘杅。闯荐庙之鱼菽兮，伺享宾之牢蔬。将大嚼而后快兮，宁垂涎于馂馀。

如此四处祸害的猫，可以说比老鼠还要猖獗，作者对此不禁痛心疾首：

> 嗟而以捕为职兮，狞面目而雄牙须。于所当捕兮卵翼之勤渠，于所不当捕兮踊跃而敺除。余欲诛之兮不胜诛，而犹知兮亟改图，否则世岂无含蝉之种兮，任执鼠之责者欤！

此篇骚体虽名为诘猫实则是讽刺当朝者对外妥协投降，对内却嫉贤妒能、打压排挤的丑态，表现出了刘克庄报国无门的怨愤与悲伤。刘克庄的几篇骚体，抨击黑暗的力度很大，从作者对这些恶势力的深恶痛绝之中，可以看到刘克庄那份对国家的赤诚。他不愿意让国家被这些宵小之辈所祸害，但自己又无力去制止这些小人的无耻行为，只能是义愤填膺地发出这些愤慨之言，来表达自己的忠愤之情。

南宋末年文人们对朝政之弊的批判力度很大，说明了两点，一是南宋末期的政治腐朽程度空前严重；二是朝廷已呈现颓败之势，中央集权已大幅削弱。南宋末期的刺世之作，其批判意味要多于讽谏，这也说明了文人们对政事的失望情绪。

三、对个人遭际的怨愤

南宋末期，奸相当政，独揽大权，排除异己，朋比为奸。周密在《癸辛杂识续集·道学》曰："天下竞趋之，稍有议及，其党必挤之为小人，虽时君，亦不得而辨之矣。其气焰可畏如此。"① 宋末那些正直文人的不幸遭遇，可见一斑。由于整个政治氛围乌烟瘴气，文人们的入世之心遭受很大打击，他们纷纷关注自身，创作出了饱含怨愤的慨叹个人遭际之作。

王柏（1197—1274）字会之，金华（今属浙江）人，南宋末期理学大家，王柏反对科举，他曾说科举是"一次于三日之虚文"，因此一生不仕，以教授乡里为生。尽管没有在朝为官，但王柏关注现实，常痛陈时弊。王柏的《冰壶秋月赋》为一篇赠答之作，其结合个人遭际表达了对现实的不满。作者开宗明义，以充满玄理的一段文字说明了"冰壶秋月"的来源及其含义：

子男列爵兮国有常居，襟三洞而带双溪兮分女宿之墟。谁作燕坐之室兮有扁"冰壶"，相尔室之耽耽兮是敞是虚。主乎中兮志趣万殊，孰有甘心乎冷淡兮诗书之癯。求名义之凛凛兮，斯焉何取？

① 周密：《癸辛杂识》，文渊阁《四库全书》本，续集卷下

开篇作者借用儒家的爵位分封与道家的三洞之说来说明宇宙世间的秩序。此后说明了“冰壶”之语是出自苏轼之手。苏轼曾作《赠潘谷》诗：“布衫漆黑手如龟，未害冰壶贮秋月。”又作《成都大悲阁记》：“吾燕坐寂然，心念凝默，湛然如大明镜。”王柏此处是以用典的方式引出冰壶秋月的含义，并借机表示了对古人的敬重。“主乎中兮，志趣万殊”点出人因遭际之不同而内心感受不同，由此体现出不同的志趣，或流连诗书，或追逐名利之人。这段文字，说理性很强，作者借冰壶秋月之说引出了对宇宙人生的思考。接下来，作者又对清静无为发表了申说：

> 或无所为兮，又何足以为观省之补？彼东风之荡无检束兮物物是与，夏日亦长且舒兮有酷斯暑。气象不我侔兮耻焉尔伍。

旷达无为，固然能自我解脱，然而又想观省人间，于世有补。但世道混乱，不能得遂人愿。“夏日亦长且舒兮，有酷斯暑”句比喻漫长而煎熬的腐朽统治。这样的世道，如此的气象，让人耻与之为伍。此处体现出了国家政治的腐朽黑暗对王柏的深深触动，虽非亲身体验，却感同身受。“耻焉尔伍”句就体现出了现实不能接纳真知灼见的极大不满。接卜来作者又表达了对独善其身，自我修行的看法：

> 冰壶冰壶兮一以清，有月有月兮秋更明。清明相涵兮璀璨光晶，极表里之透彻兮焕采凝莹。彼君侯之心兮鉴空衡平，一寒自力兮千室自春。朱丝鼓兮澹和，昼帘垂兮暇整。俛焉抚字之勤兮，不计岁月之遒紧。

作者借冰壶秋月的典故，阐述了对清明之世的渴望，“彼君侯之心兮，鉴空衡平。一寒自力兮千室自春”句体现出了作者对世道如何变为清明的思考。闲居生活，亦不能带来内心的真正安宁，残酷现实带来的仍然是忧虑和怨愤：

> 岂不怀归兮，去尔民之未忍。眇扁舟兮家具，表遗爱兮旌旗。行行青

云之步武兮，廉德久简于上知。念世道之已熟兮，此为何时？聚敛惨于盗贼兮，甚东南之疮痍。倾倒瞑眩之剂兮，勿留刀圭。

寡德鲜耻的腐朽朝政与盗贼横行的混乱现实，使人充满了憎恶之情，人民身处水深火热之中，国家满目疮痍，去而弃之，于心不忍。于是便有“恻有隐于民瘼兮，不知震霆之可恐”，作者感叹：“人怀襟度之宽兮，我觉丰神之甚耸。盖任重道远之士兮，声色凝然而不动。我非有风鉴兮，察所安之甚精。”作者对那些胸怀宽广，致力救民水火的有志之士表达了高度的赞扬，但对冷酷的现实，也并表示了无奈，只能兴叹“鸢鱼同一天兮，各适其情。人生聚散兮，如太空之浮云”，故作旷达。这篇骚体，抒情与说理紧密结合，体现出了作者对宇宙天人关系的深入思考，对于个人在现实中不能实现理想，往往违背自己意愿而行事的无奈也予以了申说，体现出了作者对现实状况、个人命运的关注。

何梦桂，字岩叟，淳安文昌（今浙江淳安县文昌镇）人。何梦桂咸淳元年(1265)省试第一，举进士。此后入朝为官，但面对混乱腐朽的朝政，充满了怨愤与失望。于是辞官返乡，屡次受招而不出，其对现实的不满可见一斑。何梦桂有一篇与友人孤梅交往之际所作的骚体，其中就饱含着作者对现实的不满和对友人个人遭际的哀叹。何梦桂在这篇骚体的开头交待了这篇骚体的写作背景，这篇骚体是孤梅来访，作者与孤梅“与之坐夜未半”，把酒赏月之际，酒酣所作。其文曰：

蹇西山之孤竹兮，商周二君。藐三径之孤松兮，晋宋一人。天地冰霜兮，木落归根。遗万物而独立兮，吾梅见其仅存。夫孤高不易抗兮，故多以落落而遭世之闷闷。孤洁不易保兮，故多以皎皎而受人之昏昏。惟湼而不缁兮，梅质之清。磨而不磷兮，梅操之贞。嗟梅之爱兮，旷世无闻。将梅有心兮，千古谁论。

作者开篇借用俞伯牙、钟子期及左思的典故来说明了孤梅品质的高洁。接下来作者又对高洁之人的不幸遭遇予以了叹息，“孤高不易抗”、“孤洁不易保”，因此那些品行高洁的人往往会遭遇世人的疏离或谗害。这是作者借孤梅的遭遇，表达了自己对奸人当道，贤者遭遇疏离现实的不满。接下来，作者又对孤梅在逆境中独善其身的高尚人格予以了褒扬，“涅而不缁”、“磨而不磷”，这些浑浊尘世的种种磨难都不能改变“梅质之清”、“梅操之贞”。这样的高洁之人，“旷世无闻”，历史自会还以公道。在这篇骚体中何梦桂，对友人的不幸遭际表示了同情和愤慨，字里行间充满了对友人的赞誉之情与其对现实的不满之意。何梦桂的《逐妇吟》，是一篇代妇人立言的骚体，表达了作者因谗被逐的苦闷。其文曰：

妾生不辰兮命孤奇，妾嫁夫君兮尚髫垂。被谗放逐兮，妾不复归。欲出门兮，心重悲。心重悲，非别离。夫与姑，命相依。愿姑谨携持，山有豺狼水有螭。

作者开篇借妇人之后，感叹自己生不逢时，“妾嫁夫君兮尚髫垂”句暗指统治者对奸佞弄巧之人的偏爱。接下来作者又诉说了自己被谗放逐时的哀伤心境。自己哀伤并非因为遭遇驱逐，而是因为希望姑对夫君要相互挟持，避免遭遇豺狼水螭的侵害。作者在此以夫来喻君王，以姑来喻玩弄朝政的权臣，自己遭遇驱逐，尚不忘告诫这些权臣，“夫与姑，命相依”，希望他们可以辅佐君主，避免国家遭受灾祸。由这篇骚体，可以看出，作者对自己被驱逐固然是心有怨愤，然而对“夫君”前途命运的忧虑却更加强烈，充分体现了宋末文人心忧天下而又无能为力的无奈心态。

文天祥（1236—1283），初名云孙，字履善，又字宋瑞，吉州庐陵（今江西青原区）人。文天祥以忠烈名传后世，元人入侵，文天祥坚持抗战，兵败被俘后，面对元人的威逼利诱，宁死不屈，全节殉国，由此可见其忠直的士大夫情怀。文天祥对南宋末年的腐朽朝政也充满了愤慨，他的《吴伯海自号沧浪为徐径畈所喜携诸公诗来访因有感作沧浪歌并呈巽斋先生》一文就对贤者难容于世的社会现实表示了怨愤之情。其文曰：

世混浊而不清兮，蝉翼为重，千钧为轻。彼沧浪其无据兮，何缨非足，何足非缨？嗟灵均之好修兮，安能受物之汶汶？掘泥扬波以相从兮，羌不知渔父之用心。莞尔而歌，鼓枻而行。噫！渔父其何如兮，掉头乎灵均。

作者开篇就对世道浑浊，是非不分现实予以了抨击，“蝉翼为重，千钧为轻”暗指统治者对国事之轻重，臣子之贤愚无法分辨，充分体现出了南宋末年统治者的昏庸统治。接下来作者感叹，沧浪之水也清浊交混，足缨共濯，世道之浑浊混乱可见一斑。接下来作者又借用屈原涉江的典故，说明了屈原面对这样的世界也必然是选择离世而去，然而举世皆浊，屈原也不知何去何从。最后作者说：“渔父其何如兮，掉头乎灵均，”渔父所去之处，当为清明之世，屈原应跟从渔父而去。天下之大竟无君子贤人的容身之所，这样的乱世让人心生怨愤。从整篇骚体可以看出，文天祥对宋末的混乱现实极度不满，无限的怨骚之情渗透于字里行间。

南宋末年的乱世，对士大夫的入世之心造成了极大的打击，他们渴望国家清明，然而又对现实失望，忍不住控诉社会对个人造成的伤害，抨击污浊混乱的现实。南宋末年的这些充满个人哀怨的骚体充分体现出了末世的颓敝与乱世文人的复杂心态。

第二节　日渐衰亡之势下的悲凉心态

南宋末期，局势混乱，士风颓靡，衰亡之势日渐明显。王义山在其《稼村类稿》中曾评价宋末说：“江上之连城披靡，长沙之重镇孤危，通国上下彷徨无措，迁、守二议迄无定主，但闻侍从某人遁，卿监郎曹某人遁。祖宗三百年待士大夫之厚，今日获报乃如此耶？政府大臣依违不断，台谏诸人方且肆为大言，各植私党以妒贤嫉善为能，以假公行私为得，以挤人扬己为巧。”[①] 南宋末期文人面对颓敝的社会局势，充满了消极态度，他们或是远离现实，寻求归隐，亦或是表达对现实的无奈之情，体现出了亡国之际文人们没落的情绪和哀伤的

① 王义山：《稼村类稿》，文渊阁《四库全书》本，卷二十

心境。

一、远离现实的思归之志

南宋末期的颓敝现实，对文人们的入世之心产生了很大的打击。王义山在其《稼村类稿》中言道："近年风俗颓弊，士大夫以偷合苟容为智，以危言正论为狂，是致下情蔽而不上通，上恩壅而不下达。闾阎疾苦，痛心疾首，愚民往往怨归先帝。盖以言路之通塞，尤治乱之所关。其《论风俗》一札则又以公卿大夫好为高奇之论，喜诵庄老之书，流及科场，亦相习尚，口传耳剽，翕然成风。"① 虽然王义山之言有偏颇之处，但其对南宋末年混乱局面的描述还是非常客观的。面对日渐衰亡的局势，文人们对圣君贤臣、建功立业的理想已不再坚持，他们纷纷选择躲避现实，出世归隐。在南宋末期的骚体文学中，表现思归之志的骚体屡见不鲜，从一定程度上体现出了宋末文人们的消极情绪。

何梦桂，是宋末颇有隐士情怀的文人。他曾一度在朝为官，历任监察御史官，大理寺卿。但在目睹了混乱的官场之后，何梦桂引疾退居，筑室小酉源，过起了隐居生活。元至元中，御史程文海推荐，授江西儒学提举，但何梦桂屡召不赴。在家著书自娱，终老家中。他所作的《昨日王德父何昭德回后曝背于庵后大山上甚乐因成数语效大山体亦皆写景聊以寄似》、《偶书塔坞水中石》等均是表达隐逸情怀的骚体。其《昨日王德父何昭德回后曝背于庵后大山上甚乐因成数语效大山体亦皆写景聊以寄似》曰：

> 碧旻收云兮，秋气肃清。万籁声沉兮，秋日晶荧。青山崯崯兮，白石瑛瑛。麋鹿跂跂兮出高陵，野鸟活活兮两岑对鸣。黄犍湿湿瓶群，或讹或寝兮于野于坰。吾忘吾独兮，吾与禽兽兮为邻。违市朝兮不与世撄，利名不入兮宠辱忘惊。聊遗吾形兮放吾情，美背曝兮不可以遗君。时分吾席坐兮，采樵负苓。吾其徜徉乎此山以终吾生兮，其乐无央。

文章的前半部分是写景，作者把山中秋高气爽，静谧优美的景致予以了勾勒，

① 《稼村类稿》卷二十

山中的“麋鹿”、“野鸟”、“黄犍”、“羝群”徜徉在山野之中，一派悠然自得的景象。作者身处这样的环境之下，超然忘我，“吾忘吾独兮，吾与禽兽兮为邻”。接下来作者表达了对现实名利的厌倦之意，表达了自己与世无争的恬淡情怀。接下来是应题的写实之语，表现了与友人纵情山野之间的得意忘形。最后作者直抒胸臆的表达了自己愿意徜徉山中以终此生的隐士情怀。整篇文章，情景交融，充满了闲适悠哉的自然情调，把作者的隐逸情怀充分展现了出来。《偶书塔坞水中石》也是一篇寓情于景，表达归隐之心的骚体，其文曰：

> 白石兮磷磷，清泉兮泠泠。岸有蒲兮水有芹。敲竹筇兮金石声，长啸歌兮惊鬼神。世间岂无宦海之可航，仕路之可骋兮，不如此壑之安且平。鱼自泳兮鸟自鸣，花自开兮木自荣。任我心兮流水，等世事兮浮萍。上下天地兮，吾并忘乎吾身。

文章开篇写景，“白石”、“清泉”、“蒲”、“芹”、“竹筇”构成了一幅恬淡自然的美丽画面，作者流连于这样的如画美景中，心旷神怡。接下来作者叙述并非不能在朝为官，而是因为向往安平之境才退居还乡。何梦桂这种主动归隐的情怀与陶渊明类似，都是不愿再被尘世俗事羁绊，而追求自由的生活。接下来作者又借鱼儿自游、花儿自开等表明了自己顺其自然的恬淡情怀。最后作者以“忘乎吾身”作结，再次阐发了自己的隐逸之志。

宋末骚体中还有一类招隐辞，虽然名为招隐，实际上乃是呼唤隐士与己同游，本意还是要表达自己的隐逸情怀。如连文凤的《招隐吟》，其文曰：

> 碧涧清泉白石寒，神负一往不可攀，蓬莱缥缈非人寰。天风高兮翔青鸾，欲往从之春花秋叶残。归去来兮，畏途而恶滩。归去来兮，绿水与青山。衣蓑笠箬，烟幌云关。揖许由，拉巢父，相与徜徉兮广莫之间。黄尘不飞兮白日闲，芝苓森森兮风露漫漫。

文章开篇是一段景物描写，勾勒出了一幅世外桃源的幽美景象。接下来作者表达了对险恶现实的逃避和青山绿水的向往。畏途恶滩与青山绿水形成了强烈的对比，这实际也是现实与隐逸之间的强烈对比，前者艰难险恶，后者自由随性。作者选择隐退的态度不言自明。接下来作者召唤“许由”、“巢父”等著名隐士与己同游，展现出了徜徉于自由天地间的隐逸情怀。王柏的《长啸山游记》亦是借招隐抒发归隐之志的作品。文章的前半部分以写景为主，后半部分则是诉说了自己的出世情怀，其辞曰：

> 叱群羊兮共化，驾双鹤兮同游。朝昆仑兮暮玄圃，挹羡门兮访丹丘。横八风兮上下，归两涧兮绸缪。嗟彭殇兮均一梦之不返，何虞象兮同一气而不侔！嗟子房之末智兮舍圯上之老，黄石有约兮犹封留。念予生之多艰兮命与事仇，发已种种兮盍早为谋？何时结茅兮凭井灶之余休，咽日月兮跨苍虬，飞紫府兮楼琼楼，二三子兮其从予否？

作者幻想自己四处周游，体现出了其对自由的向往与追求。接下来作者又引经据典，用彭祖、唐虞、张良等人弃世而去的典故来说明隐逸之中的智慧。此后，作者嗟叹自己人生的坎坷，年华渐逝，希望可以早日摆脱现实的羁绊，寻找到心灵的归宿。最后作者召唤隐者与自己同游，相携而去，体现了精神上的超脱。陈著在其《识全轩记》中也体现出了自己的与世无争的隐者情怀。其文曰：

> 气之清而上兮，天吾与之为盖。心之宽以平兮，地吾与之为载。局于形而不化兮，将自同于蠛蠓。旷然而达观兮，殆几收百衲于破碎。吾退然不与之争兮，惟见其物之小而我大。坡仙尚其如见兮，其相与神交于湖之表、诗之外也。

作者开篇即叙说了天地之大，若拘泥于外形，则人在天地之间也不过如蠛蠓般渺小。这是作者从物质世界的角度来探讨天地人之间的关系，从外形而言，人之渺小与天地之大不可相提并论。然而如果不拘泥于物质世界，若人能做到“旷然”、“达观”，则能够包罗世间万象。这是从精神世界的角度来重新衡量天地人之间的关系，精神的旷达可以使人突破形体的约束而实现心灵的自由与包容。作者在此实际上是以形来比喻世间的名利富贵等一些可见的利益，若拘泥于这些现实之物，则精神永远无法超脱。接下来作者阐述了自己在物质世界中与世无争的处世态度，因为作者意识到物质世界与精神世界之间相比较，精神世界要更加的宽广博大。最后作者又借用苏东坡的旷达精神，来说明了只有超越现实才能实现精神的超脱。这篇骚体充满了对宇宙天人关系的思考，体现出超脱于现实之外的隐者情怀。陈炢的《闲舣赋》的歌曰部分中也能体现出作者的隐者情怀，其歌曰："世冥冥兮尘污人，慕贞烈兮凌青云。食有鱼兮，蔌有莼，愿投老兮守丘林。"作者意欲远离污浊的尘世，终老丘林，归隐之志，一目了然。

南宋中前期文人多是因为在现实中遭遇贬谪或理想难以达成而选择的被动归隐，因此在他们归隐主题的文章中，字里行间充满了怨愤之气。南宋末期文人则多是对现实极度失望的情况下，选择主动归隐，因此在他们的作品中怨愤之气相对较少，对现实的失望情绪与精神的超脱较多。这两种不同风格的呈现，充分说明了南宋末年凋敝现实对文人们造成的极大精神压力，他们在政治生活中无法排解这种失望情绪，只能流连于山水中、徜徉在精神世界里，寻求心灵的解脱与慰藉。

二、颓敝现实的无奈哀伤

南宋后期的几个统治者都比较昏庸，在政治上无所建树。朝廷中也是佞臣弄权，朋比为奸，以至于朝政腐朽，士风颓靡。民间则是灾荒不断，盗贼群起，社会一片混乱。宋人徐侨曾上书理宗曰："陛下国本未建，疆宇日蹙，权幸用事，将帅非才，旱蝗相仍，盗贼并起，经用无艺，帑藏空虚。民困于横敛，军怨于掊克。群臣养交而天子孤立，国势阽危而陛下不悟。"① 理宗后期直到宋亡，由于兵祸连连，南宋小朝廷辗转奔逃，整个社会呈现出了颓敝亡国的态势。南宋末期的文人，亲眼目睹了国势的衰竭，他们已经预知到即将到来的亡国之灾，在他们的骚体作品中，体现出了一种对颓敝现实无可奈何的哀伤情绪，反映了文人们在亡国之际的悲凉之感。

悲秋是骚体文学的传统主题，文人们往往借助秋景之萧瑟来抒发心中的愤

---

① 《宋史》卷四百二十二

懑之情。南宋末期也出现了很多的悲秋作品，饱含着深重的哀伤情绪。郑思肖（1241—1318），字忆翁，号所南。连江（今属福建）人。郑思肖原名不详，思肖之名是南宋灭亡后所改。因肖是宋朝国姓赵的组成部分，其子、号也均是表明自己的宋人身份。郑思肖的《泣秋赋》是一篇悲秋骚体，体现了作者对故国的深切怀恋与对现状的强烈不满。其文曰：

天地之大兮，既无所容身；所思不可往兮，今将安之？礼废兮道丧，气变兮时推。天乔短阏兮，杀气何盛？阴寒痴惨兮，生意何微？黄花傲荣兮，睇晓而若泣；宾鸿感气兮，逢秋而来飞。日月无情兮，积昏晓而成岁；翠华巡北岳兮，六载犹未遄归。野鬼巢殿兮梁上而啸，妖兽据城兮人立而啼。大块鼓灾兮庶物命断，问汝群儿兮知而不知？每泣血涟如兮，为大耻未报；誓挺空拳兮，当四方驱驰！非我自为戾兮弗安厥生，惟理之不可悖兮虽死亦为。金可销兮铁可腐，万形有尽兮此志不可移！天虽高兮明明在上，一忱啮檗兮，宁不监予衷私！谋为仁义吐气兮，人不从之，天必从之。大誓死死不变兮，一与道无尽期。

作者首先叙述了南宋末年礼崩乐坏的混乱现实，接下来叙述了战争所带来的苦难。面对嗜杀的元人，生命是何等的卑贱。“阴寒痴惨”句将战乱中的凄惨景象充分表露了出来，充满了哀怨之情。接下来作者又用一段秋景描写，进一步渲染了萧条悲凉的气氛。黄花满地，哀鸿遍野，满目凄凉之境。接下来作者对元人表达强烈的愤慨，称之为“野鬼”、“妖兽”，这些凶悍丑恶之人占据了国家的锦绣江山，给人民带来了深重的苦难。亡国的遭遇使作者充满了哀伤和屈辱，誓言要报仇雪耻。作者用“誓挺空拳”、“当四方驱驰”、“虽死亦为”、“金可销兮铁可腐”、“大誓死死不变”等句反复申说自己坚定的复国之志，把自己的一腔怨愤和深挚的爱国之情充分展露了出来。作者的复国的呼吁，不是高亢嘹亮的豪迈之声，而是深重低沉的控诉之言，这是其遭受亡国之辱后的没落情绪体现。整篇文章，满布血泪，哀伤悲凉之意，跃然纸上。徐集孙的《秋风悲》同样是一首表述对颓敝现实不满的悲秋作品，其文曰：

秋风悲，秋风悲，秋风悲兮落叶飞。豪家不识秋风悲，杯酒暖热儿女嬉。秋风悲，秋风悲，秋风悲兮陇穗萎。田舍不识秋风悲，腰镰收刈鸡豚肥。秋风悲，秋风悲，秋风悲兮塞角吹。戍人不识秋风悲，只愿封侯不顾死，枣红十载忘归期。秋风悲，秋风悲，秋风最可悲兮。江流滔滔，禾黍离离，为此悲者其知谁。

作者开篇以一段写景烘托出了悲伤气氛。接下来对象征朝廷的“豪家”与象征民间的“田舍”只知享受不知亡国临近的麻木不仁予以了讽刺。接下来作者对战争带来的伤痛予以了描述，暗示出了元人的临近与时局的险恶。最后，作者感叹秋风最可悲，原因是这个悲秋是亡国的黍离之悲。在这篇骚体中，可以看出作者对现实的无奈，作者借秋风之起抒发了人生蹉跎、现实残酷的愤懑之情。秋风起时，时光如同流水一般在不知不觉中流逝，局势也在时光的流逝中不断的恶化，但世人都不曾觉察到。他们只是安享各自的生活，对于时光的流逝、国家的命运他们显得麻木而不在意。举世皆浊我独清，作者目睹了亡国之际麻木的人群、残酷的现实，这种清醒的切肤之痛让其欲语还休，这些无从诉说的哀伤和无奈渗透到文章中，透露出浓重的悲凉之气。姚勉的《秋怀赋》，也是一篇以悲秋为主题的骚体，他以思妇对征夫的思念为主题，寄托了自己对现实处境的哀怨和对故国的思念。其文曰：“想征夫兮天涯，岁月悠兮未归。怀故乡兮千里，羌目断兮魂飞。”怀恋故乡，遥望而不可及，表现出了作者对故土深沉的思念之情。此后姚勉又吟唱到：

檐雨兮浪浪，寐复寤兮宵长。西风兮雁行，梗泛泛兮异乡。望家山兮飞云，明月思兮故人。我不如兮季鹰，思鲙鱼兮羹莼。孰有山兮可耕，孰有溪兮可钓。愿从子兮是间，一登临兮长啸。

长夜漫漫，思念不息，辗转反侧，可见诗人一直在痛苦中煎熬。大雁南归，明月当空，勾起了作者对故人的思念之情。“孰有山兮可耕，孰有溪兮可钓”，天下之大，竟然没有容身之所，这样的凄楚处境使作者充满了孤苦无依之感，“我不如兮季鹰”句充分体现出了作者心中无限的悲凉。可见，这个凄凉的清秋季节，让人的确难以承受这种挥之不去的哀怨和思念之情。最后作者不得不登临长啸，疏泄情绪，聊以自慰。这篇思乡的骚体，反映了宋末文人辗转奔波的颠沛之苦，这种缺乏归属感的哀怨正是衰弊现实下文人没落心理的体现。

文天祥是南宋末年爱国文人的杰出代表，他创作的骚体文学中有不少作品也透露出了对颓敝现实的哀伤与无奈。如《思小村》一文即是文天祥思念故人、感时伤事的一篇骚体，其文曰：

> 春云惨惨兮春水漫漫，思我故人兮行路难。君辕以南兮我辕以北，去日以远兮忧不可以终极。蹇予马兮江皋，式燕兮以游遨。念我平生兮君郁陶。在师中兮岂造次之可离，忠言不闻兮思君忸怩。毫厘之差兮天壤易位，驷不及舌兮脐不可噬。思我故人兮怀我亲，怀我亲兮思故人。怀哉怀哉，不可忍兮不如速死。慨百年之未半兮，胡中道而遄止。鲁连子兮义不帝秦，负玄德兮羽不名为人。委骨草莽兮时乃天命，自古孰无死兮首丘为正。我行我行兮梦寐所思，故人望我兮胡不归，胡不归。

这篇《思小村》当为文天祥北上抗元之时所作，作者开篇描写了一段春景，通常春景是给人带来愉悦的，但作者怀有心事，而被眼前之景勾起了对故人的思念。接下来作者叙述了自己对故人的怀念。作者文中的故人小村即为北宋名士梅尧臣，梅尧臣一生为官清廉，所到之处，民间均为之建祠。梅尧臣胸怀大志，却没有遇到明君，仕途十分坎坷。咸淳六年，文天祥知宁国府时，特前往拜祭梅墓，可见其对梅氏的认同。接下来"君辕以南兮我辕以北"，梅尧臣在南调建德之际曾作《南有佳茗赋》，"辕以南"当指这段知远岁月，而"辕以北"当指文天祥北上抗元。接下来作者立马江皋，感叹自己与梅尧臣相似的不遇命运，同时也对朝廷不接纳忠言而导致国破家亡的现实表示了愤慨。接下来作者又借对故人的缅怀，抒发了自己愿意为国捐躯的悲慨情怀。"不可忍兮不如速死"句体现出了作者为国献身的意愿，然而这不是临战杀敌前的慷慨陈词，却是要死于忠义的哀怨悲歌。"百年之未半"却要"中道遄止"，表现出了作者对个人遭遇的哀叹。德佑元年，文天祥变卖家业，征募勇士，起兵勤王。当时友人曾劝其曰：今大兵三道鼓行，破郊畿，薄内地，君以乌合万余赴之，是何异驱群羊而搏猛虎。”文天祥自己也深知此举并不能成功，但他说：“吾亦知其然也。第国家养育臣庶三百余年，一旦有急，征天下兵，无一人一骑入关者，吾深恨于此，故不自量力，而以身徇之，庶天下忠臣义士将有闻风而起者。义胜者谋立，人众者功济，如此则社稷犹可保也。”由此可见，文天祥北上抗元，乃是抱定了必死之心，他试图以自己的义举来激励天下忠义之士共同抗元，可谓用心良苦。在这篇骚体接下来的“鲁连子兮义不帝秦，负玄德兮羽不名为人。委骨草莽兮时乃天命，自古孰无死兮首丘为正”，也体现了文天祥愿为国殉道，誓死不降的精神，而史实证明，文天祥并无虚言，在抗元失败后，全节殉国。在这篇骚体中可以看出，尽管文天祥有坚定的殉道之心，但他对现实的颓敝与麻木充满了哀怨和无奈，以至于只能以死来唤醒国人，因此，这篇《思小村》表现了作者在颓敝现实之下的复杂情绪，饱含着浓郁的哀伤和凄楚。文天祥还有一篇《和夷齐西山歌》也体现出了对颓敝现实的无奈之感，其文曰：

> 歌曰：登彼西山兮，采其薇矣。以暴易暴兮，不知其非矣。神农虞夏忽然没兮，我安适归矣？吁嗟徂兮，命之衰矣！后二千余年，某人乃倚歌而和之曰：小雅尽废兮，出车采薇矣。我有中国兮，人类熄矣。明王不兴兮，吾谁与归矣。抱春秋以没世兮，甚矣吾衰矣。又从而歌之曰：彼美人兮，西山之薇矣。北方之人兮，为吾是非矣。异域长绝兮，不复归矣。凤不至兮，德之衰矣。

作者借用了伯夷叔齐采薇歌的典故，来诉说了南宋末期礼崩乐坏，朝政腐朽的混乱局面，展现了作者对现实状况的不满。“小雅尽废”、“明王不兴”、“甚矣吾衰”、“不复归矣”等句充分体现出了宋末文人的没落心态和凄楚心情。

南宋末期其他类似的作品又如蒲寿宬的《古赋二首》其二、陈古遇的《马别主》等等，均从不同角度体现出了末世文人的凄凉心境。尽管南宋末期颓敝的现实引起了多数文人们的不满情绪，但像文天祥一样慷慨赴难的文人是少数，大多数的文人只是在抒发国之将亡的哀怨，并无实际挽救颓势的行动，他们作品中对现实的无奈之感要远远多于愤慨之意，这种消极颓靡的士风是文人们亡国之际精神涣散的直接体现。南宋末期反映现实的骚体文学充满了无奈与感伤情绪，呈现出了哀戚悲凉的特色。

第三节 多元文化局面下的发展余绪

南宋中期，儒、释、道三家文化均呈现出了繁荣发展的局面，南宋末期政治腐朽，战乱频仍，对文化的发展也形成了一定的冲击，但中期形成的多元发展的势头在宋末得到了延续。受此影响，南宋末期的骚体中仍有大量言说理学之趣和道家之意的作品出现。整个南宋时期都很繁盛的日常生活题材类骚体在南宋末年也有一些发展，吟咏书斋雅趣、祭祀悼亡是常见的主题，体现出了宋代骚体文学较为稳定的时代性特征。

一、理学之趣的言说

理学经北宋周敦颐、邵雍、张载、二程兄弟的发扬，至朱熹始集大成，建立了一个比较完备的客观唯心主义体系，认定“理”先天地而存在，把抽象的“理”（实指封建伦理准则）提到永恒的、至高无上的地位，从而成为中国封建王朝标榜尊奉的权威统治思想。南宋末期的赵宋统治者对理学思想非常推崇，宋理宗于宝庆三年（1227 年）下诏说：

> 朕观朱熹集注《大学》、《论语》、《孟子》、《中庸》，发挥圣贤蕴奥，有补治道。朕励志讲学，缅怀典刑，可特赠熹太师，追封信国公。①

这是南宋皇帝第一次对朱熹及其《四书集注》进行褒奖，这为以后南宋确立理学思想的统治性地位奠定了坚实的基础。真德秀被认为是朱熹之后最大的理学家，声望极高，百口交推，以为正学大宗。端平元年（1234），真德秀被召为户部尚书，但这位理学大师，在朝堂之上并不言及国家大事，而是向宋理宗进呈

① 《宋史》卷四十一

他的《大学衍义》。淳佑元年（1241）正月，宋理宗下诏将周敦颐、张载、程颢、程颐、朱熹，从祀于孔子庙庭，接着以王安石为万世罪人，迁出了孔庙，由此完全确立了理学思想在南宋末期的绝对统治地位。由于朝廷的大力提倡，士大夫们纷纷研习理学思想，宋末周密说："其所读者，止《四书》、《近思录》、《通书》、《太极图》、《东西铭》、《语录》之类。"① 文人士子的争相研习，使理学在南宋末期得到了巨大的发展。南宋末期的骚体文学理学色彩也较为浓厚，方岳、王柏等人创作了不少充满理趣的言理之作。

方岳的《后白鹿洞赋》是一篇追附朱熹《白鹿洞赋》所作的骚体，其序曰：

> 晦翁先生去洞之六十又九年，其里中学子方岳幸得主藏书，徘徊顾瞻，有慨其叹，盖岁行之无几而世变已不古矣。乃次翁韵为《白鹿洞后赋》，招我同盟而歆之。

南宋中期，朱熹曾为白鹿洞书院作《白鹿洞赋》，朱熹共分五部分阐述了白鹿洞书院的历史、现状及教学理念、理学之理等内容，黄震《黄氏日抄》概括朱熹《白鹿洞赋》曰："一章言唐李渤读书旧地，而南唐因创书院。二章言自太宗、真宗增辟，而废于熙宁。三章言今日之再造。四章言讲学之要领，而乱之以德业无穷之思。"朱熹《白鹿洞赋》的最大特色在于，他在阐述书院沿革历史及教育宗旨的同时，还借机阐述了自己的理学思想，这种创作模式对后世的学者形成了很大的影响。虞集曾评价《白鹿洞赋》说："今此篇，辑录文公全书者以冠诸首，家传而人诵之，则固有不待皆至乎白鹿者。"② 方岳的《白鹿洞后赋》即是仿照朱熹借阐述书院之事来言说理学之理的一篇骚体。从方岳的序言中也可以看出，他作这篇骚体的初衷是试图改变"世变已不古"的现状，而改变的途径就是继承和发扬朱子留下的理学之道。作者开篇阐说了作文之缘起后，即表达了对道学发展持续性的忧虑，"维良朝予乐兮紫阳，夕予梦兮朱塘。讯风泉与云壑，老降巘而陟岗。慨夫子其未远，宁吾道之易荒。"朱熹建白鹿洞书院有两

① 潘永因：《宋稗类抄》，文渊阁《四库全书》本，卷二十四

② 虞集：《道园学古录》，文渊阁《四库全书》本，卷十一

个重要目的，一是深感官学衰落，兴私学以继道统；二是以书院为阵地宣扬理学，与时下兴盛的佛道两家相抗衡。方岳此处对“宁吾道之易荒”的忧虑也正是后人能否继承道学传统并将之发扬光大的忧虑。接下来作者用大段的散体来回忆了朱熹的功德，并借机阐发了朱熹的理学思想，“言琅琅其犹在，将弥久而弥芳”、“体吾身其学问，将喻利以尺枉。抑乡方而寸进，念日用之常行”等句体现了对朱熹的怀念之情。“日三省以澡瀹，时四勿以扫除”、“以经籍为友朋，以泉石为供给。佩猗兰之秋香，纫芙蓉而手缉”则是借朱熹的榜样力量，阐述了加强心性修养修炼的理学思想。作者还号召学子们向朱子学习，不断寻求进步，共同将圣人之道发扬光大，“起风雩而独立。挹烟云而进之。问孔圣之何执，将玉林其与邀期，瑶草之共拾”。在文章的最后，作者用一段骚体来总结全文，其辞曰：

有锵其珮，琳琅璆兮。风萧萧然，山川摎兮。翁剩白云，驾言游兮。道斯在斯，如泉流兮。勿遐尔心，为翁忧兮。归来归来，吾与子求兮。

这段骚体文字描述了书院浓厚的文化气息，并对朱熹表示了深切的怀念。“道斯在斯，如泉流兮”句是言说朱子为书院留存下来的文化遗产，既包含了朱子的著作言说也包括了他的治学理念、理学思想等等。而这些思想是作者号召大家积极学习并发扬光大的，所以作者鼓励学子们要“勿遐尔心”，否则就会“为翁忧兮”，翁之忧乃指朱子对道学不传不习的忧虑，也正是在这个忧虑的驱动下，朱熹才建了这座白鹿洞书院，因此，方岳告诫学子不要忘记自己肩上的使命，要继承先人之遗志，致力于学。整篇骚体，作者都在高扬朱熹的治学理念和理学思想，并不断强调向朱子学习，这正是作者担忧“世变已不古”的风气影响到道学的传承而做出的应对之策。正如《后白鹿洞赋》序言所表达出的创作初衷，方岳写作这篇骚体的真正用意即是推崇朱熹，高扬理学。

王柏是南宋末年的理学大家，其少时慕诸葛亮之为人，自号长啸，三十岁后以为“长啸非圣门持敬之道”，遂改号鲁斋。由王柏改号一事可以看出，王柏是个深受儒家思想影响的“圣门之徒”。王乃是朱熹的第三代弟子，因此他的学术思想受到了朱熹的很大影响，理学思想方面的影响自然是不必言说的。王柏的骚体创作有十数篇，多数为祭文和咏物之作，其中一篇《橘荣颂》，借咏物之名，阐发了不少理学思想。《橘荣颂》开篇言明了橘子产自南方之地："羌尔锡贡，姒氏之服兮。颂尔素荣，鬻熊之国兮。"接着作者对橘荣的品德进行了称赞："与春无竞，嘉尔之志兮。表里纯白，抑予之所嘉兮。"不与奇葩争春宠，表里纯白如一，这既是赞美橘荣之美德，也是暗示了作者能够像橘荣一样熄浮竞之心，正心诚意，表里如一。接着作者又描述了橘子的形状："各一太极，颗颗圆兮。阴合阳开，五行烂兮。玉质金相，方有道兮。"王柏说橘子之所以能够"玉质金相"，乃是合于阴阳五行之道，言外之意，乃是遵从天理而生，故才能内外俱佳，完美无缺。接下来，王柏对橘的高洁品德进行了高度赞扬：

> 寂寂红紫，自知其丑兮。铜彝涵泳，色香异兮。国风不采，非世人喜兮。皜皜独立，夫何求兮。德声而且实侯，梅之流兮。观尔仪刑，毋自失兮。

王柏借对橘高尚品德的赞美，暗示人也要远离那些不合礼义之事，加强自身修养，学道时，心理状态要从容不迫，沉潜其中，不断玩索，自有所得，在逆境之中，要克制私欲，洁身自好，不能放纵自己，那样才能获得仁德的名声。在文章的后半部分，这种理学思想的渗透更加明显：

> 培之濯之，数弓之地兮。率性不变，真畏友兮。逾则为枳，秉天之理兮。愿我德业，与尔俱长兮。柯叶茂茂，无雕零之像兮。

《晏子春秋·杂下之十》尝言："婴闻之：橘生淮南则为橘，生于淮北则为枳，叶徒相似，其实味不同。"橘天性不变，顺从天理而生存，王柏借此来喻示，应该遵天理，不能逾越儒家的道德规范，只有如此，"德业"才能长盛不衰。整篇文章，王柏都有言外之意，看似是咏物，实则是借咏物阐申其理学思想。王柏的《和立斋岁寒歌五章》、《竹宇辞四章》中同样有理学思想的宣扬。其《和立斋岁寒歌五章》首章曰："羌人生之秉贞兮孰无阳秋，惟澹而无欲兮斯能无求。宜此心之永坚兮凛此风之正遒，岁寒之堂兮足以自修。"这是在强调理学中的无欲修身的重要性。第三章曰："圣人体物兮万世之训，究厥后凋兮基于不竞。使与春争妍兮曷保常真，岁寒之知兮宁不谓性。"这是在谈论理学中的心性理论。其余三章中，作者也分别阐述了学习圣人之道，延续道统等内容。其《竹宇辞四章》中，借竹之挺劲来言说修身之理。其后三章文曰：

> 承嘉惠兮君子之庭，昭尔扁兮追旧日之风声。抗尘容兮不屈，中自守兮虚明。
>
> 周子言兮甚密。圣可学兮其要有一。止无欲兮二字，故静虚兮动直。
>
> 动直兮静虚，本立兮不孤。有容兮乃大，忤人兮任渠。

王柏强调"自守"、"无欲"、"静虚"、"有容"等修身之道，这都是典型的理学思想阐释。在王柏其他作品如《冰壶秋心赋》、《长啸山游记》等中也渗透着作者的理学思维，呈现出了情与理兼顾的说理色彩，这是南宋中后期骚体文学的一大特色。

南宋末期骚体文学中，还有叶少章的《遂性赋》、刘黻的《遂志赋》通过反思人生来阐述理学的正心诚意之道；袁甫则是用骚体来阐扬心学思想，其《觉赋》、《静寿赋》、《鹿野赋》等等，同样具有浓厚的说理色彩。南宋末期理学的继续盛行使骚体文学延续了中期说理骚体的发展势头，使宋末骚体呈现出了很明显的理学色彩。理学对于文学的繁荣固然有一定的推动作用，然而随着宋末朝廷对理学的高度推崇，一些不学无术之徒也混入到了申说理学的队伍中来，他们互相标榜为名士，其实只不过是滥竽充数，贤良之人如果对他们的所作所为有所异议，他们马上对这些贤者予以排斥。更有甚者，南宋末年奸相贾似道，就打着尊崇理学的旗号，把那些不学无术的所谓理学家，安排在重要的职位上，以便于这些人不妨碍他的专制专权。宋理宗本人也沉迷于此道不可自拔，周密曾经说过，宋理宗与宋徽宗十分相似，徽宗打着"新学"的旗号，进行腐朽统治，将北宋王朝拱手送给了金人，而理宗则是崇尚理学，置国家大政要务于不顾，也将南宋送上了灭亡之路。从学术角度来讲，理学的确是一个庞大完备的体系，但从治国、平天下上来讲，理学思想又显得过于空泛。南宋不少有识之士就对理学家这种空谈误国的行为进行了尖锐的批评。南宋朝廷对理学的过度推崇固然不能破坏城池、摧毁宫殿，但国家处于危亡之际，犹不思奋发图强，只是空谈心性，这无形中造成了一种萎靡的社会风气。君臣沉迷空谈之说而无心国事，对于内忧外患的南宋来说，无疑导致了很大的社会混乱，间接地导致了亡国。

二、道家之意的表露

道教在有宋一代得到了宋代统治者的扶植而迅速发展。早在宋太祖征北汉的途中，曾召见当时真定府龙兴观的道士苏澄隐，并赐予茶百斤，绢二百匹，并希望苏澄隐能到开封新建的建隆观居留。宋真宗时，他不仅供奉道教的神仙符箓，还兴建了许多的道教宫观，更是不惜耗用国库大量的钱财，率领文武大臣到亳州进谒道教尊奉老子的太清宫。因为宋真宗的大力推动，道教发展出现了一个高潮，道士、女冠在天禧五年达到二万人以上。南宋时期，由于迷信道教的宋徽宗被金人掳走，所以给道教的发展带来了极大的破坏，道教的发展再没有达到宋徽宗时期的鼎盛局面。南宋统治者对亡国之君宋徽宗的昏庸行为有所反思，不再狂热崇尚道教，但朝廷对道教仍然有一定的扶持。南宋朝廷在出卖僧人度牒时，也出卖道士度牒，道士的人数有了一定的增加，由于金人入主中原，一些汉人不满金人的压迫，以投身宗教的方式来寻求精神慰藉，很多保持民族节操的士人也投入道门修身养性，道教因此又得到了繁盛。据绍兴二十七年统计，当时的僧人二十万，道士一万，这与北宋时期的僧道比例是基本一致的。由此可见，道教在南宋时期仍然在蓬勃发展。南宋中后期的骚体文学中，反映道家道教题材的骚体数量很多，特别是后期，出现了白玉蟾等文学造诣与道家修为兼善的大家，是表现道家道教的骚体文学创作又取得了长足的发展。用骚体来表现道家生活，展现道家情怀成为南宋后期骚体文学重要的思想倾向之一。

白玉蟾（1194—?），本名葛长庚，字如晦，又字白叟，号海琼子，又号海南翁、琼山道人、武夷散人等。他不仅是南宋道教内丹派南宗的实际开创人，而且具有很高的文学修养。他的文学成就和美学思想在宋代文坛上都是很著名的，他创作了大量的诗、词作品，在骚体创作方面也有涉足，有近二十篇骚体存世。白玉蟾天资聪慧，文学感悟能力很强，他曾历游华中、东、南道教名山，

《武夷歌》就是他游历至武夷山时所作的一篇写景骚体。自秦汉以来，武夷山就为羽流禅家栖息之地，留下了不少宫观、道院和庵堂故址。这篇骚体将武夷山上的山峰石洞、流泉瀑布等景致描摹得十分细致，充分展现了道家名山的灵秀之气。其文曰：

身轻欲生羽翰兮们烟萝而蹑天梯，下视人境杳邈兮但见乱峰参错相高低。龙洞通天池兮岩鹤舞双翎，铁骨藏玉匣兮玉蜕和香泥。月浸观音石兮恍有金身现普陀，风号玉女峰兮疑是湘江虞妃啼。仙馆学堂兮闻书声，丹炉茶灶兮晓烟迷。船架半壑兮使星会泛河汉归，机留古洞兮天孙去作牵牛妻。棋盘开岩石兮钓台瞰晴川，岩有虎啸兮窠有金鸡栖。狮子伏岩兮耀日气犹鲜，仙羊化石兮眠云青草萋。大小藏蕴灵兮下有龙湫水泠泠，一线天通九有兮旁有风洞凉凄凄。翰墨罗列兮因之生兴，廪石高贮兮可以忘饥。红尘迥绝兮山中发兰桂，神仙何许兮云间闻犬鸡。茶洞幽窅兮悬崖飞瀑布，桃源深邃兮沿流得径蹊。

参差错落的群山乱峰，形状各异的奇岩怪石，幽深神秘的山洞，淙淙的流水，袅袅的香烟，朗朗的读书声，武夷山众景，构成了一幅多么美妙的图画。白玉蟾充分发挥了骚体语言的表现能力，运用精炼华美的语言，对武夷山的景致进行了精心细致的刻画，使武夷山充满灵性的山形水态，跃然于纸上。这篇骚体一方面显示出了作者在描摹物象上高超的技法，使骚体文学善于铺陈、内容含量大的特长得到了发挥，另一方面也是体现了作者对武夷山灵性的深刻感知，体现出了道家情怀。

南宋末期，道家的地位虽然不如儒家那么高，但道家思想凭借其博大精深的学术体系和独特的宇宙观以及对社会和人生的感悟思考，从而在文化、文学领域中占据了重要的地位，呈现出了永恒的魅力与顽强的生命力。南宋骚体文学不可避免地受到了道家思想的极大影响，在骚体作品中，既有直接以探讨道家理论为目的的说道之作，也有在平常题材中参道体玄的悟道之作。前者重说理议论，注重对道家思想的阐申发扬；后者则是文学性与哲理性并重，将文人之情与道家之思相结合，这类骚体作品充分体现出了道家思想对骚体文学领域的渗透以及文人对道家思想的思考。南宋时期，用骚体来阐释道家理论、吟咏道家之物的当首推白玉蟾。白玉蟾是道教金丹派南宋的正式创始人，他所提倡的“内练成丹，外练成法”的修道理论吸引了大批的信徒。在白玉蟾的骚体作品中，即有直接吟咏道家之物，探讨道家理论的说道之作。如《龙虎赋》乃是一篇以吟咏道家内丹及炼丹之法的骚体，开篇白玉蟾就对他要吟咏的对象“七返大还丹”进行了描述：

奇哉！九转金液七返大还丹，诚神气之陀罗兮，性命之众甫。擎阿耨之元兮，职达摩之华勋。身砂而心汞兮，出日而入月。青龙白虎朱雀兮，荧惑居癸而漭渺。位丙绛宫天子兮，御黄庭之奥壶。慈兮悲兮，威惠而武文。

道家的金丹本是烧炼而成的药物，经过不断地引申，人体精气神的修炼也纳入到了炼丹的范围，而外物所炼制成的药物即为外丹。修炼即是以锻炼内在精气神为主，白玉蟾所说的“大还丹”乃是由矿物炼制而成的外丹。他认为这个精心炼制的内丹乃是聚合了日月之精华，可以补元气、活性命。此后白玉蟾又将金丹的炼制之法作了说明：

天一坎、地二离兮，乾坤互南北。真铅先天之气兮，可为七十二石之冠。刚弱中外而雌雄条理兮，金火含受金水之事。初九未神变兮，天心抱阳和。木汞生东辰之体兮，金精长西戌之胚。巽毕复而干毕剥兮，春秋而仁义，冬夏而界度。亶娄上下釜兮，砂汞所配感之神。室张虚危翼兮，金不绽而土不轻。潜藏飞跃兮往来上下，无爻位而归乎太极兮以包囊众石。有无隐显兮，水金为丹本；日精灭坎离兮，浮沉而消息。金公索坎实兮姹女叩离虚，金戮木兮而水殄火。黄帝竖旗于金乡兮，金木火花为明腮尘。混沌之金火兮，宝精终一九。……

道家炼丹是个极其复杂的过程，正如白玉蟾所讲，大自然宇宙的春夏秋冬四季变化，空间中的南北东西方位，五行金木水火土之运行，各种材料之搭配，都要考虑到。炼丹即是要做到阴阳调和、天人合一，要讲究天时地利人和。白玉蟾以道家之言，言道家之事，所述十分精妙。又如他的《紫元赋》、《鹤林赋》等都有大量的阐发道家理论的内容，不再赘举。这类以讲述道家理论或是吟咏道家之事的骚体，大多说理性较强，而且内容枯燥，缺乏蕴藉性。南宋末年体现道家之意的优秀之作是那些将道家的玄思与文人情怀相结合的作品，这类作品大多是作者对日常生活中某事或某物有所感触，发言为文，并且在抒发一己之情之际，包含了对道家玄理的思索，体现出了文人们对道家玄理的体悟。白玉蟾喜游历名山大川，经常在山水自然中参悟道家之真谛，因此，他写作了许多将自然景物和道家玄思相融合的诗作，创造出了充满玄思意趣的旷达之作。他所创作的骚体《清夜辞》十首中就不乏此类作品。如《清夜辞》其二：

> 月明兮星稀，烟漠漠兮风悲。空阶兮竹影，悄无人兮萤飞。

月明星稀，空阶竹影，这是一个无比清静的世界，而就在这个安静的环境之中，风声之起、萤火虫的飞舞划破了静谧的世界，动静的结合与转换，使这个清静的夜晚充满了生机。道家主静，同时认为动静相互依存、相互转化。这篇骚体，恰恰体现出了动静之间的相互依存。白玉蟾于自然之景中，寓自然之理，描写景物与休悟玄思结合得非常精妙，自然疏淡，韵味悠长。又如《清夜辞》其九：

> 凭虚兮御气，乘风兮驾浮。朝罢兮归来，天边兮月钩。

凭虚御气，乘风而游，神思外游，作者神游天外，等思绪收回，凝神而看时，天边的新月如钩。这篇骚体，虚实结合，把体悟玄理与眼前之景相互结合，创造出了一个充满玄思意趣的意境。白玉蟾的十首清夜辞，境界高妙，质朴自然，眼前之景与玄理玄思的融合，为夜色增添了些许无法言道的韵味。

其他此类作品，如戴埴的群仙赋（歌曰）、谕鹤文（歌曰）等等，均是文人之情与道家玄思融合交汇的内容。南宋的骚体作品中，既有反映道教活动之作，也有反映道家玄思之文；既有直接探讨道家理论的文章，也有将文人之情与道家玄思相结合的诗文。这类作品从一定程度上体现出了南宋时期道家思想对文学的巨大影响，这类题材的骚体也成为后人研究南宋道家文化、道家文学的重要参考材料之一。

三、世俗之情的展现

南宋末期，用骚体来表现日常生活已经成为非常普遍的文学现象。文人们把自己书斋生活的雅趣，日常生活中的各种活动都作为观照对象，纳入到骚体文学的题材之中，表现世俗之情也成为宋代骚体文学的又一大特色。

陈著（1214—1297），字谦之，一字子微，号本堂，晚年号嵩溪遗耄，鄞县（今浙江宁波）人，寄籍奉化。陈着创作了数量较多的骚体，涵盖了诗、文等多个方面。他创作的骚体诗大部分是咏物之作，其中有相当一部分吟咏水墨画的作品，这类作品描摹画中之物，诗画相互映衬，凸显了画中之物的形象与精神，体现了文人日常生活中的雅趣。如其《赋墨鹭》：

> 山林以为家兮，出而与风烟之为缥缈。水之湄素所狎兮，专一嗜而谋饱。纷纷下而上兮，若不能以终日。矫静洁以待时兮，固有独立于寒梢之表者也。

陈著诗中的白鹭出入于飘渺烟波之中，忽而飞起忽而落下，又或独立于寒梢，“矫静洁以待时”，在水之滨觅食。陈著将这个画中本是静止之物的墨鹭，描绘得生动活泼、活灵活现。他使白鹭伫立在江边等待觅食的画面跃然于纸上，使人印象深刻。又如他的《赋墨梅》：

> 直放而为横出之劲兮，瘦吐而为淡伫之馨。羌寂寞以自韵兮，而万里其流声。风霜之表神与次兮，明月在天水在下。耿耿于其间兮，于以观我生之清明。

陈著将梅树盘虬曲折的形态，梅花淡雅的芬芳都刻画得相当传神，“风霜之表神与次兮，明月在天水在下”，以梅为中心，进而扩大到对整个外部构图的描摹，将整幅墨梅图描摹得水天交融、意境高远。除此之外，陈著还有《赋贾养晦所藏王庭吉墨水仙花》、《赋虚谷黄子羽所藏吴山西墨兰三章》等数篇咏物骚体，都是摹形描象，极富艺术价值。其《题儿泌所藏彩笺》、《题画扇》、《属酒歌》等作品同样是表现日常生活之趣的作品，不再赘举。

方岳的《方长者祠堂记》乃是一篇祭祀祖先的骚体，表达出了方岳对祖先的敬重之情，反映了宋人对日常生活的关注。方岳在序言中说道："畎亩而有后世名，韦布而为众人利，此其忠信之行乎州里。睦婣之洽乎比邻必有非声音笑貌之所能为者。大夫卿士身都显荣，而生无益于人，没无传于世者多矣，乃吾祖吾父退然寒素，为乡人所推尊，一言折衷，两讼消弥，盖有王彦方之遗风焉。"方岳叙述了其父与其祖，虽然居于畎亩之中，并非达官显贵，却因为品行端正仁厚而在乡人之间德高望重，倍受尊崇。"两公久没已，而思之不能忘也。乃为作斯堂而表之，系之诗而使岁时歌舞之。"方岳的父祖去世多年，但方岳仍不能忘怀先祖的功德，乃作此文。从序言中可以看出，方岳之父祖在族人之中，德望很高。方岳作此骚体的原因，正是要褒扬父祖的德行，表达后人对他们的敬重和怀念之情。序言之后的骚体部分，乃是祭祀之文。其词曰：

田瀰瀰兮山苍苍，畛秋获兮春条桑。鸡豚兮保社，夕下来兮牛羊。逸我兮穀我，云谁之思兮此堂。有臞其仙兮，有白其鹤，与翁而三兮，禔福吾乡。鼓坎坎兮丰年，予胥乐兮烝尝。

耕田密密，远山苍苍，村民春秋皆有收获，鸡豚牛羊肥多。开篇的前四句，方岳描写了一个衣食无忧的农村生活景象，父祖在世之时，造福乡里，父祖过世后，村民还能过着丰足的生活，这是对九泉之下的父祖极大的告慰。睹物思人，看到这富足的村民，作者不禁想起父祖的功德。仙人白鹤，与先祖同行，共同福佑乡里，为乡民降福。方岳在此表达出了不愿先祖远去、渴望得到先祖福荫的愿望。这篇骚体，以祭祀祖先为主要内容，在对祖先功德的高扬中，祈求祖先可以灵魂永驻，福荫族人，表现出了一种对祖先的敬重之情。

叶子强的《迎送神辞》是表现祭祀神灵活动的一组骚体，体现了作者对民间生活的体察。《迎送神辞》其下含迎神、祀神、颂神、祷神、送神五篇骚体。这五篇骚体展示了一个完整的迎送神的祭祀过程，首先从迎神开始，作者抒发了对神灵到来的喜悦之情，其文曰：

若有人兮山之陬，骖飞鸾兮驾文虬。云冠兮陆离，衣紫霞兮佩明球。周流兮天神乃下，仙缤纷兮来御……此邦人之人兮云何不喜！喜飞驭兮倏来，喜既来兮忘归。

神灵从天而降，邦内之民无不欣喜万分，迎神辞表现出了人民对神灵的爱戴之情。神灵即来，接下来则是《祀神》，其文曰：

坎坎兮伐鼓，翩跹兮会舞。吹参差兮波底，寒神之来兮自云间。籍茅兮桂醑，黄金杯兮白玉。俎荐血膋兮肥豜，杂肴疏兮粔籹。风悠扬兮芬香，神既乐兮浩畅。沛吾施兮四方，无不足兮奚所望！

叶子强将祭祀神灵的场面进行了详细的描写，载歌载舞，黄金白玉，美酒佳肴，神灵享用不尽，祀神的场面隆重而壮观，体现出了人们对神灵的虔诚之心。接下来是《颂神》，祭祀者对神灵进行了由衷的赞颂，其文曰：山之气兮油溶，山之石兮巃嵸。中有炳灵之宫，上可建五丈之旗，下可问桐鱼于鼓钟。……神之力兮无尔私，四方上下将惟神之所之。祭祀者对神灵的力量予以了赞美，渴望能够得到神灵的福庇。其后是《祷神》，乃是祈祷神灵能够保佑赐福。其文曰：

皇天平分四时兮，神阖辟而翕张。司下土兮，无伏阴与衍阳。驱丰隆而发生兮，冯夷导之鼓舞。高宜桑麻兮，下宜秔稌。劳莫劳兮田我用，乐莫乐兮屡丰年。神之来兮夷犹，持灵珓兮求所求。嘘为哈兮啰为歌，凤麟游翔兮鹫击蛟鼍。厉鬼逐兮水之滋，神降格兮儵然逝。我民报事兮子复孙，翳神力兮钦于世世！

叶子强祈祷神灵保佑人民丰衣足食，安乐康健，祈祷的内容涉及到了生活中的方方面面，可见人民对神灵赐福庇佑的渴望之情，同时也体现出了人民对神灵的虔敬之意。最后祭祀活动以《送神》结束，“山中之乐兮不可量，丹玉户兮白云乡。……山中之乐归来兮，尘埸之间不可以久留。”作者表现出了不愿神灵离去的依依不舍之情。这五篇骚体，将祭祀神灵的过程，进行了详细地记录，每一次活动都表现出了对神灵的不同情感。但总体看来均是以虔敬之心，渴望神灵能够长伴身边，赐福庇佑，抒发对神灵的虔敬之情。陈著的《剡县解雨五龙潭等处送神辞》也是此类相似的题材，是祭祀龙君的一篇骚体，其辞曰：

> 稼如茨兮黍与粳，十日不雨兮彼苍。御龙君兮徼祥，环嵊之土兮雨其滂。焦卷发秀兮摇晚凉，田水泱泱兮秋风香。旎倪舞歌兮饱有望，神之赐兮何可忘。登山临水兮送将，神亦劳止兮归安故乡。

大旱之时，十日不雨，龙君自天而降，降甘霖，解民困。旱情既解，神灵的恩赐不敢忘记，登山临水相送，以示虔敬。这篇骚体同样是感谢神灵对百姓的护佑，对神灵的虔诚之心、敬畏之意及感激之情，都通过送神活动表现了出来。

罗椅的《代冢妇祭夫文》是代妇人所作的祭奠故去丈夫的一篇骚体。作者开篇表达了对生命无常的嗟叹之后，将妇人丧夫的悲恸之情予以了描述，“泉可竭兮，哀泪不干；石可磨兮，哀情不减。”泉水可以枯竭，但伤心之泪却流淌不息，石头都可以磨碎，悲伤之情却丝毫不减，此句与《孔雀东南飞》中，“君当作盘石，妾当作蒲苇；蒲苇韧如丝，盘石无转移”的爱情誓言相类，所不同的是，《孔雀东南飞》中是生前渴望的两情相依，而这里却是天人永隔的生死之恋，同样情深义重，但丧偶妇人对丈夫一刻不停的思念之情更增添了让人为之神伤的浓浓悲情。其后，妇人对丈夫的怀恋之情又得到了进一步的升华，其文曰：

> 嗟君之遗言，魄散魂飞；嗟君之故衣，双泪交挥。生者哀哀兮悲又悲，死者悠悠兮知不知？坟既墆兮葬有期，辰既吉兮堂将辞。擗踊哀痛兮徒心悲，叩头流血兮空泪垂。

睹物思人，悲痛之情更加难以遏制，“生者哀哀兮悲又悲，死者悠悠兮知不知”，死者当然是不知道生者的悲哀，但生者却希望冥冥之中，丈夫的魂魄仍在周围徘徊，希望死去的丈夫能够看到自己的行行情泪、声声哀泣，这两句充分表现出了妇人对丈夫深深的思念之意和极度的悲伤之情。坟已经准备好，入土之时已到，生离死别的时刻让哀痛奔涌而出，难以自控，“叩头流血兮空泪垂”，这种凄惨的场面感天动地，催人泪下。这篇骚体，可谓是字字血、声声泪，将丧偶之痛与生死相许的炽烈感情展现得淋漓尽致。

南宋末期表现世俗之情的骚体作品还有郑樵的《插秧歌》、《负耒歌》；朱申的《食粥歌》、邹梦遇的《临终歌》等等，这些以日常生活为题材的骚体，展现了南宋后期文人的生活情趣，体现出了宋人雅俗并举的文学观。

第九章　宋代骚体文学的艺术特色

宋代骚体文学在艺术特色方面，既体现出了对前代的继承，也出现了一定的新变。在体式方面，在继承屈原楚辞体式的基础上，还出现了一些新的变异形态。宋代骚体或是以屈原楚辞的体式来创作，或是同一篇文章中出现多种骚体体式，出现了各种骚体体式相互结合的形态。同时，骚体与其他诗、赋等艺术形式的互相渗透掺杂又造成了骚体与散体相互结合的骚散兼存的体式特征。由于体式上的散化，使宋代骚体文学体现出了散化的发展趋势。具体表现是，形式上的骚散结合，自由松散；表现手法上的多样化，出现议论、叙事、说理等多种表达方式；语言上的不事雕琢，追求平易自然，将散文的气势注入骚体创作。宋代骚体文学的艺术风格，同样体现着继承和新变，在创作方面，宋代骚体作家对屈原楚辞中关于“香草美人”的象征、比兴传统有很大的继承，“香草美人”的意象不仅继续出现，而且这种“香草美人”式的象征、比兴的创作手法也普遍地应用于骚体创作之中。受宋代文学尚俗和崇尚“平淡之美”文学观念的影响，宋代文人的审美情趣、意象的择取、意境的创造、语言的使用等方面都体现出了向俗化靠拢的趋向。较之前代的骚体，宋代骚体更加趋于平易化，呈现出疏放晓畅的风格。

第一节　宋代骚体文学体式的灵活多样

宋代骚体作品体式灵活多样，除了继承屈原楚辞的单纯《离骚》体、《九歌》体、《橘颂》体、楚歌体外，还有一些混合体式，如《离骚》体与《九歌》体的结合，《离骚》体与《橘颂》体的结合，《九歌》体与《橘颂》体的结合以及这三种体式的互相融合等等。

一、《离骚》体作品

骚体文学因"兮"的不同位置，形成了不同的句式特征。在《离骚》和《九章》中，常见的形式是隔句末尾缀以"兮"字，或在奇句末尾，或在偶句末尾。这种形式在宋代骚体文学中仍然存在，包括骚体诗、以赋为名的骚体、以乱的形式出现在赋体中的骚体等等。

孙因的一组《越问》诗——《越问·封疆》、《越问·金锡》、《越问·勾践》、《越问·良牧》、《越问·篇引》、《越问·神仙》、《越问·舜禹》、《越问·隐逸》、《越问·鱼盐》、《越问·越茶》、《越问·越酿》、《越问·越纸》、《越问·舟楫》、《越问·竹箭》、《越问·驻跸》——共十五首，除了《越问·勾践》一首外，全部采用传统的《离骚》模式，使用整齐的"〇〇〇〇〇〇兮，〇〇〇〇〇〇。"句式。

如《越问·隐逸》：

谢隐士当少微兮，精神见乎天文。〇〇〇〇〇〇兮，〇〇〇〇〇〇。

严子陵应客星兮，光芒动夫至尊。〇〇〇〇〇〇兮，〇〇〇〇〇〇。

……　……

客曰士各有志兮，斯固古之逸民。〇〇〇〇〇〇兮，〇〇〇〇〇〇。

夫何欲洁其身兮，弗念君臣之大伦。〇〇〇〇〇〇兮，〇〇〇〇〇〇〇。

基本上都是七言的句式，整齐庄重，继承了原初《离骚》体的传统。然而，骚体发展到宋代，像这类整齐刻板地模仿《离骚》体式的作品已经不多了，多数作品在采用《离骚》体式创作的基础上进行了发展，即在一个作品中揉合五言、七言、八言甚至更多的句式。这类作品在句式上更加灵活，打破了屈原楚辞整齐划一的结构，形成错落有致的新特点。

如陈傅良《郑自明哀词》：

母曰余儿兮，吾莫知其何尤。○○○○兮，○○○○○○。

妇曰良人兮，吾曷为罹此忧。○○○○兮，○○○○○○。

兄弟不以是咎兮，朋友称其好修。○○○○○○兮，○○○○○○。

恭不得其故兮，庸强名之曰命。○○○○○兮，○○○○○○。

相彼下堂而贻戚兮，或结缨以顺听。○○○○○○○兮，○○○○○○。

万不同咸自取兮，曾二者孰失其正声。○○○○○○兮，○○○○○○○○。

鬼神之所仇兮，人直躬焉是病。○○○○○兮，○○○○○○。

胥属镂忽堕其前兮，屈鱼腹以为阱。○○○○○○○兮，○○○○○○。

奇祸作于牖下兮，顾奚悲而宜庆。○○○○○○兮，○○○○○○。

嗟子何伤兮，独余怀不能以自胜。○○○○兮，○○○○○○○○。

整首诗采用了《离骚》式的句子结构，“兮”字缀于奇句末尾，然而，每句的字数没有一定之规，从五言到七言、八言不等，显然已不同于《离骚》通篇整齐的句式。从篇章来看，它长短结合，参差错落，增加了灵动之美。

宋代以赋名篇的骚体和哀悼类作品中，有很多是以通篇《离骚》体来创作的，而且多保留了原初《离骚》体整齐严谨的句式特点。如秦观的《黄楼赋》、张耒《后涉淮赋》、《遣忧赋》、张孝祥《祭金沙堆庙辞》、罗颂《鹦鹉洲赋》、周孚《归愚堂赋》、楼钥《祭赵观文彦逾文（一）》、滕岑《钓台赋》、胡寅《原乱赋》、陈文蔚《祭姨母叶氏文》、高似孙《后长门赋》、朱熹的《感春赋》《空同赋》等都是篇章较为整齐的《离骚》体。其中胡寅的《原乱赋》，洋洋洒洒三千七百多字，百分之九十地使用“○○○○○○兮，○○○○○○”句式，结构整齐，节奏统一，是宋代《离骚》体最具代表性的长篇巨制。

二、《九歌》体作品

屈原楚辞中，有一种“兮”字置于五言或七言句当中的体式，《九歌》中被运用的最为普遍，是骚体文学的一种主要体式，在后来的骚体发展中也经常用到。这种体式发展到宋代，仍然广泛存在。宋代骚体诗中有大量模仿《九歌》的作品，如鲜于侁的《九诵》、高似孙的《九怀》等，其体制、句式上完全模仿《九歌》，构成较长篇幅的一组作品；王令《效醉翁吟》、苏辙的《屈原庙赋》、陈炳《泛秋浦辞》、《望黄山词》，崔敦礼《北山之英》等作品也是使用传统的《九歌》模式，句式较为整齐，节奏相对单调。

与《离骚》体发展的相同之处在于，拟《九歌》作品也在继承原初模式的基础上发生了一定的变化。原初的《九歌》体，如《湘君》：“石濑兮浅浅，飞龙兮翩翩。”《山鬼》：“若有人兮山之阿，被薜荔兮带女罗。既含睇兮又宜笑，子慕予兮善窈窕。”这种句式的特点是，不管是五言句还是七言句，“兮”字的位置都出现在句子的中间部分，“兮”字前后的字数二到五个不等，但是每一句的总字数不变，或五言或七言，诗歌基本上是“二二”或“三三”的节奏，总体看来诗句相对整齐，节奏也比较单调。而在宋代的《九歌》体作品中，突破了五言、七言的限制。在一首诗歌中，会出现类似“○○兮○○，○○○兮○○○。○○○兮○○，○○○兮○○○○○”的句式。不光一句内“兮”字的位置灵活，而且每一句也不拘泥于固定的字数。如葛立方《九效》（自修、医国、天运、强弱、宁固、鸣穷、君臣、奸萌、慈宁）九篇就是在体制上模仿《九歌》，同时在句式上又有新的发展。如《九效·慈宁》

天龙兮负图，地龟兮负书。○○兮○○，○○兮○○。

后皇兮纯孝格天，台衮兮祠画无前。○○兮○○○○，○○兮○○○○。

薜荔兮出之水中，芙蓉兮搴之木末。○○兮○○○○，○○兮○○○○。

碧玉上兮烟霄远，彤霞烂兮秋水阔。○○兮○○○○，○○兮○○○○。

重翟兮顺动，长御兮启引。○○兮○○，○○兮○○。

交鼓兮緪瑟，箫锺兮瑶簴。○○兮○○，○○兮○○。

御玉衣兮珠步摇，赭黄奉觞兮臣妾入朝。○○○兮○○○，○○○○兮○○○○。

建中天子兮百伪纷错，我宋中兴兮天返长乐。○○○○兮○○○○，○○○○兮○○○○。

四海为养兮子职供，千秋万岁兮慈宁宫。○○○○兮○○○，○○○○兮○○○。

在这篇作品中，杂糅了《九歌》的各种句式，将五言、七言、八言、九言结合在一起，长短错落，灵活舒展。类似的作品还有很多，比如陈造的《楚辞三章送郭教授趋朝》、《送龙词三章》，高似孙《小山耸桂》，葛立方《衡山词三章》（其中两首）、《云仙》，葛绍体《招鹤所词为澉浦监税赵潜夫作》等，而程公许几乎所有的骚体诗都是采用的这种灵活随意的《九歌》体，如《亨泉词》、《述九颂》（九首）、《撰先伯桂隐先生哀词》等，句式参差，不拘一格。

宋代一些以赋名篇的骚体和祭文中也有《九歌》体的存在，如楼钥《祭王侍御伯庠文》、陆游《自闵赋》、黄榦《晦庵先生小祥祭文》、《栗山书社祭神文》、刘宰《书窦文卿墓》等都是通篇用单纯的《九歌》体创作的。在一些墓志铭类的作品中，也有《九歌》体的铭文。但总体说来这些作品的数量不多，《九歌》体的创作体式仍是以诗歌为主。

三、《橘颂》体作品

“○○○○，○○○兮（些）”的句式是屈原楚辞中最为单纯的一种，它是承接《诗经》而来的，是骚体产生之初的不成熟形态。在屈原楚辞中，只有《橘颂》、《招魂》使用了这种体式。随着骚体的不断成熟发展，这种体式逐渐退出历史舞台。后世的骚体创作中几乎没有整篇使用这种体式的。在汉魏六朝的骚体创作中，只有江淹《遂古篇》等少量作品全篇使用“○○○○，○○○兮(些)”句式。除此之外，这种句式只以乱词或其他形式出现在骚体作品中。骚体文学发展到宋代时期，已经完备成熟，文章样式繁多，汇集了前代几乎所有的文章体式，而在前代几乎消失的《橘颂》体，在宋代又得到了复生。

如彭龟年《莺鸣十章寄戚伯瑞》：

> 有水涓涓，石凿凿兮。○○○○，○○○兮。
> 日湔月濯，成此洁兮。○○○○，○○○兮。

又如佚名作品《宝祐二年皇子冠二十首》：

> 有来振振，月重轮兮。○○○○，○○○兮。
> 瑜玉在佩，綦组明兮。○○○○，○○○兮。
> 左徵在羽，德结旌兮。○○○○，○○○兮。
> 步中《采齐》，矩矱循兮。○○○○，○○○兮。

这些作品都是完全模仿《橘颂》的四言句式，“兮”字置于偶句末，节奏简洁明快。另外还有一些《橘颂》模式的变体，是骚体与《诗经》句式的结合，以“○○○兮，○○○○”或“○○○兮，○○○兮”的形式存在。如谢紫壶《櫂歌联句》“西风起兮，落叶黄兮，黍稷香兮。”《五龙六首》“灵之智兮，躍汉潜幽。”这些句式为四言体，每句都带“兮”字，或者“兮”字在奇句末。

除此之外，以《橘颂》体独立成篇的文、辞还有王令的《送黄任道歌》、张孝祥《攻蚊辞》、陈淳《妻李氏祭嫂宋氏文》、卫泾《隆兴府社后祭诸庙文》、彭龟年《祭赵汉卿将领文》等。值得注意的是单独成篇的《橘颂》体虽然不多，但以赋中“乱词”形式和墓志铭中“铭文”形式出现的却为数不少。如张栻《通直郎致仕向君墓表》、《训武郎赵公醇叟墓志铭》、吕祖谦《邢邦用墓志铭》、《郭伯清墓志铭》、《王自得祖母傅氏墓志铭》、卫泾《故朝散大夫主管华州云台观曾公墓志铭》、曾丰《太安人林氏墓志铭》、彭龟年《陈克斋先生哀辞》、刘学其《瘗鹤铭》、魏了翁《李次宗墓志铭》、《朝议大夫知叙州魏公墓志铭》等墓志铭最后的铭文部分都是用《橘颂》体写作的。或称“重曰”，或称“乱曰”，或称“铭曰”，或称“词曰”，或称“歌曰”，称法虽不尽相同，但在文中的地位和作用是基本一致的，都用来总结全篇，是整篇结构中最重要的部分。

如薛季宣《怀骚赋》：

> 重曰：崦嵫嗟峨，前介西兮。服翼昌杨，玄鸟棲兮。子胥鸱夷，比干逝兮。逍遥沅汨，将永世兮。

又如黄铢《送朱元晦游湘中》中的乱词采用了《橘颂》体：

> 乱曰：汨兮沅湘，生秋风兮。商行激御，白云东兮。树木萎落，山郁盘兮。风车雨轮，旌摇其行兮。委蛇噎抑，多修艰兮。白首倚户，思结棘兮。信莫乐兮，君乎忘归兮。

其他的如韩元吉《左大中大夫充龙图阁待制致仕赠左正奉大夫吕公墓志铭》中的“铭曰”、史尧弼《宇文龙图时中哀词》中的“词曰”、王廉清《慈宁殿赋》中的“歌曰”等等都是以《橘颂》体的体式来创作的骚体段落。

当然，《橘颂》体是骚体形成之初的一种体式，它在各方面都不够成熟，这种体式在各代骚体中的数量都不多。宋代骚体文学也同样存在着这个现象，相对于其他体式的作品，《橘颂》体的确很少。

四、“楚歌”体

关于“楚歌”，郭建勋在其《汉魏六朝骚体文学研究》中谈到：“‘楚歌’是一种具有浓郁地方色彩的楚地歌曲，它既包括可供吟唱的歌辞，也包括吟唱时特殊的节奏声调。”① 然而，随着时代的发展，早期楚歌所具有的乐曲与特殊的吟唱方式都消失了，只是保留下了歌词的形式。这些歌词经文人之手加工润色，

---

① 《汉魏六朝骚体文学研究》，第29页

成为一种文学样式进入到诗、赋等领域。经过这样的发展变化，就产生了现在所谓的“楚歌”体。它具有篇幅短小、即兴创作的特点。这种体式在汉代兴盛一时，有独立成篇的体制短小的作品，也有被文人加工进入赋中的形式。这两种形式在宋代骚体文学中仍然能够看到。其中独立成篇的作品数量较少，如曹勋《湘妃怨》、《项王歌》，陈宓《西湖歌》，陈著《属酒歌》，崔敦礼《拟津人歌》，廖应淮《殿院曾渊子宅酒酣放歌》，刘应炎《悲歌》、《笑歌》，陆九渊《玉芝歌》，欧阳守道《钓雪歌》，钱时《采芝歌》，钱仲鼎《水村歌》，汪雄图《黄山采药歌》，王柏《和立斋岁寒歌五章》，王谦《劳拙堂歌》，王巳《招六贤之歌》，王奕《八月望日深衣抱高庙御琴奠酒首歌南风继作忆颜三氏诸孙环立以听为杏坛一时之盛千古之下令人怃然作歌云》，徐侨《燕兮歌》《莺兮歌》《云山歌》，徐照《黄哺歌》，薛师心《泗上歌》，于石《琴寥歌》，赵必兴《答本堂先生歌》，郑樵《插秧歌》、《负耒歌》，朱申《食粥歌》，邹梦遇《临终歌》等。这类作品即兴而作，或记事，或描摹，或抒心怀，或发感慨，甚或将日常生活记入歌中，如郑樵将插秧、负耒的农家生活写入歌中，朱申更是把吃粥这样的家常之事也写进歌里，足以见其灵活随意的特点。这类作品从体制结构上说句式灵活、篇幅短小，一般只有几十个字。

如刘应炎《悲歌》：

> 悲矣乎，杞人忧兮天莫支，权臣秉钧兮社稷危。
> 外夷相侵民流离，大厦将倾谁设施。
> 悲矣乎，吾将抱徐衍之石兮，歌箕子之黍离。

又如欧阳守道《钓雪歌》：

> 上天同云兮雨雪其霏，之子于钓兮在水之湄。
> 鱼潜於渊兮不可求思，泌之洋洋兮可以乐饥。

楚歌体除了这种独立成篇的，还有一种是以“歌”的形式进入诗歌或文赋创作。最早在文体赋中用“歌”这种体式的是枚乘，在他的《七发》中写道：“使师堂操畅，伯子牙为之歌。歌曰：'麦秀蕲兮雉朝飞，向虚壑兮背槁槐，依绝区兮临回溪。'"后来，在司马相如《美人赋》、张衡《舞赋》、蔡邕《释悔》、曹植《七启》中都有这种以赋中人物歌骚体的情况。到嵇康的《琴赋》，楚歌入赋的情况又有了新的发展。"初涉《渌水》，中奏《清徵》，雅昶《唐尧》，终咏《微子》。宽明弘润，优游躇跱，拊弦安歌，新声代起。歌曰：'凌扶摇兮憩瀛洲，要列子兮为好仇。餐沆瀣兮带朝霞，眇翩翩兮薄天游。齐万物兮超自得，委性命兮任去留。'"赋中的"歌"已不需借助虚构的人物来吟唱，而是作为篇章的独立构成要素存在。这种情况在两晋尤其是南朝极为常见，成为骚、赋、诗相结合的一种重要形式，并一直伴随着骚体的发展。所以，在宋代骚体创作中，仍能看到这种结合在文赋或诗歌中的"楚歌"体。如戴埴的《群仙赋》中就有屈原楚辞以赋中人物歌骚体的情况："阍者不答，徐而歌曰：'九垓昊昊兮无声，八柱膴膴兮上腾。阳道柔兮阴汇征，孰纲辖是兮伏藏不升'群仙輾然而笑曰：'橐籥机缄，固运转不停也耶？'乃赓而和曰：'铉必玉兮柅必金，鼎中实兮鱼弗宾。斡造化兮揭乾坤，黄中正位兮玉立千春。'"林学蒙的《梅花赋》中也有一段作歌骚体的文字："花为余而起舞，余为花而作歌，歌曰：'彼美人兮天一曲，首飞蓬兮瘦如玉。愁月兮泣露，多恨兮良苦。良苦兮为谁？彼美人兮胡不归。'"类似的作品还有张栻的《谒陶唐帝庙词》、许介的《重建协济行祠记》等。宋代骚体中还有以歌为"乱词"的现象，如刘学箕《吾庐寓言》：

> 五峰之山环吾庐，五峰之水清溜渠。
> 山水可乐情可娱，五亩之宅奠厥居。
> ……
> 蹊荒圃废几朝夕，一日築居天赐予。
> 四时游观心良舒，孝槃在阿归来乎。
> 乃歌曰：采于园兮篮有蔬，钓于水筐有鱼，余之弗欢兮其谁之欢欤。
> 又歌曰：惠风清兮出有车，芸香芬兮读有书，余之弗乐兮其谁之乐欤。

这首诗前半段是七言诗，最后以"歌"的形式结尾，相当于骚体中的"乱"。再如崔敦礼《闲居赋》中的"歌"是以脱离赋中人物吟唱的形式存在的："于是慢然而起，起而歌曰：'岁荏苒兮风露，手种木兮今槃槃。世我忘兮我宁忘世，去来去来兮吾居不可久闲。'"这种以歌为"乱"的情况还存在于不少的骚体作品中，如柴元彪《击壤歌》、汪应辰《昭烈庙记》、员兴宗《望仙阁记》、杨万里《张丞相咏归亭词》（一）等等。

五、骚体的混合体式

屈原辞作的出现是骚体定型的标志，从此，骚体具备了成熟的体制、完备的结构，同时也意味着规范与束缚的产生。刘勰在《文心雕龙·通变》中说："名理有常，体必资于故实；通变无方，数必酌于新声；故能骋无穷之路，饮不竭之源。"① 任何文学创作只有在原有体式的基础上不断突破创新，才能保持长盛不衰的生命力。骚体正是由于历代作者的不懈努力和不断创新才得以继续发展，在其原初形态的基础上，结合其他文学样式，形成新的结构模式。骚体与赋体、诗体的结合，使得骚体的形式有了新的突破，丰富了骚体的内容含量，增加了骚体的艺术表现力。早在汉代、建安时期、晋代、南北朝时期就有很多作者对骚体的体式变化做过尝试，形成了新的形态体式，并且一直沿用到后代。宋代骚体中大多数作品都是以变异形态、复合结构存在的，主要的混合体式有以下几种：

（一）《离骚》体、《九歌》体、《橘颂》体相互结合

《离骚》体与《九歌》体的结合，最早源于晋代夏侯湛的尝试。夏侯湛的《离亲咏》和《长夜谣》两篇作品，有意识地将《离骚》与《九歌》的句式结合起来，形成自由活泼、短小流丽的新骚体。到了宋代时期，这种结合越来越普遍，并且出现了《离骚》、《九歌》、《橘颂》三种体式的相互融合，形成一种复合型的骚体模式。这种新模式仍属于骚体本身的变革。崔敦礼的《太白远游》主要采用传统《离骚》体的句式，在全篇一百多句诗中加入了四句《九歌》体，这种结合可以说是最简单的变化形式。而像方回的《山中之乐三章送徐明叟胡直内苏德翁归严濑并寄夏自然》中《离骚》体和《九歌》体结合的比例几乎达到了1∶1，以其中一首为例：

---

① 《文心雕龙》，第519页

山中之乐兮乐可忘饥，饮有菊水兮茹有芝。
〇〇〇〇兮〇〇〇〇，〇〇〇〇兮〇〇〇。
辟谷孔易兮何涝何旱，漱咽沆瀣兮曷其耘菑。
〇〇〇〇兮〇〇〇〇，〇〇〇〇兮〇〇〇〇。
野粟稔兮酿酒，醉而歌兮樵者和之。
〇〇〇兮〇〇，〇〇〇兮〇〇〇〇。
分半桃食未既兮，烂彼斧柯于局棋。
〇〇〇〇〇〇兮，〇〇〇〇〇〇〇。
悯哄市之過余兮，形或鹄而肠龟。
〇〇〇〇〇〇兮，〇〇〇〇〇〇。
谁独有此山中兮，我将焉追。
〇〇〇〇〇〇兮，〇〇〇〇。
送子于归兮，聊声我诗。
〇〇〇〇兮，〇〇〇〇。

这首诗前半部分用的是《九歌》体，后半部分采用《离骚》体。可以看到，使用《九歌》体的部分比原初的《九歌》体灵活了许多，“兮”字置于句子的中间，“兮”字在每一句的位置不尽相同，造成句子节奏的变化，增加了音乐美。

崔敦礼的《太白招魂》诗是新型复合式结构的典型作品。这首诗具有较长的篇幅，开篇采用《离骚》体，有“〇〇〇〇兮，〇〇〇〇。”、“〇〇〇〇〇〇兮，〇〇〇〇〇〇。”、“〇〇〇〇，〇〇〇〇兮（些）。”等多种句式，并且还夹杂着一些散体文；主体部分使用了《橘颂》体，是较为整齐的“〇〇〇〇，〇〇〇些”句式；最后的乱词则是用的《九歌》体。《离骚》体绵长悠远，《橘颂》体简洁明快，《九歌》体参差错落，就如同一部乐曲中有音调的高低、节奏的快慢，三者相得益彰使得整部乐曲饱满宏富，和谐动听。相对于骚体诗来说，以赋为名的骚体作品容量更大一些，这种新型复合式结构似乎更适用。因此，宋代以赋为名的骚体很少有前面所述的单纯式体制，基本都是采用两种或两种以上基本体式融合的结构。如薛季宣《怀骚赋》中，以《离骚》体为基本体式，中间“重曰”用了《橘颂》体。他的《感沐赋》则融汇了《九歌》、《离骚》、《橘颂》三种体式，让整篇作品有张有弛，富于动态美感。

在曾丰的《祀南海神》中还出现了一种比较有特点的《离骚》体和《九歌》体结合的体式：

> 赤精炎官兮，神一灵兮幻只。鸿泽庬施兮，神一念兮肸只。上清委照兮，神功行兮简只。浩劫弥沙兮，神庆休兮绵只。太虚窈窕兮，神徜徉兮栖只。濒海渺瀰兮，神漫浪兮侪只。……

通篇采用“○○○○兮，○○○兮○○。”的句式，《离骚》体与《九歌》体交叉使用，增强了文章的韵律美。

（二）骚体与诗、赋相结合

任何一种事物，在发展中都会受到各方面因素的影响，这些影响可能来自于事物内部从而达到自身的整合完善，也可能来自于事物外部从而引起其本身的变化。骚体文学同样受这一规律的制约，在其发展中受到其他文学样式的影响，出现与其他文学样式相互渗透与融合的现象。其中，最明显的是骚体与诗歌和赋体的相互影响。首先，从创作者的角度说，一位作者可能会同时涉足诗歌、骚体、赋体等多个文学领域，在创作时不可避免地将创作手法相融合。比如建安时期的骚体作者多是当时诗坛的主将，他们往往将诗歌的创作手法等运用到骚体创作中。其次，从骚体本身来看，骚体本来就与诗歌呈交叉关系。从其产生之初到其发展的各个阶段，都与诗歌有着千丝万缕的联系。这种联系自然最先体现在体制的浑融上。最后，从时代的影响来看，王国维曾说过“一代有一代之文学”，面对每个时代的主流文学形式，骚体不可能不留下所处时代的印记。骚体最先的发展变化就来自于汉代文体赋的冲击，在这种冲击下，骚体与赋体在体制上相互结合起来，从最初极少数骚体句入赋，到骚赋结合，再到后来以赋为名的骚体，逐渐形成了骚体的变异形态。骚体与诗体、赋体的结合也给骚体这一传统的文学样式注入了新的活力。而这种混合体式在宋代骚体作品中也普遍存在。

第一种是比较简单的句式杂糅的形式，即骚体中夹杂诗体、散文。在这里需要注意一点的是，有一些诗体或者赋体中夹杂骚体句的作品不包括在混合体式中，因为这类作品还称不上是骚体，把白玉蟾《怀仙吟》和曹勋《怀长沙》做一下对比：

白玉蟾《怀仙吟》：

我怀仙兮神仙侣，霞裾摇曳兮居何所。
〇〇〇兮〇〇〇，〇〇〇〇兮〇〇〇。
见鹤长吟犹可覆，蓬莱果在半步许。
〇〇〇〇〇〇〇，〇〇〇〇〇〇〇。
空留宝墨落人间，字句成行秋雁序。
〇〇〇〇〇〇〇，〇〇〇〇〇〇〇。
正心诚意语犹奇，谁识忘形相尔汝。
〇〇〇〇〇〇〇，〇〇〇〇〇〇〇。

曹勋《怀长沙》：

有若人兮眇何所，投兰袂兮江之浒。
〇〇〇兮〇〇〇，〇〇〇兮〇〇〇。
杜蘅约席兮桂柏为宇，胡为乎终年而在兹。
〇〇〇〇兮〇〇〇〇，〇〇〇〇〇〇〇〇〇。
前有沅湘之深水兮，后有岳麓之重阴。
〇〇〇〇〇〇〇兮，〇〇〇〇〇〇〇。
聊逍遥於山阿，可以避岁寒之风雨。
〇〇〇〇〇〇，〇〇〇〇〇〇〇〇〇。

可以看到前一首是七言诗中夹杂两句骚体，后一首是骚体中加入两句散文。前一种极少骚体入诗体、赋体的形式是在骚体与诗体、赋体融合之初常见的。作品的主体还是诗或赋，骚体只有只言片语，从作品的整体来看，它还不是真正意义上的骚体作品。而后一种结构则可以看作骚体作品中的混合体式，因为骚体句在作品中处于数量上的绝对优势，从整体看这篇作品属于骚体诗，只是在句式上采用了混合式结构。

在宋代骚体文学中尤其是以赋名篇的骚体中这类作品较多，如张孝祥《金沙堆赋》、张栻《遂初堂赋》、陈造《怡轩辞为臧子兴作》、吴缢《义陵吊古赋》、陈傅良《戒河豚赋》、程珌《天台二张居士哀辞》、释居间《代祭前人》等等。骚体与赋结合形成的混合体式是骚体散文化倾向的重要体现，将在第二节《宋代骚体文学的普遍散文化倾向》中详细论述。

第二种以骚体写乐府旧题是骚体与诗歌结合中较有典型意义的一种体式，如“吟”、“辞”、“歌”、“引”、“操”、“曲”等，这类作品在宋代骚体诗中几乎占到了六成。以骚体写乐府旧题，在体式上兼取两者之长，达到了骚体与乐府的完美融合，具有较高的艺术价值。

如白玉蟾的《清夜辞十首》

霜清兮露冷，暮天暮兮微云飞。○○兮○○，○○○兮○○○。
北风兮吹我衣，梅花下兮明月来几时。○○○兮○○，○○○兮○○○○○。

月明兮星稀，烟漠漠兮风悲。○○兮○○，○○○兮○○。
空阶兮竹影，悄无人兮萤飞。○○兮○○，○○○兮○○。

微云兮淡月，万籁静兮猿啼。○○兮○○，○○○兮○○。
梅花兮无人言，夜气清兮露凄凄。○○兮○○○，○○○兮○○○。

风起兮霜下，池塘冰兮井水寒。○○兮○○，○○○兮○○○。
望清都兮鹤未还，明月兮空山。○○○兮○○○，○○兮○○。

清都兮绛阙，五云深兮冥冥。○○兮○○，○○○兮○○。
玉楼高兮珠殿寒，漠漠兮无声。○○○兮○○○，○○兮○○。

横黄兮橘绿，湛雾飞兮夜月寒。○○兮○○，○○○兮○○○。
幽人兮夜坐，顾影兮自怜。○○兮○○，○○兮○○。

南山兮北陇，相对兮碧崔嵬。○○兮○○，○○兮○○○。
青松兮白石，暮烟兮猿哀。○○兮○○，○○兮○○。

餐松兮饮水，望绛阙兮思归。○○兮○○，○○○兮○○。
白云兮黄鹤，胡不来兮何时。○○兮○○，○○○兮○○。

凭虚兮御气，乘风兮驾浮。○○兮○○，○○兮○○。
朝罢兮归来，天边兮月钩。○○兮○○，○○兮○○。

百年兮一炊黍，万幻兮一浮沤。○○兮○○○，○○兮○○○。
吾不知兮此身，骑鲸兮醉游。○○○兮○○，○○兮○○。

《清夜辞》是乐府的题目，骚体从其产生之始就与乐府有着比较密切的联系，屈原楚辞中有不少楚地民歌和乐府作品。骚体融入乐府的体式中，“兮”字位置的变化带来“二二”、“二三”、“三二”、“二二”的动感节奏。同时，十首诗没有统一的模式。虽然都是四句成篇，但每一首的句式结构都不一样，每首诗内部的句式结构也不尽相同，句式灵活，篇章摇曳，不仅增加了形式美，而且也丰富了内容。

第二节　宋代骚体文学的普遍散化倾向

在唐宋古文运动的影响下，宋代骚体文学也明显呈现出散文化、议论化的特征，并较之以前有所发展。宋代骚体的散文化主要体现在以下几点：一是形式上的骚散结合，自由松散；二是表现手法上的多样化，出现议论、叙事、说理等多种表现手法；三是语言上的不事雕琢，追求平易自然，将散文的气势注入骚体创作。而语言上的平易化既是宋代骚体散文化的表现，也是其一个重要艺术特色，这部分内容将在第三节艺术风格中进行探讨。本节只详细论述宋代骚体在形式及表现手法上体现出的散文化倾向。

一、骚散结合的外在形式

（一）骚体句式自身的散化

宋代骚体作品在使用屈原楚辞典型句式的基础上，字数有明显增加的趋势。屈原楚辞的典型句式主要有“○○○○，○○○○兮”，如“后皇嘉树，橘来服兮”（《橘颂》）；“○○○兮○○○”，如“若有人兮山之阿，被薜荔兮带女萝”（《山鬼》）；“○○○○○○兮，○○○○○○”，如“帝高阳之苗裔兮，朕皇考曰伯庸”。由此衍生出一些变化类型如“○○○兮○○”、“○○兮○○”、“○○○○兮○○”、“○○○○兮，○○○○”等，仍然成为固定的句式，有相对固定的字数和结构。然而，宋代骚体作品，虽有模仿屈原楚辞的一类，但其句式已不局限在“帝高阳之苗裔兮，朕皇考曰伯庸”、“帝子降兮北渚，目渺渺兮愁予”这样六言和五言的典型句式上，而是有明显的字数增加、自由灵活的趋势。如陈傅良的《暮之春》之三：

> 暮之春兮雍雍熙熙，尧裳兮舜衣。
> 五弦之琴兮一夔，曾不知结绳与秉钺兮何时？瞻言千载兮忽焉其远而。
> ○○○兮○○○○，○○兮○○。
> ○○○○兮○○，○○○○○○○○○兮○○，○○○○兮○○○○○。

这首短诗采用的是《九歌》体的基本结构，但是已明显不同于原初《九歌》句式。诗中只有五句，但是每一句的句式都不同，字数比屈原楚辞明显增加，最多的一句甚至达到 11 个字，这是在以前的骚体中比较少见的现象。而在宋代这却是很普遍的现象，很多骚体作者在创作中以思想内容的表达为重，不再拘泥于原初的六言或五言句式。这种句式字数增加、结构灵活的特点越到宋代后期表现得越明显，骚体散文化的程度越来越普遍。以宋代末期骚体创作的重要人物刘克庄为例，他的骚体作品中几乎所有句式都不受原初句式的限制。句子的字数较多，“兮”字也没有固定的位置，从而造成节奏的灵活多变。如《丁宋杰墓志铭》的铭文：

以为难兮或掊扶而直上，以为易兮或分寸之莫攀。猗宋杰兮彩翠如孔鸾，盍冲于霄汉兮谁铩其羽翰。埋斯人于黄壤兮，巨灵瑟缩而不安。吾闻贤有后兮天好还，竭、末生兮谢宗盛，攸、彧出兮荀氏蕃。嗟嗟宋杰兮虽赍志于九原，有珠树之竞秀兮必丹桂之高搴。

〇〇〇兮〇〇〇〇〇〇〇，〇〇〇兮〇〇〇〇〇〇〇。〇〇〇兮〇〇〇〇〇，〇〇〇〇〇兮〇〇〇〇〇〇。〇〇〇〇〇〇兮，〇〇〇〇〇〇〇。〇〇〇〇〇兮〇〇〇，〇〇〇兮〇〇〇，〇〇〇兮〇〇〇。〇〇〇〇兮〇〇〇〇〇〇，〇〇〇〇〇〇兮〇〇〇〇〇〇。

在宋代骚体诗中也存在这种现象，这种不受字数限制的骚体诗句完全打破了传统的诗歌形式，反映出宋代骚体诗以表现内容为核心的创作方法。这正是散文创作手法进入骚体诗的一个重要表现。如方回的《松鹤词》：

千桃李之浓华兮不如我之孤松，彼眩三春这朝露兮我专一丘壑之风，听此以洗耳兮又何有乎牛斗之聪。

〇〇〇〇〇〇 兮 〇〇〇〇〇〇，〇〇〇〇〇〇〇 兮 〇〇〇〇〇〇〇，〇〇〇〇〇兮〇〇〇〇〇〇〇〇〇。

每一句的字数均在十字以上，“兮”字置于句子中央位置，前后的字数均有增加，使得诗歌每一句的内容含量得到扩大，同时也使诗歌节奏发生明显的变化，由原来较简单较快速的节奏发展到较为缓慢繁复的节奏。这种变化一方面给骚体带来一种雍容闲适的气质，另一方面也增加了骚体诗的表现内容。

（二）骚体句式与散体句式结合使用

骚体句与散体句相杂用的现象，在建安时期就已出现，发展到宋代时期，加之前代古文运动的影响，骚体的这种散文化倾向就更加明显。宋代有相当数量骚散结合的作品，这些作品之中骚体句式与散体句式交叉使用，相互融合。散文句式的加入，既丰富和改善了骚体的文字表达能力，又体现出文人对传统文学方式所作的改造与创新。

宋代骚体文学中，骚体与散体的结合主要有以下几种形式：

第一，是《橘颂》体式与四言体式结合，形成“○○○○，○○○○，○○○兮”句式。这种形式常见于一些墓志铭或“记”的铭文中。如李复《恭人范氏墓志铭》、孙觌《宋故右朝奉郎王公梦得墓志铭》、陆游《山阴陆氏女女墓铭》、薛季宣《吴太皇帝庙迁造记》等等。陈造的《高大卿哀辞》则是通篇使用这种形式：

> 伟哉堂堂，颙颙仰公，时英哲兮。其学邃诣，其才超轶，靡或缺兮。胸涵宏大，气陵高寒，挺奇节兮。孤介自守，廉隅凛峙，耿玉雪兮。皇曰咨女，粲为使星，炳卿月兮。侨之遗爱，武之去思，曷其竭兮。奇抱陈陈，百未一施，俄中跌兮。中州馀运，丝棼燎烬，方骚屑兮。天不慭遗，即公巨帚，扫腥孽兮。俪浯溪石，嗣燕然碑，垂不灭兮。储精蓄灵，复几何时，产此杰兮。我曩即公，聆堂下言，薰莪别兮。断断铜墨，煌煌旌纛，望淮浙兮。公骑鲸鱼，漂然阆蓬，成永诀兮。有堂翚飞，有子山立，修佳谒兮。抚事兴怀，老泪莫制，锯霏屑兮。恸为孟孙，泪偿唐瞿，剑首吷兮。

以三句为单位，每三句一个节奏，整篇哀辞节奏整齐，结构严谨。每三句一个小层次，清晰明了。第一个层次总括逝者一生，接下来写其才学、胸襟、气节、功业等等，最后几个层次表达哀痛之情。这种四言加橘颂体的模式既发挥了骚体的韵律节奏美，又扩大了内容含量。当然这种形式仅仅是在结构上对骚体有所突破，增大了骚体的内容含量，总体看来还是比较整齐的韵文体，可以将其看作骚散结合的初步尝试。

第二，骚体与散体各占一定比例，两种体式不交叉运用，或先用骚体，或先用散体。这种形式多用于铭文或祭文中，往往是用散体记叙逝者生平，用骚体来抒发情感。如马廷鸾《三十六代天师母倪氏墓志铭》中“铭曰：‘嗟时俗之迫阨兮，愿轻举而远游。窥前灵于往代兮，寻羽人于丹丘。身扶日而弗支兮，家蹑云而上浮。美琼英之遗则兮，羡乘烟之良俦。惟彼元君，卓为灵匹。含冲葆真，金堂玉室。往讯其人，呼之或出。'" 这段铭文就是先用《离骚》体式，后用四言句式来创作的。运用了骚体所擅长的奇特瑰丽的想象来描写三十六代天师母倪氏仙逝，后一段的四言句式则增加了铭文的庄严肃穆之感。又如孙德之《宋故宝应军签判郭公贡父墓志铭》"铭曰：'闻诸苏子：天下所小者非材也，气也。气者何？直养无害之谓。公材足覿物，气足盖世，究其设施，讵可涯涘。何一蹶于初年，遂未睹其凌厉？呜呼！寿九秩兮意新，诸子逝兮悲辛。幸诸孙之诜诜兮，甚儒巾且文。惟英爽之如在兮，铭纪其实兮以刊幽珉。'" 先用散体文发表议论，后用具有浓郁抒情特征的骚体来发感慨，将情感推向高潮。类似的作品还有度正《吴侍郎祭文》、黄震《伍王庙生辰祝文》、马廷鸾《鲁国夫人墓铭》、邓光荐《文丞相像赞》、周文璞《投金濑赋》、白玉蟾《知宫王琳甫讚铭》、刘克庄《刘宝章墓志铭》（铭曰）《陈光仲常卿墓志铭》（铭曰）等等。

第三，骚体与散体句式交叉杂糅，完美融合。这种形式在宋代骚体文学中运用广泛，除了一些专门模拟屈原楚辞的作品，大多数都采用了骚体句式与散体句式交叉使用的形式，句式的杂糅并没有使得文章做作，而是发挥了两种文体的优势，达到和谐自然的效果。在以赋名篇的骚体、祭文、铭文中这种形式更为广大作者所采用。如张栻《遂初堂赋》：

洛阳石伯元作堂于所居之北，榜曰"遂初"，广汉张某为之辞曰：

皇降衷于下民兮，粤惟其常。猗于穆而难名兮，维生之良。翕众美而具存兮，不显其光。彼孩提而知爱亲兮，岂外铄繄中藏。年烨烨而寖长兮，纷事物之交相。非元圣之生知兮，惧日远而日忘。缘气禀之所偏兮，横流始夫滥觞。感以动兮不止，乃厥初之或戕。既志帅之莫御，气决骤以翱翔。六情放而曷御，百骸弛而孰强。自青阳而逆旅，暨黄发以茫茫。傥矍然于中道，盍反求于厥初。厥初如何，夫岂远欤？彼匍匐以向井，我恻隐之拳如。验端倪之所发，识大体之权舆。如寐而聪，如迷而途。知睨视之匪遐，乃本心之不渝。呜呼！予既知其然兮，予惟以遂之。若火始然而泉始达兮，惟不息以终之。予视兮毋流，予听兮毋从，予言兮毋易，予动兮以躬。惟自反兮于理，兹日新兮不穷。逮充实而辉光，信天质之本同。极神存而过

> 化，亘万世以常通。呜呼！此羲文之所谓复，而颜氏之子所以为道学之宗也欤？吾友石君，筑室湘城，伊抗志之甚远，揭华榜以惟新。命下交兮勿固，演妙理以旁陈。探上古之眇微，得斯说于遗经。谓非迂而匪异，试隐几而一听。然则兹其为《遂初》也，又岂孙兴公所能望洋而瞠尘者乎？

这篇《遂初堂赋》是典型的骚散杂糅的骚体作品。起笔采用《离骚》体与四言结合的句式（“○○○○○○兮，○○○○”），之后改用标准的原初《离骚》句式“○○○○○○兮，○○○○○○”，接下来是一段四六文，然后又用了《九歌》体和杂言，可以看到在短短几百字的文章中作者采用了多种体式，打破了骚体结构，增加了文章的灵活性和韵律感，各种句式交叉杂糅，更利于思想内容的表现。

还有一些较短篇幅的骚体也是骚散结合的写法，虽然只有短短的几句，但是也加入了散文体式，如方岳《祭徐侍郎文》：

> 灵之游兮凄其以风，噫！恸以輴兮汹胥涛而与东，噫！世无羊叔子兮莽吾冤其曷穷，噫！非此其悲兮羌世变惟时恫，噫！时耶势耶，天乎人乎，求所以死公者而不可得也，渺籲帝兮深衷，噫！

这篇骚体散文化的倾向表现在两点，一是“噫”字的运用；二是散体杂言句式的运用。首先，“噫”这一感叹词的加入打破了骚体有规律的节奏，在其整齐的结构中加入了新的活跃因素。“噫”是节奏标志，它改变了原有骚体的节奏，很像音乐中的休止符，同时，它又是抒情标志，带有浓烈的感叹语气，仍然很像休止符，虽然是音乐的暂停，却不是感情的停顿，反而用这种“此时无声胜有声”的表现方式来加强情感表达。其次，在骚体句中间夹杂散体句，以骚体抒情，以散体叙事，同时起到节奏上松缓的作用，使得整篇作品张弛有度，充满韵律美。另外，还应注意到这篇文章中骚体句式本身的散化，如“○○○兮○○○○○○”、“○○○○○兮○○○○○○○”、“○○○○兮○○○○○○○”。在不到百字的篇幅内，竟然有如此多的变化，足见其散文化程度之深。

类似的作品还有很多，如郭祥正《言归》、《山中乐》、郑獬《小松赋》、张孝祥《金沙堆赋》、陈造《怡轩辞为臧子兴作》、吴缢《义陵吊古赋》、陈傅良《戒河豚赋》、程珌《天台二张居士哀辞》、释居间《代祭前人》、白玉蟾《华盖山赋》、刘学箕《画壁赋》、梁泰来《龟山赋》、文天祥《代酹解星文》、吕人龙《高斋竹赋》、金履祥《送三苏君序》（古诗曰）、胡次焱《碧松亭记》（歌曰）、马廷鸾《饶娥庙记》（词曰）、卫宗武《祭常端明文》、陈宗礼《怀皋赋》、释大观《东山源和尚赞》、《樊路分为母陈安人请赞》、方岳《祭杜丞相文》、《祭魏参政文》、蓝震龙《宋象州签判从政张雷夫人詹氏圹铭》（铭曰）、李曾伯《避暑赋》、王柏《祭时遁泽墓文》《祭鼓院叔父文》、罗椅《代冢妇祭夫文》、林希逸《行在仰山孚惠二王庙记》（诗曰）、富伟《松竹梅赋》、王象祖《浙东提举叶侯生祠记》（歌曰）、牟子才《李白脱靴图赞》《返棹图赞》等等。骚散结合的作品在宋代时期比较常见，而像这样骚散句式杂糅、散文化程度较深的作品尤其以南宋为多，这说明在宋代骚体发展中，散文化的程度越来越加强。

二、灵活多样的表现手法

浓烈的抒情色彩是骚体文学最为突出的内在特质，可以说，从它产生的那一刻起便以抒情为生命。《离骚》情绪激昂，一唱三叹；《九章》诸篇，朗丽哀志；《九歌》情思旖旎，感人至深；其他诸如《招魂》、《远游》等，也无不回荡着忠愤深沉的情感。骚体在后世发展中，也是以其浓烈的抒情性著称于世。后世文人对屈原精神的高度认同，使得每个朝代都不乏忧愤之作。汉代凡是抒发个人情感，尤其是哀怨、忧愤之情的作品多采用骚体的形式；建安时期，骚体文学更加偏向于抒情的个性化，显示出凄惋悲凉的独特风格。骚体发展到宋代时期，其抒情特色仍然没有减弱，但是，随着其题材范围的扩大，表现内容也越来越丰富，除了传统的爱国情感的表达、个人情怀的抒写，很多日常生活、思想认识等题材也进入到骚体创作的领域。郑樵以农事为题材创作《插秧歌》、《负耒歌》，朱申甚至把普通的吃粥引入到骚体创作中，写了《食粥歌》；骚体中还出现了不少像《原乱赋》、《赠人鉴萧才夫谈命》一类单纯的探讨思想、哲理的作品。在这样的情况下，宋代骚体文学从屈原楚辞的个人情感世界中走了出来，将散文中的多种表现手法引入骚体创作中，呈现出以抒情为主，议论、叙事、说理并存的多样化趋势，体现出明显的散文化趋向。

宋代骚体文学中有一些作品抒情意味不浓，而是主要使用叙事、描写、议论的手法来创作，包括纪行之作、写景之作和部分铭文。这类作品虽然数量不是很多，但透露出宋代骚体文学创作的新趋向，是应当引起注意的。在一些较为单纯的纪行、写景之作中，屈原楚辞浓郁的抒情特征渐渐淡化，而是以描写、记叙为主要表现手法。如王炎《鸣水洞辞》：

瀑流下注兮其上绝而为亹。有蛟有龙兮伏而不怒，雷鸣崖下兮穷年风雨。谁斧凿此云根兮，遗予以罍洗。松有樛枝兮屋之深深，苔藓斑斓兮织缋以为茵。觞酒于上兮听潺湲，西峰衔日半规兮，徘徊犹未忍旋。予欲緪朱丝兮，节清音而度曲。招玄鹤使舞兮，醉予醽醁。有玉韫椟兮幽人之轴，秋兰之珮兮夫容之服，瘦石寒泉兮矢其弗告。四墉无隙兮巑岏青青，白云漠漠兮截洞口以为扃。轮鞅莫来兮无伤我清，不执券而兼并兮莫予与争。

这段辞就是以骚体的句式来描写鸣水洞的幽静迷人景色。开篇交代了鸣水洞的位置在艾西汩之原，中间部分详细描述了鸣水洞的优美怡人。这个洞可谓艾西涧水的最佳去处，它上有瀑布之水，下有清浅之泉。四周有苍松翠柏，郁郁青青，饮酒于其间，观落日，赏鹤舞，闻清音，是何等的逍遥自在。鸣水洞有高山峭壁遮掩，有白云烟雾缭绕，是个不为人知的世外桃源，他多么希望能独享这份优雅，不要有世事凡尘来打扰他的清净。虽然是比较单纯的描写，但骚体作品的魅力并没有因为抒情性的减弱而消退，精妙细致的描写与骚体雍容静雅的节奏韵律相结合，让人读来犹如身临其境。类似的作品还有陈殊的《太湖石赋》、康举之《招真庵记》、胡铨《惠佑庙路寝记》等。

宋代骚体诗中也不乏此类作品，如刘学箕《舟行三章》

桂棹兮兰桨，泝流兮沿回。
天迦兮空明，湍激兮声哀。
水落兮石出，路转兮溪回。
鸥飞兮山净，鱼戏兮藻开。
淹留兮何为，盍赋兮归来。

以写景记叙为主，记述了水中行舟的过程，描写了优美恬静的水上景色。手持桂櫂兰桨，轻轻拨动水流，天空明朗，水声呜咽，鸥飞鱼跃，山水相映成趣，一片自然风光。钱仲鼎的《水村歌》也是以表现舒适恬淡的自然风光和田园生活为主："舟摇摇兮，风嫋嫋兮。波鳞鳞兮，鸥翩翩兮。扣舷渔歌兮，孰知其他兮。"还有一些反映现实生活题材的作品，这些作品多是在记录日常生活，如崔敦礼《田间辞》就是在记录田间耕作的场面，所涉及的是日常生活，所用的意象也都是"牛"、"泥"、"鞭"、"犁"、"仓庾"、"布谷"等现实常见的物象。作者用平实地叙述、通俗的语言将田间劳作的场面展现出来，十分真实自然。

这种记叙的手法还经常运用在墓志铭的铭文中，用来记叙死者的生平事迹。如刘克庄《刘宝章墓志铭》中的铭文部分就是叙议结合地记录了刘宝章的事迹：

儒者谈兵仅一横槊兮，惜不少试。慨柳仲涂、苏子美、石曼卿、刘季孙之流兮，皆有志而未遂。惟余襄公于广、王懿敏于并兮，尹河南于渭；张乖崖于益、王襄敏于洮兮，李诚之于桂；郑亨仲、刘彦冲二贤兮，死守险隘于蜀关之外。皆能立功名于边兮，垂竹帛于世。前修往矣兮谁其继！嘉定丙子兮虏初渝誓，余为阃属兮身履目击其事。蹂蕲与黄兮乘久安之驰备，野无寸草兮民无噍类。吾僚如何、李二牧兮皆国髦士，或效死勿去兮或握节而殪。驾部公于此时兮受朝委寄，孤身殉国兮辟公副二。肉薄登陴兮铢累葺废，护其地之风寒兮作其人之勇气。玺书数下兮，奖宾主之劬瘁。奈何骞翮铩兮骥足踬，甫驾部之奄忽兮俄延阁之委蜕。惟二郡屹然兮为天堑之屏蔽，马不敢饮兮猘不敢吠。上穹不寿若人兮，来者卒享其利。吾秉此笔兮，非特慰公之英嗣，窃意淮人览之兮，必思召公之遗爱，怀叔子而堕泪。呜呼悲夫！

起笔议论，论"儒者谈兵"之事，前代有"有志而未遂"者如柳仲途、苏子美等人，有"立功名于边"者如郑亨仲、刘彦冲等人，接着引出下文，以自己的亲身所历、亲眼所见记述了刘宝章在治理边城、坚守边关中所作的贡献，最后表明自己作此铭文的目的。这篇铭文以叙事的手法将刘宝章的事迹娓娓道来，将情感隐于平实的记叙之中。

以骚体来议论说理的作品，在宋代骚体创作中也有一些，这些作品往往是通篇议论，将散文的创作手法引进到骚体创作中来，丰富了骚体的表现内容。这类作品的出现充分体现了宋代骚体的散文化倾向。如刘克庄的《㓨鼠赋》、《诘猫赋》等就是议论式的骚体。由于受理、道、佛等思想的影响，宋代骚体创作中还出现了不少专门谈抽象概念、哲学理论的作品，如胡寅的《原乱赋》、文天祥《赠人鉴萧才夫谈命》、袁甫《觉赋》等等，在这些骚体作品中几乎已经看不到抒情类的语言，可以理解为议论说理的内核罩上了骚体的外衣。

第三节　宋代骚体文学的艺术风格

在文学活动之中，一定的时代、民族、地域，在文学创作上经常表现出某种共同之处，这种共同之处即被称为文学的时代风格、民族风格和地域风格。宋代文学一个整体性的风格追求，就是以平淡为美，较之唐文学的丰华情韵，宋代文学更显得平淡瘦劲。宋代骚体文学作为一种特殊的文体样式，它本身固然有其自身的发展规律，但作为宋代文学的一部分，不可避免地受到这种“以平淡为美”美学追求的极大影响。因此，宋代骚体文学同时体现出了传承性与时代性，从而体现出了有宋一代所特有的时代风格。

一、“香草美人”传统的继承

屈原楚辞的象征性创作手法对后世的文学创作有很大的影响。在屈原的作品中，出现了大量的象征性意象，后人将这些意象概括为“香草美人”，屈原创造出的“香草美人”意象得到了后世文人的认同，从而在中国文学史上形成了一个源远流长的香草美人文学传统。宋代骚体体现出来的传承性，主要体现在对屈原楚辞“香草美人”象征性传统的继承上。在宋代骚体文学中，“香草美人”的象征意象仍然大量地出现，大多是喻示高洁的品行，另一方面一些表达骚怨之情的骚体之中，这种“香草美人”式的象征、比兴手法得到了广泛的运用，可以说，宋代骚体文学在一定程度上将“香草美人”的创作手法发扬光大了。

宋代骚体文学中，用香草美人来象征高洁品格的情况存在很多，尤其是那些带有歌颂功德性质或是表达自身高洁品格的作品中，这种创作手法的运用尤为普遍，新的“香草美人”意象在不断涌现。如《拟骚》乃是李纲对屈原《离骚》的拟作，在这篇文章中，香草美人意象的使用就相当普遍，试看下面一段文字：

> 带长铗而峨冠兮，锵佩玉而琚琼。纫兰荪之香洁兮，服蕙茝之芳馨。纷吾既袭此众美兮，胡敢自谓之修能……艺兰蕙兮九畹，植松竹兮百亩。餐秋菊兮落英，饮木兰兮坠露。朝吾游兮翰墨之林，夕吾戏兮图书之府。

以上这段文字中，所出现的“兰荪”、“蕙茝”、“兰蕙”、“松竹”、“秋菊”、“木兰”等意象都属于香草之列。李纲佩戴香草，以香草为饰物，并且种植香草，食用香草，以此来表现出自己高洁的人格，这与《离骚》中屈原以“香草美人”来比喻自己品行高洁的创作方式如出一辙。又如姚勉的《兰国赋》，其文曰：

> 缭夫容以为池兮，扈江离以为城。建薜荔而为门兮，合百草使实庭。荪壁桂栋兮匊椒成堂，辛夷为楣兮蒻之为房。芷葺荷盖兮，橑之杜衡。户素枝而赤节兮，家绿叶而紫茎。天气如春二月兮，光风泛其载荣。又如秋之云初兮，露瀼瀼兮朝零。人好修而信姱兮，俗向清而涵汙。久而不闻其香兮，若居夫沅湘与澧浦。荃为之君兮，蕙之为妃，杜若为之大夫兮，菊为卿以相之。君子众芳之所萃兮，纷揭车与留夷。薋菉葹不使盈室兮，屏茰檓而不使充帏。服兰衽之芬菲兮，结兰佩之陆离。焚兰膏以为炬兮，兰藉烝以为靡。

在姚勉的《兰国赋》中，香草的意象出现得更多，“芙蓉”、“江蓠”、“薜荔”、“荪”、“桂”、“匊椒”、“辛夷”、“蒻”、“芷”、“杜衡”、“荃”、“蕙”、“菊”、“揭车”、“留夷”、“菉葹”、“茰檓”等等，如此数十种香草筑就的世界，集众美于一身，居住其间者的品性之高洁就可想而知了。宋代骚体中这种直接出现香草意象的作品不算太多，但却是最直观地体现出了对《离骚》“香草美人”创作手法的传承。

在宋代骚体中，还有一些其他的骚体作品，也不同程度地运用了象征、比兴等手法进行创作。这些作品，基本上只出现一个主要的吟咏对象，并以此来象征某人或某事在某方面的特性。因此在文章中直接出现的“香草美人”形象较少，即使文中出现其他多种香草之名，大多也是为了与主要吟咏对象形成对比，从而来衬托和强化主要吟咏对象的特征。这种创作手法，虽然与楚辞的“香草美人”创作手法有所差别，但其运用象征、比兴的手法来塑造形象，寄托情志的方面与传统的“香草美人”创作方式是一脉相承的。这类作品在宋代骚体文学中很多，举不胜举，如李纲的《幽兰赋》是一篇以兰花为吟咏对象的骚体。兰花喜生于高山深林，寂静无人之境，却芬芳郁烈，茂盛而远闻。李纲有感于此，触物起兴，认为兰与那些耿介高洁，不求闻达于人的山林隐遁之士相类，从而作此《幽兰赋》来赞美那些个性高洁之人，而正文中所赞颂的幽兰正是那些高洁之士的象征。这篇骚体以“兴”开篇，开篇先是描述了兰花的高洁秉性，其文曰：

> 相百卉之芳菲兮，待培植而乃成。何兹兰之异禀兮，处幽僻而方兴。高山崔嵬而巃嵸兮，深林杳杳以冥冥。下波涛之喷激兮，上雪霰之飘零。邈人迹之不到兮，兰于焉而独馨。……耿介自许，芬芳谁与。久而不知其香，晦而不改其度。荣何谢于光风，瘁何伤于白露。

兰花喜欢生于幽僻的高山深林之间、人迹罕至之所，其性高洁，芳馨醉人。虽然身处幽闭之地，不为外人所知，但却能洁身自好，保持本性不变，兰花的确不愧花中君子的称号。接着李纲又列举了兰花身边的其他鲜花香草，“配芝桂以为友，奚萧艾之能侣。类同心之契合，比明德之欣附。”与兰花同在一起的，是那些品性高洁的鲜花美草，这与屈原佩戴香草以展示自身之品德的高尚是一样的手法，都是通过他物衬托来反映出主要吟咏对象的高洁形象。在骚体的后半部分，李纲由兰及人，直接把兰花与人相比较，指出了那些遁迹山林的高洁之人，与兰相类，点明了主题：

> 譬犹高洁之士，隐遁之人，蹈山林而长往，友麋鹿而同群。付功名于脱屣，等富贵于浮云。室虽迩而人则远，可得闻而不可见。有泉石之枕漱，无猿鹤之惊怨。晦其迹而弥芳，怀其道而愈显。子真谷口，德公鹿门。二子食薇于首阳，四皓采芝于商山。名与实兮兼茂，心与迹兮俱闲。播清芬于今古，亦何以异于幽兰。

高洁之人，遁迹山林，视功名如浮云，而其名望却远播于山林之外，这和兰花不出幽闭之地却能香飘万里一样。李纲将兰花秉性高洁和洁身自好的本性与这些山林高洁之人相类比，从而找到了两者之间的契合点，由此，兰花就成为了人们高洁品性的象征，咏花其实就是咏人。其他的还有宗泽的《古楠赋》，其文中以古楠树的苍劲坚韧来象征自己老骥伏枥的坚强精神；又如李处权的《梅花赋》，以梅花来象征自己洁身自好的高尚品格；又如杨万里的《梅花赋》，同样是以梅花来象征自身的高洁等等。宋代骚体文学中象征、比兴等创作手法的运用，直接导致寄托遥深的情感内蕴的出现。

宋代时期的历史文化背景，与屈原时代的楚国，有极大的相似之处，同样是内忧外患，同样是统治黑暗。因此，宋代文人与屈原的遭际在某种程度上也有很大的相同之点，或是怀才不遇，或是遭遇排挤，于是宋代骚体中再一次出现了类似屈原楚辞的那种意在言外、寄托遥深的含蓄隽永之作。而这种寄托遥深的情感内蕴正是通过广泛地使用这些源于“香草美人”的象征、比兴等创作手法而产生的。宋代骚体作品比兴寄托之作的大量创作，使象征、比兴等创作手法的运用更加臻于成熟完善，可以说，宋代骚体文学对“香草美人”的创作传统有发扬光大之功。

二、趋于俗化的审美情趣

屈原楚辞，辞采华茂，奇崛瑰丽。但在骚体的流传过程中，屈原楚辞所体现出的这种纵横恣肆的美学风貌逐渐消退了，尤其到了宋代，尽管一些骚体如拟骚类骚体仍然在坚持向屈原楚辞学习，以华美的辞藻、奇崛的想象来构造文章，但从宋代骚体文学的整体审美情趣上来看，是趋于俗化的，大量的骚体贴近自然，向生活靠拢，这显然是受到了宋代文学尚俗与追求平淡之美的巨大影响。宋代时期，这种趋俗化的审美情趣表现得也比较明显，宋代骚体作家的审美趣味在趋于俗化。同时，在意象的选择上，也在向日常化、生活化靠拢。正是这种尚俗观念的影响，使宋代骚体文学创造出了冲淡平实的意境美。

（一）骚体作家审美趣味趋于俗化

宋代骚体作家审美趣味趋于俗化，不可否认是受到了宋代文学尚俗、追求平淡美的审美趣味的影响。屈原时代，进入到屈原眼中的无论山水还是人物，都带有一定的幻想色彩，换句话说屈原眼中的世界是个艺术化的世界，那些神鬼巫灵无不带有强烈的奇幻色彩。但宋代骚体作家眼中，这种艺术化的世界不复存在了，取而代之的是真实的山水景致和生活化了的人间百态，宋代骚体作家的审美趣味趋于俗化、生活化。

宋代骚体作家审美趣味的俗化与其作文的题材选择有直接的关系，宋代骚体的题材内容较之前代有很大的开拓，一些日常生活之琐事细物，都成为了骚体作家所关注的对象，充分体现出了宋代骚体作家趋于俗化的审美趣味。

宋代骚体文学中，一些带有生活色彩的场景经常进入到骚体之中，显示出了作家们对日常生活的关注。如一些具有田园生活情调的题材内容，如崔敦礼的《田间辞三首》，即是着眼于农家的田园生活，一些播种、耕地、庆丰收的生活场景都进入到了骚体之中，可以说是直接对农家生活的摹写，体现出了崔敦礼尚俗的审美趣味。葛立方的《喜闲》也是描写了田园生活的场景，在文章的末尾，葛立方说："吾宁为鸿兮，取食於江湖；吾宁为龟兮，曳尾於泥涂。"体现出了一种陶醉于田园生活的审美状态。又如钱仲鼎的《水村歌》："舟摇摇兮，风袅袅兮。波鳞鳞兮，鸥翩翩兮。扣舷渔歌兮，孰知其他兮。"短短数言，表现出了作者对恬淡水乡生活的追求，同样是作者对日常生活的观照。其他的如郑樵的《插秧歌》、《负耒歌》等都是作者对日常生活的某一场景的观照，体现出了一种趋于俗化的审美趣味。

还有一种游历山川内容相关的一些骚体，作者徜徉于自然山水之中，见山是山、见水是水，只是在用常人的眼光来观赏自然之美景，体现出了一种无异于常人的审美追求。如徐侨的《云山歌》：

云山窈兮风微，山径缭兮云依。兰馨兮晨晞，松樛兮夕晖。有禽消摇其间兮不去，飞俛啄兮蕨薇。昂吟兮绿筠枝，春与鼯腾兮秋莺与啼。希鸾鹄兮志亦几，绝樊弋兮随所栖。空碧临临兮山四围，泉咽咽兮流以时。宁易地兮颍若箕，与世相忘兮幽人期。山虽高兮步坦夷，云虽深兮光陆离。胸洞洞兮陶然以怡，祇天命兮安厥宜。

全篇都是以描写山中的自然美景为主，高山、清泉、晨晞、夕晖，都是真实可见之景象，可见作者对自然的观照与常人一般。其他的如王十朋的《双瀑赋》、周麟之的《槛泉赋》等，都是对自然山水的描摹，并没有像屈原一样在山水面前浮想联翩，体现出了骚体文人与常人一般无二的审美情趣。

宋代骚体除了这些吟咏日常之物和自然之景以外，还有一些作品是以吟咏日常之事的，而这些生活化、日常化的小事，在屈原楚辞之中是绝对找不到的。如方回的《皇甫巨川父年八十八母年八十四歌》：

屈二指兮郎罢九秩，虽则九秩兮鬒犹如漆。梁之郊兮黍稷栉栉，父曰儿归兮吾督汝铚。加六算兮圣善九旬，虽则九旬分发犹未银。汴之水兮鲂鲤鳞鳞，母曰儿归兮我甘汝珍。大妇偕老兮古无此比，父母俱存兮今谁其拟。禄养于南兮云胡不善，汴梁言还兮昼锦乐只。二老有子兮又有孙，寿且康兮施及后昆。逮老及彭兮永贞厥根，泽诗薰书兮益大宁斋翁之门。

这是一篇描写长寿夫妇之事的骚体，作者对这对长寿夫妇矍铄的精神和儿孝媳贤的和睦生活进行了描述，同时又表达出了对两位老寿星的祝福之意。骚体作者开始关注日常生活之琐事，充分体现出了宋代骚体作家对俗生活的关注。其他的这类作品如赵汝腾的《遗徐端友寿母夫人》也是一首以为朋友母亲祝寿为内容的骚体，又如陈普的《不饮酒歌》以叙述喝酒为内容。这些骚体都体现出了作家审美情趣的俗化，逐渐向日常生活倾斜。

宋代骚体文人审美情趣的俗化倾向，使大量的生活场景、自然之物与琐碎之事进入到宋代骚体之中。骚体中的人物多是与常人无异的普通人，不再是可以腾云变化的神灵；骚体中的景物也多成了日常生活常见之物与实在可见之景，不再是烟雾缭绕的神秘之境；骚体中所出现的事件大多是生活中之琐事，已经不再是追神求女的幻想之事。因此，宋代骚体作家的审美情趣的转变，影响了题材内容的择取。题材内容的变化，直接影响了宋代骚体文学的美学风范，从而导致了宋代骚体文学俗化倾向的出现。

（二）意象、意境的俗化倾向

意象和意境是中国古典文论的重要范畴之一。意象的说法最早可追溯到《周易·系辞》，“子曰：书不尽言，言不尽意。然则圣人之意，其不可见乎？子曰：圣人立象以尽意。”① 所以意象的古义乃是“表意之象”，即表达某种抽象的观念和哲理的艺术形象。骚体作为抒情性文学的重要形式之一，其内在感情必然要通过一系列的意象形态来表现出来，同时一些优秀的骚体作品也呈现出了一定类型的意境美。

在屈原楚辞之中，屈原等人浪漫诡奇的想象，造就了一大批充满虚幻与浪漫色彩的意象形态，创造出了一个充满巫鬼神灵的奇幻世界。在后世的骚体创作之中，这种虚幻的意象形态在逐渐地减少。到宋代骚体文学中，这种充满想象的虚幻意象已经几乎看不到了，取而代之的是与其他文体相类似的意象群，即骚体中出现了梅、兰、竹、菊、春、夏、秋、冬等现实中实有的意象形态。这一时期最值得注意的是，宋代文学尚俗的美学追求，直接导致了一些向日常生活靠拢的题材进入到了文学作品之中。同样在骚体领域也存在这一现象，骚体文学题材范围的扩大，表现日常生活的题材增多，直接导致了一些日常化、生活化的意象进入到了骚体创作之中。宋代骚体在意象的择取上，更加向俗化靠拢，这些俗化的意象组合也创造出了冲淡平实的意境。

宋代骚体在择取意象之时，注意对日常生活常见之物的选取。如崔敦礼的《闲居赋》是一篇描写闲居生活的骚体，在文中就出现了大量生活化、日常化的意象类型，从而表现出了一种冲淡自然、平实近人的意境。其文曰：

释吏尘之鞅掌兮，望吾庐而载旋。野鹤脱于樊笼兮，解病马于辔编。

---

① 韩康伯注，孔颖达疏：《周易注疏》，文渊阁《四库全书》本，卷十一

嗟余居何甚小兮，聊复有此池园。苟余意足有适兮，岂必金谷与平泉。余既浸以成趣兮，画人事而与辨。曰悠悠其莫往来兮，坐柴门之苍藓。朝吟芦花之白雪兮，暮数渔舟之青烟。时扪腹而徐行兮，俄曳杖乎池边。龟鱼识余之履声兮，唼苹藻而不喧。迟余步乎东畴兮，或嘉蔬之葱蒨。撷杞菊而将瓜芋兮，袖雨露之微泫。忽长风之吹来兮，閧万柳之喧骈。倾若相逾蹙若相斗兮，各献状而争妍。余矫首而徜徉兮，欲飘飘而俱仙。穆室处之晏娱兮，乐图书之舒卷。耿青灯而深语兮，下潜幽而穷玄。惊倦仆之僵屏兮，鼾夜床之对眠。感晨鸡之呼觉兮，怅流光之易迁。于是攫然而起，起而歌曰：岁荏苒兮风露，手种木兮今槃槃。世我忘兮我宁忘世，去来去来兮吾居不可久闲。

这篇骚体的生活化气息十分浓厚，农家庭院常见之意象，随处可见。“柴门”、“苍藓”、“渔舟”、“龟鱼”、“苹藻”、“蔬”、“杞菊”、“瓜芋”、“雨露”、“长风”、“柳”等意象都是日常生活中所常见的，十分贴近生活。由这些意象组合而形成的意境显得自然冲淡，极富生活情趣。一个闲人，随手拖曳着一个竹杖，在池园之间徜徉，时而注视柴门苍绿的青苔，时而凝神于似雪的片片芦花，随手采摘果蔬菊英，欣赏水间之龟鱼，沐浴在春风清露之间，徘徊在万柳丝绦之下，这种感觉当真有飘飘欲仙之感。作者将这些生活气息很浓的意象经过艺术的组合创作，使整个文章呈现出了一种恬淡、闲适之情，并呈现出了一种冲淡自然的意境之美。接下来的下半部分，作者所描述的情形，更加贴近生活，所出现的意象就更是身边之物了，“室”、“图书”、“青灯”、“床”、“鸡之呼”等意象勾勒出了一个闲逸书生的日常生活状态。读书、酣睡、闻鸡鸣而起，这是一个让人感觉无比真实的生活场景，这些生活化了的意象，将这个闲人无忧无虑的生活表现得十分到位。整篇骚体，由于意象趋于生活化和日常化，意境的营造也显示出了相应的趋向，表现出了一种自然冲淡的意境美。

其他方面，大量书斋意象也在骚体中出现。在宋代骚体文学中，书斋之中的笔、墨、纸、砚都能成为他们意象选择的对象。如王十朋的《止堂情话室铭》中即选取“砚”、“笔”、“扇”等物为意象吟咏书斋生活。李洪的《紫微龙尾砚铭》，借助“砚台”这个意象表达了对统治者的赞颂之情等等。田园生活中的

“耕牛”、“田地”、“耒耜”、“稻麦”等意象也经常出现；自然界中的花鸟虫鱼、雷电雾风、山川树木都成为了骚体之中再平常不过的意象，而由这些日常之物组合而产生的意境多数呈现出自然冲淡之美。

宋代骚体文学，题材内容十分广泛，所蕴含的情感也并不是很统一，因此，如果说给宋代骚体文学的美学特征作一个准确的划定，是不科学的，也是不现实的。那么对一个历史时期的文学研究来说，分析其整体的美学趋向，比较合理的做法是抓住其最主要的表现特征。宋代骚体文学尽管风格多样，但大部分作家的审美情趣和大多数骚体文学作品中意象的择取、意境的创造等方面都体现出了向日常化和生活化靠拢的审美趋向，因此宋代骚体文学的趋俗化审美倾向乃是其最主要的美学特征。

三、简练平易的语言风格

文学是语言的艺术，语言风格的不同，造成了不同时代的文学呈现出不同的美学风貌。骚体自诞生之日起，就有崇尚华丽辞藻的美学追求，曹丕《典论·论文》曰：“夫文本同而末异，盖奏议宜雅，书论宜理，铭诔尚实，辞赋欲丽。”[①] 辞赋尚丽的美学追求的确使屈原楚辞呈现出了辞藻华丽的特色。宋代文学崇尚平淡，骚体文学领域也受到了极大的影响，在一部分骚体仍然保持“丽”的风格的同时，一大批骚体文学的语言开始出现了趋于平易的一面。在这些骚体中夹杂了大量的口语化和说理性的语言，从而使骚体的语言出现了趋于平易化的趋向，与之相应，宋代骚体文学中也呈现出了简约平淡的艺术风格。

宋代骚体文学语言趋于平易化，一方面受追求平淡之美的文学观念的影响，另一方面则是与骚体的表现内容相关。宋代骚体文学所涉及的题材内容十分广泛，题材向生活化、日常化的靠拢，使一些富有生活气息的语言词语进入了骚体之中，同时由于骚体文学中的一些说理、议论成分的增加，使一些说理性和议论性的语言也进入到了骚体的话语系统当中，再加上一些其他因素的影响，从而导致宋代骚体文学语言出现了趋于平易化的趋势。

在宋代骚体文学中，表现日常生活是重要的题材内容之一。这样，一些不

---

① 李善注：《文选注》，文渊阁《四库全书》本，卷五十二

加雕饰的生活化语言就不可避免地进到了骚体之内。如曹勋的《琴操·拘幽操》："风入我室兮，霜入我衣。言不敢发兮，声不敢悲。惟皇考有训兮，余罪之归。余心耿耿兮，其知者为谁。"风入室，霜入衣，不敢言，不敢声悲，这是非常生活化的语言，甚至可以说是接近白话，如此通俗易懂的语言来叙述平常之事，呈现出来的自然是平淡简易的风格。又如陈傅良的《郑自明哀词》：

> 母曰余儿兮，吾莫知其何尤。妇曰良人兮，吾曷为罹此忧。兄弟不以是咎兮，朋友称其好修。恭不得其故兮，庸强名之曰命。相彼下堂而贻戚兮，或结缨以顺听。万不同咸自取兮，曾二者孰失其正声。鬼神之所仇兮，人直躬焉是病。胥属镂忽堕其前兮，屈鱼腹以为阱。奇祸作於牖下兮，顾奚悲而宜庆。嗟子何伤兮，独余怀不能以自胜。

在这篇骚体之中，整篇语言都十分平实，并且出现了大量的口语化的语言，如"母曰"、"妇曰"、"兄弟不以是咎"、"朋友称其好修"等句十分接近白话口语。这种生活气息很浓的语言进入到骚体中，对骚体的语言风格影响很大，直白的语意、不加雕饰的语言，使骚体的语言风格呈现出了简约平易化的倾向。

宋代理学思想的盛行，在骚体中也有所体现，一些说理性的语言进入骚体，使骚体的说理性、叙述性色彩加强，这样使骚体文学的雕琢藻饰的语言特点有所弱化，这也造成了语言的平易化。如薛季宣的《感沐赋》：

> 沐余发兮中春，感余心兮泯纷。乌头白兮道蒙若，不壮年兮兆衰落。元始昆仑，阅岁华之垓载兮，飚如宿昔。人生百龄，月过千之云积兮，羌亏盈之不可度。羲和叱驭而莫之挽兮，倏焉归于窅漠。视权舆为一欠呻兮，矧吾生之略约。彼颜子二十九而白头兮，亲圣师而亡悔。思文君于鼓琴兮，儃沉吟于本始。春归园而秀木兮，果觌花而知实。人间世兮，苟讬栖于兹室。多文饰兮，华发班其可喜。一此之暂然兮，嘻其云异。视老彭为非望兮，若殇子者吾其至愉。皇苍之司寿夭兮，繄余何意。寄悲歌而写志兮，曰生之忽也。庶汇由天，俱斯物也。春萼荣华，几其日也？班白颠兮，犹之一也。于乎乐兮，终归没也。

这篇骚体，叙述和议论的成分很多，如“沐余发兮中春，感余心兮泯纷”即是叙述自己洗发而心有所感，比较典型的叙述性的语言，其文意一目了然，十分直白。接下来的“人生百龄，月过千之云积兮，羌亏盈之不可度。”属于散骚结合的句式，带有一定的议论成分，所以文辞平实，句意浅显。“彼颜子二十九而白头兮”，此句纯属叙述，且比较口语化，从而体现出了一种疏放的风格，与屈原楚辞那重雕琢、藻饰的严谨风格已经相差很远了。“春归园而秀木兮，果觌花而知实。”此句与自然景致有关，本可稍加藻饰，但语言也比较平实，只是交待情状而已，其目的则是在于说理。至于接下来的人生感慨，则更是与文采无关，带有强烈的议论说理特色。整篇骚体，有修饰的华丽辞藻不多，更多的是叙述、议论、说理性的文字，这些成分的加入必然会对骚体的文采有所减弱，从而使骚体呈现出平易化的风格。宋代骚体文学中，这种蕴含哲理性的作品很多，均不同程度地呈现出了趋于平易化的风格特征，不再一一赘举。

其他方面，也有一些佛教语言出现在骚体中的现象，如“有拄杖兮与拄杖，船中轻荡桨。无拄杖兮夺拄杖，佛面巧出相。”“真兮妄兮两孤，作对待兮偏枯。水凌虚而风静兮月非无，即妄即真兮毒药与醍醐。”这些语言基本都不加雕饰，平实自然，体现出了清淡平实的风格。宋代骚体受宋代文学尚俗观念的影响，较之前代的骚体，在语言方面更加趋于平易化。宋代骚体语言平淡素朴，呈现出疏放晓畅的风格。

参考文献

1. 韩康伯注，孔颖达疏．周易注疏，文渊阁四库全书本．台湾：台湾商务印书馆，1986.

2. 毛亨传，郑玄笺，孔颖达疏．毛诗正义，十三经标点本．北京：北京大学出版社，1999.

3. 王逸．楚辞章句，文渊阁四库全书本.

4. 吕不韦撰，高诱注．吕氏春秋．北京：中华书局，1954.

5. 许慎撰，段玉裁注．说文解字．杭州：浙江古籍出版社，1988.

6. 司马迁．史记，二十五史本．上海：上海古籍出版社，上海书店出版社，1986.

7. 卢元骏译注．说苑今注今译．台湾：台湾商务印书馆，1997.

8. 扬雄著，汪荣实，陈仲夫点校．法言义疏．北京：中华书局，1987.

9. 班固．汉书，二十五史本.

10. 钟嵘著，曹旭笺注．诗品笺注．北京：人民文学出版社，2009.

11. 任昉．文章缘起，文渊阁四库全书本.

12. 刘勰著．范文澜注．文心雕龙注．北京：人民文学出版社，1958.

13. 二程门人．二程遗书，文渊阁四库全书本.

14. 罗大经．鹤林玉露，文渊阁四库全书本.

15. 徐铉．骑省集，全宋文本．上海：上海辞书出版社，2006.

16. 田锡．咸平集，全宋文本.

17. 张咏．乖崖集，全宋文本.

18. 柳开. 河东集，全宋文本.
19. 王禹偁. 小畜集，全宋文本.
20. 赵湘. 南阳集，文渊阁四库全书本.
21. 刘筠. 肥川小集，全宋文本.
22. 杨亿. 武夷新集，全宋文本.
23. 释智圆. 闲居编，全宋文本.
24. 王曾. 王文公笔录，全宋文本.
25. 夏竦. 文庄集，全宋文本.
26. 范仲淹. 范文正集，全宋文本.
27. 宋庠. 元宪集，全宋文本.
28. 胡宿. 文恭集，全宋文本.
29. 宋祁. 景文集，全宋文本.
30. 梅尧臣. 宛陵集，全宋文本.
31. 欧阳修. 文忠集，全宋文本.
32. 张方平. 乐全集，全宋文本.
33. 李觏. 盱江集，全宋文本.
34. 蔡襄. 端明集，全宋文本.
35. 文同. 丹渊集，全宋文本.
36. 刘敞. 公是集，全宋文本.
37. 曾巩. 元丰类稿，全宋文本.
38. 司马光. 传家集，全宋文本.
39. 张载. 张子全书，全宋文本.
40. 王安石. 临川文集，全宋文本.
41. 郭祥正. 青山集，全宋文本.
42. 郑獬. 郧溪集，全宋文本.
43. 刘攽. 彭城集，全宋文本.
44. 范纯仁. 范忠宣集，全宋文本.
45. 徐积. 节孝集，全宋文本.
46. 沈括. 长兴集，全宋文本.

47. 王令. 广陵集，全宋文本.
48. 苏轼. 东坡全集，全宋文本.
49. 苏辙. 栾城集，全宋文本.
50. 黄庭坚. 山谷集，全宋文本.
51. 彭汝砺. 鄱阳集，全宋文本.
52. 秦观. 淮海集，全宋文本.
53. 贺铸. 庆湖遗老集，全宋文本.
54. 晁补之. 鸡肋集，全宋文本.
55. 谢逸. 溪堂集，全宋文本.
56. 张耒. 柯山集，全宋文本.
57. 李廌. 济南集，全宋文本.
58. 晁以道. 景迂生集，全宋文本.
59. 邹浩. 道乡集，全宋文本.
60. 李新. 跨鳌集，全宋文本.
61. 邢居实. 呻吟集，全宋文本.
62. 谢薖. 竹友集，全宋文本.
63. 宗泽. 宗忠简集，全宋文本.
64. 周紫芝. 太仓梯米集，全宋文本.
65. 李纲. 梁谿集，全宋文本.
66. 吕本中. 东莱集注类编观澜文集，全宋文本.
67. 李处权. 崧庵集，全宋文本.
68. 郑刚中. 北山集，全宋文本.
69. 苏籀. 双溪集，全宋文本.
70. 张嵲. 紫薇集，全宋文本.
71. 胡寅. 斐然集，全宋文本.
72. 曹勋. 松隐集，全宋文本.
73. 仲并. 浮山集，全宋文本.
74. 范浚. 香溪集，全宋文本.
75. 葛立方. 归愚集，全宋文本.

76. 王十朋. 梅溪集，全宋文本.
77. 陆游. 放翁逸稿，全宋文本.
78. 范成大. 石湖诗集，全宋文本.
79. 叶子强. 崑新两县志，全宋文本.
80. 周必大. 文忠集，全宋文本.
81. 杨万里. 诚斋集，全宋文本.
82. 李洪. 芸庵类稿，全宋文本.
83. 朱熹. 诗集传. 上海：上海古籍出版社，1987.
84. 朱鉴. 诗传遗说，文渊阁四库全书本.
85. 朱熹. 家礼，文渊阁四库全书本.
86. 朱熹. 楚辞集注. 上海：上海古籍出版社，1979.
87. 朱熹. 河南程氏遗书. 台湾：商务印书馆，1935.
88. 朱熹. 晦庵先生朱文公文集，全宋文本.
89. 赵彦卫. 云麓漫钞. 北京：中华书局，1985.
90. 张栻. 南轩集，全宋文本.
91. 陈造. 江湖长翁集，全宋文本.
92. 薛季宣. 浪语集，全宋文本.
93. 楼钥. 玫瑰集，全宋诗本. 北京：北京大学出版社，1998.
94. 陈傅良. 止斋集，全宋诗本.
95. 崔敦礼. 宫教集，全宋诗本.
96. 王炎. 双溪类稿，全宋文本.
97. 曾丰. 缘督集，全宋诗本.
98. 彭龟年. 止堂集，全宋诗本.
99. 陈文蔚. 克斋集，全宋文本.
100. 高似孙. 骚略，全宋文本.
101. 高似孙. 子略，全宋文本.
102. 白玉蟾. 海琼玉蟾先生文集，全宋诗本.
103. 白玉蟾. 琼琯白先生集，全宋文本.
104. 释居简. 北磵集，全宋文本.

105. 刘学箕. 方是闲居士小稿，全宋诗本.
106. 张侃. 张氏拙轩集，全宋文本.
107. 袁甫. 蒙斋集，全宋文本.
108. 刘克庄. 后村先生大全集，全宋文本.
109. 孙德之. 太白山斋遗稿，全宋文本.
110. 王柏. 鲁斋集，全宋文本.
111. 方岳. 秋崖集，全宋文本.
112. 罗椅. 涧谷遗集，全宋文本.
113. 欧阳守道. 巽斋文集，全宋诗本.
114. 陈著. 本堂集，全宋诗本.
115. 姚勉. 雪坡集，全宋文本.
116. 刘黻. 蒙川集，全宋文本.
117. 马廷鸾. 碧梧玩芳集，全宋文本.
118. 何梦桂. 潜斋文集，全宋文本.
119. 文天祥. 文山先生集，全宋文本.
120. 陈棣. 蒙隐集，全宋诗本.
121. 方回. 桐江续集，全宋诗本.
122. 释善珍. 藏叟摘稿，全宋诗本.
123. 释绍昙. 希叟绍昙禅师广录，全宋诗本.
124. 徐侨. 毅斋诗集别录，全宋文本.
125. 徐集孙. 竹所吟稿，全宋文本.
126. 陈亮. 陈亮集. 北京：中华书局，1974.
127. 姚铉. 唐文粹，文渊阁四库全书本.
128. 真德秀. 文章正宗. 台湾：台湾商务印书馆，1969.
129. 吴之振等. 宋诗钞，文渊阁四库全书本.
130. 胡震亨. 唐音癸签. 上海：上海古籍出版社，1981.
131. 御制古文渊鉴，文渊阁四库全书本.
132. 朱彝尊. 明诗综，文渊阁四库全书本.
133. 胡应麟. 诗薮. 上海：上海古籍出版社，1958.

134. 钱谦益. 牧斋初学集，上海：上海古籍出版社，1985.

135. 王士禛. 王士禛全集·带经堂全集. 济南：齐鲁书社，2007.

136. 陈元龙. 历代赋汇. 南京：凤凰出版社，2004.

137. 潘永因. 宋稗类抄，文渊阁四库全书本.

138. 刘淇. 助字辨略. 北京：中华书局，1954.

139. 洪亮吉. 更生斋文甲集. 嘉庆洋川书院刊本.

140. 孙梅. 四六丛话，清光绪十年刊本.

141. 永瑢等. 钦定四库全书总目. 北京：中华书局，1965.

142. 孔广森. 诗声类. 北京：中华书局，1983.

143. 刘熙载撰，王气中笺注. 艺概笺注. 贵阳：贵州人民出版社，1986.

144. 王国维. 宋代之金石学，王国维遗书册五静安文集续编. 上海：上海古籍出版社，1983.

145. 王国维. 人间词话. 上海：上海古籍出版社，1998.

146. 谢无量. 中国大文学史. 北京：中华书局，1924.

147. 谢无量. 楚辞新论. 北京：商务印书馆，1933.

148. 刘经庵. 中国纯文学史纲. 北京：东方出版社，1996.

149. 舒芜、陈迩冬等. 近代文论选. 北京：人民文学出版社，1959.

150. 苏雪林. 楚辞新诂. 台湾：台湾国立编译馆，1978.

151. 陈寅格. 邓广铭宋史职官志考证序，金明馆从稿二编. 上海：上海古籍出版社，1980.

152. 柳诒徵. 中国文化史. 北京：中国大百科出版社，1988.

153. 鲁迅. 鲁迅全集. 北京：人民文学出版社，1981.

154. 姜亮夫. 楚辞学论文集. 上海：上海古籍出版社，1984.

155. 曾枣庄. 苏轼评传. 成都：四川人民出版社，1984.

156. 吕慧鹃，刘波，卢达. 中国历代著名文学家评传（第三卷）. 济南：山东教育出版社，1984.

157. 黄生撰，黄承吉合按. 字诂义府合按. 北京：中华书局，1984.

158. 姜亮夫. 楚辞通故. 济南：齐鲁书社，1985.

159. 杨金鼎. 楚辞评论资料选. 武汉：湖北人民出版社，1985.

160. 马积高. 赋史. 上海：上海古籍出版社，1987.

161. 张正明. 楚文化史. 上海：上海人民出版社，1987.

162. 蒋星煜. 中国隐士与中国文化. 上海：三联书店上海分店，1988.

163. 褚斌杰. 中国古代文体概论（增订版）. 北京：北京大学出版社，1990.

164. 易重廉. 中国楚辞学史. 长沙：湖南出版社，1991.

165. 金开诚. 屈原辞研究. 南京：江苏古籍出版社，1992.

166. 刘岱. 中国文化新论. 北京：三联书店，1992.

167. 费振刚. 全汉赋. 北京：北京大学出版社，1993.

168. 聂石樵. 先秦两汉文学史稿·先秦卷. 北京：北京师范大学出版社，1994.

169. 王延海. 楚辞释论. 大连：大连出版社，1994.

170. 张毅. 宋代文学思想史. 北京：中华书局，1995.

171. 王国维. 宋元戏曲史. 台湾：艺文印书馆，1996.

172. 许结，郭维森. 中国辞赋发展史. 南京：江苏教育出版社，1996.

173. 郭建勋. 汉魏六朝骚体文学研究. 长沙：湖南教育出版社，1997.

174. 程民生. 宋代地域文化. 开封：河南大学出版，1997.

175. 赵逵夫. 屈骚探幽. 兰州：甘肃人民出版社，1998.

176. 孙克强. 唐宋人词话. 郑州：河南文艺出版社，1999.

177. 周建忠. 楚辞与楚辞学. 长春：吉林人民出版社，2000.

178. 萧庆伟. 北宋新旧党争与文学. 北京：人民文学出版社，2001.

179. 蔡靖泉. 楚文化流变史. 武汉：湖北人民出版社，2001.

180. 黄凤显. 屈辞体研究. 长沙：湖南人民出版社，2002.

181. 周殿富. 楚辞源流选集. 长春：吉林人民出版社，2003.

182. 茅盾. 楚辞与中国神话. 文学周报，1928（8）.

183. 闻一多. 怎样读九歌. 国文月刊，1941（5）.

184. 邓广铭. 谈谈有关宋史研究的几个问题. 社会科学战线，1986（2）.

185. 陈自立. 论《九歌》“兮”字之性质与作用. 广西师范大学学报（哲学社会科学版），1991（4）.

186. 许结. 哲理与骚情的融织——南宋辞赋艺术初探. 南京大学学报（哲学·人文·社会科学），1995（1）.

187. 郭建勋. 略论“楚辞体”作品在汉代的流变. 中国韵文学刊，1990（1）.

188. 郭建勋. 骚体的形成与称谓辨析. 湖南师范大学社会科学学报，1995（1）.

189. 郭建勋，荣丹. 北朝骚体文学概述. 中国文学研究，2006（1）.

190. 林建福. 论楚辞体的衰微. 上海大学学报（社会科学版），1998（5）.

191. 何念龙. 论楚辞的内在特质兼说楚骚传统. 江汉论坛，2001（4）.

192. 王许林. 论苏轼的辞赋创作. 江淮论坛，2001（5）.

193. 周建忠.《楚辞》“兮”字的意义与作用. 文史杂志，2002（3）.

194. 朱德魁.《楚辞》与《诗经》之比较刍议. 贵州教育学院学报（社会科学），2002（6）.

195. 曾枣庄. 论宋代辞赋. 清华大学学报（哲学社会科学版），2003（5）.

196. 刘培. 论田锡辞赋的新变. 文史哲，2001（4）.

197. 刘培，杨同亮. 北宋中期骚体赋风的演变. 河北师范大学学报（哲学社会科学版），2003（3）.

198. 刘培. 论北宋中期辞赋的特征. 山东师范大学学报（人文社会科学版），2003（5）.

199. 刘培. 论宋初辞赋的特征. 江海学刊，2004（2）.

200. 刘培. 北宋中期的理学思潮与辞赋创作. 文艺研究，2004（6）.

201. 刘培. 论北宋中期辞赋的淑世精神. 西北师大学报（社会科学版），2004（6）.

202. 李炳海. 论楚辞体的生成及其与音乐的关系. 中州学刊，2004（4）.

203. 董运庭. 楚辞与楚国社会文化. 重庆师范大学学报，2004（5）.

204. 吴哲贤. 楚辞文体在汉代的流变. 西南民族大学学报（人文社科版），2005（2）.

205. 陈桐生. 论楚辞不学《诗经》. 云梦学刊，2006（2）.

附录：宋代骚体文学列表

徐铉：木兰赋（歌曰）、唐故朝议大夫行尚书礼部郎中柱国赐紫金鱼袋太原王公墓志铭、唐故检校司徒行右千牛卫将军苗公墓志铭、故平昌郡君孟氏墓铭、唐故太原府君夫人彭城刘氏墓铭、唐故陇西李氏夫人墓铭

梁周翰：五凤楼赋（歌曰）

田锡：《咸平集》：叠嶂楼赋、望京楼赋、《依韵和吕抗早秋赋》、《春洲谣》、《祝网颂》、《五声听政颂》

张咏：师凤谣、白驹谣（别乔随）、苏公堰铭（铭曰）

柳开：桂州延龄寺西峰僧咸整新堂铭、袁姬哀辞、宋故中大夫行监察御史赠秘书少监柳公墓志铭、宋故穆夫人墓志铭、宋故柳先生墓志铭

王禹偁《小畜集》：大阅赋（歌曰）、重修北岳庙碑奉勅撰（歌曰）、宣徽南院使镇州都部署郭公墓志铭、谏议大夫臧公墓志铭、故商州团练使翟公墓志铭、建溪处士赠大理评事柳府君墓碣铭、祭韦氏夫人文、寿域碑（辞曰）、陵母碑（铭曰）、崆峒山铭（词曰）郑渠铭（词曰）、鲁壁铭（铭曰）

苏易简：拟大言赋

赵湘：正性赋、周仲嘉哀辞

陈尧佐：戮鳄鱼文

刘筠：大酺赋

杨亿：君可思赋、太常乐章三十首（其一）、刘氏太夫人天水县太君赵氏墓碣铭、故宋陕州芮城令清河张君墓志铭、宋故主客员外郎直集贤院高平范公墓志铭、宋故推诚保德翊戴功臣邓州管内观察使金紫光禄大夫检校司空兼御史大

夫上柱国长城郡开国公食邑二千四百户食实封四百户赠户部尚书钱公墓志铭、宋故翰林侍读学士朝奉大夫右谏议大夫骑都尉赐紫金鱼袋荥阳潘公墓志铭、大宋故光禄大夫检校太保左卫上将军兼御史大夫上拄国信国公食邑一千户食实封二百户追封周王谥悼献墓志铭

释智圆：感物赋、贫居赋

王曾：矮松赋

蒋堂：棹歌

陈翥：桐赋（歌曰）

夏竦：穆天子宴王母于瑶池赋（歌曰）、周伯星颂、洛西铭、补封狼居胥山铭、奉和御制奉先歌、奉和御制墨歌、奉祀礼毕还京、奉和御制幸金明池

祖士衡：大宋故推忠协谋守正佐理功臣开府仪同三司行尚书左仆射兼门下侍郎同中书门下平章事充玉清昭应宫使昭文馆大学士监修国史上柱国河内郡开国公食邑一万二千七百户食实封五千一百户赠太师谥曰文简向公神道碑铭、文正李公魏国太夫人符氏墓志

范仲淹：秋香亭赋、灵乌赋、天竺山日观大师塔记（铭曰）、祭谢宾客文、祭知环州种染院文、祭龙图杨给事文、宋故同州观察使李公神道碑铭、宁海军节度掌书记沈君墓志铭、尚书度支郎中充天章阁待制知陕州军府事王公墓志铭、太子中舍致仕上官君墓志铭、鄠郊友人王君墓表

晏殊：中园赋

宋庠：夫人城赋、瑞麦图赋、干元节祝圣寿颂、国阳大报颂、故朝奉郎守尚书驾部员外郎上轻车都尉赐绯鱼袋济阳江府君墓志铭、台州嘉佑院记（偈之曰）、成都府新建汉文翁祠堂碑铭

胡宿：宋故左龙武卫大将军李公墓志铭、宋故宣徽北院使奉国军节度使明州管内观察处置等使金紫光禄大夫检校太保使持节明州诸军事明州刺史兼御史大夫判并州河东路经略安抚使兼并代泽潞麟府岚石兵马都部署上柱国荥阳郡开国公食邑二千五百户食实封三百户赠太尉文肃郑公墓志铭、宋故奉直郎守侍御史王公墓志铭

狄遵度：凿二江赋、放言

宋祁：圜丘赋、岁云秋赋、穷愁赋、悯独赋、诋仙赋、皇帝神武颂、大有

年颂（冬颂）、景灵宫颂、皇帝幸玉津园省敛颂（词曰）、太一新宫颂（词曰）、尉氏县吕明府创修泄水渠颂（颂曰）、复州广教禅院御书阁碑（铭曰），成都府新建汉文公祠堂碑（铭曰）、皇从兄赠虔州观察使墓志铭、故大理评事张公墓志铭、陇西郡君李氏墓志铭、故赠太师章公夫人追封邓国太夫人张氏墓志铭

章望之：老苏先生哀词

尹洙：皇雅十篇（之一）、故朝奉郎尚书司门员外郎通判河南府西京留守司兼畿内劝农事上轻车都尉赠绯鱼袋卢公墓志铭

梅尧臣：庙子湾辞、吊李膺祠、汴之水二章送淮南提刑李舍人、见胥平叔、雨还、放鹊、闻临淄公薨、送王平甫拟离骚、灵乌赋、哀鹧鸪赋、离忧赋

石介：彼县吏

王逢：孝友先生祠迎享送神词

祖无择：郴州学记（诗云）

文彦博：金苔赋

释契嵩：送王仲寧秘丞謌叙、送周感之入京诗叙、送周公济诗叙、送梵才吉师还天台歌叙、文中子碑（碑云）、致政侍郎中山公哀辞、周叔智哀辞

欧阳修：庐山高赠同年刘中允归南康、鸣蝉赋、病暑赋（和刘原父作）、醉翁、山中之乐、湖州长史苏君墓志铭、尚书工部郎中充天章阁待制许公墓志铭、尚书刑部郎中充天章阁待制兼侍读赠右谏议大夫孙公墓志铭、江邻几墓志铭、尚书驾部员外郎致仕薛君墓志铭、国子博士薛君墓志铭、徂徕石先生墓志铭、零陵县令赠尚书都官员外郎吴君墓碣铭、南阳县君谢氏墓志铭、苏子美墓志铭、红鹦鹉赋、述梦赋、啄木辞、哭女师、胥氏夫人墓志铭、杨氏夫人墓志铭

张方平：东山吟、有所思行、天监、送古卞北游序（歌云）、送山人邢遁序（歌曰）、祭紫微韩舍人文、徐国太夫人墓志铭、宗室太子右司御率府率宗彦夫人张氏墓志铭、右清道率府率世颙夫人高氏墓志铭、宣德郎行监察御史判三司度支勾院骑都尉赐绯鱼袋蔡君墓志铭、朝请大夫行侍御史知桂州军州事上柱国赠礼部尚书扶风马公墓志铭、赠赞善大夫嵇府君墓志铭

苏舜钦：先公墓志铭

韩琦：太夫人胡氏墓志铭、侄太常寺太祝直彦墓志铭、故崇信军节度副使检校尚书工部员外郎尹公墓表、故尚书都官员外郎赠工部郎中杜公墓志铭、故

仁寿县君张氏墓志铭

赵抃：九河尚书祠堂诗（歌曰）

李觏：吊扬子、宋故朝奉郎尚书都官员外郎上骑都尉赐绯鱼袋陈公墓碣铭、邓公仪伤辞

蔡襄：季秋牡丹赋、慈竹赋、枕铭、杖铭、步箴、长子将作监主簿哀词、祭苏子美文、祭永嘉郡君文、祭外甥陈法曹文、赠光禄少卿沈君墓志铭

陈洙：太湖石赋

陈舜俞：淮阴阻风谗风伯、题娄亿墓

陈襄：夫人吴氏墓志铭、开封府祥符县主簿陆君墓志铭

文同：超然台赋、石姥赋、莲赋、松赋、问神词、去陵、秋望、送李道士、哭仲蒙二章（登高、怀高）、哭任遵圣、哭许驾部、送人、玉女、登山、苦寒行、水仙操、大垂手、梓州永泰县重建北桥记（歌曰）、衢州龙丘县重修徐偃王庙记（辞曰）、祭提刑李子忠太博文、秘书丞陈君墓志铭、李公泽墓志铭、绵州李处士墓志铭

刘敞：秦昭和钟赋、栟榈赋、罪岁赋、离忧赋、在陈赋、奇羊赋、王配于京赋（颂曰）、化成殿瑞芝赋（乱曰）、逐伯强文、古风、寄胡二因甫、河之水、彼山诗、武溪深、怀归诗、古怨诗、瑞木颂、吊海文、吊二岳生文

曾巩：苏明允哀词、吴太初哀词、王君俞哀词、仁寿县太君吴氏墓志铭、试秘书省校书郎李君墓志铭

王珪：秘书省著作佐郎郑君墓志铭

司马光：送伊阙王大夫歌、清逸处士魏君墓志铭、石昌言哀辞

鲜于侁：九诵（尧祠、舜祠、周公、孔子、岳神、河伯、箕子、微子、双庙）

张载：鞠歌行、鸡鸣曲、燕歌行

钱公辅：吊王右军宅辞

王安石：寄蔡氏女子二首、幽谷引、胡笳十八拍十八首（三、十四、十六）、历山赋、思归赋、释谋赋、祭韩钦圣学士文、李通叔哀辞、泰兴令周孝先哀辞、秘书丞张君墓志铭、兵部员外郎马君墓志铭、汉阳军汉川县令陈君墓志铭、度支郎中葛公墓志铭、宁国县太君乐氏墓志铭、右千牛卫将军仲焉故妻永

嘉县君武氏墓志铭、郑公夫人李氏墓志铭

郭祥正：巫山送吴延之出宰巫山、山中、招遯、言归、广言归、泛江、殇愁、古思归引、补易水歌、思嵩送刘推官赴幕府、王逢原哀词、徐孺兴哀词、留君仪哀词、山中乐、石室游、逍遥园、孤云寄潘延之先生、采薇山之巅赠张无梦先生、后云居行寄和禅师、石室赋、迎神、酌神、祷神、送神

刘彝：题禹庙壁

郑獬：励志赋、登山临水送将归赋、剑池赋、小松赋、祭张郎中文、傅夫人墓志铭、赵县主墓志铭

王回：事君赋、抱关赋、责难赋、爱人赋

刘攽：鸿庆宫三圣殿赋、葺所居赋、写忧赋、不寐赋、斗蚁赋、秋怀赋、射豹赋、崆峒山赋、綦赋、诋风穴赋、吴山祷晴文

吴处厚：陶朱公庙碑（辞曰）

蒲宗孟：先生（周敦颐）墓铭、老苏先生祭文

李常：解雨送神曲

范纯仁：秋风吹汝水赋、喜雪赋

沈遘：奉祠西太乙宫赋、长寿县太君魏氏墓志铭

徐积：欢乐辞、西山高寄崔刑部、爱爱歌、林殿院挽词

刘挚：刑部详覆官朱君墓志铭、太常博士彭君墓志铭、祭沈太常文、祭赵元考文

沈括：幽命、怀归赋、江州揽秀亭记、席氏墓志铭、虞部员外郎许君墓志铭、宗室右龙武军大将军莱州团练使克懋妻安寿县君武氏墓志铭奉勅撰、文思副使张君墓志铭

吕陶：静安县君蒲氏墓志铭

王令：藏芝赋、怀感赋寄满建中粹翁、倚楹操序、终雌操、于忽操序、辞粟操序、陬操、南山之田赠王介甫、送黄莘任道赴扬州主学、送黄任道歌、翩翩弓之张兮诗三章寄王介甫、效醉翁吟、桃源行送张颉仲举归武陵、我思古人答焦千之伯强、鲁仲连辞赵歌、山中词、江上词（渡江遇风作）、鲁子思哀词

沈辽：题画像

程颢：李仲通墓志

韦骧：和待梅花从一字至十字句

曹辅：祭罗池庙文

王安礼：宋宗室密州观察使进封高密侯墓志铭

钱勰：钓台赋

苏轼：山坡陁行、太白词五首、上清辞（以宫名名篇）、归来引（送王子立归筠州）、黄泥坂辞，清溪辞、滟滪堆赋、屈原庙赋、服胡麻赋、赤壁赋、稺酒赋、放鹤亭记（歌曰）、游桓山记（歌曰）、李仲蒙哀词、钱君倚哀词、伤春词、苏世美哀词、药诵（歌曰）

苏过：思子台赋

朱长文：宋故将仕郎守秘书省正字蔡君墓志铭

苏辙：巫山赋、屈原庙赋、登真兴寺楼赋、超然台赋、上清辞（宫在太白山，同子瞻作）、杨乐道龙图哀辞、刘凝之屯田哀辞、鲜于子骏谏议哀辞、太白山祈雨诗五首（同子瞻作）

范祖禹：奉化侯墓志铭、三班奉职墓志铭

陆佃：长寿县太君陈氏墓志铭

孔武仲：双庙赋、吊隋炀帝赋、田家坡赋、庙山赋、二山赋、记言（歌曰）

释道潜：证师圣可桐虚斋

孔平仲：常山四诗

张商英：宁魂

张励：题张公翊清溪图

黄庭坚：龙眠操三章赠李元中、濂溪诗、王圣涂二亭歌、予欲金玉汝赠黄从善、明月篇赠张文潜、悲秋（为知命弟作）、灵龟泉铭、晁君成墓志铭、陈少张墓志铭、胡宗元墓志铭、全州盘石庙碑、张翔父哀词、任夫人墓志铭、至乐词寄黄几复、録梦篇、秋思（和荅幼弟阿熊，呈上六舅学士先生。并引）、悼往、听履霜操、渡江、毁璧、流水、冠鳌台

吕南公：傅野墓志铭、丁氏墓志铭

彭汝砺：元佑元年十二月庚子雪夏首莼湖结冰鹳鸰群集于上者至不可数感而作是诗也、爱山楼歌

曾肇：东岳庙碑（奉敕撰）

毕仲游：朝议大夫贾公墓志铭、王彦明墓志铭、田孺人墓志铭、宣仁圣烈太皇太后哀策文

刘弇：元符南郊大礼赋（颂曰）、邓夫人墓志铭、萧孝廉墓表、王君章墓志铭、王公权墓志铭

杨天惠：悯相如赋、张忠定公祠堂记

秦观：浮山堰赋、黄楼赋、掩闔铭、闲轩记、曾子固哀词、蔡氏哀词

华镇：送新江东提举常平张朝散序（歌曰）、祭温州张判官文

刘跂：朝请郎致仕蔡君墓志铭、祭蔡致之文

贺铸：午七月历阳赋、广张衡四愁寄李謜

晁补之：求志赋、释求志、梦觌赋、北渚亭赋、是是堂赋、北京官舍后梨花赋、后招魂赋、望涡流辞、冰玉堂辞、漫浪阁辞、遐观楼辞、乐哉侯之邦兮乐哉侯之堂兮、维夫君兮桂舟一首送梁正受归汶阳、山坡陁辞、博州高唐县学记（诗曰）、广州推官杨府君墓表、钱唐县君叶氏墓志铭、进士李公裕墓志铭、四会县尉刘君墓志铭

游酢：过杨忠襄墓哀辞

谢逸：吊槁杉赋、感白发赋、龙沙词五迭赠清逸先生、朱德由墓志铭、陈居士墓表

张耒：大礼庆成赋、游东湖赋、柯山赋、卯饮赋、涉淮赋、后涉淮赋、暮秋赋、超然台赋、遣幽赋、病暑赋、南山赋、南征赋、刘壮舆是是堂歌、龟山祭淮词二首（迎神、送神）、惠别、懟魃、叙雨、种菊、逐蛇、登高、和归去来词、冰玉堂记（词曰）、新开朝天九幽拔罪懺赞、淮阳郡黄氏友于泉铭

李廌：拟楚词、嗟美人词、金銮赋、金銮后赋、松菊堂赋

晁说之：东坡先生画赞、涧上丈人画像赞、前史官知河中府晁无咎画像赞、古瓦砚铭、笔山铭、王立之墓志铭、承议郎陆公墓志铭、宋故赠承议郎陈公墓志铭、汪信民哀辞

田昼：华清宫词五首

邹浩：愤古赋、四栢赋、义斋记（叹曰）、拱北轩记（词曰），送史述古序（歌曰）、杨都曹墓志铭、宋子直墓志铭、何继文墓志铭、夫人臧氏墓志铭、奉安邹国公文

许翰：陈州宛丘县令蔡君墓志铭、翁季女墓志铭

李新：瘿赋、蛙赋、普州铁山福济庙记（迎神、送神）、卧云亭记、跋瑶池命宴图、吊安康郡君词、樵对（樵曰）

楼异：嵩山三十六峰赋

毛滂：拟秋兴赋

慕容彦逢：韩信背水破敌赋、宗室右金吾卫大将军河州防御使赠保庆军节度观察留后追封房陵郡公墓志铭、孙氏墓志铭

周行己：段公度哀词、戴明仲墓志铭

汪革：毗陵张先生哀辞

邢居实：南征赋、秋风三迭寄秦少游

赵鼎臣：尧山赋、学古堂赋、寄傲斋赋、送神欣安之曲（姑洗宫）、彭子发墓志铭

唐庚：风树吟、招隐辞、送湫文

谢薖：怀故园赋、竹夫人赋、朱夫人墓志铭、潘邠老哀词

章宪：复轩歌

傅察：送傅倅、代鲍钦止秋赛文

李复：种药赋、久翠堂辞、后招魂、周夫人墓志铭（铭曰）、恭人范氏墓志铭（铭曰）、乐章五曲、流泉引

张刚：重修敷应侯庙记（词曰）

杨时：蔡奉义墓志铭（铭曰）、明道先生哀辞、邹尧叟哀辞、郭思道哀辞

郑少微：悯相如赋

宗泽：古楠赋、叶处士墓志铭（铭曰）

晁说之：笔山铭、涧上人画像赞、前史官知河中府晁无咎画像赞、扬雄别传上、汪信民哀辞

蒋瑎：通惠亭记

林敏功：梅花赋

赵鼎臣：尧山赋、彭子发墓志铭（铭曰）

廖刚：祭杨龙学文、祭黄思贤文、祭文叔文、祭黄可宗文、代祭蔡宜人文、代祭蔡元度文

谭稹：晋祠谢雨文

葛胜仲：右朝散大夫侍其公墓志铭（铭曰）、奉议郎致仕周公墓志铭（铭曰）、妻硕人张氏墓志铭（铭曰）、祭刘尚书文、祭施氏妹恭人文、谢雪文一、谢雪文三

许翰：陈州宛丘县令蔡君墓志铭（铭曰）、翁季女墓志铭（铭曰）、陈欧二修撰哀词

翟汝文：东坡远游赋

刘一止：秋郊赋寄友人

李光：感春辞一篇为自然使者作、琼州双泉记（歌曰）、胡府君墓志铭（铭曰）

程俱：后松江赋、神游赋、怀居赋、小山赋、临芳观赋、怀忠、宋故右迪功郎监潭州南岳庙富君墓志铭（铭曰）

姜仲谦：谭稹祭汾东祠碑

汪藻：僧可宗为胡尉唐卿画枯木怪石图为之赞、尚书刑部侍郎赠端明殿学士程公神道碑（铭曰）、左朝请郎知建昌军赠朝请大夫刘君墓志铭（铭曰）、奉议郎知舒州曾君墓志铭（铭曰）

权邦彦：宋通直郎通判洺州杨公墓志铭（铭曰）

王庭珪：欧阳公制赞、故右朝奉郎通判筠州黄公墓志铭（铭曰）、故县尉刘公墓志铭（铭曰）

孙觌：长芦长老一公塔铭（铭曰）、宋故左中奉大夫致仕柳公墓志铭（铭曰）、宋故右中奉大夫直秘阁致仕朱公墓志铭（铭曰）、宋故右承议郎吴公墓志铭（铭曰）、宋故左朝议大夫致仕孙公墓志铭（铭曰）、宋故太子少师巫公墓志铭（铭曰）、宋故府干周府君墓志铭（铭曰）、宋故左朝请大夫直秘阁林公墓志铭（铭曰）、宋故左中奉大夫直龙图阁赵公墓志铭（铭曰）、宋故左迪功郎许府君墓志铭（铭曰）、宋故教授卢公墓志铭（铭曰）、宋故恭人胡氏墓志铭（铭曰）、宋故胡夫人孙氏墓志铭（铭曰）、宋故孙夫人强氏墓志铭（铭曰）、宋故右朝奉郎王公梦得墓志铭（铭曰）、包氏妹出殡祭文、杨公大夫哀词

周紫芝：哀湘累赋、思隐赋、新城赋、蝇馆落成赋、酹三贤赋、吊双庙词、悼亡哀词（一、二）、卷雪楼记（词曰）、为魏侍郎祭闻人奉议文、吊英布庙文

綦崇礼：故左朝请郎守尚书右司员外郎致仕潘公墓志铭（铭曰）

李纲：祭李氏孺人文、含笑花赋、幽兰赋、拟骚、续远游赋、江上愁心赋、仲辅赋西郊见寄次韵作南征赋报之、秋风辞、丰应庙碑（词曰）、宋故朝请郎主管南京鸿庆宫张公墓志铭（铭曰）、萧子宽哀辞、吊国殇文、哭惠女文

张守：枢密院检详文字鲁公墓志铭（铭曰）、隆佑皇太后哀册文（词曰）

吕本中：六子哀词

李处权：乐郊赋、梦归赋、梅花赋、悼亡赋

尹阳：芝川新修太史公庙记（词曰）

刘才邵：亡叔墓志铭（铭曰）、太硕人薛氏墓志铭（铭曰）、罗无竞妻朱氏夫人墓志铭（铭曰）、周鲠臣哀辞

沈与求：镫华赋、黄直阁墓志铭（铭曰）、宋故李君墓志铭（铭曰）

程瑀：漫吾亭记

喻汝砺：卮酒词

郑刚中：感雪竹赋

释宗杲：直阁向公宣卿野服像赞、妙圆居士张知府画像赞

李弥逊：朝奉大夫朱公宜人叶氏墓志铭（铭曰）、祭刘丈中奉文、祭蔡侍郎文、祭赵道夫待制文

高登：东坡像赞、自写真赞、方竹杖赞

何栗：梦赋

程克俊：懿节皇后哀册文（词曰）

李长民：广汴都赋（理曰）

秦桧：徽宗皇帝哀册文（词曰）、景钟铭（铭曰）

宋之才：沙塘徒门记（辞曰）

王铚：祭刘文

张元干：俞义仲画赞、彭德器画赞、庚申自赞、诸公祭邓正言文

苏籀：闽岭赋、戏作梅花赋、秋辞（一、二、三）、乌石山辞

张九成：述志赋、谪居赋

辛次膺：瓢泉赋

王之道：故李公孝先墓志

李薰：重修福山岳庙记（词曰）

熊彦诗：送黄元龄归南盘谷序（歌曰）

潘良贵：故镇江府学教授陈公墓志铭（铭曰）

许尹：谢雨送龙祝文

张嵲：寿赋、续囚山赋、憎雨赋、吊郑大夫公孙申文

周良翰：新繁县新建灵应庙记（诗曰）

龚相：项王亭赋（歌曰）

胡寅：原乱赋、砚铭（其四）、贾宝学记颜赞、亡室张氏墓志铭（铭曰）、阳夏谢君墓志铭（铭曰）、太孺人李氏墓志铭（铭曰）、承仕郎蒋君墓志铭（铭曰）、祭陈少卿几叟、祭杨珣

沈长卿：灵应庙碑记（辞曰）

曹勋：受命、启行、见接、北渡、传命、许还、回銮、上接、身退、闲居、华严塔铭（铭曰）、归去来、怀长沙、泾溪行、琴操・别鹤操、琴操・残形操、琴操・龟山操、琴操・将归操、琴操・拘幽操、琴操・履霜操、琴操・岐山操、琴操・猗兰操、琴操・越裳操、琴操・雉朝飞操、岁将暮、宛转歌、湘妃怨（三首）、项王歌。

王灼：吊屈原赋

韩俨：祈雨感应送神文

康举之：招真庵记（辞曰）

卫博：冰花盂洗铭、平江府刻漏铭、谢雨祝文

仲并：赵公远祠记（辞曰）、夫人陈氏墓铭（铭曰）

陈岩肖：钓台赋

黄维：岳武穆王生祠记

游国佐：金华寺龙骨塔铭（铭曰）

张昌言：琼花赋

刘子翚：闻药杵赋

范浚：姑苏台赋、述严赋、登八咏楼赋、甘菊赋

胡铨：及老堂赋、跋郑亨仲枢密送邢晦诗、葛司成祠堂记（词曰）、秀野堂记（辞曰）、惠佑庙路寝记（辞曰）、王山辅顺庙记（歌曰）、安远县令曾从令墓

志铭（铭曰）、武冈军太守罗公墓志铭（铭曰）、陈君世望墓志铭（铭曰）、河源县令崔从政墓志铭（铭曰）、代同官祭李提刑文

石公孺：临海县灵康庙碑（歌曰）

尹穑：书程瑀撰周执端墓碑阴（词曰）

王之望：跋蔡瞻明双松居士图、吊成安君文

胡宏：彪君墓志铭（铭曰）

史浩：葬五世祖衣冠招魂辞、祭叔母齐安郡夫人孙氏、祭潘德鄜经略文

葛立方：喜闲、云仙、九效（天运、慈宁、永固、强弱、医国、君臣、奸萌、自修、鸣穷）、横山堂三章、象戏铭、祭沈孟明兵曹文

李石：古渔词、巫山凝真仙人词、放鸟词、祭凌竹溪文

陈长芳：章季明哀词（词曰）

虞允文：辨乌赋

王十朋：双瀑赋、归去来赋、梅溪题名赋、民事堂赋、大崿山赋、剡溪春色赋、夔州新迁诸葛武侯祠堂记（词曰）、止堂情话室铭（砚铭、笔池铭、诗筒铭、书筒铭、扇铭、菖蒲盂铭）、族人祭十四伯母文、代祭宋彦才文（二）、代人祭族弟文

王伯广：宣风楼记（歌曰）

李泳：绪山庙记（歌曰）

任续：彭思王庙记（词曰）

林光朝：朴轩处士埋铭（辞曰）

晁公武：东坡先生祠堂碑记（辞曰）

李焘：南定楼赋

范念祖：祭忠肃刘公文

任愿：重修隋帝子蜀王庙碑记（辞曰）

晁公溯：神女庙赋（辞曰）、悯孤赋、朝山堂赋、江原张君墓志铭（铭曰）

毕豫：宋故朝请大夫通州太守董公墓志铭（铭曰）

洪适：书板铭、俞淑人墓志铭（铭曰）、祭亡姑文、祭董莘伯文、家叔起灵祭文、又代叔祭文、祭从祖弟景杨文、路祭邓恭人文、众官路祭邓恭人文、墓祭韩权郡文、路祭胡提舶母文、众官路祭文、秋祭诸庙文

张春：鹤驾词

汪应辰：昭烈庙记（祀曰）

韩元吉：拙蚕赋、湘竹赋、羁凤辞、君子泉铭、东岳庙碑（词曰）、苏文定公祠碑（词曰）、左大中大夫充龙图阁待制致仕赠左正奉大夫吕公墓志铭（铭曰）

周麟之：槛泉赋（歌曰）

史尧弼：宝文阁学士开国郡公程丈哀词、宇文龙图时中哀词、程右史哀词、简池守孙公哀词

员兴宗：望仙阁记（歌曰）、训农亭记（词曰）

汪若思：左朝奉郎将作监丞汪公若容墓志铭（铭曰）

蹇驹：古城冯侯庙碑（诗曰）

洪迈：潼川神加封词、庄文太子哀册文

陆游：虎节门观雨赋、自闵赋、严州乌龙广济庙碑（辞曰）、青阳夫人墓志铭（铭曰）、山阴陆氏女女墓铭（铭曰）、奉直大夫陆公墓志铭（铭曰）、山堂陆先生墓志铭（铭曰）、尤延之尚书哀辞、公无渡河

赵载：宋灵龟庙残碑

吴儆：良干嵎赋、冰玉辞

王廉清：慈宁殿赋（歌曰）

范成大：惜交赋、桂林中秋赋、楚辞（幽誓、愍游、交难、归将）、三高祠记（歌曰）

徐梦莘：钓台赋

叶子强：迎送神辞（迎神、祀神、颂神、祷神、送神）

周必大：梦仙赋（歌曰）、子柔弟墓志铭（铭曰）、武昌签判尚宗簿大伸墓志铭（铭曰）、曾太宜人李氏墓志铭（铭曰）、赣州洪使君榄墓碣（铭曰）、胡廉夫哀词

杨万里：归欤赋、中秋月赋、梅花赋、张丞相咏归亭词（一、二）、和张钦夫望月词、延陵怀古（延陵季子、兰陵令、东坡先生）、跋李允蹈思故山赋辞、龙伯高祠堂记、六一先生祠堂碑（辞曰）、澹然居士赵公平仲墓表、李商霖墓志铭（铭曰）、黄世永哀辞、曾叔谦哀辞、范女哀辞、悼双珍辞

李洪：适月赋、哀岩桂赋、双鹤赋、殇幼赋、紫微龙尾砚铭、蓬莱都水使者赞、迎送神辞

释宝昙：嗣秀王生日楚辞

赵善括：谢龙王文

喻良能：喜赋、菊赋、和归去来辞

何恪：仰山庙记（辞曰）

许克昌：华厅县浚河治闸记（词曰）

胡伟：吴郡阳山灵济庙碑（辞曰）

陈世昌：自撰墓铭

朱熹：白鹿洞赋（乱曰）、感春赋、空同赋、梅花赋、鼓铭、又四斋铭（崇德、广业、居仁、由义）、刘屏山复斋蒙斋二琴铭、黄子厚琴铭、祭姚式文、祭胡古潭文、虞帝庙迎送神乐歌词

张孝祥：金沙堆赋（客曰）、祭金沙堆庙辞、汤伯达墓志（铭曰）

罗颂：鹦鹉洲赋

张栻：风雩亭词、谒陶唐帝庙词、公安竹林祠迎神送神乐章、遂除堂赋、直秘阁詹公墓志、通直郎致仕向君幕表、训武郎赵公醇叟墓志铭（铭曰）、故安人常氏哀词

陈造：送龙辞（一、二、三）、行春辞（一、二、三）、送郭教授趋朝辞（一、二、三）、问月楼赋、淮海楼赋、惟安堂赋、怡轩辞为臧子与作、酹淮文、新建祠山庙记、江湖长翁自序（歌曰）、祭汪叔量文、高大卿哀辞

何预：濂溪先生祠堂记（辞曰）

吴镃：义陵吊古赋

薛季宣：灵芝赋、怀骚赋、春霖赋、感沐赋、感除赋、本生赋、吴墟赋、坊情赋、自释赋、金龟赋、哀白鹇赋、九奋（启愤、怨春风、去郢、东首、溯江、赋巴丘、记梦、行吟、沈湘）、吴太皇帝庙迁造记、床铭、门铭、王夫人墓志铭（铭曰）、磨李固碑文（辞曰）

黄沃：宋尚书郎坟铭（铭曰）

王质：问北雁赋、富池昭勇庙记、王仲说哀辞（辞曰）

陈炳：泛秋浦赋、望黄山词、巢湖神母庙记

周孚：归愚堂赋、济南辛侯作奠枕楼于滁阳余登而乐之遂为之赋

邹尃：游濂溪辞

罗愿：寄远辞、鹦鹉洲后赋

唐仲友：重建学校记（诗曰）、灵康庙记（词曰）

吕祖谦：大梁张君墓志铭（铭曰）、义乌陈锡母朱氏墓志铭（铭曰）、金华曹君墓志铭（铭曰）、邢邦用墓志铭（铭曰）、郭伯清墓志铭（铭曰）、王自得祖母傅氏墓志铭（铭曰）、徐君墓志铭（铭曰）、祭蒋从道文

楼钥：中兴显应观记（诗云）、馀姚县海堤记（歌曰）、王节愍公忠肃庙碑（歌诗）、蒋德言墓志铭（铭曰）、高端叔墓志铭（铭曰）、戴伯度墓志铭（铭曰）、参议方君墓志铭（铭曰）、朝请大夫吴公并硕人姚氏墓志铭（铭曰）、祭赵观文彦逾文（一）、祭王侍御伯庠文、祭从舅汪删定大辩文（一）、雪溪仙隐

陈傅良：戒河豚赋、暮之春（六首）、西庙招辞、祭张国纪文

滕岑：钓台赋

龚颐正：显济庙记、陈山龙君祠迎享送神曲（三首）、泰伯庙迎享送神辞三章

崔敦礼：石湖赋、闲居赋、大暑赋、苦寒赋、津人问（歌曰）、北山之英、楚州庞庙迎享送神辞（三首）、华阳洞天、九序、拟津人歌、太白远游、太白招魂、田间辞（三首）、下水府、中水府

廖行之：岩桂赋、省斋记（歌曰）、田县尉悲风词、祭邓彦霄文（一、二）、祭唐孺人文

王炎：雉赋、钓台赋、石菖蒲赋、鸣水洞辞、怀忠堂辞、岳州崇惠庙记、临湘县崇惠庙词

黄度：祭薛季宣文

王谦：劳拙堂记（歌曰）

杨冠卿：定交赋、君子亭赋、上留守章侍郎秋大阅赋、纪梦

蒲杲：忠佑祠记（词曰）、辛卯岁记颜赞

求梓：广惠庙记（系之曰）

杨简：南园赋、贺王使君（四首）

杨祖识：城北灵应庙记（词曰）

曾栗：祭吕祖谦文

谢深甫：宋故夫人周氏墓志铭（铭曰）

杜旟：白沙昭利庙记（歌之）

张布：宋故迪功郎郑公墓志铭（铭曰）

王遇：祭薛季宣文

曾丰：桂岩赋、海柏赋、墨竹赋、鸦鸣赋、祀蚕先、乞如愿、祀南海神、陈西尉觿斋铭、贡士王千里墓志铭（铭曰）、王迪功墓志铭（铭曰）、义方胡隐君墓志铭（铭曰）、太安人林氏墓志铭（铭曰）、冯进士墓志铭（铭曰）、赴广东漕属到官谒庙文、九月、漓之水、明日大夫（四首）、上广东漕使黄郎中（五首）、修文立武颂

彭龟年：祭赵介之参议文、祭陈司法文、祭赵汉卿将领文、祭十二侄县丞文、陈客斋先生哀辞、莺鸣十章寄戚伯瑞

游九言：过杨忠襄墓哀辞（一）、义灵庙迎享送神曲（三首）、祷雨辞

王德用：宋故孺人徐氏墓志

常浚孙：重修崇学祠自记

许介：重修协济行祠记（歌曰）

袁燮：通判泉州石君墓志铭（铭曰）、边友诚墓碣、蒋安人潘氏墓志铭（铭曰）、祭丰宅之文

许开：谢雨送龙祝文

何澹：绕花台赋、光宗哀册文、祭宗明之文

黄序：宋故朝散郎知连州鹿公墓志铭（铭曰）

易祓：直迁岩亭赋

黄铎：重修普济庙记

林至：二俊堂纪略、薛瓜庐墓志铭（铭曰）

林学蒙：西山赋、梅花赋（歌曰）

叶适：陈少南墓志铭（铭曰）、宋杜君墓志铭（铭曰）、忠翊郎武学博士蔡君墓志铭（铭曰）、张令人墓志铭（铭曰）、奉议郎郑公墓志铭（铭曰）、夫人徐氏墓志铭（铭曰）、刘子怡墓志铭（铭曰）、著作佐郎钱君墓志铭（铭曰）、高令人墓志铭（铭曰）、文林郎前秘书省正字周君南仲墓志铭（铭曰）、虞夫人墓志

铭（铭曰）、朝请大夫直龙图阁致仕沈公墓志铭（铭曰）、故通直郎清流知县何君墓志铭（铭曰）、故大宗丞兼权度支郎官高公墓志铭（铭曰）、国子祭酒赠宝谟阁待制李公墓志铭（铭曰）、谢雪文、梁父吟

陈藻：菊花赋、梨花赋、桔槔赋、惜别赋

庄夏：慈济碑赋（辞曰）

吕皓：水心叶先生哀辞

黄幹：方夫人墓志铭（铭曰）、董县尉墓志铭（铭曰）、周舜弼墓志铭（铭曰）、吴节推墓志铭（铭曰）、林处士墓志铭（铭曰）、晦庵朱先生小祥祭文、栗山书社祭神文

孙应时：孙承事墓志铭（铭曰）、王迪功墓志铭（铭曰）、李叔文墓志铭（铭曰）、茅唐佐府君墓志铭（铭曰）、祭象山陆先生文

葛洪：祭李靳州文

陈文蔚：致遂赋、祭姨母叶氏文、祭国维赵通判文

卫泾：侄孙朝散大夫前知武冈军墓志铭（铭曰）、故朝散大夫主管华州云台观曾公墓志铭（铭曰）、隆兴府社后祭诸庙文、皇子百晬净发文

晏袤：山河堰赋

高似孙：九怀（苍梧帝、思禹、越王台、鸱夷子皮、浙水府、秦游、江夫人、东山、嵊山雨）、山中楚辞、欸乃辞、嵊台神弦曲（一、二）、花飞引、蓬莱游（一、二）、秋兰辞、小山丛桂、朝丹霞、幽兰赋、水仙花前赋、水仙花后赋、松江蟹舍赋、后长门赋、读易赋、秋兰赋、黄居中潇湘图歌、山中雨辞（六首）

傅良：修白龙祠记（词曰）

曹彦约：尽心堂赋

李知微：宁海县学新泉记

周文璞：钟山赋、方泉赋、投金濑赋、石麟赋、陈将军哀词、吊青溪姑词

李璧：祭太夫人孙氏文

周南：西峰大圣送水祝文、起水祝文、送龙泉祝文

谢天宪：龙洞山祷雨记

史弥坚：镇江徐偃王庙记（辞曰）

黄灏：安和贤惠庙记（词曰）

陈淳：祭程氏姊文、妻李氏祭嫂宋氏文、妻李氏祭程亲正仲文、妻李氏祭姊八姨文、代姨子奠外祖母黄氏文、祭三十一堂兄文

白玉蟾：龙虎赋、紫元赋、怀仙楼赋、鹤林赋、麻姑赋、天台山赋、华盖山赋、知宫王琳甫赞铭、清夜辞十首、山中忆鹤林（四首）、武夷歌

甘应龙：老君洞赋

杨长孺：吉水县康王庙记（辞曰）

冯椅：上高浮虹桥记（歌曰）

程珌：壬申岁南郊大礼庆成赋、钓台赋、代作三贤堂记（歌而祀之）、吴静翁墓志铭（铭曰）、祭程枢密文、祭叶水心文、代路祭文（一、二）、天台二张居士哀辞、子时歌

释居简：石赋、食力赋、幽情赋、梅屏赋、吊驻春赋、止止阁辞、紫芝词、溦山会灵庙记（歌曰）、兴圣寺大悲阁记（辞曰）、喜祥楼记（辞曰）、善拳圆通阁记（申之曰）、泉禅师高原铭、彰教石云板铭、临川王正叔啸隐铭、代人祭印元实、代祭前人、下竺印哀辞、吊池阳郡博庐蒲江丧耦与女、招魂、智门能禅师哀辞

刘宰：昭君曲、和楼体宗簿（一、二）、月桂辞送陈兄部运京口、书窦文卿墓、陈文莹哀辞、姜君玉哀辞

刘学箕：木犀赋、画壁赋、倚松赋、紫芝颂（颂文）、节酒铭、瘗鹤铭（铭曰）、吾庐寓言（歌曰）、舟行三章

度正九：吴侍郎祭文

王休：清清堂赋

张侃：春风赋、归赋

洪咨夔：闵氓赋、招隐辞、昭君赞、莫愁赞、舒夫人墓志铭（铭曰）、钟惠叔哀辞（词曰）、招隐三章赠李洋、镇越堂辞

唐士耻：刚应广利忠祐侯庙记（辞曰）、曹夫人何氏墓志铭（铭曰）

戴栩：定海云雩三公庙碑（词曰）、娄南伯墓志铭（铭曰）

魏了翁：眉州新开环湖记（歌曰）、李次琮墓志铭（铭曰）、朝议大夫知叙州魏公墓志铭（铭曰）、代哭杨端明文、外舅杨提刑熹哀词

真德秀：福州长乐县显应庙碑（辞曰）、汤武康墓志铭（铭曰）、秘书少监直学士院徐公墓志铭（铭曰）、朝散大夫知常德府鲍公墓志铭（铭曰）、广惠庙祝文、百丈山灵泽殿迎送词

吕午：李氏长春园记

吴泳：褒忠庙碑（歌曰）、别少师改葬墓碑（辞曰）、黄虎墓志铭（铭曰）、盛宜人墓志铭（铭曰）、公主剃胎发祝祷文

陈耆卿：朝散郎秘书丞钱公抚墓志铭（铭曰）、蒋知县夫人墓志铭（铭曰）、祭王存道总干文

包恢：冯抚属墓志铭（铭曰）、吴主簿墓志铭（铭曰）

程公许：北定堂赋、幽思赋、拟九颂（龙鹤山、通德门、峨峰书院、雁湖、石林、南阁、平舟、朝阳阁、醴泉墅）、述九颂（毓粹、载英、经文、耀德、亮节、固屏、入赋、纪生、侣真）、亨泉词、仙谷词送别西宪杨少卿奉祠东归、撰先伯桂隐先生哀词、安人赵氏哀词

方大琮：孺人赵氏墓志铭（铭曰）

柯梦得：方公祠迎送神曲

傅自得：秋花草虫赋

袁甫：觉赋、静寿赋、鹿野赋、徽州秀锦阁记（歌曰）、徐偃王行宫记（词曰）、东阳县兴孝庙记（辞曰）、后生可畏箴（词曰）、铅山县石粮铭、提刑秘阁程公墓志铭（铭曰）、祭拙堂致政韩公文

王迈：六野堂赋、爱方亭赋、爱贤堂赋、蚊赋、仰斗堂记（诗曰）、循阳重建苏陈二公祠堂记（歌曰）、莆阳方梅叔墓志铭（铭曰）、宜春郡博士陈茂献哀辞

陈元晋：致政司法乐公墓志铭（铭曰）

释法照：天目禅师祭文

罗幼明：胡梦昱哀词

王胄：郭山庙记（歌曰）

魏岘：诚应庙记（词曰）

阳枋：祭赵景贤使君文

刘克庄：吊小鹤赋、谴蠹鱼赋、吐绥鸡赋、劾鼠赋、诘猫赋、柳州白水瀑

泉赋、重建忠景赵侯庙记（辞曰）、协应钱夫人庙记（辞曰）、协应李长者庙记（词曰）、义勇普济吴侯庙记（诗曰）、丁给事神道碑（铭曰）、警斋吴侍郎神道碑（铭曰）、毅斋郎郑观文神道碑（铭曰）、方子默墓志铭（铭曰）、赵孺人墓志铭（铭曰）、习静叔父墓志铭（铭曰）、刑部赵郎中墓志铭（铭曰）、潘庭坚墓志铭（铭曰）、方潜仲墓志铭（铭曰）、瓏轩王少卿墓志铭（铭曰）、工部弟墓志铭（铭曰）、方氏子墓志铭（铭曰）、刘赣州墓志铭（铭曰）、礼部王郎中墓志铭（铭曰）、杨监税墓志铭（铭曰）、方清卿墓志铭（铭曰）、通守江君墓志铭（铭曰）、南窗陈居士墓志铭（铭曰）、秘书少监饶公墓志铭（铭曰）、直宝章阁罗公墓志铭（铭曰）、制置杜大卿墓志铭（铭曰）、丁宋杰墓志铭（铭曰）、李艮翁礼部墓志铭（铭曰）、吴君谋少卿墓志铭（铭曰）、刘宝章墓志铭（铭曰）、陈光仲墓志铭（铭曰）、秦伯举哀词

富伟：松竹梅赋

王象祖：寿台楼赋（一）、浙东提举叶侯生祠记

徐经孙：贡士徐君北壑墓铭（铭曰）

孙德之：皇兄赵佑神墓铭（铭曰）、深居冯公墓铭（铭曰）、宋故宝应军签判郭公贡父墓志铭（铭曰）

牟子才：李白脱靴图赞、返棹图赞

蔡荐：玉山昭烈庙记（辞曰）

韩补：紫阳山赋（辞曰）

林希逸：行在仰山孚惠二王庙记、永嘉林国辅墓志铭（铭曰）

徐元杰：王从事墓志铭（铭曰）

李丑父：天妃庙记（辞曰）

孙因：越问（篇引、封疆、金锡、竹箭、鱼盐、舟楫、越酿、越茶、越纸、神仙、隐逸、勾践、舜禹、驻跸、良牧）

时少章：遂性赋、徵玄修赋、清湲图后赞

赵汝腾：祭晦庵朱文公墓文、徐徐直方问无极歌、遗徐端友寿母夫人、与张草庐予欲嗣奏聘君草庐寄声止予歌以答之

王柏：宋文书院赋（乱曰）、宝婺新楼赋、冰壶秋月赋、竹字词四章、长啸山游记（词曰）、河图赞、洛书赞、橘荣颂、祭鼓院叔父文、祭汪约叟文、祭时

遁泽墓文、哀倪孟容父词、陈卿内邵氏挽词、悼蔡修斋、和立斋岁寒歌五章、蒋叔行挽辞、李三朝奉哀词、林省吾挽辞、马华父母叶氏挽词（两首）、盛化州挽些、宋史馆检阅所性先生时天彝父挽些、滕勿斋内杨氏挽词（三首）、挽蔡文叔（三首）、挽邵公容春（三首）、挽施子华、挽时佥判（三首）、挽通守陈帑院、挽王夫人（两首）、徐制参挽歌（三首）、郑寺正挽辞（三首）、朱昭父挽些

李曾伯：避暑赋

郑霖：慈湖先生祠堂记（歌曰）

赵孟坚：陆宣公祠骚辞、景陆堂宣公泉铭（铭曰）

蓝震龙：宋象州签判从政张雷夫人詹氏坟铭（铭曰）

郑起：洞庭君山辞、辞吊富沙梨山大王祠、天高高

方岳：秀锦楼赋、白鹿洞后赋、方长者祠堂记、祭魏参政文、祭杜丞相文、祭徐侍郎文、祭费宰文

程元凤：故宋提刑汪公应元墓志铭（铭曰）

汤汉：演山剑潭碑记（言曰）

蔡渤：图峤赋（歌曰）

楼枎：灵应庙记（词曰）

释大观：远法师陆修静赞、东山源和尚赞、山隐居士、樊路分为母陈安人请赞

桂锡孙：孙孝子祠记（词曰）

沈义甫：曹昭灵侯庙神应记（词曰）

赵希鹄：绍兴府诸暨县松山敕赐文应庙记（歌曰）

罗椅：代冢妇祭夫文、祭族兄复斋文

张榘：吊丛冢赋

戴埴：群仙赋（歌曰）、谕鹤文（歌曰）

高不倚：蔡西山先生祠记（词曰）

欧阳守道：颜鲁公祠记（词曰）、钓雪歌

赵景纬：渔洲山龙洞记（辞曰）

潜说友：忠佑庙祝文

黄震：重修转般仓记（歌曰）、虚白观记（乱曰）、提干文林赵君墓志铭

（铭曰）、致政修职孙君墓志铭（铭曰）、史馆校勘奉议毛君墓志铭（铭曰）、陆太博墓志铭（铭曰）、处士张君孺人林氏墓志铭（铭曰）、余夫人墓志铭（铭曰）、孙承节墓志铭（铭曰）、代中表严氏上芳桂扁祝文、五龙王祝文、伍王庙生辰祝文

谌祐：落月

周应合：青溪先贤堂记（辞曰）

家铉翁：题梅竹图、云斋记（歌曰）、见星行赠武春卿

释道璨：浦云说（歌曰）、归元庵记（歌曰）、启白云哀词、祭径山滋都监、毛提举烛湖庵焚

陈宗礼：怀皋赋

李起：重建阳山西白龙母庙记（歌曰）

方澄孙：开化龙山显佑庙碑（词曰）

陈著：汪日宾真赞、应长卿墓志铭（铭曰）、祭姊夫童庆纯文、屠退翁哀辞、吴志学哀辞、剡县解雨五龙潭等处送神辞、赋贾养晦所藏王庭吉墨水仙花、赋墨鹭、赋墨梅、赋虚谷黄子羽所藏吴山西墨兰（三首）、题儿泌所藏彩笺、题画扇、属酒歌

姚勉：秋怀赋、兰国赋、嫉蚊赋、宜堂赋（歌曰）、友山李道士抱琴来为予作三曲请诗各为之操·观澜、友山李道士抱琴来为予作三曲请诗各为之操·君臣庆会

许月卿：婺源朱塘晦翁祠碑（辞曰）

卫宗武：叶通判哀辞、奠常端明文

雷宜中：有宋承务郎致仕范君墓志铭（铭曰）

刘黻：明堂赋、遂志赋、梅花赋、感时赋、横浦操、镜铭、故友林道初察推墓志铭（铭曰）

赵宗道：吟飞楼赋（歌曰）

蒲寿宬：古赋（一、二）、和倪梅村梅花赋

区仕衡：送穷文

方逢辰：宋知郡寺丞俞公行状（铭曰）

马廷鸾：益国赵公生祠记（诗曰）、梓潼帝君祠记（诗曰）、池州贵池县尉

厅记（歌曰）、饶娥庙记（词曰）、舒城汪主簿墓志铭（铭曰）、通判李君墓志铭（铭曰）、三十六代天师母倪氏墓志铭（铭曰）、鲁国夫人墓铭（铭曰）、饶娥庙祀神歌（三首）

家坤翁：重修三清殿记（歌之曰）

王应麟：九里庙记（辞曰）、吴刺史庙祭神辞

李志道：敕授文林郎钟三阳墓志铭（铭曰）

林宜高：龙兴观记（歌曰）

牟𪩘：放鹤图、祭梓潼文

余安裕：冲天观记（歌曰）

胡次焱：步瀛桥赋（歌曰）、碧松亭记

徐元刚：忠佑庙记（辞曰）

金履祥：送三苏君序（诗曰）

邓光荐：文丞相像赞

吕人龙：高斋竹赋

刘辰翁：归来庵记（歌曰）、建兴庙记（歌曰）、陈礼部墓志铭（铭曰）、乐丘处士墓志铭（铭曰）、嗣汉三十六代天师简斋张真人墓志铭（铭曰）

吴龙翰：古梅赋

王逢：孝友先生祠迎享送神词

何梦桂：寿星画像赞、偶书塔坞水中石、逐妇吟、昨日王德父何昭德回后曝背于庵后大山上甚乐因成数语效大山体亦皆写景

文天祥：赠人鑑萧才夫谈命、吴伯海自号沧浪为徐径畈所喜携诸公诗来访因有感作沧浪歌并呈巽斋先生、篆玉带砚铭、义阳逸叟曾公墓志铭（铭曰）、封孺人罗母墓志铭（铭曰）、邹仲翔墓志铭（铭曰）、萧明允墓志铭（铭曰）、刘良臣母哀辞、邹翠屏改葬哀辞、祭都承胡石壁文、祭道州徐守宗斗文、祭安抚萧检详文、代富川酹魁星文、代酹解星文、书汪水云诗后、思小村、又六噫

梁泰来：龟山赋

连文凤：登高赋、虚舟赋、招隐吟

郑思肖：泣秋赋

曹粹中：周侯德政谣

柴元彪：击壤歌（歌曰）

陈棣：伤春词

陈古遇：马别主

陈杰：江永（三首）

陈宓：庐山歌、西湖歌

陈普：不饮酒歌

陈仁玉：南峰寺蓝光轩怀吴直翁

陈深：我思古人

方回：皇甫巨川父年八十八母年八十四歌、山中之乐三章送徐明叟胡直内苏德翁归严濑并寄夏自然（三首）、松鹤词、赠秋蓬王相士

葛绍体：招鹤所词为澉浦监税赵潜夫作

郭熏：挽内子

何澹：山中之乐

黄公槐：北堂

黄简：犁春操为谢耕道作

黄铢：送朱元晦游湘中

康与之：招真词

乐雷发：寄雪蓬姚使君、乌乌歌

黎廷瑞：啄木辞

李廌：拟楚词

廖应淮：殿院曾渊子宅酒酣放歌

林宪：寓天台水南四首

刘翰：余久客都城秋风思归作楚语和吴郎采菱叩舷之音

刘应炎：悲歌、笑歌

庐陵田父：题壁

陆壑：享神辞

陆九渊：玉芝歌

马光祖：迎享送神

彭九万：凌波辞赋水仙花

钱时：采芝歌、千古吟

钱仲鼎：水村歌

丘葵：怀古愚兄（两首）

邵普：送龙词（两首）

沈诚：游都梁赋

释安民：偈二首

释善珍：骚词二章

释绍昙：慈林讲师顶相、赞华长老真

释师范：偈颂

释文珦：放鹤操

释宗杲：和本禅人求赞

舒岳祥：田公姥词、忆筇竹杖词

宋自逊：乌鹊引

苏泂：金陵杂兴二百首（其一）

汪莘：黄山高

汪雄图：黄山采药歌

王巳：招六贤之歌

王奕：八月八日偕庙学教授曹彦礼及孔颜孟三氏诸孙童齐集游逵、八月望日深衣抱高庙御琴奠酒首歌南风继作忆颜三氏诸孙环立以听为杏坛一时之盛千古之下令人怃然作歌云

项安世：耕读堂诗、江陵为浏阳柳氏作云山书院歌

谢紫壶：櫂歌联句

徐集孙：秋风悲、秋胡行

徐侨：行行歌、燕兮歌、莺兮歌、云山歌

薛师心：泗上歌

佚名：宝祐二年皇子冠二十首（其一）、淳熙三年发皇后册宝十三首（其一）、嘉定二年册皇太子四首（其一）、乾道七年册皇太子四首、五龙六首（三首）、雨师雷神七首（其一）、嘉定二年册皇太子四首、乾道七年册皇太子四首

于石：琴寥歌

俞桂：秋行吟

袁韶：水仙王庙辞

岳珂：徽宗皇帝秋赋御书赞、霍仁仲指教帖赞、神宗皇帝龙字御汉体书赞、孝宗皇帝杜甫夜宴左氏庄诗御书赞、张长史秋深帖赞、张章简康宁帖赞、朱文公离骚经赞

张玉孃：鸣雁二章

赵必兴：答本堂先生歌

郑君老：哭妹贞娘节烈

郑樵：插秧歌、负耒歌

郑清之：菊坡叠遣梅什忽惠兰芽此变风也敢借前韵效楚词一章以谢来辱

朱汝贤：楼台烟雨亭

朱申：食粥歌

诸葛兴：会稽颂（曹娥祠、城隍庞王、大禹陵、二相、贺监祠、马太守庙、嗣王、王右军祠、越王）

邹梦遇：临终歌

后　记

近十年来，我和我指导的博士、硕士研究生一直进行历代骚体文学嬗变课题的研究，学位论文也多以此为选题。《宋代骚体文学的嬗变》就是这一课题的结晶。本书成稿之前，课题组成员赵险峰撰有《南宋骚体文学研究》、李冠楠撰有《北宋骚体文学研究》、冯倩撰有《两宋之交骚体文学研究》。《宋代骚体文学的嬗变》在此研究基础上，按照全新的视角进行了架构和整合，对于前期成果中关于骚体界定、作家、作品论析及艺术特色等内容予以了部分保留，对宋代骚体文学的发展脉络进行了全新的梳理，进一步细化、深化了各个时期的作家作品论析，对整代骚体文学的艺术特征进行了总结，开列了全新的宋代骚体文学列表等，力求对宋代骚体文学的发展有一个整体的观照。本书的出版，期望能对宋代骚体文学的研究有所补益，限于研究者水平，浅陋之处在所难免，敬请方家和学术同行批评指正！

本书由李金善、崔志博总揽全局，从选题、框架设计、统稿，都是由二人完成的。研究过程中，课题组成员不计个人得失，彼此配合，辛勤工作，保证了本课题的顺利完成。各章分工的情况是：

第一章、第二章、第九章由李金善、崔志博执笔；

第三章、第四章、第五章由崔志博、李冠楠执笔；

第六章、第七章、第八章由赵险峰、冯倩执笔。

特别需要提出的是，河北大学新闻传播学院杨金花教授、文学院田玉琪教授、孙光教授审订了书稿，提出了宝贵意见和建议；硕士研究生刘冰、连洁雨作了细致的校对工作；河北大学出版社何东编辑为本书的出版付出了艰辛的劳动，在此一并表示感谢！

作者

2013 年 9 月 29 日